"十三五"国家重点图书出版规划项目

浙江文化艺术发展基金资助项目

中国民间文艺思想史论

花落知多少
宋代社会民间文艺学思想

高有鹏 著

宁波出版社
NINGBO PUBLISHING HOUSE

图书在版编目（CIP）数据

花落知多少：宋代社会民间文艺学思想/高有鹏著
. -- 宁波：宁波出版社，2023.3
（中国民间文艺思想史论）
ISBN 978-7-5526-4191-2

Ⅰ.①花… Ⅱ.①高… Ⅲ.①民间文学—文艺思想史—研究—中国—宋代 Ⅳ.① I207.709

中国版本图书馆 CIP 数据核字（2021）第 023731 号

花落知多少 HUALUO ZHI DUOSHAO

宋代社会民间文艺学思想

高有鹏　著

策　　划	袁志坚　徐　飞
责任编辑	苗梁婕
责任校对	余怡荻
出版发行	宁波出版社
地址邮编	宁波市甬江大道1号宁波书城8号楼6楼　315040
装帧设计	金字斋
印　　刷	宁波白云印刷有限公司
开　　本	710毫米×1000毫米　1/16
印　　张	17.5
字　　数	230千
版　　次	2023年3月第1版
印　　次	2023年3月第1次印刷
标准书号	ISBN 978-7-5526-4191-2
定　　价	78.00元

本书若有印装错误，影响阅读，请与出版社联系调换，电话：0574-87248279。
（版权所有　翻印必究）

前　言

宋代民间文艺思想理论由于多种原因,主要形成于北宋时期,以社会风俗思想作为其重要内容,标志着我国民间文艺思想理论的系统形成与成熟发展。南宋社会进入一个特殊的阶段,出现了朱熹等人的民间文艺思想理论,其另当别论。宋代社会形成的民间文艺及其思想理论是中国民间文艺史上特别重要的一页。

民间文艺从来都是社会风俗生活的一部分,没有社会风俗生活作为文化土壤的存在,或者我们看不到民间文艺在社会风俗生活中形成、传播的事实,就无从了解民间文艺的真相。当然,民间文艺与社会风俗生活的联系无论如何密切,它们毕竟是两个概念。一个是民众为主体的大众口头创作,是以歌唱、讲述与表演为主要形式的文艺现象;一个是以风俗生活,主要是仪式、行为、信仰等内容为主体的社会生活事实,是文化现象。文艺现象与文化现象的一字之差,就在于民间文艺可以显示充分的想象,自由自在,而民间文化即社会风俗生活是一种相对稳定的社会规则,循规蹈矩,体现出程式化等特征。长期以来,民间文艺研究领域常常将民俗学的社会科学属性与民间文艺理论研究的人文科学属性相混淆,固然是一种严重偏颇,而民间文艺理论研究确实离不开对社会风俗生活的关注。或者说,民间文艺的民俗研究与民俗学的民俗研究,与民俗学的民间文艺研究和民间文艺学的民间文艺研究,在总体上是有巨大差别的;关键在于民俗学是以民俗事实为核心,民间文艺以想象与情感为核心。

  北宋时期(960—1127),我国历史文化发生重要转折,统治者汲取历史上藩镇割据等教训,实行扬文抑武、强干弱枝的政策,形成文化的高度繁荣。如陈寅恪所言:"华夏民族之文化,历数千载之演进,造极于赵宋之世。"[1]又如中国文学史所称"唐宋八大家",宋之六家在北宋时期出现,以及宋学的形成等,与民间文艺同行,都标志着这一历史时期思想文化的繁荣发展。

---

[1] 陈寅恪:《邓广铭〈宋史职官志考证〉》,《金明馆丛稿二编》,上海古籍出版社1980年版,第245页。

目 录

第一章	思想的轮廓	001
第二章	范仲淹的风俗思想	031
第三章	欧阳修的风俗思想	054
第四章	王安石的风俗思想	085
第五章	司马光的风俗思想	121
第六章	苏轼的风俗思想	153
第七章	朱熹的民间文艺观	202

第一章
思想的轮廓

民间文艺是民间文化的核心内容。

为了强调民间文艺的民间性,我们不使用所谓口头创作之类的定义,同时为了强调民间文化的整体性特征内容,我们把民俗等同于风俗的同时,不仅仅使用民俗的概念,是强调民间文艺并不仅仅为底层社会所认同,而是为了突出其生活属性中包罗万象的特征。换句话说,深入研究中国民间文艺的发展历史,看到其"以通神明之德,以类万物之情"博大精深的思想文化内容,以"究天人之际,通古今之变",完整而具体地理解和认识民间文艺发展规律及其实质、价值、意义,就不能够仅仅在底层社会去寻求其内容,即不能仅仅看到上层社会与底层社会之间的对立情绪;当然,民间文艺的主体从来都是千百万人民大众、劳苦大众。人民性是民间文艺的主要内容和重要特征,却并不是其唯一的内容和特征。

民间文化的主体是"三民",即民俗(包含风俗生活、风俗文化等内容)、民间文艺和民间艺术,三者相互间紧密联系在一起,共同存在于社会文化生活之中,以其文化生活属性的民间性作为自己的重要标志。例如,民间遇到红白事,请人唱戏,唱戏是表演艺术,是民间艺术,可以作为一种民俗即社会风俗生活现象,戏曲演唱要表达的是具体的故事,故事被口头语言所传说、传唱、传播,成为社会生活中传说故事文本,即民间文艺。

我们在总体上把这一时期民间文艺思想理论的主体内容概括为风俗思

想。这些思想家的民间文艺思想理论往往没有独立形成,而是作为风俗思想,从不同形式的理论述说中显示出他们的民间文艺思想理论内容。这主要是我国思想文化传统中长期以来存在一个悖论:一方面是孟子为代表的"民为贵,社稷次之,君为轻"的民本思想,强调本固而邦宁;一方面是更强大的思想传统,即上智下愚,强调教化民众,强调启迪民智。我们的民间文艺思想理论常常摇摆于两者之间,更多的是把民间文艺存在视作风俗。

在一般意义上说,民间文化思想即风俗思想,作为人们对于民间文化的研究,包括对于一定历史时期的风俗形成、发展、变化及其特征、价值和意义的具体总结与论述。进一步说,风俗思想的一个重要内容是"辨风正俗",即正本清源,从学理上对一些典型的传统文化现象做出合理而必要的解释。诸如古人对于世界万物起源的认识,对于社会发展中一些神秘现象的理解,包括我们今天概括为神话传说、民间信仰等概念的文化现象,不同时期的学者在学理上所做出的解释与回答,都形成他们具体的风俗思想内容。换句话说,是因为所谓风俗思想必须正视和回应风俗发生的动力与风俗表现的一系列外在形式所具有的意义。而风俗的实质内容,从来都与信仰等精神内容密切相关。那么,回答风与俗的文化存在意义,自然成为风俗思想的首要任务。如何解释风俗的外在表象与实质内容(涵义),"上古"与相关的神话传说故事、神话传说人物,以及相关的信仰、知识等内容的诠释与述说,也就有了不一般的意义。我们姑且称之为"风俗文化"。

所谓"风俗",即"风"与"俗"。如班固所称,"凡民函五常之性,而其刚柔缓急,音声不同,系水土之风气,故谓之风","好恶取舍,动静亡常,随君上之情欲,故谓之俗"。[1] 亦如应劭所称,"风者,天气有寒暖,地形有险易,水泉有美恶,草木有刚柔也"。"俗者,含血之类,像之而生","故言语歌讴异声,鼓舞动作殊形"。[2] 他们都强调自然因素与所谓"风"的联系,社会因素

---

[1] 班固:《汉书》卷二八《地理志》(下),中华书局1962年版,第1640页。
[2] 应劭著,王利器校注:《风俗通义·序》,中华书局1981年版,第8页。

与所谓"俗"的联系,所谓"风俗"即自然因素与社会因素的综合结果。也有学者强调风俗作为社会生活的表现形式,如司马光所称,"上行下效谓之风,薰丞渐溃谓之化,伦胥委靡谓之流,众心安定谓之俗"[1]。近世西方学者注意到风俗与法律、礼仪的密切联系,指出中国古代文化中将风俗与法律、礼仪相杂糅的现象,其称,风俗与法律相关,其区别在于"法律主要规定'公民'的行为,风俗主要规定'人'的行为",风俗与礼仪相关,而区别在于"风俗主要是关系内心的动作,礼仪主要关系外表的动作"[2]。其实,中西方文化因社会历史的不同,风俗这一概念被理解、界定与表述的方式也就形成了差异。但是无论怎样说,风俗的概念在东西方大同小异,都是指传统文化影响并继续存留或传承的具有明显地域或民族特征的生活方式。用俗语的解释,就是"一方水土养一方人",是"水土"与"人"的养成过程与结果。在今天,随着世界范围内口头与非物质文化遗产抢救和保护运动的进行,越来越多的人认同了风俗不但包括下层民众的生活习惯,而且包括上层社会广泛流传的生活习惯。即风俗作为一个整体概念,包含着两个基本内容:风俗文化与风俗生活。所谓风俗文化主要强调了民间信仰和民族传统等内容,而所谓风俗生活,则强调了作为民间信仰和民族传统在社会生活中的实际运用和表现。这样以所谓"遗产"的概念去概括总结,更利于把握历史发展中风俗的全面内容,或可以纠正民俗学强调的所谓"民俗主要指下层民众所传承和运用"这一界定方式的偏颇与不足。举一个最简单的例子,如春节、中秋这样的传统节日,下层百姓日常生活特别重要的民俗事项,而上层社会包括最高社会管理者朝廷、宫廷中,同样举行一定的仪式表现对这些传统的皈依。所以,在许多时候,传统与风俗二者可以等同;当然,风俗最根本处在于"俗"。我们过于强调雅俗之间的对立,而忽略了其相互间的转化,如人们所

---

[1] 司马光:《谨习疏》,《全宋文》卷一一八一,巴蜀书社1992年版,第612页。
[2] (法)孟德斯鸠(C.L.Montesquieu)著,张雁深译:《论法的精神》上册,商务印书馆1987年版,第312页。

讲的大俗即大雅。在我们的文化传统中所表现出的"礼失求诸野"这样一条具有普遍性意义的现象，或可称之为中国文化发展的重要规律。

一

北宋时期民间文化思想即风俗思想的形成与发展固然与北宋时期具体的社会历史条件密切相关，而更重要更直接的是北宋时期像范仲淹、欧阳修这样一批思想家，对于风俗这一民间文化现象所作的理解、把握与概括总结的结果。他们的风俗思想不是孤立存在的，也不是偶然形成的，而是与其各不相同的知识背景、人生经历与追求，特别是他们的思想品格、道德情操、理论主张等内容密切相关。诸如庆历新政、王安石变法等重要变革，都直接体现在不同人的风俗思想中。

现代民俗学理论把民间风俗分为四个基本部分，即物质生产为主要内容的物质民俗、以社会组织社会关系为主要内容的社会民俗、以物质文化制度文化为主要内容的精神民俗和以民间语言主要是民间文学为主要内容的语言民俗。[1] 而这里我们要强调的是，民俗是风俗的一部分，风俗包括民俗等社会生活习惯，其各个部类相互关联，在文化属性上是一个整体。所以我们注意运用现代民间文艺理论，却更重视我们是在历史文化的研究中具体把握北宋这一特殊历史时期的民间文化思想，主要是民间文艺思想理论的研究。

诚然，人是文化的产品（产物），文化塑造了传统和传统中的人，而传统以历史为最重要的表现形式影响并作用于人的成长与发展。或者可以说，人在风俗中形成生命的开端和结束，任何一个民族和个人都不得不面对自己的历史和传统，及其所形成的文化。

---

[1] 钟敬文主编：《民俗学概论》，上海文艺出版社1998年版，第5页。

第一章 思想的轮廓

一位美国学者对这样一个问题论述道：

> 个体生活历史首先是适应由他的社区代代相传下来的生活模式和标准。从他出生之时起，他生于其中的风俗就在塑造着他的经验与行为。到他能说话时，他就成了自己文化的小小的创造物，而当他长大成人并能参与这种文化的活动时，其文化的习惯就是他的习惯，其文化的信仰就是他的信仰，其文化的不可能性亦就是他的不可能性。[1]

同样，民间文艺是历史文化的重要组成部分，是由历史文化积淀而成，而又以风俗文化、风俗生活等形式表现历史文化影响下的社会生活形式和内容。在社会历史的发展中，风俗具有非常重要的教化功能、规范功能、整合功能、维系功能、协调功能等社会功能。

在我国古代风俗思想史上，人们特别重视风俗的教化功能和规范功能，把风俗对社会的反映和以精英文化为主要内容对世俗的影响作用这两个基本方面的意义强调到了非常重要的位置。"移""易""辨正"和"礼"便更为重要。如应劭在《风俗通义》中强调道，"为政之要，辨风正俗，最其上也"；[2]荀子在《乐论》中说，"乐者，圣人之所乐也，而可以善民心，其感人深，其移风易俗。故先王导之以礼乐而民和睦"，"故乐行而志清，礼修而行成，耳目聪明，血气和平。移风易俗，天下皆宁"。[3]刘向说得更明白，"圣人之举事也，可以移风易俗，而教导可以施于百姓"。[4]以"移风易俗"而"施于百姓"以"教道"，成为我国风俗思想史上相当普遍的理念。亦如孟德斯鸠所

---

[1] （美）露丝·本尼迪克特（R.F.Benedict）著，何锡章、黄欢译：《文化模式》，华夏出版社1987年版，第2页。

[2] 应劭著，王利器校注：《风俗通义·序》，中华书局1981年版，第1页。

[3] 荀子：《荀子·乐论》，中华书局1988年版，第18页。

[4] 刘向编纂，向宗鲁校注：《说苑·政理》，中华书局1987年版，第170页。

说,"风俗和礼仪不是立法者所建立的东西,因为他们不能建立,也是不愿建立的"[1],他强调的是"法律"与"风俗"之间的相悖;而在北宋时期,这种矛盾便以那些具有政治身份的思想家著作中的"风俗颓弊"等描述方式屡屡出现。而他们更多的是倡言"教化",鼓吹"新美化之""和厚风俗""变风俗,立法度"等主张,以不尽相同的风俗思想"拯救天下"。最典型者是张载,他在《宗法》中倡言"管摄天下人心,收宗族,厚风俗,使人不忘本"[2],而其影响更广的声音是由此发出的"为天地立心,为生民立道,为去圣继绝学,为万世开太平"[3]。此亦为北宋时期流行尤为普遍的思想风尚。

北宋时期风俗思想是宋立国之初所确立的社会发展战略思想的具体体现。他们崇尚文化,重视对历史文化的整理,形成鲜明的时代特色。

如司马光《涑水记闻》"杯酒释兵权"载:

太祖既得天下,诛李筠、李重进,召赵普问曰:天下自唐季以来,数十年间,帝王凡易十姓,兵革不息,苍生涂地,其故何也?吾欲息天下之兵,为国家建长久之计,其道何如?

普曰:陛下之言及此,天地人神之福也。唐季以来,战斗不息,国家不安者,其故非他,节镇太重,君弱臣强而已矣。今所以治之,无他奇巧也,惟稍夺其权,制其钱谷,收其精兵,则天下自安矣。

语未毕,上曰:"卿勿复言,吾已谕矣。"[4]

其"武臣亦当读经书"等载:

---

[1] (法)孟德斯鸠(C.L.Montesquieu)著,张雁深译:《论法的精神》,商务印书馆1987年版,312页。
[2] 张载:《经学理窟·宗法》,《张载集》,中华书局1978年版,第258页。
[3] 张载:《近思录拾遗》,《张载集》,中华书局1978年版,第367页。
[4] 司马光:《杯酒释兵权》,《涑水记闻》卷一,中华书局1989年版,第11页。

> 太祖闻国子监集诸生讲书,喜,遣使赐之酒果,曰:今之武臣,亦当使其读经书,欲其知为治之道也。
>
> 太祖聪明豁达,知人善任使,擢用英俊,不问资级。察内外官有一材一行可取者,密为籍记之。每一官缺,则披籍选用焉。是以下无遗材,人思自效。[1]

以此管窥之,可见其"能强干弱支,致治于未乱故也"[2]。如人所说,"强干弱支政策的推行,防止了地方势力与中央政府的分庭抗礼及将领兵变的内乱,换来了较长时期社会的安定,为政治经济学术的发展、繁荣提供了有利的社会环境,促进了政治、经济、文化的文明",但是,这也形成另外一种弊端,"防止了内乱,却削弱了抵抗外患的力量","庞大的官僚机构和军兵皆仰天子以食,国家财政不堪重负",因而出现"'积贫积弱',恶性循环,社会危机加深"[3]的局面。但无论如何,其"大重儒者","以文臣知州,以朝官知县,以京朝官监临财赋,又置运使,置通判,皆所以渐收其权"[4]等策略,有力刺激了宋代思想文化的活跃。亦如王夫之所论,"自太祖勒不杀士大夫之誓以诏子孙,终宋之世,文臣无殴刀之辟","宋之士大夫高过于汉、唐者"。[5]故如《宋史》(《忠义》一)所言:"士大夫忠义之气,至于五季,变化殆尽。宋之初兴,范质、王溥,犹有余憾,况其他哉!艺祖首褒韩通,次表卫融,足示意向。厥后西北疆场之臣,勇于死敌,往往无惧。真、仁之世,田锡、王禹偁、范仲淹、欧阳修、唐介诸贤,以直言谠论倡于朝,于是中外缙绅知以名节相高,廉耻相尚,尽去五季之陋矣。"[6]换言之,思想者之人身得到国家保障,其自由、自

---

[1] 司马光:《涑水记闻》卷一,中华书局1989年版,第15页。
[2] 司马光:《涑水记闻》卷一,中华书局1989年版,第13页。
[3] 张立文、祁润兴:《中国学术通史》(宋元明卷),人民出版社2004年版,第2页。
[4] 陈邦瞻:《收兵权》,《宋史纪事本末》卷二,中华书局1977年版,第10—11页。
[5] 王夫之:《太祖》,《宋论》卷一,《船山全书》,岳麓书社1992年版,第24—26页。
[6] 脱脱等:《忠义一》,《宋史》卷四四六,列传二五〇,中华书局1985年版,第3149页。

主、自信,便生出学术思想的生机。所以,北宋时期风俗思想在整个中国风俗思想史上形成空前的繁荣发展,各派林立,激烈、坦荡之情尽现于言表。

北宋时期风俗思想的繁荣源于政策的宽松自由,当然包括城市社会与商品经济的发展,日益形成传统与现实的冲突,影响到社会结构阶层的变化,亦与知识分子包括朝臣出身的学者他们的自觉意识,即强烈的责任感与使命感,共同形成这种风俗思想充分显示思想者个性的局面。应该说,二者缺一不可。

对于朝廷而言,政策的保障和支持除了这些"大重儒者"的理念,其表现还体现在对于历史文化典籍的整理等措施,营造了崇儒尚文的社会环境,即有利于风俗思想等人文思想发展的思想文化氛围。其中一个典型就是《太平广记》的编纂,在事实上体现出李昉等人奉宋太宗之命集体编纂的一部类书,成书于宋太宗的太平兴国期间(自太平兴国二年三月至次年八月)。其整理、保存自汉代至宋初包括大量民间传说故事的所谓"以野史传记小说诸家""编成五百卷,分五十五部"的"赐名《太平广记》"[1]之书。其编写体例即反映出这一历史时期的风俗思想。

《太平广记》与《太平御览》《事物纪原》等保存风俗文化尤其丰富的典籍,用今天的话说,是历史文化遗产的整理编纂。其整理编纂所体现的风俗思想,直接表现为"目录"各卷中的分类与注说的具体内容。

如其第一至第五十五各卷的"神仙",第一卷列神仙为"老子""木公""广成子""黄安""孟岐";第二卷列神仙为"周穆王""燕昭王""彭祖""魏伯阳";第三卷列神仙为"汉武帝";第四卷列神仙为"王子乔""凤纲""琴高""鬼谷先生""萧史""徐福""王母使者""月支使者"等,"墨子"等历史人物列第五卷。这种分类方式,其根据应该在于李昉等人对各个所谓神仙人物的具体事迹即神话传说故事等内容的理解。

---

[1] 谈恺:《太平广记表》,《太平广记》,中华书局2006年版,第1页。

又如其第五十六卷第七十卷为"女仙",其列入"西王母""江妃""董永妻""麻姑""骊山姥"等民间传说中的女性;其第七十一卷至第七十五卷为"道术",第七十六卷至第八十卷为"方士",第八十卷至第八十六卷为"异人",此后各列为"异僧""释证""报应""征应""定数""感应""谶应""名贤"(附"讽刺")与"妖怪""精怪""灵异""草木""畜兽""禽鸟""水族""昆虫""蛮夷""杂录"等。其保存民间传说故事之丰富,内容之浩瀚,堪称我国民间文艺史上第一部巨大规模的"民间传说故事集成"。其编纂理念,自然是我国古代风俗思想史的重要内容。其关注民间传说,包括对风物等风俗文化、风俗生活的记录、整理方式,不难在此后的《东京梦华录》《武林旧事》等风俗志著述中看到踪影。

二

其次是北宋风俗思想主要形成于时代大变革的社会历史时期,体现出北宋时期这些思想家激烈的思想冲突。

忧患意识是北宋时期思想家们共同拥有的精神取向,以范仲淹"先天下之忧而忧,后天下之乐而乐"[1]为典型。他们都不同程度地体现出人无远虑必有近忧,忧国忧民,极力向朝廷或更高一级管理者表白自己拯救天下的主张。而他们所述的天下,其实是孟子所述的"乐以天下,忧以天下"[2]之"天下",即"天下之人",主要指普天之下的民众。同时,他们也都强调,在社会发展中,"民为邦本",此与孟子所谓"民为贵,社稷次之,君为轻"相合。但他们更重视"忧其民"与"忧其君"的共处,如范仲淹所称,"居庙堂之高则忧其民;处江湖之远则忧其君"[3]。忠君,忧国,乃忧其民,这是北宋时期风俗

---

[1] 范仲淹:《岳阳楼记》,《范文正公文集》卷八,《范仲淹全集》,凤凰出版社2004年版,第169页。
[2] 孟子著,杨伯峻注:《孟子·梁惠王》(下),中华书局1960年版,第33页。
[3] 范仲淹:《岳阳楼记》,《范文正公文集》卷八,《范仲淹全集》,凤凰出版社2004年版,第168页。

思想的重要基础。这些思想家胸怀天下,常常追怀历史,总结历史经验与教训,比照现实,关注民生,所体现的责任感与使命感,也正体现出他们风俗思想的高尚品格。其风俗思想因此被赋予实践的品格、批判的精神,是我国风俗思想史上辉煌的一页。

"改革",即"改易更革",是社会发展到一定阶段时所必须经过的阶段。而如何"改易更革",便成为北宋时期风俗思想所要回答的一个难题。也正是在回应时代要求这一难题的过程中,他们之间形成的思想冲突,构成不同程度的矛盾。这并不仅仅是改革与保守的较量。就总体而言,北宋时期风俗思想以时间顺序,分为"庆历新政"和"熙宁变法"。其中"熙宁变法"又分为前后两个阶段,既大体上熙宁元年(1068)到元丰八年(1085)宋神宗时代为新法施行阶段,而宋哲宗时代初期高太后执政,司马光尽废新法,此为又一个阶段,俗称"元祐更化"。改革改变了历史发展;说到底,其实就是在改革中具体形成北宋时期这些重要的风俗思想。

对于北宋时期的风俗思想而言,我们可以看到,忧患意识影响了这一时期的思想家们对于改革事业的思索,包括改革主张的提出,以忧患形成风俗思想的鲜明风格。其风俗思想又因为忧患意识和改革主张而形成突出的内容。同时,我们又可以看到,无论他们发生什么样的争端,他们所秉持的思想武器又都是对我国传统文化中"道"或称"先王之道"的阐释与表述。

"道"的概念在不同历史时期被赋予不同的思想文化内容。在北宋时期,学者更多地主张"文以载道",被学者称为"倡始于柳开,见效于王禹偁,完成于欧阳修",是"继承了文起八代之衰的韩愈的主张"的古文复兴运动。[1]那么,以何形成"文以载道"呢?有学者将此与宋学的建立密切联系起来,提出"宋学形成于宋仁宗统治期间","庆历新政前后(1043—1044)是宋学

---

[1] 漆侠:《宋学的发展和演变》,河北人民出版社2002年版,第14页。

形成的阶段"[1]，其又提出"宋仁宗、英宗之际，亦即嘉祐治平年间（1056—1067），宋学获得了迅猛的发展，形成了王安石学派（荆公学派）司马光学派（温公学派）、苏氏蜀学派和以洛、关为代表的理学派"，"自熙宁二年（1069）王安石变法，四大学派都卷入了由变法而激起的政治旋涡之中，进行了激烈的论战和斗争"[2]。这是有道理的。如此看来，这一时期的风俗思想当与宋学的建立形成具体的联系，这或许是一种必然。但更确切地说应该是受到宋学的影响，北宋时期的风俗思想在新政、变法中形成和发展。

诚然，宋学的疑经，强调独立思索、经世致用，追求"内圣外王之道"，探究古代典籍的"义理"之所在，这些学术方式、学术风尚都直接影响北宋时期的风俗思想。

宋学的形成与发展离不开对前代学术思想与学术方法的继承与发展，并以此影响风俗思想。对此，有学者称，"宋代国家的统一，社会的相对安定，经济的发展，自然科学三大发明的完善，以及文化政策相对宽松，营造了相对自由的学术氛围，孕育着新的学术理论形态的转生"；其"新的学术理论形态"是"化解当时三大冲突"而"转生"的。即"传统经学解释学的冲突""价值理想的冲突"和"外来文明的冲突"，从而形成"新学术的融突转生"。[3] 而其自称继往圣道统，又被称为理学。[4] 我国先秦时期经过整理而被尊称为经典的《诗》《尚书》《周人礼》《周人易》《春秋》等典籍被后世学者以传记、笺注、注疏、训诂等方式所进行的阐释，以汉代儒生为典型，被称为"经学"。宋代学者发扬了韩愈等唐代学者怀疑儒经的求实务真，对那些关于儒经的注释同样表现出怀疑，渐渐出现博采众长，诸如援引"佛""道""法"等文化思想"入儒"的义理之学。如学者所举例"李觏研究《周礼》，不是把《周礼》

---

[1] 漆侠：《宋学的发展和演变》，河北人民出版社2002年版，第8页。
[2] 漆侠：《宋学的发展和演变》，河北人民出版社2002年版，第17页。
[3] 张立文、祁润兴：《中国学术通史》（宋元明卷），人民出版社2004年版，第8—11页。
[4] 张立文、祁润兴：《中国学术通史》（宋元明卷），人民出版社2004年版，第8—11页。

作为顶礼膜拜的教条,而是要从中找出解决当时宋代社会所面临的种种问题的办法"。[1]李觏曾作为范仲淹的朋友,著有《周礼致太平论》,与胡瑗、孙复、石介"宋初三先生"等郊游,推动范仲淹的庆历新政变革[2]。

受这些因素的重要影响,北宋时期风俗思想从我国古代典籍《周易》《尚书》《春秋左传》和《中庸》等经典中获取解释现实的思想文化资源。其中最典型的就是范仲淹多次在自己的著述中援引《周易》中的"穷则变,变则通,通则久"以此论证变革现实的必要性与迫切性,包括变风俗的意义,形成其风俗思想特色。如其天圣五年(1027)《上执政书》中所言"惟圣人设卦观象,'穷则变,变则通,通则久'。非知变者,其能久乎"[3],以述"苟且之弊,积习成风"[4]和"修四方之政教,正百司之纲纪,澄清风俗"[5]。之前,其天圣三年(1025)《奏上时务书》引此述说"风化其坏"与"文质相救,在乎已,不在乎人"[6]的道理。又如其《答手诏条陈十事》,以此述说"历代之政,久皆有弊。弊而不救,祸乱必生","纲纪寖隳,制度日削,恩赏不节,赋敛无度,人情惨怨,天祸暴起。惟尧舜能通其变,使民不倦"[7]。

范仲淹是关学的重要创建者,其风俗思想对后世产生非常重要的影响。不仅他如此援引古代典籍中的道理藉以论说现实,而且劝导他人,如此使自己的思想更加深厚。如张载,"志气不群","无所不学",其"年十八,慨然以功名自许,上书谒范文正公","公一见知其远器,欲成就之,乃责之曰:儒者

---

[1] 漆侠:《宋学的发展和演变》,河北人民出版社2002年版,第13页。
[2] 参见漆侠:《范仲淹集团与庆历新政》,《历史研究》1992年第三期。
[3] 范仲淹:《上执政书》,《范文正公文集》卷九,《范仲淹全集》,凤凰出版社2004年版,第183页。
[4] 范仲淹:《上执政书》,《范文正公文集》卷九,《范仲淹全集》,凤凰出版社2004年版,第186页。
[5] 范仲淹:《上执政书》,《范文正公文集》卷九,《范仲淹全集》,凤凰出版社2004年版,第198页。
[6] 范仲淹:《奏上时务书》,《范文正公文集》卷九,《范仲淹全集》,凤凰出版社2004年版,第173页。
[7] 范仲淹:《答手诏条陈十事》,《范文正公政府奏议》卷上,《范仲淹全集》,凤凰出版社2004年版,第473页。

自有名教,何事于兵!因劝读《中庸》"。[1]

张载"读其书,虽爱之,犹未以为足也,于是又访诸释老之书,累年尽究其说,知无所得,反而求之六经"[2]。其用力最深者就是《周易》,提出气一元论等哲学思想,其讲井田,推崇《周礼》,著有《正蒙》等著述,其中有许多涉及风俗。如其论"浮屠明鬼",称"自其说炽传中国,儒者未容窥圣学门墙,已为引取,沦胥其间,指为大道","其俗达之天下"而使"人人著信","上无礼以防其伪,下无学以稽其弊"[3]云云。又如其《经学理窟·周礼》中所述"《周礼》是的当之书",其中"必有末世添入者","必非周公之意",其"如深山之人多信巫祝"[4]等道理;其《经学理窟·宗法》论"管摄天下人心,收宗族,厚风俗,使人不忘本,须是明谱系世族与立宗子法","宗子法废,后世尚谱牒,犹有遗风"[5];其《经学理窟·礼乐》论"郑卫之音,自古以为邪淫之乐","盖郑卫之地滨大河,沙地土不厚,其间人自然气轻浮"[6]等。其风俗思想有许多与范仲淹相似、相近,以此可见北宋时期风俗思想与宋学的联系。

有学者把程颢、程颐为主所形成的洛学与所谓关学并称为"理学派"[7],从其风俗思想的一些相近地方看,确实有道理。

程颢、程颐兄弟,理学家所称"明道先生(伯淳)""伊川先生(正叔)",其风俗思想在学理上与范仲淹和张载相近,都重视对《周易》和《周礼》的研究和运用,但就其风俗思想内容而言,更接近于司马光,甚至可以视作所谓"温公学派"。其兄弟著述被后人整理为《二程全书》(或称《二程集》),包括《河南程氏遗书》《河南程氏外书》《河南程氏文集》《周易程氏传》

---

[1] 张载:《吕大临横渠先生传》,《张载集》,中华书局 1978 年版,第 381 页。
[2] 张载:《吕大临横渠先生传》,《张载集》,中华书局 1978 年版,第 381 页。
[3] 张载:《正蒙》"乾称篇"第十七,《张载集》,中华书局 1978 年版,第 64 页。
[4] 张载:《经学理窟·周礼》,《张载集》,中华书局 1978 年版,第 248 页。
[5] 张载:《经学理窟·宗法》,《张载集》,中华书局 1978 年版,第 258—259 页。
[6] 张载:《经学理窟·礼乐》,《张载集》,中华书局 1978 年版,第 263 页。
[7] 漆侠:《宋学的发展和演变》,河北人民出版社 2002 年版,第 28 页。

《河南程氏经说》等。他们在学术思想上相互砥砺,相互支持,对于风俗,表现出相同的态度,在总体上表现出对风俗文化探究的同时,极力捍卫所谓"礼"与"道"。

如其中"二先生语"记程颢关于"若能于此言上看得破,便信是会禅""修道之谓教"和"佛学只是以生死恐动人"等命题的论述,称"后汉人之名节,成于风俗,未必自得也。然一变可以至道","先王之世,以道治天下,后世只是以法把持天下"[1]。其论说"嘉礼不野合,野合则秕稗也。故生不野合,则死不墓祭。盖燕飨祭祀。乃宫室中事。后世习俗废礼,有踏青,藉草饮食,故墓亦有祭。如礼望墓为坛,并墓人为墓祭之尸,亦有时为之,非经礼也。后世在上者未能制礼,则随俗未免墓祭。既有墓祭,则祠堂之类,亦且为之可也"[2]。

他们也强调重视风俗与教化之间的关系。如程颢《请修学校尊师儒取士劄子》:

> 治天下以正风俗、得贤才为本。宋兴百余年,而教化未大醇,人情未尽美,士人微谦退之节,乡间无廉耻之行,刑虽繁而奸不止,官虽冗而材不足者,此盖学校之不修,师儒之不尊,无以风劝养励之使然耳。窃以去圣久远,师道不立,儒者之学几于废熄,惟朝廷崇尚教育之,则不日而复。古者一道德以同俗,苟师学不正,则道德何从而一? 方今人执私见,家为异说,支离经训,无复统一,道之不明不行,乃在于此。[3]

其他如程颐《易说》中《系辞》,《书解》中《尧典》《舜典》和《诗经》中《国风》等著述对于风俗文化的解释,包括其对于神话传说、民间歌谣的研究所

---

[1] 程颢、程颐:《河南程氏遗书》卷一,《二程集》,中华书局1981年版,第4页。
[2] 程颢、程颐:《河南程氏遗书》卷一,《二程集》,中华书局1981年版,第6页。
[3] 程颢、程颐:《河南程氏文集》卷一,《二程集》,中华书局1981年版,第448页。

表现出的风俗思想。如其对《诗经·齐风·东方之日》的解释,其称"齐国政衰,君臣皆失道,故风俗败坏,男女淫奔。日兴君,月兴臣。日月明照,则物无隐蔽,奸匿莫容,如朝廷明于上也。今君不明,故有淫奔之俗",这首诗因此被概括为"诗人以东方之日,刺其当明而昏也"[1]。在我们许多人看来,这样一篇充满热烈情爱的歌谣,却完全消解了生活与情感的意义,而被赋予政治隐喻,即可见理学之本色。

三

在北宋时期的风俗思想中,欧阳修、王安石和苏轼这样一批文学家出身的思想家,他们对于风俗的研究所表现的风俗思想更有意义。他们有充沛的情感,文学的想象力给他们更广阔的思想空间。尤其是非同寻常的人生阅历与别具一格的才气性情,使他们更多了对风俗文化和风俗生活的深切感受与理解。包括他们对风俗生活所歌唱的诗篇,都使其风俗思想具有更丰富更生动的内容。

在中国风俗思想史上,作家是一个特殊的群体。他们是中国传统文化的重要代言人,他们既有深厚的学养、学识,有敏锐的观察力和感受力,又有炽热的情感,在对于风俗这一特殊文化现象的感受、理解与表达方式上,与一般的学者、思想家相比,又有着很多方面的不同。如屈原,高唱"帝高阳之苗裔兮,朕皇考曰伯庸",再唱"路漫漫其修远兮,吾将上下而求索";如陶渊明高唱"刑天舞干戚,猛志故常在",再唱"采菊东篱下,悠然见南山";如杜甫高唱"致君尧舜上,再使风俗淳",再唱"安得广厦千万间,大庇天下寒士俱欢颜",以及韩愈的《祭鳄鱼文》与其所言"斯道也,何道也","尧以是传之舜,舜以是传之禹,禹以是传之汤,汤是以传之文武周公,文武周公传之孔

---

[1] 程颢、程颐:《诗经·东方之日》,《河南程氏经说》卷二,《二程集》,中华书局1981年版,第1058页。

子,孔子传之孟轲,孟轲之死不得其传焉"[1]等等,他们将其对风俗文化与风俗生活的感受融于自己激昂的情感、崇高的理想、不拔的追求之中,化作诗句或充满激情的文辞,借以表达自己的向往。同时,以神话传说为典型的风俗文化也就化作他们扑朔迷离、云遮雾绕的意境,而正如此,神话传说成为神坛、祭坛、文坛上的圣品,在中国传统文化发展中一次次受到洗礼,得到升华、涅槃,成为民族传统与民族精神的重要主体内容。这是中国文化发展史上一道特殊的景观。

宋代社会,尤其是北宋时期的仁宗、神宗年间,集中涌现了欧阳修、王安石、曾巩、苏洵、苏轼、苏辙、梅尧臣、秦观、晏殊、黄庭坚等一大批在中国文学史上熠熠闪光的作家,唐宋八大家中的六大家都在这一时期出现,这种现象在历史上是相当少见的。这样一批卓尔不群的作家,一个个自命不凡,怀抱着炽热的激情和理想打量社会的一切;他们首先是一群以诗性才情名世而愤世嫉俗的文士,然后才是勤奋求索,向往"以通神明之德,以类万物之情""究天人之际"的思想家,最后才是一群忠于职守、兢兢业业、勤勤恳恳的政治家。与历史上的屈原、陶渊明、杜甫、韩愈他们一样,欧阳修他们胸怀壮志,壮怀激烈,热烈向往真理,尽情拥抱真理,与他们不同的是,由于宋代社会特殊的文化历史背景,欧阳修他们更多了一些能够亲身走向朝廷的机会,能够亲身投入现实社会实践中,从而有着耀眼夺目的作为。宋代社会特殊的政治条件给了欧阳修他们以特殊的社会地位与社会实践的舞台,从而也影响着他们的思维方式与行为方式,同样也影响着他们的风俗思想的形成、发展。

但是,同样作为作家出身的思想家与政治家,其出身不同,个人生活阅历与知识经验等条件不同,甚至在生活上同是朋友,其生活情趣不同,审美表现方式与文化价值立场不同,其风俗思想也不尽相同,甚至形成尖锐的冲

---

[1] 韩愈:《原道》,《昌黎先生集》卷一一,四部丛刊本。

突。但无论如何,他们的风俗思想都是真诚的人生追求与精神情操的表现,都是我国风俗思想史上的宝贵财富,都值得我们珍视。

风俗思想既是宋代作家的文化思想,也是他们的社会思想,更是他们的道德文章,表现出他们的见识、学识,也表现出他们的品格与操守。如欧阳修,被称为宋代古文运动的领袖,其"好古嗜学"、"天才自然"、"丰约中度"、"超然独骛,众莫能及,故天下翕然师尊之";[1]苏轼给他很高的评价,把他视作与历史上李白、韩愈、司马迁、陆贽他们一样的巨人[2]。欧阳修早年追随范仲淹,投入庆历新政,高呼变革,而且他也曾经奖掖过王安石、苏轼他们,结下了深厚的友谊。但是,在熙宁年间的王安石变法中,他却站在王安石的对立面,激烈地抨击新法。又如苏轼,《宋史·苏轼传》称其"器识之宏(闳)伟,议论之卓荦,文章之雄隽,政事之精明,四者皆能以特立之志为之主,"[3],其"'作文如行云流水,初无定质,但常行于所当行,止于所不可不止'。虽嬉笑怒骂之辞,皆可书而诵之。其体浑涵光芒,雄视百代,有文章以来,盖亦鲜矣",但其"自为举子至出入侍从,必以爱君为本,忠规谠论,挺挺大节,群臣无出其右。但为小人忌恶挤排,不使安于朝廷之上"[4]。其早年与王安石在政治上形成对立,与欧阳修、司马光他们是政治上的战友,后来却能够理解并接受王安石的新法,又与司马光形成政治上的冲突,等等。应该说,这正是他们崇尚真性情的道德文章在其文化思想包括风俗思想上的表现,体现出他们独立思索、从不依附权贵、从不掩饰自我的高尚品格。这也是中国古代风俗思想史上尤为珍贵的一页。

再者,这些作家或出身贫寒,或长期居于社会底层,熟稔民间疾苦,洞悉社会发展的症结所在,无论是他们认识和理解风俗文化与风俗生活的方法,

---

[1] 脱脱等:《欧阳修传》,《宋史》卷三一九,列传七八,中华书局2001年版,第10381页。
[2] 脱脱等:《欧阳修传》,《宋史》卷三一九,列传七八,中华书局2001年版,第10381页。
[3] 脱脱等:《苏轼传》,《宋史》卷三三八,列传九七,中华书局1985年版,第10818页。
[4] 脱脱等:《苏轼传》,《宋史》卷三三八,列传九七,中华书局1985年版,第10817页。

还是其立足点,都具有脚踏实地、求真务实、以民为本、心系朝廷和国家社稷的品质。其风俗思想的表现方式则不尽相同,千姿百态。

如欧阳修以特立独行的批判方式形成自己疑古辨伪的理论风格,对整个宋代社会之前的风俗思想进行了必要的理论清洗。他特别重视礼教对风俗良性发展的重要作用,一再强调"三代"传统的维护,借以抵抗佛老"鄙俚""怪妄"之俗,他所要坚持、维护、修复的正是冠以"尧、舜、三代"之名的"正统"。欧阳修看到了"民"与"世"同佛教文化的密切联系,与之相抗衡的文化标准,就是他引述"孔子有三皇设言而民不违之说"时所倡明的"上古之至道",即"所以使民不倦者,皆伏牺、神农、黄帝之为也",即"上有淡泊清净之风,下无薄恶叛离之俗"。[1] 所以,他对传统文化中的阴阳五行、天人相应等学说给予一定的礼遇。其中,他将经学与风俗思想的理论基础,主要是《易》《周礼》等典籍,包括河图洛书、谶纬学说等内容,进行的批判、质疑、驳斥,显示出其战斗风格。当然,他的疑古也常常表现出唯理思想,如其对于《诗经·生民》中后稷的解释,所述"后稷之生,说者不胜其怪",以为"怪妄",[2] 便不免偏颇。他所要强调的,无论是有意还是无意,都在事实上以"民"与"俗"为重要依据,显示出他风俗思想的民本内涵。但他并不是一个简单的民本思想的表达者,他的风俗思想与他的文化思想在根本上或在总体上都是以国家、社稷为出发点的。其所表现出的风俗思想的学理逻辑,就是传统等于风俗,风俗等于传统,而传统规定风俗发展的重要基础就是"圣人"连同"民""邦国"相互影响中社会发展的结果。在其著述中,欧阳修一直坚守着这种逻辑规则。他使用"野俗""世俗""闾阎鄙俚"等概念,其依据是"君子之志",其描述的天下既是朝廷与黎民百姓的统一,是"邦国"的化身,是我国传统知识分子以国家、社稷为最高利益及其在历史

---

[1] 欧阳修:《三皇设言民不违论》,《欧阳修全集》卷六十,中华书局2001年版,第865页。
[2] 欧阳修:《生民》,《诗本义》卷十,四库全书影印本,第70—258页。

演进中形成的文化传统为理论根据的。他眼目中的"世俗传讹""世俗言语之讹""俚俗之缪""当时流俗"等语句,强调的重点,所阐释的重点,都是一个"俗"字。而他论"俗"的目的,正在于对"世"即社会现实的密切关注。"世俗"就是现实社会发展中形态万端的"风俗",对"讹"即"缪传"的变异性内容的学理论述,尤其是他所坚持的立场及其具体的论点,是宋代社会这样一批学养深厚、文彩奕然的思想家、文学家、政治家对于风俗文化所表现出的理论关照方式的典型代表。这是宋代风俗思想的时代特点。尤其是《归田录》等著述,我们从中看到的既有学理的显示,又有故事(史实)作为证据的趣味性,堪称笔记体的风俗思想体系特征。其通过风俗事项讲述具体的事故,然后在讲述中表现其丰富、独特而生动的风俗思想,而且处处显示出"我"的在场,增强其表达的真实性。又如《集古录》,体现的是欧阳修读书生活的一斑,包括他的趣味、治学态度、治学方法,也包括他别具特色的风俗思想。由此我们可以看到欧阳修"集古"却不"拟古",时刻关注社会发展,其常常言"尧舜及三代",特别强调历史经验与历史教训,强调对"道"的追求。他常常在风俗文化中努力寻找"俗"与"道"的差异,以此述说自己的感受与理解,而且特别注意将这种差异置于一定的历史文化语境之中。欧阳修与许多有识之士一样,时常敏锐地察觉到风俗与民俗的复杂联系,尤其是"上有所好,下所习之"的文化复制意义。同时,他更密切关注到风俗生活与风俗文化的导向,所以常常借题发挥,及时提出具有干预性意义的"劄子"等意见,具体表现出其现实性尤强的风俗思想。其风俗思想常常将感知的触觉伸向上古即历史文化的最久远处,表现出博大的胸怀、广阔的视野,而且细加考究、疏证,正本清源,表现出精密深邃的严谨,更重要的是其战斗精神、批判精神及其对时代人生的热烈拥抱。

王安石是一位伟大的改革家,他的文化思想包括他的风俗思想,既是其改革事业发展的精神动力、思想资源,又是在改革事业中日渐完善、发展,形成自己的理论思想体系的。与欧阳修相比,他的风俗思想更多的是在向他人表述自己的思想或与他人论争中具体展现出来的,尤其具有鲜明的斗争精神和非同寻常的实践品格。其《上仁宗皇帝万言书》可以看作其风俗思想的纲领性文献,他着力论述"风俗日以衰坏"与社会变革的必然性等社会问题,《宋史》称"后安石当国,其所注措,大抵皆祖此书"[1]。王安石敢于直面现实,重视法度的完善,重视在发展中随事情的具体变化"改易更革"于"当世之变",追求"合先王之政"的"道","流俗之所不讲,而议者以为迂阔"[2]。其风俗思想的核心在于济民,在于安业,通过社会发展中的政治建设、经济建设、文化建设包括思想建设的相互协调,形成美俗、良俗,直指时弊,即"流俗"。他所关注并概括总结的"风俗日以衰坏",也成为他后来不断论及的话题。他所阐述的"约之以礼""裁之以法"与"一天下之俗而成吾治"的新美风俗理想,同他"教之之道""养之之道""取之之道""任之之道"的改革理想相融合,不断注入新的思想内容,形成他独特的风俗思想。我们可以看到他经过多年思索与实践,经过深入思索,最后总结并形成了自己的风俗思想体系;其变革天下的文化思想和政治思想直接影响了他所献身的改革事业,也影响了他的风俗思想的发展。他所提出的"摧制豪强兼并""欲富天下则资之天地"等主张与政策,首先遭遇的就是社会主流强势力量的豪强、权贵们的反对。不用说,"便农""趣农"之"农",从来都是社会的弱者;其富民、强国理想尽管曾得到宋神宗的大力支持,但他与"农"人一样,仍然在政治斗争中更多的是处于劣势。其主张"变风俗"与"立法度"是一体的,其所称"当务之急",是他非常清楚问题的重要、迫切、严峻、艰巨。其"变风俗"与"立法度"的基本目标是"为天下理财,不为征利"(《答司马谏议书》),是"因天下之力以生天下之财,取天下之财以供天下之费"(《上皇帝万言书》),是"均天下之财,使百姓无贫"[3]!其风俗思想之所以能够融入其变法

---

[1] 脱脱等:《王安石传》,《宋史》卷三二七,列传八六,中华书局1985年版,第10542页。

[2] 脱脱等:《王安石传》,《宋史》卷三二七,列传八六,中华书局1985年版,第10542页。

[3] 李焘:《续资治通鉴长编》卷二二三,"熙宁四年五月丙午记事"载,中华书局1995年版。

事业、变法思想之中,其尤为重要的就是"使百姓无贫"的崇高境界。相比此之无私,更多的人是在以国家社稷为名维护某种集团、阶层的利益,这更显示出王安石非凡的胸襟,其风俗思想亦更显示出品格的卓越。王安石"变风俗,立法度",欲"新美风俗",对"流俗"表现出强烈的愤慨,甚至对于宋神宗在"流俗之言"面前的动摇、妥协,及其从俗、入俗,表现出不满。他曾经直言"今欲制天下之事,运流俗之人,当自拔于流俗之外乃能运之。今陛下尚未免坐流俗之中,何能运流俗,使人顺听陛下所为也"[1]。他对"流俗之人"给予鄙视,称"流俗之人,罕能学问,故多不识利害之情,而于君子立法之意有所不思,而好为异论"[2]。他强调的"变风俗",一直是"新美",是"厚",是"使百姓无贫",如荀子所讲"美善相乐"。而且,王安石坚决反对"流俗",却从无嫌贫爱富,从无拟守上智下愚的等级观念。如其曾对富弼、冯京、司马光的"流俗"之行表示轻蔑,称"今风俗未定,异论尚纷纷",如果使"流俗"有此"宗主","即事无可为者"[3]。对于下层百姓,他打破上尊下卑的界限,将"井屠贩之人"亦"皆召至政事堂",重视草泽人的意见,诚如其所称,此"兴利利弊,非合众智则不能尽天下之理",所以听"诸色人"的"陈述"[4];他多次主张对于新法的施兴不能莽撞,须"伴问百姓,然后立法","法成,又当晓谕百姓,无一人有异论,然后著为令"[5]。尊重民间,问政于民,实际上是使民问政、参政,这与乐府制度的察天下俗以知政体得失有巨大不同,具有鲜明的亲民意识。这与其"使百姓无贫"的理想是一致的,是我国风俗思想史上极少见的内容。

苏轼的文化思想博大精深,其风俗思想亦同样深刻、丰富,也更为复杂。

---

[1] 陈瓘:《四明尊尧集》卷三《论道门》引《熙宁奏对目录》存,转引自邓广铭:《北宋政治改革家王安石》第 130 页。
[2] 李焘:《续资治通鉴长编》卷二二三,"熙宁四年五月癸巳"载,中华书局 1995 年版。
[3] 李焘:《续资治通鉴长编》卷二一三,"熙宁三年七月壬辰"载,中华书局 1995 年版。
[4] 李焘:《续资治通鉴长编》卷六六,《三同条例司》载,中华书局 1995 年版。
[5] 李焘:《续资治通鉴长编》卷二二四,"熙宁四年六月戊午"载,中华书局 1995 年版。

其才华横溢,胸怀坦荡,却屡屡遭人嫉恨而身世坎坷,但其不改理想追求,尤其是与风俗思想伴生的意志、毅力、品格,表现出其坚定的民本立场与忠于国家社稷的无私情怀。特别是其晚年,以病老之躯跋涉于岭南,其风俗思想仍以"淳美"为追求,视风俗为国家"元气",强调"周知天下之风俗",探索"风俗日以薄恶"的社会原因与历史原因,与"厚风俗"的方法、道路。

苏轼一直非常注意入境问俗。如其在《密州谢上表》中所称"入境问俗,又复过于所期"以"推广中和之政,抚绥疲瘵之民"。[1]其早期的风俗思想典型地体现在"熙宁四年二月某日"的《上神宗皇帝书》;如其在奏书中所述,"臣之所欲言者三,愿陛下结人心,厚风俗,存纪纲而已"[2]。所谓"厚风俗",就是通过"结人心",实行"存纪纲"的社会调适手段;"厚"的实质意义即"淳","淳厚",与杜甫所唱"致君尧舜上,再使风俗淳"的"淳"是一致的。其出发点与目的同王安石《上仁宗皇帝万言书》中针对的"风俗日以衰坏"实际上也是一致的;只是"立风俗,变法度"的方式、方法不同,而他们的风俗思想的差异,也正在这里。当然,其不同之处还在于时代背景的不同,王安石是对宋仁宗时代积弊甚重而发,苏轼则是针对宋神宗时代政治改革如火如荼的新法气象而发。他的政治理想即"厚风俗""结民心"以"安万民",使"治平"之一号名有所实,恢复"三代之制"。当然,他所讲"安万民"之"敦教化""劝亲睦"等种种方法,用"三代"作对比,都是为了抨击新法。其风俗思想在理论上是没有什么过错的,而在实践中也就显得"迂阔"甚至脱离或违背实际了。换句话讲,就是他简单地把"风俗日以薄恶"完全归咎于新法、新人之"新",违背了"三代""先王"之"制"。这就难免有偏颇了,似乎他过分强调了复古即尊先王之制的意义。

"乌台诗案"后苏轼贬居黄州的一段日子,这是他风俗思想发生重要变

---

[1] 苏轼:《密州谢上表》,《苏轼文集》卷二三,中华书局1986年版,第651页。
[2] 苏轼:《上神宗皇帝书》,《苏轼文集》卷二五,中华书局1986年版,第729页。

化的一个重要转折点。从当年踌躇满志步入京师,到颇有沮丧离开京师,苏轼的风俗思想不再有浓郁的坐而论道之风,而是更多地切近现实,"哀民生之多艰"。如其熙宁七年(1074)以"太常博士直史馆权知密州军州事"的身份,奏《论河北京东盗贼状》,开题即称"河北、京东比年以来,蝗旱相仍,盗贼渐炽,今又不雨,自秋至冬,方数千里,麦不入土,窃料明年春夏之际,寇攘为患,甚于今日"[1],应该说,这是现实生活的描述,也是风俗生活的再现。既是风俗,就有传承;苏轼"入境问农",以"周知天下之风俗",所以非常重视一地区的风俗发生背景,他借以述说历史地位与现实状况,强调自己奏状的必然性与重要性。元祐四年(1089),其以龙图阁学士除知杭州,再一次离开京师,其风俗思想亦随之发生变化。这就是历史上的蜀党、洛党之争,苏轼与程颐所争,亦可看作风俗生活、风俗文化的观念差异,即他们风俗思想表现的差异。此后,苏轼转至扬州、颍州等地,他总是把周济天下灾伤作为头等大事,留意民风,关注风俗,把风俗兴衰看作国家兴旺与否的标志。

尤为值得我们关注的是,苏轼的风俗思想有着浓郁的历史文化情结与强烈的批判意识。他对于现实社会中的各种现象,总是将其置放在社会历史发展的大背景下进行宏观思索,或将其与历史上的类似现象进行联系、比较。尤其是对于风俗文化与风俗生活,他的正本清源意识相当强,通常对历史的演变作出梳理、甄别,以此论述某种风俗的价值与意义。用今天的话说,即具有历史民俗学的色彩。

"三代"是苏轼心目中的理想时代,在这一点上,他与欧阳修他们相同。在他看来,"三代"的风俗之淳厚在于君亲民爱,"天下之人"皆"惟其习惯而无疑",而"后世风俗变异",则当"用今世之所便。以从鬼神之所安"。其中,"变更秦国之风俗"对于"法令大行","依仿以为法"于"其制礼之意"的实

---

[1] 苏轼:《论河北京东盗贼状》,《苏轼文集》卷二六,中华书局1986年版,第753页。

质,与其当年所倡"爱惜风俗,如护元气"[1]相应,其"元气"即在于此"三代"。苏轼有自己的历史进化观,他承认"后世风俗变异"的必然性。而他从来反对"帷便利之求",更看重"道德之深浅"与"风俗之厚薄",他推崇司马光所谓"天地所生财货百物,止有此数,不在民则在官。譬如雨泽,夏涝则秋旱。不加赋而上用足,不过设法阴夺民利,其害甚于加赋也"[2]的论断,屡屡以"风俗之厚薄"作为批评王安石"不加赋而上用足",将反对"变更易革民下"的历史根据归于"三代",归于"尧、舜、禹、汤,世主之父师也",力劝朝廷"恭敬慈俭,勤劳忧畏"[3],但他又审时度势,及时改正自己的缺陷,在司马光"尽废新法"时挺身而出,抵制和反对司马光的过激行为。

苏轼的晚年充满凄凉与裴哀。其奔波、跋涉于穷山恶水间,身心都受到极大的摧残。他愈挫愈勇,心系中原,不忘朝廷,常常期盼着北归。同时,他坚持"入境问俗",留心于岭南、海南等不同地区的风俗,尤其是他对于世俗宗教等生活现象,或作记述,或作议论,成为其风俗思想的一部分。当然,佛教也好,道教也好,相关之风俗文化、风俗生活在苏轼的胸臆中都是支持其与邪恶势力搏杀的利器。在艰难困苦与邪恶力量面前,苏轼从不低头,其风俗思想所表现的不仅仅是对于具体风俗事项的述说、论断,更是彰显出其不息的斗志。此亦应人所云,"礼失求诸野",正是苏轼屡遭困厄,其身心受以摧残,同时也受到磨炼,其贴近风俗,关注风俗,便从风俗之中得到教益、慰藉、支持。

司马光就不同了。他主要是一个历史学家,尽管他也曾经吟诗做赋,他更多的是以历史经验的总结为主要依据,以理性批判作为自己风俗思想的表达方式。

司马光特别推崇"中庸"思想。他在《中和论》中首称"求道贵于要","道

---

[1] 苏轼:《上神宗皇帝书》,《苏轼文集》卷二五,中华书局1986年版,第737页。
[2] 苏轼:《论商鞅》,《苏轼文集》卷五,中华书局1986年版,第156页。
[3] 苏轼:《论商鞅》,《苏轼文集》卷五,中华书局1986年版,第156页。

之要在治方寸之地而已"。其所称"中和"其实就是"中庸",如其所说,"君子之心,于喜怒哀乐之未发,未始不存乎中,故谓之中庸","中、和一物也","中者,天下之大本也;和者,天下之达道也"[1]"一阴一阳谓之道,然变而通之,未始不由乎中和也"[2]。由此出发,其风俗思想中的中和便自然可见。

司马光的风俗思想主要表现在强调道德教化,强调"和厚风俗",强调"谨守祖宗之成法",意在维护社会稳定,维护王权利益。他常常把"和厚风俗"与"张布纲纪"并列为"务实"的基本措施;其倡言"国家之治乱本于礼,而风俗之善恶系于习"[3]。这是他风俗思想的基本观点。他以为,"习"是风俗变化的表现,也是风俗变化的动力。如"赤子之啼,无有五方,其声一也","及其长,则言语不通,饮食不同,有至死莫能相为者",其"是无他焉,所习异也",此"至于古今亦然",即"习与不习而已矣"[4]。他坚持的一直是"当守先王之礼",极力摒弃非道通的"阴阳之书""世俗委巷之言""市井愚夫"与"状如俳优,又类戏剧"等"鄙俚无稽"者,这是其风俗思想的基本立场。同样,司马光的忧患意识溢于言表,应该说这是很可贵的,其强调对历史传统的重视也是有道理的,但他把评论事物的标准有些简单地归于"以先王之道揆之"[5],即未免偏颇。表现在其风俗思想中,可以看到他在许多地方出现自相矛盾的内容。

宋神宗去世后,司马光在高太后的支持下尽废新法,其风俗思想与其复出之前便有了许多不同。其中,在他的"劄子"等文章中出现尤其频繁的一个字眼,就是"民间疾苦"。而"民间疾苦"在他此前的文章中几乎没有,他所提更多的是"国家大政"和"自古始以来"等内容。

---

[1] 司马光:《中和论》,《全宋文》卷一二九,巴蜀书社1992年版,第508页。
[2] 司马光:《答李大卿孝基书》,《全宋文》卷一二二,巴蜀书社1992年版,第382页。
[3] 司马光:《谨习疏》,《全宋文》卷一一八一,巴蜀书社1992年版,第612页。
[4] 司马光:《谨习疏》,《全宋文》卷一一八一,巴蜀书社1992年版,第612页。
[5] 司马光:《上体要疏》,《全宋文》卷一一九六,巴蜀书社1992年版,第142页。

司马光终究是一位杰出的历史学家,他对于包括风俗文化、风俗生活在内的中国历史的研究,形成其个性鲜明的风俗思想。应该说,其以历史研究为背景的风俗思想,成就远大于其社会政治思想的建树。或可以称之为学者本色,其道德思想主义造成其坚忍不拔的追求,也造成其狭隘与固执。特别是其主持的历史学巨著《资治通鉴》,司马光以一句句"臣光曰",点评历史,论述历史上的风俗,尽情述说自己的感受与理解,如其在"表"中所称,"监前世之兴衰,考当今之得失"[1],在展示其史学思想包括风俗思想的同时,显示出其性情与品德。《资治通鉴》影响了后世的历史研究,更影响了后世的文化研究,自然包括风俗思想研究。司马光在这里所显示的风俗思想,给我们许多借鉴,给我们许多启发。

四

宋代风俗思想的发展,与佛道文化思想的联系也相当密切。唐五代漫长的战乱,佛教受到一次次重创,后周时期周世宗的毁佛令影响最大,佛教衰微,而在北宋初期,由于宋太祖实行保护政策,诸如修订百姓出家的考试制度,派送僧人求法,尤其是开宝年间在成都雕刻的十三万版《大藏经》,之后宋太宗设立译经院,寺院建筑得到政府修葺,寺院经济受到免税等政策的鼓励,迅速发展,又出现复兴的趋势。佛学自然复兴起来,出现天台宗、净土宗、华严宗和律宗等,与禅宗并行天下,形成佛教文化的繁荣。佛教宣扬的人人皆可成佛,人间报应轮回与积善成德的思想,甚至"放下屠刀,立地成佛",使得苦难中的民众得到精神的慰藉,如有学者所讲,佛教文化通过赞唱等生动活泼的讲述方式,"灌输给广大听众";佛教文化重视"社会的混乱和贫困化","同当时占主导地位的统治思想相投合,得到统治上层的认可和支

---

[1] 司马光:《进〈资治通鉴〉表》,《资治通鉴》卷二九四,中州古籍出版社2003年版,第3002页。

持",从而获得"一席之地"。[1]此时出现释智圆、契嵩等人,他们大力宣扬儒释会通,声称佛教与儒学都属于"中庸",都重视伦理与教化,提出"宗儒为本""孝为戒先"学说,"儒释会通是双向互动的文化和合过程","既有佛教的儒学化,也有儒教的佛学化",以"坦诚心态"而"融会儒释道三教伦理思想","积极回应时代精神和民族文化的和合挑战",[2]对于宋代社会形成重要影响。而道教作为中国土生土长的宗教,从秦汉时期的巫术、方士与黄老思想结合,不断修正改造,如其对于佛教文化的吸收,形成太平道、五斗米道等教派,在李唐时期大兴旺;至宋代,北宋初期崇奉道教,祭祀泰山、汾阴诸神,编纂《道藏》等道教文献,设立"道录院"等管理机构,道教世俗化日益加剧,形成宋代社会道教文化的繁荣,出现张伯端及其《悟真篇》,所谓内丹修炼,儒释道三教归一,超越世俗的思想与禅宗形成相同之处。

在这样的思想背景下,中庸思想包含的反对极端,提倡包容、平和的内容,形成儒释道三种文化相互影响作用的重要因素。所以,我们可以看到两种现象:一是以王安石、苏轼为代表的文人,他们在晚年多趋向于佛教,如王安石甚至将自己的家产捐给了佛寺;一是以欧阳修、司马光为代表,他们遵守"法先王之道"的文化传统,倾向于对道教文化的接受而反对佛教文化对于"尧舜"与三代以来中国传统文化的侵入,包括对古俗的破坏。王安石晚年居于金陵,受到佛学、佛教文化的影响,曾作《乞以所居园屋为僧寺并乞赐额劄子》。他说,"方今乱俗不在于佛,乃在于学士大夫沉没利欲"[3]。应该说,一方面是佛教文化对于疲惫、困窘中生活的人在情感上的慰藉,一方面是王安石对于现实社会中改革事业遭受挫折所表现的痛苦与失望,也是他援引佛教文化入于儒学即儒释会通思想的表现。这与

---

[1] 漆侠:《宋学的发展和演变》,河北人民出版社2002年版,第105页。
[2] 张立文、祁润兴:《中国学术通史》(宋元明卷),人民出版社2004年版,第531页。
[3] 王安石:《答曾子固书》,转引自蔡上翔《王荆公年谱考略》卷二二,"自元丰四年至元丰五年元丰六年",中华书局1959年版,第306—307页。

唐代诗人白居易晚年的心态颇为相似,都是人生痛苦的宣泄这种成分可能更多一些。苏轼曾经写过许多佛赞,为其妻超度;而其中也不乏嬉笑怒骂,如其为"一切饿鬼众"赞中述"说食无味","美从妄生,恶亦幻成。如幻即离,既饱且宁";其为"一切畜生众"赞中述"欲人不知,心则有负。此念未成,角尾已具。集我道场,一洗濯之。尽未来劫,愧者勿为"[1]。其表面似乎在述"饿鬼""畜生",其实又如何不是在骂世!又如其《养生诀》所述,其"近年颇留意养生","读书,延问方士多矣,其法百数,择其简易可行者,间或为之,辄有奇验","今此闲放益究其妙,乃知神仙长生非虚语尔",其称"神仙至术,有不可学者",即"忿躁""阴险""贪欲""无此三疾,切谓可学"[2]。此名为谈道教风俗,实借以抨击丑恶。又如其《思无邪赞》唱"饮食之精,草木之华。集我丹田,我丹所家。我丹伊何?鈆汞丹砂",唱"金丹自成,曰思无邪"。[3]由此可见其对"丹田""丹砂"的理解,即对道教文化的领悟。所谓"思无邪",与所谓"三疾",与真正的道教风俗并无什么直接联系;其所称"思无邪"云云,此二者都是诸道教文化之名,就此风俗以述胸中之志。这也是苏轼的风格。

对于佛教文化影响风俗文化的深重,欧阳修表现出强烈的愤懑。如其《唐放生池碑》中,同样对佛教文化给予批评。其称:"放生池,唐世处处有之。王者仁泽及于草木昆虫,使一物必遂其生,而不为私惠也。惟天地生万物,所以资于人,然代天而治物者常为之节,使其足用而取之不过,故物得遂其生而不夭。三代之政如斯而已","浮图氏之说,乃谓杀物者有罪,而放生者得福。苟如其言,则庖牺氏遂为地下之罪人矣。"[4]在欧阳修看来,所谓"浮图"与"神仙道家"同属于"怪妄",其"二患交攻"对社会稳定和社会发展

---

[1] 苏轼:《水陆法像赞并引》,《苏轼文集》卷二二,中华书局1986年版,第631—634页。
[2] 苏轼:《养生诀》,《苏轼文集》卷七三,中华书局1986年版,第2335—2336页。
[3] 苏轼:《思无邪赞》,《苏轼文集》卷二一,中华书局1986年版,第606—607页。
[4] 欧阳修:《唐放生池碑跋》,《欧阳修全集》卷一四〇,中华书局2001年版,第2232—2233页。

造成严重伤害。他批评具有"英雄智略"的唐太宗"牵惑习俗之弊,犹崇信浮图",造寺"为阵亡士荐福",以事实论证佛教文化"同出于贪"的实质。在欧阳修看来,其信仰基础是佛教文化的"杀物者有罪,而放生者得福",他用推论称,如果这样演绎道理,古代的圣人也成为"地下之罪人",毫不留情地批驳其荒诞之至、蛊惑人心、毁坏风俗。对于佛事在风俗生活中的影响愈演愈炽,司马光也提出强烈的不满。他在《福宁殿前尼女劄子》中,对"大行皇帝梓宫在福宁殿,自启欑以来,每日装饰尼女,置于殿前。傅以粉黛,衣以绮绣,状如俳优,又类戏剧",表示"不知其说果何谓也",称其"黩嫚威神,莫甚于此",提出"有鄙俚无稽不合典礼如此类者,悉宜删去","无使四方之人有所观笑"。[1]

应该说,从对社会文化发展的意义上说,他们都言之有理。其对于佛教文化与道教文化所表现的风俗思想的具体差别,都是他们人生所面临的实际所感发,包括他们不同性情的自然显现。宗教世俗化对于王安石、欧阳修他们的影响,在不同的地点、不同的时期、不同的人生遭遇,他们有各自不同的文化选择。每一种选择都有他们自己充足的理由,而其风俗思想便是其理由的具体阐释、表达。

北宋时期风俗思想的形成与发展,离不开具体的社会生活,而任何一种理念都是思想者对于社会、人生的具体表达。人生随社会生活而多变,人的情感更因此越来越丰富,越来越复杂;人的思想,包括风俗思想,也并不是完全直接、简单的复制社会与人生。作为历史文化遗产,北宋时期的风俗思想映现了这一特殊历史时期社会生活的发展变化,而其思想背后的内容,还有许许多多值得我们探究。北宋时期的风俗思想在中国风俗思想史上具有十分重要的地位,它深刻影响了后世风俗思想的思维方式与表达方式,特别是它所强调的国家社稷立场与民本意识、忧患意识,构成中国风俗思想的重要

---

[1] 司马光:《福宁殿前尼女劄子》,《全宋文》卷一一八四,巴蜀书社1992年版,第664页。

传统，至今值得我们珍惜。

南宋一代，社会思想文化的发展基本上延续了北宋。金人入侵中原，生灵涂炭，社会动荡，民不聊生，朝廷苟且偷安，给士大夫阶层以深深的刺激。朱熹为代表的思想家，常怀拯救世道的雄心，深入思索中国文化的发展道路和前途，提出了存天理的诸端学说。其论述中国历史文化，不忘结合社会发展现实，集中论说社会风俗生活与民间文艺的长短得失，表现出自己独特的人生观、社会观和历史文化观，形成了包括民间文艺思想理论在内的文化思想。这是中国民间文艺发展史的一部分。

宋人南渡，出现《东京梦华录》等怀念中原故地风俗的文献，表现出一种失落和怅然。同时，也出现《武林旧事》《西湖老人繁盛录》等笔记，记录社会风俗与历史文化遗产。南宋社会的思想文化发展变化尤其复杂，除了朱熹，还有陆九渊等一大批思想家，他们探究社会发展的历史与现实，提出许多有价值的理论与学说。包括陆游、辛弃疾等一批杰出的诗人和艺术家，在他们的文艺作品中表现出对社会风俗生活和民间文艺的认识和理解，倾诉出他们的衷肠。这也是中国民间文艺发展史的重要内容。

第二章
范仲淹的风俗思想

范仲淹（989—1052），字希文，苏州人。他是宋代杰出的思想家、教育家、改革家，也是著名的政治家、军事家（战略家）。其"先天下之忧而忧，后天下之乐而乐"[1]，表现其忧患意识，成千古名言。

范仲淹"幼孤"，如其自称"起家孤平"[2]，"立身本孤"[3]；自大中祥符三年（1010）入学南京应天书院，"昼夜不息，冬月备甚，以水沃面，食不给，至以糜粥继之，人不能堪，仲淹不苦也"[4]，"居五年，大通六经之旨，为文章论说必本于仁义"[5]。此后，其以"朱说"之名中进士，授广德军（今安徽广德县）司理参军，办案认真、正直，为人所称道。再其后，漫游燕赵，感受"子房帷幄方无事，李牧耕桑合有秋"、"民得袴襦兵得帅，御戎何必问严尤"[6]的"河朔"气象；上书执政，述"慨然有益天下之心，垂千古之志"，言"卑栖曾未托椅梧，敢议雄心万里途"[7]，做《奏上时务书》提出"厚风俗"主张。至庆历元年

---

[1] 范仲淹：《岳阳楼记》，《范文正公文集》卷八，《范仲淹全集》，凤凰出版社2004年版，第169页。
[2] 范仲淹：《润州谢上表》，《范文正公文集》卷一六，《范仲淹全集》，凤凰出版社2004年版，第344页。
[3] 范仲淹：《谢授知邠州表》，《范文正公文集》卷一八，《范仲淹全集》，凤凰出版社2004年版，第367页。
[4] 脱脱等：《范仲淹传》，《宋史》卷三一四，列传七三，中华书局1985年版，第10267页。
[5] 欧阳修：《资政殿学士户部侍郎文正范公神道碑铭并序》，见《范文正公褒贤集》卷第一，《范仲淹全集》，凤凰出版社2004年版，第936页。
[6] 范仲淹：《河朔吟》，《范文正公文集》卷四，《范仲淹全集》，凤凰出版社2004年版，第64页。
[7] 范仲淹：《西溪书事》，《范文正公文集》卷四，《范仲淹全集》，凤凰出版社2004年版，第71页。

（1041）做《上攻守二策状》，庆历二年做《再议攻守疏》，庆历三年其除枢密副使、擢参知政事，做《答手诏条陈十事》《再进前所陈十事》等，举数"历代之政，久皆有弊。弊而不救，祸乱必生"[1]与《周易》"穷则变，变则通，通则久"的"更张"道理，即"庆历新政"，如火如荼。然而，其不久便因"奏邸之狱"使新政失败，离开京师，至邓州、杭州、青州、颍州，病逝徐州。其一生与"忧患"相连，与"更张"相牵，提倡以教育"风化天下"的政治主张，以"厚风俗"的方式"制治于未乱，纳民于大中"[2]，形成其富有实践特色的风俗思想。

崇儒，是范仲淹风俗思想的核心。

即"崇儒敦古，右文致化"，被范仲淹视作"治本"[3]。崇儒等同教化，作此"制治"。

他对此详细论述道：

> 三代盛王致治天下，必先崇学校，立师资，聚群材，陈正道。使其服礼乐之风，乐名教之地，精治人之术，蕴致君之方。然后命之以爵，授之以政，济济多士，咸有一德。列于朝，则有制礼作乐之盛；布于外，则有移风易俗之善。故声诗之作，美上之长育人材，正在此矣。

> 国家崇儒敦古，右文致化，三京五府，多建庠序……所贵国家教育之道，风布于邦畿；进修之人，日闻于典籍。士务稽古，人知向方。[4]

所谓"移风易俗"，与"制礼作乐"并称，围绕"礼乐之风""名教之地""治人

---

[1] 范仲淹：《答手诏条陈十事》，《范文正公政府奏议》卷上，《范仲淹全集》，凤凰出版社2004年版，第473页。

[2] 范仲淹：《遗表》，《范文正公文集》卷一八，《范仲淹全集》，凤凰出版社2004年版，第378页。

[3] 范仲淹：《代人奏乞王洙充南京讲书状》，《范文正公文集》卷一九，《范仲淹全集》，凤凰出版社2004年版，第379页。

[4] 范仲淹：《代人奏乞王洙充南京讲书状》，《范文正公文集》卷一九，《范仲淹全集》，凤凰出版社2004年版，第379—380页。

之术"与"致君之方"而进行,是国家"致治天下"的整体。他以"三代"为名,述之"陈正道"的意义。即,"移风易俗"的目的,就在于此"道"的贯彻,将其"国家教育之道"能够通过人材的培养"风布于邦畿"。

亦如其言,"国家之患,莫大于乏人"[1]。此"人",即能够"致化"于"正道"以"移风易俗"者;范仲淹对"人曷尝而乏"的原因推究道,"天地灵粹,赋于万物,非昔醇而今漓",在于"教有所未格,器有所未就而然",在于"庠序者,俊乂所由出焉",所以"三王有天下各数百年,并用此道以长养人材",乃"材不乏而天下治,天下治而王室安,斯明著之效矣"[2]。"王室安"其实也是"天下治",也是当年其"参贰国政,亲奉圣谟,诏天下建郡县之学"[3]的根据。故其一再论述,称"王者得贤杰而天下治,失贤杰而天下乱"[4],始终把"贤杰"作为"治"的关键因素。这是他的人材思想,同样也是他的风俗思想,即强调"贤杰""俊乂"等人的"治",强调"国家教育之道"与"移风易俗"形成"天下治"。

他在《代胡侍郎奏乞余杭州学名额表》中表达了同样的思想。他说,"三代右文,四郊立学,尊严师道,教育贤材。被服礼乐之风,准绳仁义之行,功磨国器,标率人伦。式致用荐绅,乃助成于声教,俊造以之富盛,基业由是绵昌","国家徇铎敷文,舞干布化","四方庠序,比比而兴","万国英翘,拳拳以劝";其称,余杭郡"素为善地,蔚有秀民,宜恢正始之风,丕变轻扬之俗",所以请求朝廷"特赐州学名额","用明劝导,庶获修长","岁时不隳,方俗可厚"[5]。

其"崇儒",并不是惟儒,而是"敦古"更多,如《周易》《老子》等典籍,都成为论"道"、论"教化"和"风化",探究风俗文化、风俗生活价值与规律

---

[1] 范仲淹:《邠州建学记》,《范文正公文集》卷八,《范仲淹全集》,凤凰出版社2004年版,第169页。
[2] 范仲淹:《邠州建学记》,《范文正公文集》卷八,《范仲淹全集》,凤凰出版社2004年版,第169页。
[3] 范仲淹:《邠州建学记》,《范文正公文集》卷八,《范仲淹全集》,凤凰出版社2004年版,第169页。
[4] 范仲淹:《选任贤能论》,《范文正公文集》卷七,《范仲淹全集》,凤凰出版社2004年版,第130页。
[5] 范仲淹:《代胡侍郎奏乞余杭州学名额表》,《范文正公文集》卷一六,《范仲淹全集》,凤凰出版社2004年版,第351页。

的重要理论根据。

《周易》是我国风俗文化的重要典籍。范仲淹对《周易》的研究及在自己著述中的运用,亦成为其风俗思想的特色。

《周易》成为我国古代知识分子重要的思想资源,是由多方面原因造成的。其中,《周易》中的"卦"的阐释内容与社会现实所发生的事情产生一系列反应,即对"占"的崇信,在事实上形成了我国古代文化的一个重要传统。范仲淹的风俗思想也表现出这些内容。

如其《让枢密直学士右谏议大夫表》述:

> 臣观《易·震卦》曰:"震,亨"。谓圣人因震恐而致亨大也。禹汤罪己,其兴也勃焉。是皆得《易》之旨,畏天之威,而致其亨矣。陛下其舍诸?昨者镇戎兵败之后,天色阴晦,十日不解,木冰地震,群心忧伤。此将帅失人,生灵致陷,天地震怒之意也。冬至后一日申时,庆州又地震,此阴阳战而致动。占书曰:"四夷为中国之阴,是夷夏交争,未宁之象也。"
>
> 自西事以来,延安东路、北路、官军伤折万余人;并金明、承平诸寨杀虏过蕃部万余户,约四五万口;及麟府丧陷,镇戎三败,杀者伤者前后仅二十万人矣。死者为鱼肉,生者为犬羊,臣仰测陛下之心必大震动。而天下莫知,但见爵赏颁行,疑朝廷高枕,负兹生灵。愿陛下因其震动,过崇谦让,以柔远未至,选将有差之辞,告谢于皇天后土、五岳四渎,以哀痛之旨,诞告多方,下感人心,上答天戒。[1]

由此可知范仲淹受传统天人合一、天人相应思想的影响。面对自然灾害,反省自己的政治得失,在《春秋繁露》中已详细阐述;范仲淹作此说,并不属于

---

[1] 范仲淹:《让枢密直学士右谏议大夫表》,《范文正公文集》卷一八,《范仲淹全集》,凤凰出版社2004年版,第365—366页。

方士之流的荒诞行径。

祭祀，无论是国家，还是民间，都与信仰这一风俗文化的核心内容密切相关。而祭祀的具体理论根据，有许多人追于《礼》之制，溯于《易》之义。

范仲淹在《乞召杜衍等备明堂老更表》中述"朝廷行明堂宗祀之礼，诞告天下"，便引《易》"大观在上"语，称其义在于"言天下所观在国家之为也"。他说，"自古国家兴行风教，使天下观之，必先乎庙"，以"周人祀文王于明堂，以配上帝，所以示天下尊亲之道"以及"祀光武于明堂"与"养三老五更于辟雍"等为例，劝言"皇帝陛下稽古奉先，行明堂大礼，尊奉三圣，配帝而飨，普天率土，咸知舞抃"，"至于三老五更之典，最为盛德，宜可兼而行之"，"兴天下之孝悌，光搢绅之耆旧"。[1]

对于《周易》等典籍的推崇，如范仲淹所称，在于"文庠不振，师道久缺，为学者不根乎经籍，从政者罕议乎教化，故文章柔靡，风俗巧伪"[2]。

他说，"夫善国者，莫先育材；育材之方，莫先劝学；劝学之要，莫尚宗经"[3]。

那么，"宗经"意义又何在？

范仲淹提出对"六经"理论意义与现实意义的解说，称"盖圣人法度之言存乎《书》，安危之几存乎《易》，得失之鉴存乎《诗》，是非之辨存乎《春秋》，天下之制存乎《礼》，万物之情存乎《乐》"，所以，"俊哲之人，入乎六经，则能服法度之言，察安危之几，陈得失之鉴，析是非之辨，明天下之制，尽万物之情"。[4]

《周易》在范仲淹的心目中，是"安危"之所"存"，对国家社稷的意义尤

---

[1] 范仲淹：《乞召杜衍等备明堂老更表》，《范文正公文集》卷一八，《范仲淹全集》，凤凰出版社2004年版，第374—375页。

[2] 范仲淹：《上时相议制举书》，《范文正公文集》卷十，《范仲淹全集》，凤凰出版社2004年版，第208页。

[3] 范仲淹：《上时相议制举书》，《范文正公文集》卷十，《范仲淹全集》，凤凰出版社2004年版，第208页。

[4] 范仲淹：《上时相议制举书》，《范文正公文集》卷十，《范仲淹全集》，凤凰出版社2004年版，第208页。

为重大。或者可以说,得乎《周易》之根本,就在于可知"天下之安危"。他劝说"兴复制科","振举滞淹","劝天下之学,育天下之才","将复小为大","抑薄归厚",即在于"求为我器用,辅我风教"。[1]那么,"六经"包括《周易》在内,就是"风教"最重要的理论根据。所以,范仲淹强调说,"至于扣诸子,猎群史,所以观异同,质成败,非求道于斯也"[2]。

安危意识与忧患意识是范仲淹社会政治思想的重要内容,也是其风俗思想的重要内容。他在《周易》等典籍中寻求治世的道理,其不仅仅感于"为学者不根乎经籍"等所致"风俗巧伪",而是"安危"对于社会的意义更重大。

其《四德说》释"卦有四德,曰元亨利贞",言"《易》有说卦,所以明其象而示其教也"。他说,"虽《文言》具载其端,后之学者或未畅其义,故愚远取诸天,近取诸物,复于其说焉"。所谓"远取诸天,近取诸物",是《易·系辞》中所述"昔伏羲(庖牺)氏之王天下也,仰则观象于天,俯则观法于地",其"始作八卦","以通神明之德,以类万物之情"的神话。范仲淹以此释"元亨利贞"之"四德",称所谓"元",即"道之纯者也","善之长",是"于乾为资始,于坤为发生;于人为温良,为乐善,为好生;于国为行庆,为刑措,于家为父慈,为子孝;于物为嘉谷,为四灵";所谓"亨",即"道之通者也",即"嘉之会",其"于天为三辰昭会;于地为万物繁殖;于人为得时茂勋;于国为圣贤相遇,为朝觐会同,为制礼作乐,为上下交泰;于家为父子,为夫妇,为九族相睦;于物为云龙,为风虎,为鱼水";所谓"利",即"道之用者也","义之和",其"于天为膏雨;于地为百川;于人为兼济;于国为惠民,为日中市;于家为丰财,为富其邻;于物为驺虞,为得食鸡";所谓"贞",即"道之守者也","道之干",其"于天为行健;于地为厚载;于人为正直,为忠毅;于国为典则,为

---

[1] 范仲淹:《上时相议制举书》,《范文正公文集》卷十,《范仲淹全集》,凤凰出版社2004年版,第209页。

[2] 范仲淹:《上时相议制举书》,《范文正公文集》卷十,《范仲淹全集》,凤凰出版社2004年版,第208页。

权衡;于家为男女正位,为长子主器;于物为金玉,为獬豸"。其四德,分别体现于"天""地""人""国""家""物",表现为"道","其迹异",而"其道同"。如其言,"行此四者之谓道,述此四者之谓教","四者之用,天所不能违",所以是"君子不去"的至道德,即"天微四德,天道不行","地微四德,坤仪不宁","人微四德,是无令名",最重要的是"国家无四德","则风教不伦","物无四德,则祥瑞不生"。[1] 其"风教不伦",即"风俗衰坏",失去其应有的纲常伦理。那么,此四德对于"天下"的意义便可想而知。

对此,范仲淹做总结道,"惟乾坤之德,统其四者焉,余卦则鲜克备矣"。其此之于历史,即"尧舜率天下以仁"为"乾元之君","汤武应天顺人,开国除乱,履其亨而阐其利者","夏禹治水,乾之成功,干其事者也","体其元而兼其三者",只有"尧舜"。其"处必亲仁""动能俟时""进思济物""守诚不回"如何"兼行"[2],便是世间的大道理。

《周易》是一部博大精深的文化思想著作,集结了古代先哲们的聪明智慧,堪称中国思想文化的百科全书。

不同时期的学者,在《周易》中发现不同的思想文化价值。范仲淹从《周易》中看到的是济世即"天下治"的道理,并以此探究包括风俗生活、风俗文化在内的社会发展"变"的道理,以及其中所包含的"义"。

如其《乾为金赋》,称"刚健纯粹,其象金也","大哉乾阳,禀乎至刚","圣人之作《易》也,八卦成文,百代为宪"。[3]

其更常使用的,是《周易》中的"穷则变,变则通,通则久"[4]。他在"穷""变""通"中发现"治",即"长治久安"。所谓"变",即"移风易俗",即"制作礼乐",通过"教化""风化"使"天下治"。

---

[1] 范仲淹:《四德说》,《范文正公文集》卷八,《范仲淹全集》,凤凰出版社2004年版,第161—162页。
[2] 范仲淹:《四德说》,《范文正公文集》卷八,《范仲淹全集》,凤凰出版社2004年版,第163页。
[3] 范仲淹:《乾为金赋》,《范文正公文集》别集卷二,《范仲淹全集》,凤凰出版社2004年版,第434页。
[4] 范仲淹:《奏上时务书》,《范文正公文集》卷九,《范仲淹全集》,凤凰出版社2004年版,第173页。

其《易义》,在于借以述"圣人之言"。即"教化"于风俗之"本"与"道"。

首先他分别阐释"见龙在田""利见大人""天下文明""飞龙在天""乃位乎天德"等句,称"内外中正,圣人之德位乎天之时也"。其称"德"与"位"分别为"内"与"外",即"成德于其内,充位于其外","圣人之德,居乎诚而不迁"。其分述"咸""恒""遁""大壮""晋""明夷""家人""睽""蹇""解""损""益""夬""萃""升""困""井""革""鼎""震""艮""渐""丰""旅""巽""兑"等概念,从不同的方面论述"道"的内涵。如其论述"刚柔皆应"为"常","而不以获应为吉","士之应常也,在于己,不在于人","诸侯之常也,在于政,不在于邻","天子之常也,在于道,不在于权",称"圣人久于其道,而天下化成。尧舜为仁,终身而已矣,其知常也哉"。[1] 又如其论述"君子威而小人黜,政令刚严之时也","天地之壮见乎雷,圣人之壮见乎威",所以"'君子非礼弗履',以保其壮也"[2];其论述"上无文明,贤斯遁矣"[3];其论述"阳正于外,阴正于内,阴阳正而男女得位,君子理家之时也","明乎其内,礼则著焉;顺乎其外,孝悌形焉。礼则著而家道正,孝悌形而家道成","圣人将成正其国,必正其家","一人之家正,然后天下之家正。天下之家正,然后孝悌大兴焉"。[4]

他用历史说明世界,阐释、证明道理,如其释"鼎",称"鼎,以木顺火,鼎始用焉,圣人开基立器之时也","天下无道,圣人革之。天下既革而制作兴,制作兴而立成器,立成器而鼎莫先焉","故取鼎为义,表时之新也",同时,他以"汤武正位,然后改正朔,变服章,更器用,以新天下之务"为据,述说"革去故而鼎新""享上帝而天下顺,养圣贤而天下治"[5]的道理。其论述"顺乎天,应乎人,而王道亨,不然者反此","若夫威以先民,民重其劳;威以犯难,民重

---

[1] 范仲淹:《易义》,《范文正公文集》卷七,《范仲淹全集》,凤凰出版社2004年版,第120页。

[2] 范仲淹:《易义》,《范文正公文集》卷七,《范仲淹全集》,凤凰出版社2004年版,第121页。

[3] 范仲淹:《易义》,《范文正公文集》卷七,《范仲淹全集》,凤凰出版社2004年版,第121页。

[4] 范仲淹:《易义》,《范文正公文集》卷七,《范仲淹全集》,凤凰出版社2004年版,第122页。

[5] 范仲淹:《易义》,《范文正公文集》卷七,《范仲淹全集》,凤凰出版社2004年版,第125—126页。

其死,故周文为台而人谓神灵者,忘其劳也;楚子下令而人如挟纩者,忘其死也","上下皆说之时,必内存其刚正,然后免佞之情"[1]。其释《周易》之义,始终围绕社会发展的历史与规律述说"圣人"与"天下"即世俗的道理。其中,虽没有更明确论说关于风俗的内容,却在事实上包含着相关意义,即"移风易俗"之"教化天下"之"教"与"化",尤其是关于"礼"在"圣人""君子"如何"治民"即"化俗"的道理,是其风俗思想的重要理论基础。

他在《帝王好尚论》中,引述并阐释老子"我无为而民自化,我好静而民自正,我无欲而民自富,我无事而民自朴",说,"此则述古之风,以警多事之时也";他又说,"三代以还,异于太古。王天下者,身先教化,使民耸善"。他引述《礼》所云:"人君谨其所好恶,君好之,则民从之",与孔子所说"上好礼,则民莫敢不恭;上好义,则民莫敢不服;上好信,则民莫敢不用情,由此言之,圣帝明王岂得无好?在其正而已。"[2] 同时,他又以历史上的"尧设敢谏鼓""舜好问""禹拜昌言""汤五聘伊尹""文王躬迎吕望""周公握发吐哺"与"郑武公好贤""燕昭王筑台募士"等"圣贤好尚",对此于桀、纣、秦、隋炀等"丧乱之祸",说明"身先教化"[3] 对风俗的重要影响作用。

"教化"的主体,在范仲淹看来是"圣人""君子""贤杰",在历史上作为"仁化天下"使风俗"淳和"的典范,就是"尧、舜"。他专门作《尧舜帅天下以仁赋》:

> 穆穆虞舜,巍巍帝尧。伊二圣之仁化,致四海之富饶。协和万邦,盖安人而为理;肆勤群后,但复礼以居朝。当其如天者尧,继尧者舜,守位而时既相接,行仁而性亦相近。内睦九族,善邻之志咸和;外黜四凶,有勇之风遐振。聪明作圣,浚哲如神。一则命羲和而钦历象,一则举稷契而演丝

---

[1] 范仲淹:《易义》,《范文正公文集》卷七,《范仲淹全集》,凤凰出版社2004年版,第128页。
[2] 范仲淹:《帝王好尚论》,《范文正公文集》卷七,《范仲淹全集》,凤凰出版社2004年版,第129—130页。
[3] 范仲淹:《帝王好尚论》,《范文正公文集》卷七,《范仲淹全集》,凤凰出版社2004年版,第129—130页。

纶。孰谓各行其道？但见同致于仁。谤木设时，恻隐之情旁达；熏弦奏处，生成之惠皆臻。民保淳和，政无谲诈。实博施而可大，亦无为而多暇。茅茨何耻？方不富以为心；璿玑有伦，惟罕言而自化。故得兆民就日，万国慕膻。诚同心而同德，又何后而何先？水沴久忧，曷三月而违也；朝纲历试，非一日而用焉。然则帝者民之宗焉，仁者教之大也。帝居大于域内，仁为表于天下。谘询四岳，何异乐山之情？统御八元，允谓长人之美。夫五帝之最，百王之宗，物无不遂，贤无不从。于以见昭德于文思，于以见播美于温恭。殊途同归，皆得其垂衣而治；上行下效，终闻乎比屋可封。大哉！光宅无私，文明由己。稽陶唐之道，法有虞之理。是则万汇熙熙，咸颂声而作矣。[1]

以此联系杜甫诗名句"致君尧舜上，再使风俗淳"，应该说，这篇赋是最好的注释。尧、舜，在我们今天来看，都是传说中的帝王，以无私、高尚成为民族的道德楷模；在他们的时代，风俗的淳美，即世风的美好，成为世代热切报国的知识分子心目中的理想。范仲淹之所以如此讴歌、赞颂"二圣之仁化"，其实也是在借以表达自己的政治理想，包括自己"制礼作乐之盛""移风易俗之善"[2]，以所谓"尧舜、三代"为风俗楷模的愿望。同时，其屡屡言之"仁"，当是其"崇儒敦古""右文致化"理论主张的想象与描述，即尊儒的态度。

"教化""风化"，皆强调"化"，以"厚风俗"。其中"风"与"俗"都离不开教化。范仲淹非常重视化"俗"入"民"，如其《今乐犹古乐赋》所述，"古之乐兮所以化人，今之乐也亦以和民"；其称"昔时搏拊，实用洽于群情；此

---

[1] 范仲淹：《尧舜帅天下以仁赋》，《范文正公文集》别集卷二，《范仲淹全集》，凤凰出版社2004年版，第424—425页。

[2] 范仲淹：《代人奏乞王洙充南京讲书状》，《范文正公文集》卷一九，《范仲淹全集》，凤凰出版社2004年版，第379页。

日铿锵,亦足康于兆庶","和气既充于天下,德华遂振于域中",其"实万邦之所共,谅百世之攸同"。此应于《孝经》中"移风易俗,莫善于乐"。范仲淹说,"听此笙镛,曷异闻韶之美?顾兹匏土,宛存击壤之风";又说,"移风易俗,岂惟前圣之所能","顺时而设教,孰尊古而卑今","乐虽遵于前代,化未畅于率土"。他以"民庶同乐",称"酌中",以为"不惑于郑卫(之声)",便"自能和于天地"。[1]

与之可比者是《君以民为体赋》,其高唱"观万民之风俗,岂异观身"。

这里,范仲淹所述"正四民","调百姓而如调百脉",同样是在述说"仁化"与"民保淳和"的道理:

> 圣人居域中之大,为天下之君,育黎庶而是切,喻肌伴而可分。正四民而似正四支,每防怠堕;调百姓而如调百脉,何患纠纷?先哲格言,明王佩服。爱民则因其根本,为体则厚其养育。胜残去杀,见远害而在斯;劝农勉人,戒不勤而是速。善喻非远,嘉猷可稽。谓民之爱也,莫先乎四体;谓国之保也,莫大乎群黎。使必以时,岂有嗟于尽瘁?治当未乱,宁有悔于噬脐?莫不被以仁慈,跻于富庶。教礼让而表其修饰,立刑政而防其逸豫。蒸人有罪,谅责已之情深;庆泽无私,讶润身之德著。岂不以君也者舒惨自我,体也者屈伸在予?心和则其体俨若,君惠则其民宴如。永贺休戈,攸若息肩之际;乍闻击壤,乐如鼓腹之初。彼以刍狗可方,草芥为此。一则强名于老氏,一则见讥于孟子。曷若我如属辞而比事,终去此而取彼?观其可设,犹指掌以何疑?视之如伤,岂发肤而敢毁?大哉!一人养民,四海咸宾。求瘼而膏肓曷有,采善而股肱必臻。修兆人之纪纲,何殊修己?观万民之风俗,岂异观身?今我后化洽风行,道光天启。每视民而

---

[1] 范仲淹:《今乐犹古乐赋》,《范文正公文集》卷一,《范仲淹全集》,凤凰出版社2004年版,第17—18页。

如子,复使臣而以体。故能以六合而为家,齐万物于一体。[1]

范仲淹把"养民"作为教化的重要手段,把所谓"育黎民""正四民""调百姓"以及"教礼仪"作为淳美风俗的基本方法,以"永贺休戈"作为太平迹象,正显其厚道德的理想追求。这是其风俗思想尤为重要的内容。其中,他把"观万民之风俗","每视民而如子"与"修兆人之纪纲",看作是"化洽风行"的重要任务,这是我国风俗思想史上的宝贵传统。

"天下治"是"移风易俗"的基本追求,而"永贺休戈"即"四海和平",则是"天下治"的重要标志。范仲淹在《铸剑戟为农器赋》中,借以表达了这一思想。他说,"兵者凶器,食惟民天","出剑戟而铸矣,为稼穑之用焉","我武不施"与"公田尽辟",皆为"四海和平""兆民富庶"的条件,也是"文经天下"的选择。包括"务材训农,假工人之鼓铸;备物致用,取田畯之规模",作为"欲善其事","增百姓耕耘之利",在他看来,才是"变所适"的大趋势。所以,他称之此"足使上敦淳朴,下无战争。三农以之劝,万国以之平",与"清净是崇,声教遐被"的"文经天下"相应,而"偃武者除其祸乱,劝农者臻乎庶饶","五野之丰登时至,四方之战斗声销",才是真正的"任甲胄于忠信,施干橹于礼义"。同时,此"圣政惟新,文德来远","务三时而仓箱日益,却十德而华夷草偃",作为"天下治",是"有以见我后易俗移风"之"本"。[2]

把历史作为一面明镜,把"尧舜、三代"作为楷模,这是范仲淹风俗思想的重要表达方式,也是他以此阐释自己"移风易俗"思想的基本方法。这种方法深刻影响着宋代风俗思想的发展,如张载对"为天地立志,为生民

---

[1] 范仲淹:《君以民为体赋》,《范文正公文集》别集卷二,《范仲淹全集》,凤凰出版社2004年版,第425—426页。

[2] 范仲淹:《铸剑戟为农器赋》,《范文正公文集》别集卷二,《范仲淹全集》,凤凰出版社2004年版,第427—428页。

立道,为去圣继绝学,为万世开太平"[1]的表达,更不用说欧阳修、王安石、司马光、苏轼等人常述及"三代",论述"厚风俗"。尤其是王安石,在《祭范颍州仲淹文》中称"风俗之衰,骇正怡邪"[2];如欧阳修称其"学古居今,持方入圆"[3]等。

范仲淹风俗思想的"天下"意识,是其鲜明特色。

"天下"即"国家"。范仲淹论述风俗,总是居于"天下""国家"的高度,俯瞰世界,显示出其博大的视野与胸怀。

如其《奏上时务书》,称"国之文章,应于风化。风化厚薄,见乎文章","是故观虞夏之书,足以明帝王之道;览南朝之文,足以知衰靡之化",所以,"圣人之理天下也,文弊则救之以质,质弊则救之以文",其归之于"文章之薄,则为君子之忧;风化之坏,则为来者之资","惟圣帝明王,文质相救,在乎己,不在乎人"。他以此引述《易》所云:"穷则变,变则通,通则久",称"亦此之谓也"。其似乎是在谈文章弊端,而实际在论世态,如其所述,"圣人之有天下也,文经之,武纬之。此二道者,天下之大柄也",即"教化经略","治而防乱"。[4]

其称,"我国家文经武纬,天下大定"。此指宋朝扬文抑武,强干弱枝的发展战备。但他所议论的话题是居安思危,借唐、五代政治得失,谈"天下休兵余二十载","昔之战者,今已老矣;今之少者,未知战争事","守在四夷,不可不虑";其谈论社会弊端,"倘国家不思改作,因循其弊,官乱于上,风坏于下,恐非国家之福也";他说,"人主纳远大之谋,久而成王道;纳浅末之议,久而成乱政",所以对于"刑法""钱谷"之类往往"谓之急务","向应而行",

---

[1] 张载:《张载集》,凤凰出版社2004年版,第320页。

[2] 王安石:《祭范颍州仲淹文》,《王文公文集》卷八一,上海人民出版社1974年版,第872页。

[3] 欧阳修:《祭资政范公文》,见《范文正公褒贤集》卷一,《范仲淹全集》,凤凰出版社2004年版,第958页。

[4] 范仲淹:《奏上时务书》,《范文正公文集》卷九,《范仲淹全集》,凤凰出版社2004年版,第172—173页。

而"或有言政教之源流,议风俗之厚薄,陈圣贤之事业,论文武之得失,则往往谓之迂说,废而不行"。他劝朝廷"纳人之谋,用人之议,不以远大为迂说,不以浅末为急务"[1]。显然,他把"议风俗之厚薄"也列为"远大"。

"风俗之厚薄"作为"远大之谋"的重要内容,与"刑法""钱谷"同属"王道",是"天下大定"的明镜,以此折射"官乱于上,风坏于下"的"弊"。这正是范仲淹所强调的"先天下之忧而忧"的表现,也是其"居安虑危",以"天下"为己任的风俗思想之表现。

其《上执政书》论及"澄清风俗",希望"为国家天下之益"[2],表达了与以上相同的思想内容。

这是他在"天圣五年"(1027)于"丁忧"期间上书"史馆相公""集贤相公""参政侍郎""参政给事"等"执政"者的一篇奏书,表达了"冒哀上书,言国家事,不以一心之戚,而忘天下之忧,庶乎四海生灵长见太平"的心愿;其称,"儒者之学,非王道不谈",同"古之圣贤,以刍荛之谈而成大美者多矣",所言"皆今易行之事"。[3]

他举"周汉之兴"的历史,称"周汉之兴,圣贤共理,使天下为富为寿数百年,则当时致君者功可知矣",而"周汉之衰,奸雄竞起,使天下为血为肉数百年,则当时致君者罪可知矣","李唐之兴也,如周汉焉;其衰也,亦周汉焉";他说,"自我宋之有天下也,经之营之,长之育之,以至于太平",然而,"否极者泰,泰极者否,天下之理如循环焉",他又引述关于"圣人设卦观象"所谓"穷则变,变则通,通则久"的道理,述说"今朝廷久无忧矣,天下久太平矣,兵久弗用矣,士曾未教矣,中外方奢侈矣,百姓反困穷矣"[4]的现实。

他以此论述"相府思变其道,与国家磐固基本,一旦王道复行,使天下

---

[1] 范仲淹:《奏上时务书》,《范文正公文集》卷九,《范仲淹全集》,凤凰出版社2004年版,174—178页。
[2] 范仲淹:《上执政书》,《范文正公文集》卷九,《范仲淹全集》,凤凰出版社2004年版,第198页。
[3] 范仲淹:《上执政书》,《范文正公文集》卷九,《范仲淹全集》,凤凰出版社2004年版,第183页。
[4] 范仲淹:《上执政书》,《范文正公文集》卷九,《范仲淹全集》,凤凰出版社2004年版,第183页。

第二章 范仲淹的风俗思想

为富为寿数百年,由今相府致君之功也";他说,"相府报国致君之功,正在乎固邦本,厚民力,重名器,备戎狄,杜奸雄,明国听也"。[1]他以此批评了与"固邦本""厚民力"等"致君之功"所不相符的时弊,其中有一些地方涉及了风俗问题,表现出其具体的风俗思想。

如其所述"朝廷久有择县令郡长之议",他提出"令录""县理绩举充""有课最可旌尚者,宜就迁一官","庶其宣政者可以成俗",使"三五年中,天下县政可澄清矣";他批评"今之郡长,鲜可尽心"的现象,称之"有尚迎送之劳,有贪燕射之逸","或急急于富贵之援,或孜孜于子孙小计","志不在政,功焉及民"?其"以狱讼稍简为政成,以教令不行为坐镇,以移风易俗为虚语,以简贤附势为知己",而"清素之人,非缘嘱而不荐;贪黩之辈,非寒素而不纠","纵胥徒之奸克,宠风俗之奢僭",其"使国家仁不足以及物,义不足以禁非,官实素餐,民则菜色"。他说,此"苟且之弊,积习成风","俾斯人之徒共理天下,王道何从而兴乎"[2]?

就此,他提出"兴利除害"的一系列具体措施,其中包括"密选贤明,巡行诸道",对于种种不合"法"者,"皆可奏降,以激尸素",使"四方利病得以上闻"[3]。其"遣观风之使"事实上取法于我国古代的采风制度。

他还提出"远恶之官多在寒族,权贵之子鲜离上国","周旋百司之务,懵昧四方之事。况百司者,朝廷之纲纪,风教之户牖,咸在童孺,曾无激扬"云云,"此则禄赏未均,任使未平,纲纪未修之类也",希望"惟我相府能革其弊,能变其极",而使"天下化成"[4]。其"化",即"风化""风教""厚风俗"。与之同时,他将自己的意见与"保直臣"并在一起,称之为"有若人未之病,则苦口之药鲜进焉;国未之危,则逆耳之言鲜用焉",而一旦有病,则"药必

---

[1] 范仲淹:《上执政书》,《范文正公文集》卷九,《范仲淹全集》,凤凰出版社2004年版,第184页。
[2] 范仲淹:《上执政书》,《范文正公文集》卷九,《范仲淹全集》,凤凰出版社2004年版,第185—186页。
[3] 范仲淹:《上执政书》,《范文正公文集》卷九,《范仲淹全集》,凤凰出版社2004年版,第186—187页。
[4] 范仲淹:《上执政书》,《范文正公文集》卷九,《范仲淹全集》,凤凰出版社2004年版,第196页。

错杂而进,故鲜效焉","及其既危也,言必错杂而用,故鲜功焉","故佞人在矣,直臣远矣,其悔之也难哉"。[1]

天变,是风俗文化中预言灾祸的常用概念。范仲淹对此论述道:"天深戒而不变者,祸可畏矣。"对于"京师去岁大水,今岁大疫","四方闻之,莫不大忧",范仲淹说,"此天之有以戒也,岂徒然乎"? 其借以论述"京师之灾甚于四方",在于"京师者,政教之所出,君相之所居也","祸未盈而天未绝,故鉴戒形焉",所以"不独恐惧其心,必使修省其政,国家之德尚可隆,天下之道尚可行也"。他批驳了"国家之灾,由历数之定,非政教之出"的言论,提出"愿黜术士之言,奉先王之训,必不谬矣,必无过矣"[2]。这种见解在我国古代风俗思想史上是相当可贵的。"黜术士之言"即抵抗谶纬学说的流行;宋代社会以宋真宗造天书、封禅泰山为代表,佛教、道教等宗教力量横行社会,范仲淹坚守《易》"穷则变,变则通,通则久"等敦古理念,强调"政教"的意义,反对"历数"决定论,表现出大无畏的精神。在后来的王安石"三不足畏"中,我们看到范仲淹"愿黜术士之言"的影响。

在《上执政书》中,范仲淹一再表达的是"变其道"即破除各种不利于"固邦本""厚民力"等悖于"王道"的积弊、时弊。他说,"若今于教化之道,复如刑名之用心,亦何患不至乎? 今搢绅之间,多议按刑之司无益于外,亦思之未深耳。如得其人,纠察四方,绝斯民之冤,协先帝之志,岂无益乎"云云。他向相府执政们述说"若乃修四方之政教,正百司之纲纪,澄清风俗"[3]如何,其实也是在表达自己的政治理念,包括自己所理解的"澄清风俗"与"修四方之政教"之间密切联系,这些见解,成为其风俗思想的一部分。

胸怀天下,放眼未来,以历史为鉴,如范仲淹在《上资政晏侍郎书》中

---

[1] 范仲淹:《上执政书》,《范文正公文集》卷九,《范仲淹全集》,凤凰出版社2004年版,第196—197页。
[2] 范仲淹:《上执政书》,《范文正公文集》卷九,《范仲淹全集》,凤凰出版社2004年版,第197页。
[3] 范仲淹:《上执政书》,《范文正公文集》卷九,《范仲淹全集》,凤凰出版社2004年版,第197—198页。

所称,"但信圣人之书,师古人之行,上诚于君,下诚于民",[1]这是他的立场。但其"师古人之行"与"信圣人之书"并不是泥古,如其言,"先王制礼之心,非万世利则不行焉。或曰五帝不相沿乐,三王不相袭礼,此何泥于古乎?"[2]如果我们把"信圣人之书,师古人之行"简单地理解为保守、倒退,其实是一种严重的误会,是对历史的误读。范仲淹之所言,其意在于告诫人们应认真吸取历史的经验与教训,更全面地总结社会历史发展的规律。如果我们不去理解范仲淹的风俗思想,便无法理解他在"庆历新政"中的所作所为。在这种意义上,我们理解其"移风易俗",以及其所声言"澄清风俗""修四方之政教",正在于"变其道"而"固邦本";其改革并不是目的,其目的在于"天下治"。

"信圣人之书,师古人之行"与"移风易俗""制礼作乐"的实践相联系,"崇儒敦古","正四民",在于"观万民之风俗",这是范仲淹风俗思想的重要特色,即深思熟虑所形成的理论用以指导实践,通过对风俗的全面、深入、细致的观察、把握与总结,通过革除时弊,以使"王道复兴"而风俗"淳和"。其每每言于"天下之道",强调个人对国家的责任,即"以天下为己任",表现出对历史的负责,对时代的使命,这在事实上完成了对自我与时代的超越,使其风俗思想表现出超越世俗的品格。

范仲淹的"天下"意识,还体现在对异域的态度上。

西夏对于宋而言,是一个历史问题,也是一个现实问题。作为历史问题,是由于特殊条件造成的,西夏与宋在事实上是两个王朝,是两个国家;作为现实问题,西夏经常与宋发生边境的纠纷、摩擦;曾经形成规模、大小不一的战争,使宋王朝费尽心血。范仲淹的《答赵元昊书》反映了这样一种关系,表现出范仲淹对于国家西北地区安全问题的认识。其中,也具体涉及风俗问题。

这是一个宋王朝的臣对于西夏的"王"所修的一封书。范仲淹自称"奉

---

[1]　范仲淹:《上资政晏侍郎书》,《范文正公文集》卷十,《范仲淹全集》,凤凰出版社2004年版,第202页。
[2]　范仲淹:《上资政晏侍郎书》,《范文正公文集》卷十,《范仲淹全集》,凤凰出版社2004年版,第202页。

书于夏国大王",从"先大王归向朝廷,心如金石"与"我真宗皇帝命为同姓,待以骨肉之亲,封为夏王"说起,述"降天子一等,恩信隆厚"的真诚,言"朝聘之使,往来如家。牛马驼羊之产,金银缯帛之货,交受其利,不可胜纪。塞垣之下,逾三十年,有耕无战。禾黍云合,甲胄尘委。养生葬死,各终天年"的和平境遇,称赞"使蕃汉之民,为尧舜之俗"为宋真宗"至化"的结果,也是"先大王之大功"。[1]

但是,"二年以来,疆事纷起,耕者废耒,织者废杼,边界萧然",他质问"岂独汉民之劳弊耶"？然后阐述"某与大王"之"向者同事朝廷","于天子则父母也,于大王则兄弟也","岂有孝于父母而欲害于兄弟"的道理。在此,他引述"名不正则言不顺,言不顺则事不成",称,"大王世居西土,衣冠语言皆从本国之俗,何独名称与中朝天子侔拟"[2]？所谓"侔",即"相等""相齐"。范仲淹力劝赵元昊不要"拟契丹之称",并以"众情莫夺","有汉唐故事"为据,晓之"今大王世受天子建国封王之恩,如诸蕃中有叛朝廷者,大王当为霸主,率诸侯以伐之,则世世有功,王王不绝"[3]的有益之处,并引"传曰:国家以仁获之以仁守之者,百世""老氏曰:乐杀人者,不可如志于天下"等名训,以及"太祖皇帝"如何"罢诸侯之兵,革五代之暴"而"天下无祸乱之忧"、"太宗皇帝"如何"圣文神武,表正万邦,吴越纳疆,并、晋就缚"、"真宗皇帝"如何"奉天体道,清净无为,与契丹通好"而"四海熙然同春",以及"今皇帝"之"坐朝至晏,从谏如流,有忤雷霆,虽死必赦"而"四海之心,望如父母"[4]的历史、现实,作进一步劝说。

在这里,我们可以看到,"衣冠语言皆从本国之俗","蕃汉之民,为尧舜之俗",成为范仲淹劝说赵元昊不要"名称与中朝天子侔拟"的理由与根

---

[1] 范仲淹:《答赵元昊书》,《范文正公文集》卷十,《范仲淹全集》,凤凰出版社2004年版,第215—216页。
[2] 范仲淹:《答赵元昊书》,《范文正公文集》卷十,《范仲淹全集》,凤凰出版社2004年版,第216—217页。
[3] 范仲淹:《答赵元昊书》,《范文正公文集》卷十,《范仲淹全集》,凤凰出版社2004年版,第216—217页。
[4] 范仲淹:《答赵元昊书》,《范文正公文集》卷十,《范仲淹全集》,凤凰出版社2004年版,第217页。

据。如用今天社会理论上的一个概念来讲,这是范仲淹强调民族认同、文化认同,以论证共"天下"即"于大王则兄弟也"。此为范仲淹之远见。

知与行相统一,即理论与实践相结合,是范仲淹风俗思想的宝贵品格。

在知,即认识、理解的意义上,范仲淹强调的是"观万民之风俗"[1];更重要的是行,即实践,范仲淹更强调通过"澄清风俗"[2]"移风易俗"[3],而达到"正四民"[4]"天下治"[5]"天下化成"[6]。但是,行也好,知也好,都制于其"先天下之忧而忧"[7]"但信圣人之书,师古人之行,上诚于君,下诚于民"[8]的信条。

如其《唐狄梁公碑》,对唐代名相狄仁杰的赞扬。其称,"天地闭,孰将辟焉?日月蚀,孰将廓焉?大厦仆,孰将起焉?神器坠,孰将举焉?岩岩乎克当其任者,唯梁公(仁杰)之伟欤"[9]。狄仁杰之所以受到如此高的评价,是因为他诸多事迹,其中包括"毁淫祠":

> 高宗幸汾阳宫,道出妒女祠下。彼俗谓盛服过者,必有风雷之灾。并州发数万人别开御道。公为知顿使,曰:"天子之行,风伯清尘,雨师洒道,彼何害焉哉?"遽命罢其役。又公为江南巡抚使,奏毁淫祠千七百所,所存唯夏禹、太伯、季子、伍员四庙。曰:"安食无功血食,以乱明哲之祠乎?"

---

[1] 范仲淹:《君以民为体赋》,《范文正公文集》别集卷二,《范仲淹全集》,凤凰出版社2004年版,第426页。
[2] 范仲淹:《上执政书》,《范文正公文集》卷九,《范仲淹全集》,凤凰出版社2004年版,第198页。
[3] 范仲淹:《代人奏乞王洙充南京讲书状》,《范文正公文集》卷一九,《范仲淹全集》,凤凰出版社2004年版,第379页。
[4] 范仲淹:《君以民为体赋》,《范文正公文集》别集卷二,《范仲淹全集》,凤凰出版社2004年版,第425页。
[5] 范仲淹:《选贤任能论》,《范文正公文集》卷七,《范仲淹全集》,凤凰出版社2004年版,第130页。
[6] 范仲淹:《上执政书》,《范文正公文集》卷九,《范仲淹全集》,凤凰出版社2004年版,第196页。
[7] 范仲淹:《岳阳楼记》,《范文正公文集》卷八,《范仲淹全集》,凤凰出版社2004年版,第169页。
[8] 范仲淹:《上资政晏侍郎书》,《范文正公文集》卷十,《范仲淹全集》,凤凰出版社2004年版,第202页。
[9] 范仲淹:《唐狄梁公碑》,《范文正公文集》卷十二,《范仲淹全集》,凤凰出版社2004年版,第247页。

于嗟乎！神犹正之，而况于人乎？[1]

又如其《宋故乾州刺史张公神道碑》，其论曰：

> 舜，天下知其德也，惟历试诸难。禹，天下知其功也，惟尽力沟洫。圣人率天下以勤，故能成其务。逮夫王道缺漓，坐饰话言，六代之风，亡实而落，君子弗观也。我朝用舜禹之道，平成万邦，风化天下，于诸使莫敢不劳，而有清河张公为之最焉。天贻厥心，则明则粹，拳拳四方，老于王监，为舜禹之臣至矣。[2]

一唐一宋，狄仁杰与张纶，都是"风化天下"的楷模。范仲淹对他们的讴歌，包含着对他们"风化天下"这一"澄清风俗""移风易俗"作为的理解与认同。

此亦如其《宋故太子宾客分司西京谢公神道碑》所称：

> 皇家起五代之季，破大昏，削群雄，廓视四表，周被万国，乃建礼立法，与天下画一。而亿兆之心帖然承之，弗暴弗悖，无复斗兵于中原者登九十载。盖祖宗远算，善树于前，累圣求贤，多得循良廉让之士，布于中外，而致兹善俗欤！[3]

此"与天下画一"与"布于中外，而致兹善俗"，皆归于"正之"于"明哲"，归之于"舜禹之道"，以"澄清风俗"。

---

[1] 范仲淹：《唐狄梁公碑》，《范文正公文集》卷十二，《范仲淹全集》，凤凰出版社2004年版，第248页。

[2] 范仲淹：《宋故乾州刺史张公神道碑》，《范文正公文集》卷十二，《范仲淹全集》，凤凰出版社2004年版，第253页。

[3] 范仲淹：《宋故太子宾客分司西京谢公神道碑》，《范文正公文集》卷十二，《范仲淹全集》，凤凰出版社2004年版，第263页。

"舜禹之道"与所谓"三代",是范仲淹等宋代有识之士心目中的典范。他们倡言"澄清风俗""移风易俗"的基本目的便是追求能够比之于"三代之治"之"风淳俗美"。如其《赠兵部尚书田公墓志铭》,盛赞"自白衣,已有意于风化"的田锡,借"论者"称,"在大禹时,皋陶矢厥谟;在汤武时,伊尹、周公为之训诰。故教化纪纲,莫盛于三代"[1]。其在《睦州谢上表》中亦称,"黔首亿万,戴陛下如天","然后上下同心,致君亲如尧舜;中外有道,跻民俗于羲黄"[2]。

知以用于行,即认识源自实践,形成理论主张,应用于现实并为实践所检验。范仲淹在《谢授知邠州表》中所述"始尘宣慰之名,来抚凋疲之俗"[3];《邓州谢上表》中所述"革姑息之风""宣需泽,以安黎元""风俗旧淳,政事绝简"与"求民疾于一方,分国忧于千里"[4];其《杭州谢上表》中所述"共理吴会之域,奉扬唐虞之风"[5];其《遗表》中所言"伏望陛下调和六气,会聚百祥,上承天心,下徇人欲。明慎刑赏,而使之必当;精审号令,而期于必行。尊崇贤良,裁抑侥幸,制治于未乱,纳民于大中",其如此"率土永寖于淳风"[6],等等,皆述此论。

范仲淹风俗思想中的知与行相统一,尤为集中体现于其"政府奏议"。

《答手诏条陈十事》是"庆历新政"的纲领性意见之一。其答在于"历代之政,久皆有弊。弊而不救,祸乱必生",而"纲纪寖隳,制度日削,恩赏不节,赋敛无度,人情惨怨,天祸暴起"[7]即"风俗之衰"。

---

[1] 范仲淹:《赠兵部尚书田公墓志铭》,《范文正公文集》卷一二,《范仲淹全集》,凤凰出版社 2004 年版,第 283 页。
[2] 范仲淹:《睦州谢上表》,《范文正公文集》卷一六,《范仲淹全集》,凤凰出版社 2004 年版,第 341 页。
[3] 范仲淹:《谢授知邠州表》,《范文正公文集》卷一八,《范仲淹全集》,凤凰出版社 2004 年版,第 367 页。
[4] 范仲淹:《邓州谢上表》,《范文正公文集》卷一八,《范仲淹全集》,凤凰出版社 2004 年版,第 370—371 页。
[5] 范仲淹:《杭州谢上表》,《范文正公文集》卷一八,《范仲淹全集》,凤凰出版社 2004 年版,第 372 页。
[6] 范仲淹:《遗表》,《范文正公文集》卷一八,《范仲淹全集》,凤凰出版社 2004 年版,第 378 页。
[7] 范仲淹:《答手诏条陈十事》,《范文公正政府奏议》卷上,《范仲淹全集》,凤凰出版社 2004 年版,第 473 页。

其所答之要点，概括起来就是"变"。

所谓"变"，其实就是整个"庆历新政"的核心。范仲淹以《周易》中"穷则变，变则通，通则久"的道理为根据，强调"惟尧舜能通其变，使民不倦"，即"天下之理有所穷塞，则思变通之道"，"既能变通，则成长久之业"。所谓"变"的现实根据是"我国家革五代之乱，富有四海，垂八十年，纲纪制度，日削月侵，官壅于下，民困于外，夷狄骄盛，寇盗横炽，不可不更张以救之"。[1]

范仲淹"条陈"之"十事"，即十件需要"正其末"，"端其本"，"清其流"，"澄其源"的"法制""纲纪"。其包括"明黜陟""抑侥幸""精贡举""择官长""均公田""厚农桑""修武备""减徭役""覃恩信""重命令"等，在许多方面涉及"风化""厚风俗""移风易俗"的内容。如其在"明黜陟"中的论"天下大化"，在"厚农桑"中论"圣人之德发于善政，天下之化起于农亩"。特别是"覃恩信"中，他以《周易》中"先王以省方观民设教"为据，释义为"故有巡狩之礼，察诸侯善恶，观风俗厚薄，此圣人顺动之意"；他说，"今巡狩之礼不可复行，民隐无穷，天听甚远"，所以"请降诏中书，今后每遇南郊赦后，精选臣僚往诸路安抚，察官吏能否，求百姓疾苦，使赦书中及民之事，一一施行"，其"天下百姓莫不幸甚"[2]。其"察诸侯善恶，观风俗厚薄"作为"巡狩之礼"，表现为一种理念，虽然其"不可复兴"，但化为"求百姓疾苦"，并使"及民之事"得以"一一施行"，更为切实有效。

其《再进前所陈十事》中，重复"十事"，特别提及"正教化之本""正纲纪、去疾苦、救民生""感天下之心"[3]，体现其知行合一的现实性立场。

不唯如此，其诗歌如《四民诗》，歌唱四民"士""农""工""商"，唱"愿

---

[1] 范仲淹:《答手诏条陈十事》,《范文正公政府奏议》卷上,《范仲淹全集》,凤凰出版社2004年版，第473—474页。

[2] 范仲淹:《答手诏条陈十事》,《范文正公政府奏议》卷上,《范仲淹全集》,凤凰出版社2004年版，第485页。

[3] 范仲淹:《再进前所陈十事》,《范文正公政府奏议》卷上,《范仲淹全集》,凤凰出版社2004年版，第488页。

言造物者,回此天地力"(《士》),唱"圣人作耒耜,苍苍民乃粒。国俗俭且淳,人足而家给"(《农》),唱"鼓舞天下风"(《工》),唱"远近日中合,有无天下均"与(《商》)"吾商则何罪,君子耻为邻""琴瑟愿更张,使我歌良辰"[1]。又如其《上汉谣》《明月谣》《清风谣》,唱"奏以尧舜音,此音天与稀"[2](《明月谣》),及其咏尧庙、太伯庙,咏上古君王、神仙,其《和人游嵩山十二题》中所吟唱神话传说与优美的自然风光相融之情景,诸如"玉女捣衣石""三醉石";其《晋祠泉》所唱"神哉叔虞庙"[3],其《依韵答提刑张太博尝新醞》所唱"地与汝坟近,古来风化纯"[4],其《依韵和提刑太博嘉雪》唱"南阳风俗常苦耕"[5]等,皆可见其以风俗入诗,以诗言风俗的风俗思想表达方式与具体内容。

范仲淹是一位身体力行、忧国忧民,具有博大胸怀、远见卓识的思想家、改革家。如其"传"所称,其为政清廉,"身殁之后,诸子家贫无归,日借官屋以居,仅蔽风雨","独好施予,置义庄里中","泛爱乐善,士多出其门,虽里巷之人皆能道其名字","卒之日,四方闻者皆为叹息","羌酋数百人哭之如父,斋三日而去"。最为人称道的是其"初在制中,遗宰相书,极论天下事"。"他日为政,尽行其言",其"先忧后乐之志,海内固已信其有弘毅之器,足任斯责,使究其所欲为,岂让古人哉"[6]?其风俗思想与其人格的光辉一同彪炳史册,深刻影响于后世。

---

[1] 范仲淹:《四民诗》,《范文正公文集》卷二,《范仲淹全集》,凤凰出版社 2004 年版,第 26—28 页。

[2] 范仲淹:《明月谣》,《范文正公文集》卷二,《范仲淹全集》,凤凰出版社 2004 年版,第 30 页。

[3] 范仲淹:《晋祠泉》,《范文正公文集》卷三,《范仲淹全集》,凤凰出版社 2004 年版,第 51 页。

[4] 范仲淹:《依韵答提刑张太博尝新醞》,《范文正公文集》卷三,《范仲淹全集》,凤凰出版社 2004 年版,第 55 页。

[5] 范仲淹:《依韵和提刑太博嘉雪》,《范文正公文集》卷三,《范仲淹全集》,凤凰出版社 2004 年版,第 58 页。

[6] 范能濬:《宋太师中书令兼尚书令魏国公文正公传》,见《范文正公集补编》卷二,《范仲淹全集》,凤凰出版社 2004 年版,第 1089—1090 页。

第三章
欧阳修的风俗思想

欧阳修(1007—1072),字永叔,号醉翁,晚年号六一居士,吉州永丰人。其一生经历宋真宗、宋仁宗、宋英宗、宋神宗四个朝代。他的风俗思想是北宋前期政治家、文学家阶层风俗思想的代表。

天圣九年(1031),是欧阳修命运发生重要变化的一年,他在钱惟演幕下结识尹洙与梅尧臣,"议论当世事","为歌诗相倡和",而"以文章名冠天下"。[1]时宋王朝内忧外患,改革呼声甚高。景祐元年(1034),欧阳修来到京师,充馆阁校勘;景祐三年(1036),逢范仲淹抨击时弊,被吕夷简等人打击迫害,欧阳修坚决支持并追随范仲淹,也遭遇打击,被逐出京师。此后,他在政治旋涡中挣扎、拼杀,经历了许多政治斗争事件。《宋史》称他"天资刚劲,见义勇为,虽机穽在前,触发之不顾。放逐流离,至于再三,志气自若也"[2]。同时,其"好古嗜学","为文天才自然,丰约中度。其言简而明,信而通,引物连类,折之于至理,以服人心。超然独骛,众莫能及,故天下翕然师尊之",其"奖引后进,如恐不及,赏识之下,率为闻人"[3]。苏轼对他做了很高的评价,称赞他"论大道似韩愈,论事似陆贽,记事似司马迁,诗赋似李

---

[1] 脱脱等:《欧阳修传》,《宋史》卷三一九,列传七八,中华书局1977年版,第10375页。
[2] 脱脱等:《欧阳修传》,《宋史》卷三一九,列传七八,中华书局1977年版,第10380页。
[3] 脱脱等:《欧阳修传》,《宋史》卷三一九,列传七八,中华书局1977年版,第10381页。

白"[1]。从中我们可以看到欧阳修风俗思想产生的背景与影响,也可看到其风俗思想的特色与品格。

首先,他以特立独行的批判方式形成自己疑古辨伪的理论风格,对于整个宋代社会之前的风俗思想进行了必要的理论清洗。其中,他将经学与风俗思想的理论基础——主要是《易》《周礼》等典籍以及河图洛书、谶纬学说等内容,进行批判、质疑、驳斥,显示出其战斗风格。诚如人所述:"在经学上,欧阳修不受传统传注旧说的蔽囿,反对繁琐考证和穿凿附会,主张还本归原,简约入理。他疑《系辞》,疑《周礼》,疑《诗序》,指摘《毛传》,斥河图洛书之荒诞,非谶纬迷信之妄说,是宋代盛行的疑古辨伪之风的开创者。"[2]

风俗思想的一个重要内容是"辨风正俗",即正本清源,从学理上对一些典型的传统文化现象做出合理而必要的解释。诸如古人对于世界万物起源的认识,对于社会发展中一些神秘现象的理解,包括我们今天概括为神话传说、民间信仰等概念的文化现象,不同时期的学者在学理上所做出的解释与回答,都形成他们具体的风俗思想内容。换句话说,是因为所谓风俗思想必须正视和回应风俗发生的动力与风俗表现的一系列外在形式所具有的意义。而风俗的实质内容,从来都与信仰等精神内容密切相关。那么,回答风与俗的文化存在意义,自然成为风俗思想的首要任务。如何解释风俗的外在表象与实质内容(涵义),"上古"与相关的神话传说故事、神话传说人物,以及相关的信仰、知识等内容的诠释与述说,也就有了不一般的意义。我们姑且称之"风俗文化"。

《崇文总目》是欧阳修景祐元年以王曙荐召试学士院,充馆阁校勘,参与编著的一部重要著述。其中,《崇文总目叙释》一卷,列有三十条,有许多内容涉及风俗文化,可以管窥欧阳修风俗思想之一斑。

---

[1] 苏轼:《六一居士集序》,《苏轼文集》卷十,中华书局1986年版,第316页。
[2] 李逸安:《欧阳修全集·前言》,中华书局2001年版,第22页。

"叙释"即作简明扼要的阐释、说明,介绍性的叙述律例。欧阳修分门别类,按照总目排列分别介绍,列为:《易》类、《书》类、《诗》类、《礼》类、《乐》类、《春秋》类、《论语》类、小学类、正史类、编年类、实录类、杂史类、伪史类、职官类、仪注类、刑法类、地理类、氏族类、岁时类、传记类、儒家类、道家类、法家类、名家类、墨家类、纵横家类、杂家类、农家类、小说类、兵家类。律例安排合理,论述精要得当,堪称一部体系完备的百科全书。其中,他对于"俗"与"民"的论述尤发人深省,即"民"与"俗"的意义特耐人寻味。如"地理类"的"叙释":

> 昔禹去水害,定民居,而别九州之名,记之《禹贡》。及周之兴,画为九畿,而宅其中,内建五等之封,外抚四荒之表,《职方》之述备矣。及其衰也,诸侯并争,并吞削夺。秦汉以来,郡国州县,废兴治乱,割裂分属,更易不常。至于日月所照,要荒附叛,山川风俗,五方不同,行师用兵,顺民施政,考于图谍,可以览焉。[1]

又如"岁时类"的"叙释":

> 《传》曰:民生在勤,勤则不匮。故尧、舜南面而治,考星之中,以授人时,秋成春作,教民无失。《周礼》六《官》亦因天地四时,分其典职。然则天时者,圣人之所重也。自夏有《小正》,周公始作《时训》,日星气节,七十二候,凡国家之政,生民之业,皆取则焉。孔子曰:吾不如老圃。至于山翁野夫耕桑、树艺、四时之说,其可遗哉?[2]

---

[1] 欧阳修:《欧阳修全集》第五册,卷一二四,中华书局2001年版,第1888—1889页。
[2] 欧阳修:《欧阳修全集》第五册,卷一二四,中华书局2001年版,第1889—1890页。

在"农家类"的"叙释"中,他说:

> 农家者流,衣食之本原也。四民之业,其次曰农。稷播百谷,勤劳天下,功炳后世,著见书史。孟子聘列国,陈王道,未始不究耕桑之勤。汉兴,劝农勉人,为之著令。今集树艺之说,庶取法焉。[1]

在"小说类"的"叙释"中,他说:

> 《书》曰:狂夫之言,圣人择焉。又曰:询于刍荛。是小说之不可废也。古者惧下情之壅于上闻,故每岁孟春,以木铎徇于路,采其风谣而观之。至于俚言巷语,亦足取也。今特列而存之。[2]

这里,我们可以看到欧阳修论证"有足取焉""可以览焉""不可不察者也"即保存典籍的理由与意义。而他所要强调的,无论是有意还是无意,都在事实上以"民"与"俗"为重要依据,显示出他风俗思想的民本内容。但他并不是一个简单的民本思想的表达者,他的风俗思想与他的文化思想在根本上或在总体上都是以国家、社稷为出发点的。如他在"氏族类"的"叙释"中所述:

> 昔黄帝之子二十五人,得姓命氏,由其德之薄厚。自尧、舜、夏、商、周之先,皆同出于黄帝,而姓氏不同。其后世封为诸侯者,或以国为姓。至于公子公孙,官邑谥族,遂因而命氏,……迁徙不常,则其得姓之因与夫祖宗世次人伦之记,尤不可以不考焉。[3]

---

[1] 欧阳修:《欧阳修全集》第五册,卷一二四,中华书局2001年版,第1893页。
[2] 欧阳修:《欧阳修全集》第五册,卷一二四,中华书局2001年版,第1893页。
[3] 欧阳修:《欧阳修全集》第五册,卷一二四,中华书局2001年版,第1889页。

同样,他在"刑法类"的"叙释"中一再强调"刑者,圣人所以爱民之具也","历世之治,因时制法,缘民之情";[1] 在"仪注类"的"叙释"中强调"凡为天下国家者,莫不讲乎三代之制,其采章文物,邦国之典,存乎礼官"[2] 云云。这里的"圣人"就是"国家"的代言人,"爱民"便是"邦国"的责任,而"圣人"的行为风尚,无疑便是主导、影响"民"认同"祖宗"的重要条件。他论述"岁时""地理""农家""小说"等风俗文化重要内容一再坚持的立场,正是"祖宗""邦国""民"的统一体。他所举的"三代",包括文中列举的"伏羲画卦"("《易》类")、"尧、舜"("职官类")、"禹去水害"("地理类")、"黄帝"("氏族类")等祖先神、英雄神,自然就是风俗文化的重要源头,是"邦国"的化身。用我们今天的话语来概括,欧阳修在这里所表现出的风俗思想的逻辑,就是传统等于风俗,风俗等于传统,而传统规定风俗发展的重要基础就是"圣人"连同"民""邦国"相互影响中社会发展的结果。在其他著述中,欧阳修的风俗思想一直坚守着这种逻辑规则。

《归田录》是欧阳修记述"朝廷之遗事,史官之所不记,与夫士大夫笑谈之余而可录者,录之以备闲居之览"[3] 的著述,可以看作一部关于宋代上层社会包括文人阶层的传说故事集或风俗志。他借"有闻而诮余者"的话总结这部著述的内容与写作目的,称:"何其迂哉!子之所学者,修仁义以为业,诵六经以为言,其自待者宜如何?而幸蒙人主之知,备位朝廷,与闻国论者,盖八年于兹矣。既不能因时奋身,遇事发愤,有所建明,以为补益,又不能依阿取容,以徇世俗。使怨嫉谤怒丛于一身,以受侮于群小。当其惊风骇浪卒然起于不测之渊,而蛟鳄鼋鼍之怪方骈首而窥伺,乃措身其间以蹈必死之祸。赖天子仁圣,恻然哀怜,脱于垂涎之口而活之,以赐其余生之命。曾

---

[1] 欧阳修:《欧阳修全集》第五册,卷一二四,中华书局2001年版,第1888页。
[2] 欧阳修:《欧阳修全集》第五册,卷一二四,中华书局2001年版,第1888页。
[3] 欧阳修:《欧阳修全集》第二册,卷四二,中华书局2001年版,第601页。

不闻吐珠、衔环,效蛇雀之报。盖方其壮也,犹无所为,今既老且病矣,是终负人主之恩,而徒久费大农之钱,为太仓之鼠也。为子计者,谓宜乞身于朝,远引疾去,以深戒前日之祸,而优游田亩,尽其天年,犹足窃知止之贤名。而乃裴回俯仰,久之不决。此而不思,尚何归田之录乎?"然后自答道:"凡子之责我者,皆是也。吾其归哉,子姑待。"[1]

《归田录》的写作宗旨十分明确,如欧阳修引"唐李肇《国史补》序"言:"言报应,叙鬼神,述梦卜,近帷薄,悉去之。纪事实,探物理,辨疑惑,示劝戒,采风俗,助谈笑,则书之。"他称:"余之所录,大抵以肇为法。而小异于肇者,不书人之过恶,以谓职非史官,而掩恶扬善者,君子之志也。"[2] 其"采风俗",即明确显示出其具体的风俗志写作方式与风俗思想。

《归田录》记述了许多生动的传说故事,对后世的民间文艺产生了深厚的影响。[3] 流传相当广的历史传说故事即推其"卷一"开篇所记的两条,"太祖皇帝初幸相国寺"与"见在佛不拜过去佛","开宝寺塔在京师诸塔中最高"与"都料匠预浩"之"世传浩惟一女"故事,一为帝王传说,一为工匠传说,是我国民间文艺史上的名篇;检索史迹,最早记述者,即保存此口头故事者咎于欧阳修《归田录》。其他如"仁宗在东宫"时"鲁肃简公宗道"因为饮酒表现出"忠实可大用"的故事;如"太宗时,亲试进士,每以先进卷子者赐第一人及第"与"文思敏速"者遭"叱出"故事;又如"钱副枢若水尝遇异人传相法"故事、"宋尚书祁为布衣时,未为人知"故事、"寇忠愍公准之贬"故事、"杨文公亿以文章擅天下"故事、"李文靖公沆为相沉正厚重"故事、"陈康肃公尧咨善射"故事、"内中旧有玉石三清真像"故事、"张仆射齐贤体质丰大,饮食过人"故事、"钱思公生长富贵,而性俭约"故事、"邓州花蜡烛名著天下"故事等,记述语言简明扼要、生动、传神,既是民间文艺史上的典

---

[1] 欧阳修:《欧阳修全集》第二册,卷四二,中华书局2001年版,第601—602页。
[2] 欧阳修:《欧阳修全集》第五册,卷一二四,中华书局2001年版,第1942页。
[3] 参见拙作《中国民间文学史·宋代民间文学大繁荣》,河南大学出版社2001年版,第1378页。

范,又非常自然地显示出作者对各种风俗的判断与表达,在事实上形成作者的风俗思想。在故事中讲述风俗,通过讲述风俗故事表达自己的意见、思想,是《归田录》风俗思想表现方式的一个鲜明特色。

在《归田录》第二卷中,这种表现方式更明显。如其记述:

> 俚谚云"赵老送灯台,一去更不来",不知是何等语,虽士大夫亦往往道之。天圣中,有尚书郎赵世长者,常以滑稽自负。其老也,求为西京留台御史,有轻薄子送以诗云:"此回真是送灯台。"世长深恶之,亦以不能酬酢为恨,其后竟卒于留台也。

> 官制废久矣,今其名称讹谬者多,虽士大夫皆从俗,不以为怪。皇女为公主,其夫必拜附马都尉,故谓之附马。宗室女封郡主者,谓其夫为郡马,县主者为县马,不知何义也。[1]

> 唐制:三卫官有司阶、司戈、执干、执戟,谓之四色官。今三卫废,无官属,惟金吾有一人,每日于正衙放朝,唱不坐直,谓之四色官,尤可笑也。[2]

在这里,"不知是何等语""不知何义也""尤可笑也"的评语,其实就是欧阳修的立场,就是他的风俗思想。这种表达方式与所谓义理上的严谨论证相比,显现出又一种表达效果:诗性语言的表达更让人多了一些含蓄而自然的理解空间,无形中拓展了在想象中理解、在理解中想象的天地,其风俗思想的建构也就有了更深遂的内涵。

《归田录》作为风俗志、风俗思想著作,忠实而典型地记述、表现了宋代社会的风俗文化特征。俗,作为世风,有粗有雅,即社会风气的雅俗、粗俗;宋代社会扬文抑武的战略选择,深刻影响到社会的各个方面,风俗作为社会

---

[1] 欧阳修:《欧阳修全集》第五册,卷一二七,中华书局2001年版,第1930页。
[2] 欧阳修:《欧阳修全集》第五册,卷一二七,中华书局2001年版,第1930页。

的反映与表现,自然也有雅俗与粗俗。雅俗即文静之俗,即文风熏染下的风俗表现风格或个性。雅俗在宋代的体现,尤为典型的就是对于文化的尊崇,包括诗文、酒、茶与各种游戏艺术的盛行。如其所记述:

> 茶之品,莫贵于龙凤,谓之团茶,凡八饼,重一斤。庆历中,蔡君谟为福建路转运使,始造小片龙茶以进。其品绝精,谓之小团,凡二十饼,重一斤。其价直金二两,然金可有而茶不可得。每因南郊致斋,中书、枢密院各赐一饼,四人分之。宫人往往缕金花于其上,盖其贵重如此。[1]

> 王副枢畴之夫人,梅鼎臣之女也。景彝初除枢密副使,梅夫人入谢慈寿宫,太后问夫人谁家子? 对曰梅鼎臣女也。太后笑曰:"是梅圣俞家乎?"由是始知圣俞名闻于宫禁也。圣俞在时,家甚贫,余或至其家,饮酒甚醇,非常人家所有。问其所得? 云皇亲有好学者,宛转致之。余又闻皇亲有以钱数千购梅诗一篇者,其名重于时如此。[2]

> 石曼卿磊落奇才,知名当世,气雄貌伟,饮酒过人。有刘潜者,亦志义之士也,常与曼卿为酒敌,闻京师沙行王氏新开酒楼,遂往造焉,对饮终日,不交一言。王氏怪其所饮过多,非常人之量,以为异人,稍献肴果,益取好酒,奉之甚谨。二人饮啖自若,傲然不顾。至夕,殊无酒色,相揖而去。明日,都下喧传王氏酒楼有二酒仙来饮,久之乃知刘、石也。[3]

> 叶子格者,自唐中世以后有之,说者云:因人有姓叶号叶子青者撰此格,因以为名。此说非也。唐人藏书,皆作卷轴,其后有叶子,其制似今策

---

[1] 欧阳修:《欧阳修全集》第五册,卷一二七,中华书局2001年版,第1931页。
[2] 欧阳修:《欧阳修全集》第五册,卷一二七,中华书局2001年版,第1931页。
[3] 欧阳修:《欧阳修全集》第五册,卷一二七,中华书局2001年版,第1940页。

子。凡文字有备检用者,卷轴难数卷舒,故以叶子写之,如吴彩鸾《唐韵》、李郃彩选之类是也。骰子格本备检用,故亦以叶子写之,因以为名尔。唐世士人宴聚,盛行叶子格,五代国初犹然,后渐废不传。今其格,世或有之,而人无知者。惟昔杨大年好之,仲待制简,大年门下客也,故亦能之。大年又取叶子彩名红鹤、皂鹤者,别演为鹤格。郑宣徽戬、章郇公得象,皆大年门下客也,故皆能之。余少时亦有此二格,后失其本,今绝无知者。[1]

杨大年每欲作文,则与门人宾客饮、博、投壶、奕棋,语笑喧哗,而不妨构思。以小方纸细书,挥翰如飞,文不加点,每盈一幅则命门人传录,门人疲于应命,顷刻之际,成数千言。真一代之文豪也。[2]

太宗时,有待诏贾玄,以棋供奉,号为国手。迩来数十年,未有继者。近时有李憨子者,颇为人所称,云举世无敌手。然其人状貌昏浊,垢秽不可近,盖里巷庸人也,不足置之尊俎间。故胡旦尝语人曰:"以棋为易解,则如旦聪明尚或不能,以为难解,则愚下小人往往造于精绝。"信如其言也。[3]

欧阳修于不经意处为后人研究茶文化、酒文化、棋文化等提供了珍贵的史料。

其实,换一种称呼,我们可以将之称为"雅俗"。《归田录》论述的主要对象就是这种关于文化的生活习俗。其中,关于诗文的内容尤为有特色。如:

钱思公虽生辰富贵,而少所嗜好。在西洛时,尝语寮属言:"平生惟

---

[1] 欧阳修:《欧阳修全集》第五册,卷一二七,中华书局2001年版,第1937页。
[2] 欧阳修:《欧阳修全集》第五册,卷一二七,中华书局2001年版,第1923页。
[3] 欧阳修:《欧阳修全集》第五册,卷一二七,中华书局2001年版,第1931页。

好读书,坐则读经史,卧则读小说,上厕则阅小辞,盖未尝顷刻释卷也。"谢希深亦言宋公垂同在史院,每走厕,必挟书以往,讽诵之声琅然闻于远近,其笃学如此。余因谓希深曰:"余平生所作文章,多在三上:乃马上、枕上、厕上也。盖惟此尤可以属思尔。"[1]

咸平五年,南省试进士,《有教无类赋》,王沂公为第一。《赋》盛行于世,其警句有云:"神龙异禀,犹嗜欲之可求;纤草何知,尚薰莸而相假。"时有轻薄子拟作四句云:"相国寺前,熊翻筋斗;望春门外,驴舞柘枝。"议者以谓言虽鄙俚,亦著题也。[2]

梅圣俞以诗知名三十年,终不得一馆职。晚年与修《唐书》,书成,未奏而卒,士大夫莫不叹惜。其初受敕修《唐书》,语其妻刁氏曰:"吾之修书,可谓猢狲入布袋矣。"刁氏对曰:"君于仕宦,亦何异鲇鱼上竹竿邪?"闻者皆以为善对。[3]

以诗赋引起生活的波澜,在宋代社会是相当普遍的现象。此难怪后世的民间故事多以宋代文人为假托对象进行尽情演绎,体现出我们民族对诗文所具有的独特感受。《归田录》之"归",在这里所表现的是向往,其"田",就是野,就是民间。表面看起来《归田录》几乎就是宋代前期文人士大夫生活故事的实录,事实上仍然是经过口头化处理或者称为风俗化之后的历史文化文本。其影响后世的典型表现,就是文人传说故事的盛行。

在《归田录》中,能够更充分更完整地体现欧阳修风俗思想的地方有许多处。如:

---

[1] 欧阳修:《欧阳修全集》第五册,卷一二七,中华书局2001年版,第1931页。
[2] 欧阳修:《欧阳修全集》第五册,卷一二七,中华书局2001年版,第1932页。
[3] 欧阳修:《欧阳修全集》第五册,卷一二七,中华书局2001年版,第1934页。

京师食店卖酸䭮者,皆大出牌榜于通衢,而俚俗昧于字法,转酸从食、䭮从召。有滑稽子谓人曰:"彼家所卖馂馅（俊叨）不知为何物也？"饮食四方异宜,而名号亦随时俗言语不同,至或传者转失其本。汤饼,唐人谓之不托,今俗谓之馎饦矣。晋束晳《饼赋》,有馒头、薄持、起溲、牢丸之号,惟馒头至今名存,而起溲、牢丸,皆莫晓为何物。薄持,荀氏又谓之薄夜,亦莫知何物也。[1]

世俗传讹,惟祠庙之名为甚。今都城西崇化坊显圣寺者,本名蒲池寺,周氏显德中增广之,更名显圣。而俚俗多道其旧名,今转为菩提寺矣。江南有大、小孤山,在江水中,巍然独立,而世俗转孤为姑。江侧有一石矶,谓之澎浪矶,遂转为彭郎矶,云彭郎者,小姑婿也。余尝过小孤山,庙像乃一妇人,而敕额为圣母庙,岂止俚俗之缪哉！西京龙门山,夹伊水上,自端门望之如双阙,故谓之阙塞,而山口有庙曰阙口庙。余尝见其庙像甚勇,手持一屠刀尖锐,按膝而坐。问之,云此乃豁口大王也。此犹可笑者尔。[2]

今世俗言语之讹,而举世君子小人皆同其缪者,惟打（丁雅反）字尔。其义本谓考击,故人相殴,以物相击,皆谓之打。而工造金银器,亦谓之打可矣,盖有捶挞之义也。至于造舟车者曰打船打车,网鱼者曰打鱼,汲水者曰打水,役夫饷饭曰打饭,兵士给衣粮曰打衣粮,从者执伞曰打伞,以糊黏纸曰打黏,以丈尺量地曰打量,举手试眼之昏明曰打试。至于名儒硕学,语皆如此,触事皆曰之打,而遍检字书,了无此字（丁雅反者）。其义主考击之打,自音谪耿,以字学言之,打字从手从丁,丁又击物之声,故音谪耿

---

[1] 欧阳修:《欧阳修全集》第五册,卷一二七,中华书局2001年版,第1933页。
[2] 欧阳修:《欧阳修全集》第五册,卷一二七,中华书局2001年版,第1941页。

为是,不知因何转为丁雅也。[1]

刘岳《书仪·婚礼》有"女坐婿之马鞍,父母为之合髻"之礼,不知用何经义?据岳自叙云,以时之所尚者益之。则是当时流俗之所为尔。岳当五代干戈之际,礼乐废坏之时,不暇讲求三王之制度,苟取一时世俗所用吉凶仪式,略整齐之,固不足为后世法矣,然而后世犹不能行之。今岳《书仪》,十已废其七八,其一二仅行于世者,皆苟简粗略,不如本书。就中转失乖缪可为大笑者,坐鞍一事尔。今之士族,当婚之夕,以两椅相背,置一马鞍,反令婿坐其上,饮以三爵,女家遣人三请而后下,乃成婚礼,谓之上高坐。凡婚家,举族内外姻亲,与其男女宾客,堂上堂下,竦立而视者,惟婿上高坐为盛礼尔。或有偶不及设者,则相与怅然咨嗟,以为阙礼。其转失乖缪,至于如此!今虽名儒巨公,衣冠旧族,莫不皆然。呜呼!士大夫不知礼义,而与闾阎鄙俚同其习见,而不知为非者,多矣。前日濮园皇伯之议是已,岂止坐鞍之缪哉?[2]

欧阳修在这里使用"野俗""世俗""闾阎鄙俚"的概念,其依据如前所述是"君子之志",是"邦国"的化身,是以国家、社稷在历史演进中形成的传统为理论根据的。他眼目中的"世俗传讹""世俗言语之讹""俚俗之缪""当时流俗"等语句,强调的重点,所阐释的重点,都是一个"俗"字。而他论"俗"的目的正在于对"世",即社会现实的密切关注。"世俗"就是现实社会发展中形态万端的"风俗",对"讹"即"缪传"的变异性内容的学理论述,尤其是他所坚持的立场及其具体的论点,恰恰说明宋代社会有这样一批学养深厚、文彩奕然的思想家、文学家、政治家对于风俗文化所表现出的理论关照方式

---

[1] 欧阳修:《欧阳修全集》第五册,卷一二七,中华书局2001年版,第1941页。
[2] 欧阳修:《欧阳修全集》第五册,卷一二七,中华书局2001年版,第1940—1941页。

的典型代表。这是宋代风俗思想的时代特点,我们从中看到的既有学理的特征,又有故事(史实)作为证据的趣味性,堪称笔记体的风俗思想体系的表现。这就是我们前面所讲的通过风俗事项讲述具体的故事,然后在讲述中表现其丰富、独特而生动的风俗思想,而且处处显示出"我"的在场,增强其表达的真实性。又如:

> 凡物有相感者,出于自然,非人智虑所及,皆因其旧俗而习知之。今唐、邓间多大柿,其初生涩,坚实如石。凡百十柿以一楔栌置其中,(樃梓亦可)则红熟烂如泥而可食,土人谓之烘柿者,非用火,乃用此尔。淮南人藏盐酒蟹,凡一器数十蟹,以皂荚半挺置其中,则可藏,经岁不沙。至于薄荷醉猫、死猫引竹之类,皆世俗常知。而翡翠屑金、人气粉犀,此二物则世人未知者。余家有一玉罂,形制甚古而精巧,始得之梅圣俞,以为碧玉。在颍州时,尝以示僚属。坐有兵马钤辖邓保吉者,真宗朝老内臣也,识之,曰:此宝器也,谓之翡翠。云禁中宝物皆藏宜圣库,库中有翡翠盏一只,所以识也。其后,予偶以金环于罂腹信手磨之,金屑纷纷而落,如砚中磨墨,始知翡翠之能屑金也。诸药中犀最难捣,必先镑屑,乃入众药中捣之,众药筛罗已尽,而犀屑独存。余偶见一医僧元达者,解犀为小块子,方一寸半许,以极薄纸裹置于怀中近肉,以人气蒸之,候气熏蒸浃洽,乘热投臼中急捣,应手如粉。因知人气之能粉犀也,然今医工皆莫有知者。[1]

由此我们可以看到,欧阳修列举"唐、邓间多大柿"的烘法、"淮南人藏盐酒蟹"用皂荚和"翡翠屑金""人气粉犀"等故事中的"技",为巧,为俗,都在逐层论证他讲的道理,即"凡物有相感者,出于自然,非人智虑所及,皆因其旧俗而习知之"。而这种具体的道理,正是他从世俗生活

---

[1] 欧阳修:《欧阳修全集》第五册,卷一二七,中华书局 2001 年版,第 1939—1940 页。

中总结出的风俗文化特征,是他以人生感受(亲身感受)所提出的风俗思想。

《集古录》是欧阳修考订古籍,对古代典籍、文物,特别是大量碑文,进行记录、考证、整理、研究的重要著作。如其在《集古录目序》中所述:"汤盘,孔鼎,岐阳之鼓。岱山、邹峄、会稽之刻石,与夫汉、魏以来圣君贤士桓碑、彝器、铭诗、序记,下至古文、籀篆、分隶诸家之字书,皆三代以来至宝,怪奇伟丽、工妙可喜之物。其去人不远,其取之无祸。"而其"性颛而嗜古,凡世人之所贪者,皆无欲于其间,故得一其所好于斯","上自周穆王以来,下更秦、汉、隋、唐、五代,外至四海九州,名山大泽,穷崖绝谷,荒林破冢,神仙鬼物,诡怪所传,莫不皆有,以为《集古录》","撮其大要,别为录目","正其阙谬",其目的在于"以传后学,庶益于多闻","足吾所好,玩而老焉可也"。[1]

《集古录》"跋尾"共有十卷,其中碑文占据绝大部分。从总体上看,这是一部有着很高学术价值的历史文化遗产著作,它不但体现了欧阳修卓越的历史研究、文化研究,包括其风俗文化研究的学术思想,而且更可贵的是它保存了许多极其珍贵的历史文化资料,成为今天我们研究宋代社会之前历史文化发展的重要材料。这是又一种风格的风俗志,是具有典型中国历史文化特色的风俗思想著述。

检索《集古录》"跋尾"各卷,我们可以看到神庙碑的文献整理、考究,是其重点。

如兹罗列。可见除历史人物外祀神之信仰[2]:

卷一:

《后汉西岳华山庙碑》《后汉桐柏庙碑》《后汉修西岳庙复民赋碑》《后汉无极山神庙碑》《秦祀巫咸神文》;

---

[1] 欧阳修:《欧阳修全集》第二册,卷四二,中华书局2001年版,第599—600页。
[2] 老子、孔子等非一般历史人物,此亦列入祀神。

卷二：

《后汉老子铭》《后汉尧祠祈雨碑》《后汉修孔子庙器碑》《后汉尧母碑》《后汉碑阴题名》《后汉尧祠碑》《后汉残碑》；

卷三：

《后汉北岳碑》《后汉天禄辟邪字》；

卷四：

《晋兰亭修禊序》《大代修华岳庙碑》《后魏神龟造碑像记》《怀州孔子庙记》《鲁孔子庙碑》《东魏造石像记》《北齐石浮图记》《后周大像碑》；

卷五：

《隋太平寺碑》《隋老子庙碑》《隋龙藏寺碑》《唐吕州普济寺碑》《唐幽州昭仁寺碑》《隋泛爱寺碑》《隋庐山西林道场碑》《唐德州长寿寺舍利碑》《唐孔子庙堂碑》《唐智乘寺碑》《唐九门县西浮图碑》；

卷六：

《唐司刑寺大脚迹敕》《唐玄宗谒玄元庙诗》《唐西岳大洞张尊师碑》《唐兴唐寺石经藏赞》《唐华岳题名》《唐石壁寺铁弥勒像颂》《唐开元圣像碑》《唐薛仁贵碑》《唐舞阳侯祠堂碑》《唐李邕嵩岳寺碑》；

卷七：

《唐放生池碑》《唐李阳冰城隍神记》《唐缙云孔子庙记》《唐禹庙碑》《唐颜真卿麻姑坛记》《唐盐宗神祠记》《唐龙兴寺四绝碑首》；

卷八：

《唐颜氏家庙碑》《唐汾阳王庙碑》《唐济渎庙祭器铭》《唐神女庙诗》《唐韩愈南海神庙碑》《唐韩愈黄陵庙碑》《唐南岳弥陀和尚碑》；

卷九：

《唐李德裕茅山三像记》《唐元稹修桐柏宫碑》《唐武侯碑阴记》《唐会昌投龙文》《唐濠州劝民栽桑敕碑》《唐闽迁新社记》《唐磻溪庙记》；

卷十：

《唐润州陀罗尼经幢》《瘗鹤铭》《黄庭经》《遗教经》《小字道德经》《浮槎寺八记诗》《谢仙火》《太清石阙题名》《太清东阙题名》。

如果我们将各卷相关祀神类碑文做一个排列，便可以看到欧阳修笔下显示出的传统神谱，其中有世俗神，有宗教神，各种神祇向我们展示出秦汉至唐代这一漫长历史时期神灵崇拜在风俗文化中所具有的重要地位与意义。

在这里，我们看到远古大神如黄帝（《唐韩愈黄陵庙碑》）、尧（《后汉尧母碑》）、禹（《唐禹庙碑》）受到社会祭祀、享用香火的信仰状况，也可以看到巫咸（《秦祀巫咸神文》）、山神（《后汉西岳华山庙碑》《后汉北岳碑》《唐李邕嵩岳寺碑》）、水神（《唐济渎庙祭器铭》）、海神（《唐韩愈南海神庙碑》）、城隍（《唐李阳冰城隍神记》）、麻姑（《唐颜真卿麻姑坛记》）等世俗神的信仰，而让我们看到一个对社会文化发展影响更丰富更特殊的现象，就是以老子、孔子、佛为代表的宗教神信仰。从中我们可以感受到道家与道教文化、儒家与儒（士）文化、佛教文化在宋之前历史上的影响，以此比照宋代社会对于佛教、道教和儒学（包括新儒学）的文化选择，对于欧阳修他们关于风俗文化的论述，就不难理解了。特别是欧阳修常常在诗中吟唱"焚香读《易》"，其世俗宗教影响下的文化情怀，应该说是在很大程度上与他的知识经验有着密切联系的。

《集古录》体现的是欧阳修读书生活的一斑，包括他的趣味、治学态度、治学方法，也包括他别具特色的风俗思想。由此我们可以看到欧阳修"集古"却不"拟古"，时刻关注社会发展，特别强调历史经验与历史教训，强调对于"道"的追求。他常常在风俗文化中努力寻找"俗"与"道"的差异，以此述说自己的感受与理解，而且特别注意将这种差异置于一定的历史文化语境之中。

如《后汉公昉碑》：

> 右汉《公昉碑》者，乃汉中太守南阳郭芝为公昉修庙记也。汉碑今在者类多摩灭，而此记文字仅存，可读。所谓公昉者，初不载其姓名，但云"君字公昉"尔。又云："耆老相传，以为王莽居摄二年，君为郡吏，啖瓜。旁有真人。左右莫察。君独进美瓜，又从而敬礼之。真人者遂与期谷口山上，乃与君神药曰："服药以后，当移意万里，知鸟兽言语。"是时府君去家七百余里，休谒往来，转景即至。阖郡惊焉，白之府君，徙为御史。鼠啮被具，君乃画地为狱，召鼠诛之，视其腹中果有被具。府君欲从学道，顷无所进，府君怒。敕尉部吏收公昉妻子。公昉呼其师以告厄，其师以药饮公昉妻子，曰："可去矣。"妻子恋家不忍去。于是乃以药涂屋柱，饮牛马六畜。须臾，有大风云来迎公昉妻子，屋宅、六畜倏然与之俱去。其说如此，可以为怪妄矣。呜呼！自圣人殁而异端起，战国、秦、汉以来，奇辞怪说纷然争出，不可胜数。久而佛之徒来自西夷，老之徒起于中国，而二患交攻，为吾儒者往往牵而从之。其卓然不惑者，仅能自守而已，欲排其说而黜之，常患乎力不足也。如公昉之事，以语愚人竖子，皆知其妄矣，不待有力而后能破其惑也。然彼汉人乃刻之金石，以传后世，其意惟恐后世之不信，然后世之人未必不从而惑也。[1]

其实，这是一个具有报恩（感恩）意义的神仙故事，故事中的"公昉"及其"妻子"得到神药而发生了生活中的变化，摆脱困厄。在我国民间故事史上，这种类型相当普遍。欧阳修看到的不是口传效果的艺术价值，而是透过故事谈论"可以为怪妄"背后的历史背景，借之论述风俗变化的大背景，即"自圣人殁而异端起，战国、秦、汉以来，奇辞怪说纷然争出，不可胜数"，揭示

---

[1] 欧阳修：《欧阳修全集》第五册，卷一三五，中华书局2001年版，第2102—2103页。

"异端"之人"刻之金石,以传后世","惟恐后世之不信"的实质性意图。"异端"是指违背于正统的非良性风俗,即"怪妄",而"后世之不信"之"信",其实就是上述风俗文化的信仰基础,欧阳修在这里告诉人们一个风俗文化发生、发展的规律,即因为有"后世之信",才有"怪妄"。"怪妄"即虚妄,即荒诞;欧阳修指斥此不良风俗,订其为陋俗,正是其风俗思想的集中体现。

所谓"怪妄",即"闾阎鄙俚"之俗,其悖于欧阳修"君子之志"所以受斥责。那么,"君子之志"即风俗文化的理想表现应该是什么呢?欧阳修在《后汉太尉刘宽碑阴题名》中感叹道:"前世士大夫世家著之谱牒,故自中平至咸亨四百余年,而爽能知其世次如此之详也。盖自黄帝以来,子孙分国受姓,历尧、舜、三代数千岁间,诗书所纪,皆有次序,岂非谱系源流,传之百世而不绝欤!此古人所以为重也。不然,则士生于世,皆莫自知其所出,而昧其世德远近,其所以异于禽兽者,仅能识其父祖尔,其可忽哉!唐世谱牒尤备,士大夫务以世家相高。至其弊也,或陷轻薄,婚姻附托,邀求货赂,君子患之。然而士子修饬,喜自树立,兢兢惟恐坠其世业,亦以有谱牒而能知其世也。今之谱学亡矣,虽名臣巨族,未尝有家谱者。然而俗习苟简,废失者非一,岂止家谱而已哉!"[1]其核心在于"次序",其理想亦在于"次序",而"次序"的依据在他看来最直接的就是"传之百世而不绝"的"谱系源流"。如其所指,若"不然",就会出现"皆莫自知其所出,而昧其世德远近"。但现实条件下,"废失"的传统太多,因为"俗习苟简",包括"家谱"在内的社会文化秩序正日渐破坏,所以他"呜呼"声不绝,其风俗思想的出发点与归结点都归之于"济世"。

社会文化秩序的理想境界是什么?欧阳修在其著述中一再列举为"黄帝以来""历尧、舜、三代数千岁间"的"次序",与《易·系辞下》所言"以通神明之德,以类万物之情"相符的"君子之志"。他所反对的是"异端",是"怪

---

[1] 欧阳修:《欧阳修全集》第五册,卷一三六,中华书局2001年版,第2146页。

妄",是因为"圣人殁"而"纷然争出,不可胜数"的"奇辞怪说",他更多的是"欲排其说而黜之,常患乎力不足也"。[1] 追溯其源头,我们所看到的在许多地方与孔子相似。如孔子所感叹"郁郁乎文哉,吾从周",如孔子所述"名正则言顺";欧阳修对自己的定位也是"儒者",所自责的也只是"久而佛之徒来自西夷,老之徒起于中国,而二患交攻,为吾儒者往往牵而从之","其卓然不惑者,仅能自守而已"。[2] 尤其是对于佛教文化,欧阳修在许多地方给予贬斥,甚至抨击。如《隋太平寺碑》中称"浮图固吾侪所贬"[3];他在《唐幽州昭仁寺碑》中,对于"唐自起义,与群雄战处,后皆建佛寺,云为阵亡士荐福"的种种行为甚不满,说:"唐之建寺,外虽托为战亡之士,其实自赎杀人之咎尔。"[4]

他在《唐颜师古等慈寺碑》中论述道:

> 右《等慈寺碑》,颜师古撰。其寺在郑州汜水,唐太宗破王世充、窦建德,乃于其战处建寺,云为阵亡士荐福。唐初用兵破贼处多,大抵皆造寺。自古创业之君,其英雄智略,有非常人可及者矣。至其卓然信道而知义,则非积学诚明之士不能到也。太宗英雄智识,不世之主,而牵惑习俗之弊,犹崇信浮图,岂以其言浩博无穷,而好尽物理为可喜邪?盖自古文奸言以惑听者,虽聪明之主或不能免也。惟其可喜,乃能惑人。故余于本纪讥其牵于多爱者,谓此也。[5]

其《唐华阳颂》,对佛、道给予的批评更强烈:

---

[1] 欧阳修:《欧阳修全集》第五册,卷一三五,中华书局2001年版,第2103页。
[2] 欧阳修:《欧阳修全集》第五册,卷一三五,中华书局2001年版,第2103页。
[3] 欧阳修:《欧阳修全集》第五册,卷一三八,中华书局2001年版,第2179页。
[4] 欧阳修:《欧阳修全集》第五册,卷一三八,中华书局2001年版,第2189页。
[5] 欧阳修:《欧阳修全集》第五册,卷一三八,中华书局2001年版,第2189—2190页。

第三章 欧阳修的风俗思想

右《华阳颂》,唐玄宗诏附。玄宗尊号曰"圣文神武皇帝",可谓盛矣。而其自称曰"上清弟子"者,何其陋哉！方其肆情奢淫,以极富贵之乐,盖穷天下之力,不足以赡其欲。使神仙道家之事为不无,亦非其所可冀,矧其实无可得哉。甚矣,佛老之为世惑也！佛之徒曰无生者,是畏死之论也;老之徒曰不死者,是贪生之说也。彼其所以贪畏之意笃,则弃万事、绝人理而为之,然而终于无所得者,何哉？死生天地之常理,畏者不可以苟免,贪者不可以苟得也。惟积习之久者,成其邪妄之心。佛之徒有临死而不惧者,妄意乎无生之可乐,而以其所乐胜其所可畏也。老之徒有死者,则相与讳之曰彼超去矣,彼解化矣,厚自诬而讬之不可诘。或曰彼术未至,故死尔。前者苟以遂其非,后者从而惑之以为诚然也。佛、老二者同出于贪,而所习则异,然由必弃万事、绝人理而为之,其贪于彼者厚,则舍于此者果。若玄宗者,方溺于此,而又慕于彼,不胜其劳,是真可笑也。[1]

其《唐放生池碑》中,同样对佛教文化给予批评：

右《放生池碑》,不著书撰人名氏。放生池,唐世处处有之。王者仁泽及于草木昆虫,使一物必遂其生,而不为私惠也。惟天地生万物,所以资于人,然代天而治物者常为之节,使其足用而取之不过,故物得遂其生而不夭。三代之政如斯而已。《易大传》曰："庖牺氏之王也,能通神明之德,以类万物之情。作结绳而为网罟,以佃以渔"。盖言其始教民取物资生,而为万世之利,此所以为圣人也。浮图氏之说,乃谓杀物者有罪,而放生者得福。苟如其言,则庖牺氏遂为地下之罪人矣。[2]

---

[1] 欧阳修：《欧阳修全集》第五册,卷一三九,中华书局2001年版,第2228—2229页。
[2] 欧阳修：《欧阳修全集》第五册,卷一四〇,中华书局2001年版,第2232—2233页。

"浮图"也好,"神仙道家"也好,在欧阳修看来,同属于"怪妄","二患交攻"对社会稳定发展造成伤害。他所举的具有"英雄智略"的唐太宗"牵惑习俗之弊,犹崇信浮图",造寺"为阵亡士荐福",唐玄宗自称"上清弟子"与佛、老之徒的生死观念,都以事实论证"同出于贪"的实质。就是社会风俗生活中的普遍现象,并不仅仅存在于上层社会为唐太宗、唐玄宗他们所用,在中下层社会也是同样被深信不疑。放生也是如此,是风俗生活中的普遍现象,在欧阳修看来,其信仰基础是佛教文化的"杀物者有罪,而放生者得福",他用推论称,如果这样演绎道理,古代的圣人也成为"地下之罪人",批驳其荒诞之至、蛊惑人心、毁坏风俗的理论。而这些论述,作为欧阳修的风俗思想,至今仍保持其合理价值与先锋性意义。

对于佛教文化影响风俗文化的深重,欧阳修表现出强烈的愤懑。在他另外一些著述中同样如此。如其《居士集》卷十七《本论》中所述:"佛法为中国患千余岁,世之卓然不惑而有力者,莫不欲去之。已尝去矣,而复大集,攻之暂破而愈坚,扑之未灭而愈炽,遂至于无可奈何。是果不可去邪?盖亦未知其方也。"[1]

他对于佛教文化与风俗生活的联系思索的深入性上是同时代许多人所难以相比的,他在这里的论述与前面《集古录》中《后汉公昉碑》《唐颜师古等慈寺碑》《唐华阳颂》《唐放生池碑》等处所批判的"佛之徒曰无生者,是畏死之论也;老之徒曰不死者,是贪生之说也",在义理上是一致的。他逐层深入论述道:

夫医者之于疾也,必推其病之所自来,而治其受病之处。病之中人,乘乎气虚而入焉。则善医者,不攻其疾,而务养其气,气实则病去,此自然

---

[1] 欧阳修:《欧阳修全集》第二册,卷一七,中华书局 2001 年版,第 288 页。

第三章 欧阳修的风俗思想

之效也。故救天下之患者,亦必推其患之所自来,而治其受患之处。佛为夷狄,去中国最远,而有佛固已久矣。尧、舜、三代之际,王政修明,礼仪之教充于天下,于此之时,虽有佛无由而入。及三代衰,王政阙,礼义废,后二百余年而佛至乎中国。由是言之,佛所以为吾患者,乘其阙废之时而来,此其受患之本也。补其阙,修其废,使王政明而礼义充,则虽有佛无所施于吾民矣,此亦自然之势也。[1]

这种比喻十分恰切,这种论述也十分得当,他将"气"的概念引入风俗思想,结合虚与实的逻辑关系,尤为严密地论述了"王政修明,礼仪之教充于天下"的文化理想,同时也提出了"补其阙,修其废,使王政明而礼仪充",使佛"无所施于吾民"。他非常清醒而明确地指出"民"在风俗生活与风俗文化中所具有的极其重要的存在意义,随后以"昔尧、舜、三代之为政"的设定论及"制牲牢酒醴以养其体,弦匏俎豆以悦其耳目",微言大义,阐述"教之以礼"即"蒐狩之礼""婚姻之礼""丧祭之礼""乡射之礼"对于"虑民之意甚精,治民之具甚备,防民之术甚周,诱民之道甚笃"的重要作用。他总结道:"故民之生也,不用力乎南亩,则从事于礼乐之际,不在其家,则在乎庠序之间。耳闻目见,无非仁义礼乐而趣之,不知其倦。终身不见异物,又奚暇夫外慕哉?故曰虽有佛无由而入者,谓有此具也。"[2]而当周室衰微,天下大乱之时,当"秦并天下,尽去三代之法,而王道中绝"时,佛"乘间而入","千有余岁之间,佛之来者日益众,吾之所为者日益坏",所以必然出现"民之奸者,有暇而为他;其良者,泯然不见礼义之及己","佛于此时,乘其隙,方鼓其雄诞之说而牵之,则民不得不从而归矣"。[3]他也明白"彼为佛者,弃其父子,绝其夫妇,于人之性甚戾,又有蚕食虫蠹之弊,然而民皆相率而归焉

---

[1] 欧阳修:《欧阳修全集》第二册,卷一七,中华书局2001年版,第288—289页。
[2] 欧阳修:《欧阳修全集》第二册,卷一七,中华书局2001年版,第289页。
[3] 欧阳修:《欧阳修全集》第二册,卷一七,中华书局2001年版,第289—290页。

者,以佛有为善之说故也","佛之说,熟于人耳,入乎其心久矣,至于礼义之事,则未尝见闻。今将号于众曰:禁汝之佛而为吾礼义! 则民将骇而走矣"。[1] 他用鲧禹治水的例子来说明"患深势盛则难与敌,莫若驯致而去之易也"的道理;他以为,要真正使"九州之民,莫不右衽而冠带",就要坚持"三代之术",即"变其质文而相救",对于风俗的崩坏"莫若修其本以胜之"。[2]

佛教文化影响中国社会及其融入中国文化,化为风俗生活与风俗文化,这并不仅仅是一个风俗思想研究中的命题,欧阳修看到了"民"与"世"同佛教文化的密切联系,与之相抗衡的文化标准,就是他引述"孔子有三皇设言而民不违之说"时所倡明的"上古之至道",即"所以使民不倦者,皆伏羲、神农、黄帝之为也",即"上有淡泊清净之风,下无薄恶叛离之俗"。[3]

在他批判佛老"二者同出贪"的同时,其张扬的风俗标准,正是此"风"与"俗"。

不唯对于佛、老的"怪妄"给予驳斥与文化上的合理性解释,欧阳修对于龙神信仰、神仙信仰同样做出自己超越世俗的判断与述说。如其《张龙公碑》:

> 右《张龙公碑》,越耕撰。云"君讳路斯,颍上百社人也。隋初明经登第,景龙中为宣城令。夫人关州石氏,生九子。公罢令归,每夕出,自戌至丑归,常体冷且湿。石氏异而询之,公曰:'吾龙也。蓼人郑祥远亦龙也,骑白牛据吾池,自谓郑公池。吾屡与战,未胜。明日取决,可令吾子挟弓矢射之,系鬣以青绡者郑也,绛绡者吾也。'子遂射中青绡,郑怒东北去,投合肥西山死,今龙穴山是也。由是公与九子俱复为龙,亦可谓怪矣。"余尝以事至百社村,过其祠下,见其林树阴蔚,池水窈然,诚异物之所托。

---

[1] 欧阳修:《欧阳修全集》第二册,卷一七,中华书局2001年版,第291页。
[2] 欧阳修:《欧阳修全集》第二册,卷一七,中华书局2001年版,第293页。
[3] 欧阳修:《欧阳修全集》第三册,卷六〇,中华书局2001年版,第865页。

岁时祷雨,屡获其应,汝阴人尤以为神也。[1]

其《谢仙火》载:

> 右"谢仙火"字,在今岳州华容县废玉真宫柱上,倒书而刻之,不知何人书也。传云大中祥符中,玉真宫为天火所焚,惟留一柱,有此字,好事者遂模于石。庆历中,衡山女子号何仙姑者,能绝粒轻身,人皆以为仙也。有以此字问之者,辄曰:"谢仙者,雷部中鬼也。夫妇皆长三尺,其色如玉,掌行火于世间。"后有闻其说者,于道藏中检之,云实有谢仙名字,主行火,而余说则无之。由是益以仙姑为真仙矣。近见衡州奏云:仙姑死矣,都无神异。客有自衡来者,云仙姑晚年羸瘦,面皮皱黑,第一衰媪也。向时苏州有一丐者卧道中,相传云是得仙者也。自天圣中,余已闻之,后二十余年尚在。其人姓沈,举世皆传为"沈卧仙",云卧而饮食不漏。州县吏屡使人监守,或潜伺察之,皆实卧而不起,亦不漏,遂相传以为神。既而亦以病死。虽素信惑其事,喜为之称说者,亦不云死时有异也。斯二人者,皆今世人以为仙者如此,故并载之。[2]

龙神信仰与神仙信仰是风俗文化中相当重要的内容。在"龙"与"仙"的文化阐释中,不同时期、不同身份的人等所给予的述说表现出五彩缤纷的阐释方式与阐释内容,形成内涵丰富的传说。欧阳修依据自己的知识经验与生活感受,对此所进行的阐释,表现出浓郁的唯物意识,以此将"圣人之志"与"愚人竖子"两种文化现象做出比较,体现出他可贵的批判精神。也就是说,在欧阳修的风俗思想中,所谓"时俗""流俗"是以"怪妄"的形式

---

[1] 欧阳修:《欧阳修全集》第五册,卷一四三,中华书局2001年版,第2308页。
[2] 欧阳修:《欧阳修全集》第五册,卷一四三,中华书局2001年版,第2318页。

为"愚人竖子"所享用的,但并不是说所有的"俗"都是为"愚人竖子"所具有,而是为整个社会以文化整体的形式泛现出来,包括底层社会之外的那些具有一定社会地位的雅士。欧阳修一再描述形态各异的世相,以"可谓怪矣"释"诚异物之所托",以"相传以为神"释"何仙姑""沈卧仙"等"皆今世人以为仙者如此",应该说,这是汉代王充惟理论风俗思想的重要发展,与王安石的"不足畏"风俗思想共同形成宋代风俗思想的高峰,代表着一个历史时期的理论水平。

欧阳修的风俗思想常常将感知的触角伸向上古即历史文化的最久远处,具有博大的胸怀、广阔的视野,而且细加考究、疏证,正本清源,表现出精密深邃的严谨,更重要的是其战斗精神、批判精神及其对时代人生的热烈拥抱。检索其奏议十八卷、表奏书启七卷,包括其《居士集》五十卷、《居士外集》二十五卷、《内制集》八卷、《外制集》三卷等,可以感受到其洋溢于文表的热情与真率。

风俗文化是生活文化的重要表现形式。在风俗文化中,风俗生活的体现是多种多样的,世俗、流俗等概念是泛指,也是评判,陋俗、良俗同样是更直接的评判;欧阳修与许多有识之士一样,时常敏锐地察觉到风俗与民俗的复杂联系,尤其是"上有所好,下所习之"的文化复制意义。同时,他更密切关注到风俗生活与风俗文化的导向,所以常常借题发挥,及时提出具有干预性意义的"劄子"等意见,具体表现出其现实性尤强的风俗思想。如其《乞罢上元放灯劄子》:

> 臣伏以上元放灯,不出典礼,盖因前世习俗所传。陛下俯徇众心,欲同民乐,勉出临幸,非为嬉游。若乃时岁丰和,人物康富,以为乐事,亦是人情。今自立春以来,阴寒雨雪,小民失业,坊市寂寥,寒冻之人,死损不少,薪炭食物,其价增倍,民忧冻饿,何暇遨游!臣本府日阅公事,内有投井投河不死之人,皆称因为贫寒,自求死所。今日有一妇人冻死,其夫寻

第三章 欧阳修的风俗思想

亦自缢。窃惟里巷之中,失所之人何可胜数?昨日圣恩差官俵钱,正为如此。目下阴雪未解,假使便得晴明,坊市不免泥淖,圣驾所历,冲冒风寒。况方以日蚀之灾避殿减膳,圣心忧畏,中外所知。欲乞特罢放灯,所有常年酌献之礼,若至日未得晴明,亦乞差大臣摄事,所有见今供拟游幸及修道路寒冻兵士,并乞放罢,庶几上副陛下畏天忧民之心。今取进止。[1]

上元放灯,是宋代影响非常大的节日习俗,属市井风俗,受到朝廷的重视。如吴曾在笔记中所记述"李附马正月十九日所撰《滴滴金词》",称"京师上元,国初,放灯止三夕。时钱氏纳土,进钱买两夜。其后十七、十八两夜灯,因钱氏而添,故词云'五夜'"。[2]《宋史》载有关于"天子岁时游豫",于上元日"幸集禧观宴从臣、又幸大相国寺,御宣德门观灯"[3];其记"三元观灯,本起于方外之说",所以欧阳修称"不出典礼","盖因前世习俗所传";其载:"自唐以后,常于正月望夜,开坊市门然(燃)灯。宋因之,上元前后各一日,城中张灯,大内正门结彩为山楼影灯,起露台,教坊陈百戏。天子先幸寺观行香,遂御楼,或御东华门及东西角楼,饮从臣。四夷蕃客各依本国歌舞列于楼下。东华、左右掖门、东西角楼、城门大道、大宫观寺院,悉起山栅,张乐陈灯,皇城雉堞亦遍设之。其夕,开旧城门达旦,纵士民观。后增至十七、十八夜。"[4]以及宋太祖建隆三年(1962)上元节"罢内前排场戏乐","以昭宪皇太后丧制故也"。其又记:"政和三年正月,诏放灯五日。五年十二月二十九日,诏景龙门预为元夕之具,实欲观民风,察时态,补饰太平,增光乐国,非徒以游豫为事。"[5]欧阳修请求罢去上元放灯的理由其实也正在这里。

---

[1] 欧阳修:《欧阳修全集》第四册,卷一一一,中华书局2001年版,第1690—1691页。
[2] 吴曾:《五夜放灯》,《能改斋漫录》卷一七,四部丛刊本。
[3] 脱脱等:《神宗二》,《宋史》卷一五,本纪五,中华书局1977年版,第278页。
[4] 脱脱等:《礼十六》,《宋史》卷一一三,志六六,中华书局1977年版,第2697—2698页。
[5] 脱脱等:《礼十六》,《宋史》卷一一三,志六六,中华书局1977年版,第2698—2699页。

他陈述的道理还是要维护正统,那么,既然是放灯的风俗"不出典礼",又加上"今自立春以来"所发生的种种灾异形成"民忧冻饿",许多人"贫寒"到不能生存,而且因为"目下阴雪未解"也不利于"圣驾所历"而"冲冒风寒",再加上不久前发生的"日蚀之灾",所以,要体现"陛下畏天忧民之心",就改变这"因前世习俗所传"的风俗生活行为。

"忧民"是我国古代风俗思想的重要出发点,"畏天"则是"忧民"的文化基础。欧阳修所坚持的仍然是天人相应、天人合一的文化观念,其风俗思想的核心还是"治民",通过对"民"这一风俗生活的主体进行礼义教育,培养良民,便可形成良俗。

在其《策问十二道》"武成王庙问进士策二首"中,对于"治民"成"俗"的阐述道:

> 礼乐,治民之具也。王者之爱养斯民,其于教导之方,甚勤而备。故礼,防民之欲也周;乐,成民之俗也厚。苟不由焉,则赏不足劝善,刑不足禁非,而政不成。大宋之兴八十余岁,明天子仁圣,思致民于太平久矣。而天下之广,元元之众,州县之吏奉法守职,不暇其他,使愚民目不识俎豆,耳不闻弦歌,民俗顽鄙,刑狱不衰,而吏无任责。夫先王之遗文具在,凡岁时吉凶聚会,考古礼乐可施民间者,其别有几?顺民便事可行于今者有几?行之固有次第,其所当先者又有几?礼乐兴而后臻于富庶欤?将既富而后教之欤?夫政缓而迂,鲜近事实,教不以渐,则或戾民。欲其不迂而政易成,有渐而民不戾者,其术何云?儒者之于礼乐,不徒诵其文,必能通其用;不独学于古,必可施于今。[1]

由此我们可以看到,"成民之俗也厚"即淳正厚道之俗一直是欧阳修风

---

[1] 欧阳修:《欧阳修全集》第二册,卷四八,中华书局2001年版,第673页。

俗思想的主旨;如何教化庶民,避免"民俗顽鄙"实现太平之治,既是欧阳修的文化追求,也是众多士人的文化理想,这在我国风俗思想史上是一个普遍的现象。即"致君尧舜上,再使风俗淳"。

欧阳修常常言必称"三代",与"尧舜"并列为"圣人之世",颂扬"风俗淳",而大力指斥"佛老二者同出于贪"所形成的"薄恶叛离",希冀"王政明而礼仪充"。这确实具有很强的唯物意识,但这并不能够证明欧阳修是一个无神论者。在《乞罢上元放灯劄子》中,他用"上副陛下畏天忧民之心"来述说"圣心忧畏,中外所知",劝止上元放灯风俗,"畏天"的信仰应该并不仅仅是某一个人的事情,而是"尧、舜、三代"以来既行于全社会的,所以欧阳修亦有"畏",其许多祭文、墓志铭和一些诗文所表现的对神灵的信奉,都具体表现出这种信仰。其实,这种信仰在今天仍然具有一定的合理性,而且它也确实成为我们民族传统文化的核心内容。欧阳修特别重视礼教对风俗良性发展的重要作用,一再强调"三代"传统的维护,借以抵抗佛老"鄙俚""怪妄"之俗,他所要坚持、维护、修复的正是冠以"尧、舜、三代"之名的"正统"。所以,他对于阴阳五行、天人相应等学说给予礼遇。而这些学说,又正是风俗文化的思想基础,它们差不多可以与风俗文化、风俗生活画等号。如其《赠太子太傅胡公墓志铭》(《居士集》卷三十五)评价胡宿"祷祠于山川"之"语甚切至",称赞"公学问该博,兼通阴阳五行、天人灾异之说":

南京鸿庆宫灾,公以谓南京,圣宋所以受命建号,而大火主于商丘,国家乘德而王者也,今不领于祠官,而比年数灾,宜修火祀。事下太常,岁以长吏奉祠商丘自公始。庆历六年夏,河北、河东、京东同时地震,而登、莱尤甚。公以岁推之,曰:"明年丁亥,岁之刑德,皆在北宫。阴生于午,而极于亥。然阴犹强而未即伏,阳犹微而未即胜,此所以震也。是谓龙战之会,而其位在乾。今西北二虏,中国之阴也,宜为之备,不然,必有内盗起于河朔。明年,王则以贝州叛。公又以为登、莱视京师,为东北隅,乃少阳之位也。今二州并置金坑,多聚民以凿山谷,阳气损泄,故阴乘而动。县官入金,岁几何?小利而大害,可即禁止,以宁地道。"皇祐五年正月,会灵宫灾,是岁冬至,祀天南郊,以三圣并配。明年大旱,公曰:"五行,火,礼也。去岁火而今又旱,其应在礼,此殆郊丘并配之失也。"即建言并配非古,宜用迭配如初诏。其后,并州议建军为节镇,公以星土考之,曰:"昔高辛氏之二子不相能也。尧迁阏伯于商丘,主火,而商为宋星;迁实沈于台骀,主水,而参为晋星。国家受命,始于商丘,王以火德。又京师当宋之分野,而并为晋地,参、商,仇仇之星,今欲崇晋,非国之利也。自宋兴,平僭伪,并最后服,太宗削之,不使列于方镇八十年矣。"谓宜如旧制。公在翰林十年,多所补益,大抵不为苟止而妄随。故其言或用或不用,或后卒如其言,然天子察公之忠,欲大用者久矣。[1]

这既是欧阳修的描述,也是他的认同。我们从其结尾处概括"名望三朝,清职峻秩。恺悌之仁,宜国黄耇"[2]看到这种认同,而欧阳修对《易》的研究同样是相当精深的。更重要的是我们从这里可以管窥整个宋代至少是北宋时期风俗思想的主流。胡宿的风俗思想被宋国家政权所认可或接受,足证明这种思想在全社会的流行及其对社会、文化重大事端在风俗意义上的深刻影响。这也是最大的"正统"。

同样,我们在欧阳修《居士集》卷四十九所存"祭文二十首"感受到这种认同。但是,欧阳修祭神之文与"愚人竖子"的"相传以为神"等"流俗""怪妄"又有明显不同。如《祭桓侯文》首先述说的是"农之为事亦劳矣,尽筋力,勤岁时,数年之耕,不过一岁之稔",却"不幸则水旱,相枕为饿殍","夫丰岁

---

[1] 欧阳修:《欧阳修全集》第二册,卷三五,中华书局2001年版,第516—517页。
[2] 欧阳修:《欧阳修全集》第二册,卷三五,中华书局2001年版,第519页。

常少,而凶岁常多",所以请求"威名震于荆楚"的"张将军"帮助降下雨水,使民"终成岁功"云云。[1] 在《求雨祭文》中,其以"乾德县令"身份祭"五龙之神",首先述说的也是"民"之疾苦,云"百里之地一时而不雨,则民被其灾者数千家",之所以遭遇灾难,是"吏之贪戾,不能平民,而使怨呼之气干于阴阳之和而然也",再者是"凡山川能出云为雨者,皆有神以主之,以节丰凶,而为民之司命也",所以"水旱之灾,不以责吏,则以告神",他"恐惧而奔走",感慨:"神至灵也,得不动于心乎!"[2] 他在《又祭城隍神文》中称:"敢问雨者,于神谁尸?吏能知人,不能知雨。惟神有灵,可与雨语。吏竭其力,神祐以灵。各供其职,无愧斯民。"[3] 在《祈雨祭汉高皇帝文》中,他称:"其政不善而召灾旱,又以为黩,神宜降殃于修,而赐民以雨,使赏罚并行而两得也。民之幸也,修之愿也。"[4] 其祷告神灵的目的从来都不是为了自己,而是为了一方百姓,坦坦荡荡,愿牺牲自己换来民间百姓灾难的解脱。他所坚守的是自己对神灵不卑不亢的态度,只是"各供其职,无愧斯民",可见其风俗思想的卓越品格,亦可见人生之境界。在他的"道场青词""祝文"等体裁中,有许多类似的内容。

最可道者是其《醴泉观本观三门上梁文》[5],一声声"儿郎伟",和着"抛梁"的东西南北上下句,其高唱"愿上梁以后,三辰顺轨,百谷丰登",在文体上化俗为雅,令人感慨万端。又如其《洛阳牡丹记》,其中《风俗记第三》所记"洛阳之俗"云"大抵好花"云云,"春时,城中无贵贱,皆插花,虽负担者亦然",其描述"花开时,士庶竞为游遨",[6] 令人心神荡漾。其作既是生动的美文,更是鲜活的风俗画、风俗志。尤其是其诗歌、词、赋等文学作品中,欧

---

[1] 欧阳修:《欧阳修全集》第二册,卷四九,中华书局2001年版,第682页。
[2] 欧阳修:《欧阳修全集》第二册,卷四九,中华书局2001年版,第683页。
[3] 欧阳修:《欧阳修全集》第二册,卷四九,中华书局2001年版,第686页。
[4] 欧阳修:《欧阳修全集》第二册,卷四九,中华书局2001年版,第687页。
[5] 欧阳修:《欧阳修全集》第二册,卷八三,中华书局2001年版,第1218页。
[6] 欧阳修:《欧阳修全集》第二册,卷七五,中华书局2001年版,第1101页。

阳修钟情于对风俗生活的讴歌,可称为其独具特色的风俗文学,在诗情画意中展示风俗,也论述着风俗,形成其风俗思想的一部分。如其《百子坑赛龙》中所唱"明朝老农拜潭侧,鼓声坎坎鸣山隅。野巫醉饱庙门合,狼藉乌鸟争残余"[1]。此类诗文数不胜数,美不胜收。关于此类问题,已有学者著《宋词与民俗》,做出可喜探索。

---

[1] 欧阳修:《居士集》卷三《古诗三十一首》,《欧阳修全集》第一册,卷三,中华书局2001年版,第45页。

第四章
王安石的风俗思想

王安石（1021—1086），字介甫，号半山。曾封荆国公，抚州临川人。他不但是一位杰出的文学家、思想家，而且是一位伟大的改革家。他的风俗思想与他的改革事业有着十分密切的联系，是他政治思想、文化思想的重要组成部分，在我国风俗思想史上具有十分重要的地位。

《宋史·王安石传》称："安石少好读书，一过目终身不忘。其属文动笔如飞，初若不经意，既成，见者皆服其精妙。"又称其"议论高奇，能以辨博济其说，果于自用，慨然有矫世变俗之志"。[1] 他曾提出过《上仁宗皇帝万言书》，着力论述"风俗日以衰坏"等社会问题，《宋史》称"后安石当国，其所注措，大抵皆祖此书"[2]。王安石是一个敢于直面现实，重现法度的完善，重视在发展中随事情的具体变化"改易更革"于"当世之变"，追求"合先王之政"的"道"，这样"流俗之所不讲，而议者以为迂阔"[3] 的人。其风俗思想的核心在于济民，在于安业，通过社会发展中的政治建设、经济建设、文化建设包括思想建设的相互协调，形成美俗、良俗，直指时弊，即"流俗"。如《宋史》卷三二七《王安石传》载其关于"流俗"的一段文字：

---

[1] 脱脱等：《王安石传》，《宋史》卷三二七，列传八六，中华书局1977年版，第10541页。
[2] 脱脱等：《王安石传》，《宋史》卷三二七，列传八六，中华书局1977年版，第10542页。
[3] 脱脱等：《王安石传》，《宋史》卷三二七，列传八六，中华书局1977年版，第10542页。

安石入谢,因为上言中外大臣、从官、台谏、朝士朋比之情,且曰:陛下欲以先王之正道胜天下流俗,故与天下流俗相为轻重,……虽千钧之物,所加损不过铢两而移。今奸人欲败先王之正道,以沮陛下之所为。于是陛下与流俗之权适争轻重之时,加铢两之力,则用力至微,而天下之权,已归于流俗矣。此所以纷纷也。[1]

所谓"流俗",既有风俗,即传统生活的变化与表现,又有时尚,或指时弊。王安石所关注现实社会与风俗变化的联系,其集结点就在"流俗",或称"流行于世的时俗",是社会发展中种种弊端。

尤其是对于"天变"这一传统风俗思想中的天人相应观念,王安石显示出大无畏的气魄。如《宋史》卷三二七本传中所举:"七年春,天下久旱,饥民流离,帝忧形于色,对朝嗟叹,欲尽罢法度之不善者。安石曰:'水旱常数,尧、汤所不免,此不足招圣虑,但当修人事以应之'。"[2] 又举:"十月,彗星出东方,诏求直言,及询政事之未协于民者。安石率同列疏言:晋武帝五年,彗出轸;十年,又有孛。而其在位二十八年,与《乙巳占》所期不合。盖天道远,先王虽有官占,而所信者人事而已。天文之变无穷,上下附会,岂无偶合?周公、召公,岂欺成王哉。其言中宗享国日久,则曰'严恭寅畏,天命自度,治民不敢荒宁'。其言夏、商多历年所,亦曰'德'而已。裨灶言火而验,欲禳之,国侨不听,则曰'不用吾言,郑又将火'。侨终不听,郑亦不火。有如裨灶,未免妄诞,况今星工哉?所传占书,又世所禁,誊写讹误,尤不可知。陛下盛德至善,非特贤于中宗,周、召所言,则既阅而尽之矣,岂须愚瞽复有所陈。"[3] 应该说,这就是为人所诟的"三不足"的内容表现吧。"三不足"明确载于杨仲良《续资治通鉴长编纪事本末》卷五九《王安石事迹》中,其以

---

[1] 脱脱等:《王安石传》,《宋史》卷三二七,列传八六,中华书局1985年版,第10545页。
[2] 脱脱等:《王安石传》,《宋史》卷三二七,列传八六,中华书局1985年版,第10547页。
[3] 脱脱等:《王安石传》,《宋史》卷三二七,列传八六,中华书局1985年版,第10548—10549页。

宋神宗之口概括为"天变不足畏,人言不足恤,祖宗之法不足守"。无论何人如何考辨"三不足"如何出于司马光或宋神宗,都说明此口号在事实上已经成为一种观念,深刻影响到社会实际,而这种观念又确实看作王安石风俗思想的理论基础。

王安石风俗思想不是孤立存在与发展的,在总体上可以看作他改革思想或称为政治、文化思想的一部分。其风俗思想既有密切联系社会现实的时代性与实践性,又有博取众收,对传统文化包括风俗文化的理想审视,经过深入思索所作的批判总结,表现出其风俗思想的独立性、完整性。

诚然,王安石是一位伟大的改革家,他的文化思想包括他的风俗思想,既是其改革事业发展的精神动力、思想资源,又是在改革事业中日渐完善、发展,形成自己的理论思想体系的。与欧阳修相比,他的风俗思想更多的是在向他人表述自己的思想或与他人论争中具体展现出来的,尤其具有鲜明的斗争精神和非同寻常的实践品格。其风俗思想初步形成的标志,是《上仁宗皇帝万言书》。这篇文章是在嘉祐时期(1056—1063)的著述。此时的宋王朝积弊甚重,表面看起来一片歌舞升平,实际上各种矛盾不断加剧,积重难返。改革,是大势所趋,然而又步履维艰。在王安石看来,风俗的好坏就是世俗作为社会发展的具体表现,因为风俗与"天下之财力"有着直接联系,而风俗的好与坏又直接关系到社稷的安危,影响风俗变化的最终因素在于"法度"。

《上皇帝万言书》(《上仁宗皇帝万言书》)著述于嘉祐三年(1058),时年三十八岁的王安石,自常州移提点江东刑狱。在这之前,王安石也曾经在著述中涉及对风俗的议论,如其《答王深父书》中曰:

> 自江东日得毁于流俗之士,顷吾心未尝为之变。则吾之所存,固无以媚斯世,而不能合乎流俗也。及吾朋友亦以为言,然后怃然自疑,且有自悔之心。徐自反念,古者一道德以同天下之俗,士之有为于世也,人无异

论。今家异道,人殊德,又以爱憎喜怒变事实而传之,则吾友庸讵非得于人之异论变事实之传,而后疑我之言乎?[1]

他所论述的话题是关于"古者至治之世,然后备礼而致刑",他说:"不备礼之世,非无礼也,有所不备耳;不致刑之世,非无刑也,有所不致耳。故某于江东,得吏之大罪有所不治,而治其小罪。"因此,引起人疑问,事实上最"方今之理势,未可以致刑,致刑则刑重矣,而所治者少,不致刑则刑轻矣,而治者多,理势固然也","一路数千里之间,吏方苟简自然,狃于养交取容之俗,而吾之治者五人,小者罚金,大者才绌一官,而岂足以多乎?"[2]在这之前,在《答王深父书》之一、二中,可见他们在一些问题上有不尽相同处。诸如"事君者,以容于吾君为悦"云云,"安有能视天以去就,而德顾贬于大人者乎"云云,"正己以事君者,其道足以致容而已"云云,"惟其正己而不期于正物,是以使万物之正焉"等,王安石皆以"某以谓"或"某则以谓"如何如何作答。在其争论中,我们感受到王安石常常引经据典,多以"孔子曰"或"孟子曰"作为根据,阐发自己的观点与道理。其因此而述及"俗"或"流俗"时,就形成其风俗思想的一部分。显然,如此论述避免了空洞乏物。如溯其源,在此之前,王安石《与马通判书》《上相府书》《上杜学士言开河书》《上运使孙司谏书》等奏书中已不同程度显示其风俗思想中的怜民、爱民、重民观念。如其论述"鞭械吏民,使之出钱,以应捕盐之购,又非所以为政也。且吏治宜何所师法也,必曰:'古之君子'。重告讦之利以败俗,广诛求之害,急较固之法,以失百姓之心,因国家不得已之禁而又重之,古之君子盖未有然者也","今之时,士之在下者浸渍成俗,苟以顺从为得","下情不得自言于上,而上不得闻其过,恣所欲为"(《上运使孙司谏书》)[3];其论述"盖薄

---

[1] 王安石:《王文公文集》卷七,上海人民出版社1974年版,第85—86页。
[2] 王安石:《王文公文集》卷七,上海人民出版社1974年版,第85页。
[3] 王安石:《王文公文集》卷三,上海人民出版社1974年版,第41—42页。

恶之俗,士大夫之修行义者少矣,况身处污贱之势,而清议所不及者乎!劝奖之道,亦当先录小善,务以下流之有善者为始。今世胥史,士大夫之论议常耻及之,惟通古今而明者,当不以世之所耻而废人之为善尔"(《上浙漕孙司谏荐人书》)[1];其述先人"知韶州,改太常博士、尚书屯田员外郎"时,"夷越无男女之别,前守类以为俗然,即其得可已,皆弗究",而其先人曰"同之人也,不可渎其伦"。"凡有萌蘖,一切摘发穷治之。时未几,男女之行于市者,不敢一涂"(《先大夫述》)[2]等,这些内容都融入《上皇帝万言书》中,即厚积薄发。

《上皇帝万言书》不是专门论述风俗生活与风俗文化的著述,但它却突出地体现了王安石个性鲜明的风俗思想。

首先是他把"风俗日以衰坏"的问题置于"方今之法度,多不合乎先王之政",而形成"顾内则不能无以社稷为忧,外则不能无惧于夷狄,天下之财力日以困穷,而风俗日以衰坏,四方有志之士,諰諰然常恐天下之久不安",他说:"此其何故也?患在不知法度故也。"[3]

在这里,"风俗日以衰坏",其实与欧阳修所指的标准一样,就是"流俗"滋生过多,"正统"便被破坏。他先在文章中讴歌、赞颂宋仁宗"有恭俭之德,有聪明睿智之才,夙兴夜寐,无一日之懈;声色狗马,观游玩好之事,无纤芥之蔽;而仁民爱物之意,孚于天下,而又公选天下之所愿以为辅相者,属之以事,而不贰于逸邪倾巧之臣。此虽二帝、三王之用心,不过如此而已,宜其家给人足,天下大治"。[4]转而,他又引孟子关于"有仁心仁闻,而泽不加于百姓者,为政不法于先王之道故也"的道理来进一步阐释"风俗日以衰坏"的原因。他明确表述道:"夫以今之世,去先王之世远,所遭之变,所遇之势

---

[1] 王安石:《王文公文集》卷三,上海人民出版社1974年版,第43页。
[2] 王安石:《王文公文集》卷三三,上海人民出版社1974年版,第390页。
[3] 王安石:《王文公文集》卷一,上海人民出版社1974年版,第1页。
[4] 王安石:《王文公文集》卷一,上海人民出版社1974年版,第1页。

不一,而欲一二修先王之政,虽甚愚者,犹知其难也。然臣以谓今之失,患在不法先王之政者,以谓当法其意而已。"[1] 他强调的是"法其意",是"改易更革",即"不至乎倾骇天下之耳目,嚣天下之口"而能够"合乎先王之政"[2] 的社会变革。

对于研究王安石的风俗思想而言,如何进行改革,如何理解他提出"方今天下之才不足"及其"教之、养之、取之、任之道如此"并不是最关键的内容,而是看他如何对待人才与风俗文化与风俗生活关系的态度与意见。

王安石十分清楚,"改易更革天下之事"的艰难有赖于人才支持的重要性。他说:"夫人才乏于上,则有沈废伏匿在下,而不为当时所知者矣。臣又求之于闾巷草野之间,而亦未见其多焉。"[3] 这种人才必须是能够"推行朝廷之法令,知其所缓急","能使民以修其职事者",但是,现实却是"不才苟简贪鄙之人,至不可胜数","其能讲先王之意以合当时之变者,盖阖郡之间,往往而绝也",所以,便出现"朝廷每一令下,其意虽善,在位者犹不能推行,使膏泽加于民,而吏辄缘之为奸,以扰百姓"。[4] 以这样的逻辑进行演绎,便不难得出"风俗日以衰坏"的结论。

王安石的理论依据是孟子的"徒法不能以自行",其逻辑前置显然是因为法的失败或破坏从而导致"风俗日以衰坏",这与今我们把民俗学列入法学门类的学理思考是一致的。进而,他就"使天下人才众多,然后在位之才可以择其人而取"的道理,称"今之天下,亦先王之天下,先王之时,人才尝众矣,何至于今而独不足"的原因在于"陶冶而成之者,非其道故也"。[5] 同时,他列举"商之时,天下尝大乱矣。在位贪毒祸败,皆非其人,及文王之起,

---

[1] 王安石:《王文公文集》卷一,上海人民出版社 1974 年版,第 2 页。
[2] 王安石:《王文公文集》卷一,上海人民出版社 1974 年版,第 2 页。
[3] 王安石:《王文公文集》卷一,上海人民出版社 1974 年版,第 2 页。
[4] 王安石:《王文公文集》卷一,上海人民出版社 1974 年版,第 2 页。
[5] 王安石:《王文公文集》卷一,上海人民出版社 1974 年版,第 3 页。

而天下之才尝少矣",而"文王能陶冶天下之士,而使之皆有士君子之才,然后随其才之所有而官使之";又举"宣王能用仲山甫,推其类以新美天下之士,而后人才复众","内修政事,外讨不庭,而复有文武之境土"的历史事件,述说"新美天下之士,使之有可用之才,如农夫新美其田,而使之有可采之苣也"[1]的"陶冶"意义。这里的"农夫新美其田",也正是风俗焕然一新的绝妙比喻。

在关于"养之之道"的论述时,王安石提出"饶之以财,约之以礼,裁之以法"。在"饶之以财"的阐释中,他强调"制禄"与"世禄"的关系,强调"自庶人之在官者"的"养廉耻""离于贪鄙之行"。重要的是"约之以礼"的"礼"。"礼"是风俗生活和风俗文化的重要范畴,礼俗是一定程度上成为风俗粗鄙与精美的标志。如其所言:

何谓约之以礼?人情足于财而无礼以节之,则又放僻邪侈,无所不至。先王知其如此,故为之制度。婚丧、祭养、燕享之事,服食、器用之物,皆以命数为之节,而齐之以律度量衡之法。[2]

其中的"制度",包括"婚丧、祭养、燕享之事,服食、器用之物",在"礼"的范围内,就是具体的民俗生活。其中的"命数"与"齐之以律度量衡",就是民俗文化的具体使用。风俗生活与风俗文化的"约之以礼",在王安石看来,就是针对"放僻邪侈,无所不至"所谓风俗颓坏的基本控制方式。通过"制度"来"约之以礼",建设以"礼"为中心的风俗体系,以此控制、防治其负面即陋俗的放大,这是风俗文化在社会政治发展中纳入政权体系的普遍经验,也是风俗文化发展的重要规律。王安石的总结与揭示全面而准确。

---

[1] 王安石:《王文公文集》卷一,上海人民出版社1974年版,第3页。
[2] 王安石:《上皇帝万言书》,《王文公文集》卷一,上海人民出版社1974年版,第4页。

相对"约之以礼"而言,王安石更重视"裁之以法"的"法"。如其前所述,"风俗日以衰坏"的根本原因是"不知法度",他在一千年前就认识到并总结了关于俗与法的密切联系,强调风俗在"法"的框架内发展的重要性。他"裁之以法"的理论根据同样是"先王政法",即通过"流""杀"等行为使风俗得到具体而有效的规范。如其所言:

> 先王于天下之士,教之以道艺矣,不帅教而待之以屏弃远方终身不齿之法。约之以礼也,不循礼则待之以流、杀之法。《王制》曰:"变衣服者,其君流。"《酒诰》曰:"厥或诰曰:'群饮,汝勿佚。尽拘执以归于周,予其杀!'"夫群饮、变衣服,小罪也;流、杀,大刑也。加小罪以大刑,先王所以忍而不疑者,以为不如是,不足以一天下之俗而成吾治。[1]

王安石要回答的问题始终是"风俗日以衰坏",在这里,他借"先王"之名,强调"裁之以法"的基本任务就是"以一天下之俗而成吾治",并且与"饶之以财,约之以礼"共同建构起一个"天下所以服从无抵冒"[2]的风俗世界即秩序社会。总结为一句话,即以法养俗。

风俗生活不是孤立的存在,也不是简单的存在,其中,社会评价即舆论导向、评价标准的主导作用具有非常重要的意义。"荣"与"耻",即影响风俗的主导性因素。王安石论述道:

> 婚丧、奉养、服食、器用之物,皆无制度以为节,而天下以奢为荣,以俭为耻。苟其财之可以具,则无所为而不得,有司既不禁,而人又以此为荣。苟其财不足,而不能自称于流俗,则其婚丧之际,往往得罪于族人婚

---

[1] 王安石:《上皇帝万言书》,《王文公文集》卷一,上海人民出版社1974年版,第4页。
[2] 王安石:《上皇帝万言书》,《王文公文集》卷一,上海人民出版社1974年版,第4页。

姻，而人以为耻矣。故富者贪而不知止，贪者则强勉其不足以追之。此士之所以重困，而廉耻之心毁也。[1]

王安石如此论述，是为了进一步阐明"闺门之内，奢靡无节，犯上之所恶，以伤天下之教者，有已甚者矣"；他从历史上的"拘群饮而被之以杀刑"，述说"重禁其祸"与"其施刑极省，而人之抵于祸败者少矣"，直指当世矛盾的集结点即所谓"今朝廷之法所尤重者，独贪吏耳"[2]。他说，"重禁贪吏，而轻奢靡之法，此所谓禁其末而驰其本"；那么，什么才是解决"风俗日以衰坏"的根本呢？他自问自答说："患在治财无其道耳"，仍然在人，在"官人以世"，即"不计其才行"，[3]仍需要"教之、养之、取之、任之"，培养社会的良好风尚。"贪吏"的影响固然很坏，而更坏更严重的是造成吏"贪"的"道"，王安石将之归结为"取之非道"。如其所言，"夫以近世风俗之流靡，自虽士大夫之才，势足以进取，而朝廷尝奖之以礼义者，晚节末路，往往怵而为奸，况又其素所成立，无高人之意，而朝廷固已挤之于廉耻之外，限其进取者乎？其临人亲职，放僻邪侈，固其理也"[4]。所以，因为政策的一错而错，制度无保证，人才"取之"无保证，风俗的"日以衰坏"与"放僻邪侈"即属自然而然。他把"近世风俗之流靡"与"官人以世"相联系，再一次强调了通过"取"人即养人以养俗的重要意义。他总结道："夫教之、养之、取之、任之，有一非其道，则足以败乱天下之人才。"[5]以此类推，"败乱天下"的便不仅仅是"人才"，也自然包括"风俗"，乃至整个世界。说到底，社会的变化即风俗的变化，归根到底还是在于人，在于朝廷人才政策的制度调整与施行。无论

---

[1] 王安石：《上皇帝万言书》，《王文公文集》卷一，上海人民出版社1974年版，第8—9页。
[2] 王安石：《上皇帝万言书》，《王文公文集》卷一，上海人民出版社1974年版，第9页。
[3] 王安石：《上皇帝万言书》，《王文公文集》卷一，上海人民出版社1974年版，第11页。
[4] 王安石：《上皇帝万言书》，《王文公文集》卷一，上海人民出版社1974年版，第11页。
[5] 王安石：《上皇帝万言书》，《王文公文集》卷一，上海人民出版社1974年版，第12页。

是像王安石所强调的"教之、养之、取之、任之",还是像历史上纣王"乱亡之道"所用的"官人以世"或"贪吏"之"放僻邪侈",都显示出用人政治与风俗变化的复杂联系。那么,要"改易更革天下之事",就要调整人才政策,调整社会发展的思路。

最后,王安石以唐代贞观之治为例,对仁宗皇帝做关于"国家之大体"的积极劝说:

> 然臣之所称,流俗之所不讲,而今之议者以谓迂阔而熟烂者也。窃观近世士大夫所欲悉心力耳目以补助朝廷者有矣。彼其意,非一切利害,则以为当世所不能行。士大夫既以此希世,而朝廷所取于天下之士,亦不过如此。至于大伦大法,礼义之际,先王之所力学而守者,盖不及也。一有及此,则群聚而笑之,以为迂阔。今朝廷悉心于一切之利害,有司法令刀笔之间,非一日也。然其效可观矣。则夫所谓迂阔而熟烂者,惟陛下亦可以少留神而察之矣。昔唐太宗贞观之初,人人异论,如封德彝之徒,皆以为非杂用、之政,不足以为天下。能思先王之事,开太宗者,魏郑公一人尔。其所施设,虽未能尽当先王之意,抑其大略,可谓合矣。故能以数年之间,而天下几致刑措,中国安宁,夷蛮顺服,自三王以来,未有如此盛时也。唐太宗之初,天下之俗,犹今之世也,魏郑公之言,固当时所谓迂阔而烂熟者也,然其效如此。贾谊曰:"今或言德教之不如法令,胡不引商、周、秦、汉以观之?"然则唐太宗事亦足以观矣。[1]

这里的"唐太宗之初,天下之俗,犹今之世也"与"流俗之所不讲"之"流俗"相对照,其所表现的既是王安石的政治理想,也是其风俗理想,即"中国安宁,夷蛮顺服"。

---

[1] 王安石:《上皇帝万言书》,《王文公文集》卷一,上海人民出版社1974年版,第15—16页。

第四章 王安石的风俗思想

《上皇帝万言书》的内容非常丰富,我们看到的只是其风俗思想。在政治家看来,这是一篇激烈批评时政、热情表白"法先王之政"崇高理想、"欲改易更革天下之事"的战斗檄文。如人所言,未必是石沉大海,确实因为种种原因这样一篇洋溢着昂扬、赤诚、坦荡的政治改革宣言,在仁宗时代没有得到应有的重视。但它却流传开来,受到世人的注意,后来宋神宗极力支持他,应该与此有一定联系,而且,在这里所表现出的"祖宗不足法"的大无畏精神,以及他财富理念、人才理念、法治理念等思想,都在日后的变法事业中有不同程度的体现。其中的风俗思想亦如此。他所关注并概括总结的"风俗日以衰坏",也成为他后来不断论及的话题。他所阐述的"约之以礼""裁之以法"与"一天下之俗而成吾治"的新美风俗理想,同他"教之之道""养之之道""取之之道""任之之道"的改革理想相融合,不断注入新的思想内容,形成他独特的风俗思想。而在这里,我们可以看到他经过多年思索与实践,初步总结并形成了他的风俗思想体系;其影响了他所献身的改革事业,更影响了此后的风俗思想的发展。

《上时政书》作于嘉祐六年(1061),其内容与《上皇帝万言书》基本一致,更集中于"时政"。他仍然以危机开题,虽未再明确指出"风俗日以衰坏",但他把"享国日久"所必然发生的"乱"提到一个特殊的高度。他说,"自古人主享国日久,无至诚恻怛忧天下之心,虽无暴政虐刑加于百姓,而天下未尝不乱","享国日久,内外无患,因循苟且,无至诚恻怛忧天下之心,趋过目前,而不为久远之计,自以祸灾可以无及其身,往往身遇祸灾,而悔无所及",形成"天下之民"的"以膏血涂草野","生者不能自脱于困饿劫束之患","宗庙毁辱"。[1] 其中历史上晋武帝、梁武帝、唐明皇"皆聪明智略有功之主"就是如此。因此,他将晋、梁、唐三代历史教训总结为"贤才不用,法度不修,偷假岁月,则幸或可以无他,旷日持久,则未尝不终于大乱"。以此

---

[1] 王安石:《上时政书》,《王文公文集》卷一,上海人民出版社1974年版,第17页。

为题,他指出,虽然当今的皇帝"有恭俭之德,有聪明睿智之才,有仁民爱物之意",但由于"享国日久",应该以"晋、梁、唐三帝"为戒。他进一步论说道:"方今朝廷之位,未可谓能得贤才,政事所施,未可谓能合法度。官乱于上,民贫于下,风俗日以薄,才力日以困穷,而陛下高居深拱,未尝有询考讲求之意。"所以,他"为陛下计而不能无慨然者","以古准今,则天下安危治乱,尚可以有为。有为之时,莫急于今日",希望朝廷能"以至诚询考而众建贤才,以至诚讲求而大明法度","以终身之狼疾为忧,而不以一日之瞑眩为苦"。[1] 以史为鉴,可以知兴衰,同样可以知得失,明事理。王安石以三位皇帝"终于乱"的教训,进一步阐述了"风俗日以薄"的现实问题。

嘉祐八年(1063),北宋历史发生了一次重要变化,仁宗皇帝离世,英宗即位。此时,王安石的母亲逝于京城。对于王安石,这也是其人生的一个重要转折,自此他去官之后,奉母柩归葬金陵,开始授徒讲学,一边思索,一边著述。

此时,他对我国古代思想史上的许多重要典籍进行了深入的研究,不断梳理自己的思绪,其中《风俗》等著述即完成于这一时期。

《风俗》着重论述"君子制俗以俭"等问题,是王安石风俗思想发展成熟的标志。

他在《风俗》中讲述道:

> 夫天之所爱育者民也,民之所系仰者君也。圣人上承天之意,下为民之主,其要在安利之。而能安利之要不在于它,在乎正风俗而已。故风俗之变,迁染民志,关之盛衰,不可不慎也。
>
> 君子制俗以俭,其弊为奢。奢而不制,弊将若之何?夫如是,则有殚极财力僭渎拟伦以追时好者矣。且天地之生财也有时,人之为力也有限,

---

[1] 王安石:《上时政书》,《王文公文集》卷一,上海人民出版社1974年版,第17—18页。

而日夜之费无穷。以有时之财,有限之力,以给无穷之费,若不为制,所谓积之涓涓而泄之浩浩,如之何使斯民不贫且滥也!国家奄有诸夏,四圣继统,制度以定矣,纪纲以缉矣,赋敛不伤于民矣,徭役以均矣,升平之运未有盛于今矣,固当家给人足无一夫不获其所矣。然而婺人之子,裋褐未尽完,趋末之民,巧伪未尽抑,其故何也?殆风俗有所未尽淳欤?

且圣人之化,自近及远,由内及外。是以京师者风俗之枢机也,四方之所面内而依仿也。加之士民富庶,财物毕会,难以俭率,易以奢变。至于发一端,作一事,衣冠车马之奇,器物服玩之具,旦更奇制,夕染诸夏。工者矜能于无用,商者通货于难得,岁加一岁,巧眩之性不可穷,好尚之势多所易,故物有未弊而见毁于人,人有循旧而见嗤于俗。富者竞以自胜,贫者耻其不若,且曰:"彼人也,我人也,彼为奉养若此之丽,而我反不及!"由是转相慕效,务尽鲜明,使愚下之人有逞一时之嗜欲,破终身之赀产而不自知也。

且山林不能给野火,江海不能实漏卮,淳朴之风散,则贪饕之行成,贪饕之行成,则上下之力匮。如此则人无完形,士无廉声,尚陵逼者为时宜,守检押者为鄙野,节义之民少,兼并之家多,富者财产满布州域,贫者困穷不免于沟壑。夫人之为性,心充体逸则乐生,心郁体劳则思死,若是之俗,何法令之能避哉!故刑罚所以不措者此也。

且坏崖破岩之水,原自涓涓,干云蔽日之木,起于青葱,禁微则易,救末者难。所宜略依古之王制,命市纳贾,以观好恶。有作奇技淫巧以疑众者,纠罚之;下至物器馔具,为之品制以节之;工商逐末者,重租税以困辱之。民见末业之无用,而又为纠罚困辱,不得不趋田亩,田亩辟则民无饥矣。以此显示众庶,未有辇毂之内治而天下不治矣。[1]

---

[1] 王安石:《风俗》,《王文公文集》卷三十二,上海人民出版社1974年版,第380—381页。

所谓"正风俗"与"风俗之变,迁染民志,关之盛衰,不可不慎"的理念,在我国风俗思想史上可追溯至汉代应劭的《风俗通义》。应劭曾经论述风俗之"或直或邪,或善或淫",其"圣人作而均齐之,咸归于正,圣人废,则还其本俗",力论"为政之要,辨风正俗最其上也"(《风俗通义·序》)。王安石所要论述的是"安利之",是"天""民""君"三者之间的整体联系中,"圣人"作为"上承天之意,下为民之主"的主要职守与责任。以此,他将"安利之要"归结为"在乎正风俗",总结出风俗变化与社会政治的联系,以及风俗在社会发展中的重要意义,概括为"风俗之变,迁染民志,关之盛衰",所以"不可不慎也"。所谓"迁染民志",应该指的是民风;所谓"关之盛衰",应该指的是世风。民风名之为"民志",即民心,包括他在《上皇帝万言书》中所引孟子"有仁心仁闻,而泽不加于百姓者"中的"百姓",及其称颂皇帝"有恭俭之德"所讲及的"仁民爱物之意"中的"民",包括"自庶人之在官者"中的"庶人",其"迁染"其实就是熏染,就是"以奢为荣,以俭为耻"的廉耻之心所担忧的内容,是"教之之道""养之之道"的培养对象,是安定天下的最重要的任务。世风名之为"盛衰",其实就是其面对的"风俗日以衰坏",就是"近世风俗之流靡",就是社会兴亡的具体表现。在他看来,"天""民""君"与"风俗"是一个内在联系极其密切的文化整体,"安利之"使这个整体的面目凸现出来。说到底,用今天的话说,就是经济基础决定包括风俗在内的上层建筑的变化。

王安石论述"风俗"的要点是"君子制俗以俭"。所谓"制俗",其实就是采用一定的方法影响、改变风俗,控制风俗的发展趋势与发展方式;这里的"制俭",即针对于"其弊为奢",也就是抑制奢侈。王安石的财富理论在《上皇帝万言书》中有所表现,所谓"因天下之力,以生天下之财;取天下之财,以供天下之费","理财以其道,而能通其变",而之所以"财用已不足以供之",其症结为"蔽于理","重禁贪吏,而轻奢靡之法,此所谓禁其末而驰其本"[1]，与他所举"天下以奢为荣，以俭为耻"的"流俗"，在其风俗思想的层面上都是在述说"制"于"道"。其"制俗以俭"的现实根据即"其弊为奢"，亦即"以奢为荣，以俭为耻"的"廉耻之心毁也"，是"不能约之以礼"[2]的"失制"。同时，"制俗以俭"或称俭俗，在这里是与"生财"紧密相联系的。如其所称，"天地之生财也有时，人之为力也有限，而日夜之费无穷。以有时之财，有限之力，以给无穷之费"，便必然使社会造成极大浪费，使人民贫困，所以"风俗日以衰坏"。他因此提出一个问题，"窭人之子，裋褐未尽完；趋末之民，巧伪未尽抑"的原因是否与"风俗有所未尽淳"有关呢？"窭人"即穷人，贫穷即生存艰辛；"趋末"与"巧伪"便极其不厚道，如此泛滥，便形成奸诈、轻薄之风俗。其实，这是一个社会道德良心，即社会发展的精神品质如何铸造、建构的问题。

《风俗》是一篇关于风俗与"生财"关系即使用财富的著述，也是一篇关于如何建设风俗或如何筑构风俗品质的著述。

这里，王安石把握住"圣人之化"，即教化成俗的"自近及远，由内及外"风俗生活变化规律，通过述说"京师者风俗之枢机也"来更进一步说明"俭"与"奢"在"制俗"中的重要性。他以"四方之所面内而依仿""士民富庶，财物毕会"来推论"难以俭率，易以奢变"，包括"旦更奇制，夕染诸夏"这样一个上行下效的风化即风俗影响社会变化的规律。他看到了"岁加一岁，巧眩之性不可穷，好尚之势多所易"与"物有未弊而见毁于人，人有循旧而见嗤于俗""富者竞以自胜，贫者耻其不若"，即人人相互攀比，奢侈成风，"转相慕效"的恶习肆意蔓延及其带来"使愚下之人有逞一时之嗜欲，破终身之赀产而不自知"等社会危害，从相反的一面阐明"君子制俗以俭"与"圣人之化"的关系和"其弊为奢"的社会影响复杂性、严重性。同时，他又以"淳

---

[1] 王安石：《王文公文集》卷一，上海人民出版社1974年版，第9页。
[2] 王安石：《王文公文集》卷一，上海人民出版社1974年版，第9页。

朴之风散,则贪饕之行成"与"上下之力匮"进一步演绎"风俗日以衰坏"的发展趋势,指出其"节义之民少"以及贫富差距悬殊的恶俗横生,称"夫人之为性,心充体逸则乐生,心郁体劳则思死,若是之俗,何法令之能避哉!"他由此感叹"刑罚所以不措者此"。

最后,他总结"禁微则易,救末者难"的道理,提出"纠罚之""为之品制以节之""重租税以困辱之"的具体"制俗"措施,使"末业"受到限制,使民众回到"田亩"而"无饥",由此"天下治"。在今天看来,这可能有一些过于重农而抑商的偏颇,而在兼并之风盛行的特殊境遇中,这无疑是一剂良药。尤其是对于"制俗以俭",培养新美之俗,纠正"殚极财力僭渎拟伦以追时好"等弊俗、奢俗、陋俗,具有十分积极的理论意义与现实意义,更是我国风俗思想史上的重要文献。

自嘉祐八年宋仁宗去世,到治平四年宋英宗逝世,宋神宗即位,王安石被起用知江宁府,又被任命翰林学士,回到开封之前,王安石在江宁居丧、讲学,数年间除了《风俗》,还有许多著述。诸如《虔州学记》《答韩求仁书》《上富相公书》和《〈洪范〉传》等,从不同程度、不同方面论及风俗文化与风格生活。同时,陆佃、蔡卞、侯叔献、龚原、李定等人来到江宁从学于王安石,其中,他们中有许多人成为后来改革事业的骨干,应该说,正如此可以看到他包括风俗思想在内的理论思想对于改革事业的重要影响。

诸如《虔州学记》,其提及虔州的偏僻、蛮荒,因为蔡侯、元侯的辛苦努力,受到乡人的拥戴。二侯"皆天下所谓才吏",对于"立学"等事业"就此不劳"。王安石在这里看到"道德"作为"性命之理"与风俗文化的联系,称"其度数在乎俎豆、钟鼓、管弦之间",以传说中的"舜所谓庸之者""舜所谓承之者""舜所谓威之者"相应,论说"德""行""艺"在教化风俗、影响社会方面可能发生的作用。他说,"盖其教法,德则异之以智、仁、圣、义、忠、和;行则同之以孝友、睦姻、任恤;艺则尽之以礼、乐、射、御、书、数",而"淫言诐行诡怪之术,不足以辅世,则无所容乎其时","士之奔走、揖让、酬酢、笑语、升降,出入乎此,则无非教者";以及"高可以至于命,其下亦不失为人用,其流及乎既衰矣,尚可以鼓舞群众,使有以异于后世之人。故当是时,妇人之所能言,童子之所可知,有后世老师宿儒之所惑而不寤者也;武夫之所道,鄙人之所守,有后世豪杰名士之所惮而愧之者也。尧、舜、三代,从容无为,同四海于一堂之上,而流风余俗咏叹之不息,凡以此也"。[1]其中的"流风余俗"在某种意义上讲,既是教化的对象,也是教化后的结果。他又以秦代焚书的历史继续论述"先王之道德,出于性命之理,而性命之理,出于人心",称:"虔虽地旷以远,得所以教,则虽悍昏嚚凶,抵禁触法而不悔者,亦将有以聪明其耳目而善其心,又况乎学问之民?"[2]这在事实上又一次论述了"民志"与风俗之间的学理关系,即以"先王之道"教化世道,通过"鼓舞群众"等方式"善其心"。

《〈洪范〉传》是一篇深入而系统论述风俗文化的著述,其体现王安石风俗思想的方式及其在我国风俗思想史上的独特价值,常常为我们所忽略。

《洪范》是《尚书》中的名篇,传说是箕子对周武王讲述治理国家的著述,受到世人的尊重,也成为儒家论述"先王之道"的经典。《尚书》的影响,以《洪范》为代表,在风俗文化的历史上具有重要的源头性意义,所以董仲舒等学者的阐释对后人理解传统文化包括风俗文化的影响就显得格外重要。王安石常以"先王之政"的名义论述自己的主张,在其身居江宁的这段时间有更充足的时间研究体现"先王之政"思想的经典,对于《洪范》的新解,体现出其思索的细致、深刻、敏锐与独到。与董仲舒他们所论述的"天人感应"这一传统思想相异,王安石在这里更深刻地论述了自己对于自然现象与社会发展之间的复杂联系,同样,也体现出其"天变不足畏"的风俗思想。

《洪范》的文化价值是巨大的,连同整个《尚书》,对于我国古代风俗思

---

[1] 王安石:《虔州学记》,《王文公集》卷三四,上海人民出版社1974年版,第401—402页。
[2] 王安石:《虔州学记》,《王文公集》卷三四,上海人民出版社1974年版,第402—403页。

想的形成起到不可替代的作用,其中许多概念在后世沿用,有一些概念甚至融入风俗,在风俗文化中经常表现、在风俗生活中被具象化使用与传承。王安石对其所做的新解,一方面是他经世致用思想的体现,另一方面应该与其身居基层、心怀壮志的人生阅历相关。而这部《〈洪范〉传》发挥的重要影响,还是熙宁三年(1070)王安石郑重献给神宗皇帝之后。其解释是历史的,也是现实的,其来自文化历史的感受与理解,亦来自社会实践的感悟与觉悟,与同时代人,乃至与历史上的许多学者相比,这部著述所具有的实践品格更高一筹。

如其释"五行"。所谓"五行",即我国古代哲学所提出的影响世界的五种最重要的事物,被概括为"一曰水,二曰火,三曰木,四曰金,五曰土"。这里,王安石解释道:"五行,天所以命万物者也,故'初一曰五行'。"他接着说:

> 五行也者,成变化而行鬼神,往来乎天地之间而不穷者也,则故谓之行。天一生水,其于物为精,精者,一之所生也。地二生火,其于物为神,神者,有精而后从之者也。天三生木,其于物为魂,魂,从神者也。地四生金,其于物为魄,魄者,有魂而后世从之者也。天五生土,其于物为意,精、神、魂、魄具而后有意。自天一至于天五,五行之生数也。以奇生者成而耦,以耦生者成而奇,其成之者皆五。五者,天数之中也,盖中者所以成物也。[1]

这种解释是具有唯物色彩的,以奇耦来概括"生""成",总结"天数之中",以此说明"所以成物"的道理,其实就是其风俗思想的哲学基础。包括其论及的"五事""五纪""八政""五福""三德",其解释方式大都是从事物的相互联系中进行解释的。

卜筮是风俗文化中的重要内容,即遇到困难、疑难,通过一定的仪式问

---

[1] 王安石:《〈洪范〉传》,《王文公文集》卷二十五,上海人民出版社1974年版,第281页。

第四章 王安石的风俗思想

于鬼神,期望得到鬼神的帮助或指示。《洪范》中有"汝则有大疑,谋及乃心,谋及卿士,谋及庶人,谋及卜筮",王安石对此进行解释道:

> 言人君有大疑,则当谋之于己,己不足以决,然后谋之于卿士,又不足以决,然后谋之于庶民,又不足以决,然后谋之于鬼神。鬼神尤人君之所钦也,然而谋之反在乎卿士、庶民之后者,吾之所疑而谋者,人事也,必先尽之人,然后及鬼神焉,固其理也。圣人以鬼神为难知,而卜筮如此其可信者,《易》曰"成天下亹亹者,莫大乎蓍龟"。唯其诚之不至而已矣,用其至诚,则鬼神其有不应,而龟筮其有不告乎?[1]

《洪范》中有不少地方论及"卜筮",王安石的解释其所论,总是从人出发进行更合乎事物发展逻辑的解释,从而把人置放在更重要的一个位置。如其论述"七稽疑,择建立卜筮人,乃命卜筮"句,解释其中的"衍忒"即吉凶二字时,称"福之所以为福者""祸之所以为祸者",皆"以其位与数而已";其论及"人谋鬼谋,百姓与能"时,他说,"盖圣人君子以察存亡,以御治乱,必先通乎此。不通乎此而为百姓之所与者,盖寡矣"[2]。又如其论述"龟筮共违于人,用静吉,用作凶"时,他说,"所以谋之心、谋之人者尽矣,然犹不免于疑,则谋及于龟筮,故龟筮之所共违,不可以有作也"[3]。

"五福"是风俗文化中一个运用相当普遍的概念,诸如"五福临门""五福当头""五福满堂"等,或作吉祥语,或作吉祥图画。《洪范》中解释为"五福,一曰寿,二曰富,三曰康宁,四曰攸好德,五曰考终命",他说:

> 何也?人之始生也,莫不有寿之道焉,得其常性则寿矣,故一曰寿。

---

[1] 王安石:《〈洪范〉传》,《王文公文集》卷二十五,上海人民出版社1974年版,第291页。
[2] 王安石:《〈洪范〉传》,《王文公文集》卷二十五,上海人民出版社1974年版,第290—291页。
[3] 王安石:《〈洪范〉传》,《王文公文集》卷二十五,上海人民出版社1974年版,第291—292页。

少长而有为也,莫不有富之道焉,得其常产则富矣,故二曰富。得其常性,又得其常产,而继之以毋扰,则康宁矣,故三曰康宁也。夫人君使人得其常性,又得其常产,而继之以毋扰,则人好德矣,故四曰攸好德。好德,则能以令终,故五曰考终命。[1]

他分别从"常性""常产""毋扰""好德""令终"五个方面来揭示"人之生"与"道"的内在联系。这种解释具有更能令人感到可以圆其说的合理性,堪称风俗思想中的典范。

自然,他在这里论述风俗文化时,对于"庶民"的地位与作用,也常常表现出独到的见解。如其解释《洪范》中的"庶民惟星,星有好风,星有好雨"时,他说,"言星之好不一,犹庶民之欲不同。星之好不一,待月而后得其所好,而月不能违也;庶民之欲不同,待卿士而后得其所欲,而卿士大夫亦不能违也。故星者,庶民之证也"[2]。其《洪范》中有"月之从星,则以风雨",他将此解释为:"言月之好恶不自用而从星,则风雨作而岁功成,犹卿士之好恶不自用而从民,则治教政令行而王事立矣。《书》曰'天听自我民听,天视自我民视'。夫民者,天之所不能违也,而况于王乎?况于卿士乎?"[3]应该说,这里所表现出的民本意识,与其后来反对豪强兼并的思想是一脉相承的。

在《〈洪范〉传》中,更可贵的是其充满的批判精神与战斗性,其中对于"天人感应"所宣扬的灾异与人事相关理论的批判,显得尤其彻底。这也应该是其"天变不足畏"思想的预演。

如《洪范》中"曰休征,曰肃时雨若,曰乂时旸若,曰哲时燠若"等句,董仲舒他们多解释为"顺"即"相应",以此类推,便出现因为人事而形成某种自然变化的异常征兆,或人触怒天,天以灾异惩罚人,这样一种逻辑。而这

---

[1] 王安石:《〈洪范〉传》,《王文公文集》卷二十五,上海人民出版社1974年版,第294页。
[2] 王安石:《〈洪范〉传》,《王文公文集》卷二十五,上海人民出版社1974年版,第293—294页。
[3] 王安石:《〈洪范〉传》,《王文公文集》卷二十五,上海人民出版社1974年版,第294页。

种逻辑又在后来被无限度地放大,成为一些人攻讦"更革天下"的借口。王安石对此句解释说,其"言人君之有五事,犹天之有五物也","天之有五物,一极备凶,一极无亦凶,其施之小大缓急无常,其所以成物者,亦要之适而已。故雨、旸、燠、寒、风者,五事之证也";进而,他将"肃时雨若"解释为"降而万物悦者,肃也,故若时雨然",将"乂时旸若"解释为"升而万物理者,乂也,故若时旸然。"他说,"世之言灾异者"应该结合孔子"见贤思齐,见不贤而内自省也"这样的言语来理解,即"君子之于人也,固常思齐其贤,而以其不肖为戒",而"今或以为天有是变,必由我有是罪以致之","或以为灾异自天事耳,何豫于我,我知修人事而已",此为"蔽而葸",为"固而怠",此"亦以天下之正理考吾之失而已矣","亦'念用庶证'之意也"。[1] 灾异与世间人事相联系的感应说在这里被打破,其意义远不是仅仅在于风俗思想的突破,它在事实上也成为王安石和他的战友们"改易更革天下"的战斗武器,是他们的信念,是他们的思想动力与精神动力。

纵观王安石在江宁及其之前的风俗思想,似乎是一切都在为其"改易更革天下"做着积极的理论准备与思想准备。

熙宁元年(1068)的春天,王安石"改易更革天下"的事业拉开了帷幕。《宋史》卷一四《神宗本纪》载:"夏四月乙巳,诏翰林学士王安石越次入对。"[2] 王安石此"越次入对",与宋神宗当面畅谈"方今治国之道"应"以择术为先",劝其"每事当以尧舜为法",因其"祖宗守天下,能百年无大变,粗致太平"的话题,奏进《本朝百年无事札子》。在这篇著述中,王安石特别提及"本朝累进因循末俗之弊"与"未有以变五代姑息羁縻之俗",劝说宋神宗"大有为之时正在今日"。[3]

---

[1] 王安石:《〈洪范〉传》,《王文公文集》卷二十五,上海人民出版社1974年版,第292—293页。
[2] 脱脱等:《神宗一》,《宋史》卷一四,本纪一四,中华书局1985年版,第268页。
[3] 王安石:《本朝百年无事札子》,《王文公文集》,见于《临川文集》卷四一,四库全书荟要本,吉林出版集团2005年版。

"大有为之时"的王安石受到宋神宗的支持、帮助与鼓舞。此时期他的风俗思想与其"改易更革天下"的主张融于一体,开章明义,立场鲜明直接而坚定。如《王安石事迹》所记述其与宋神宗的一段"曰"与"对曰"谈论:

上曰:朕知卿久,非适今日也。人皆不能知卿,以为卿但知经术,不可以经世务。

王安石对曰:经术者,所以经世务也。果不足以经世务,则经术何所赖焉。

上曰:朕仰慕卿道德甚至,有以助朕,勿惜言。不知卿所施设,以何为先?

王安石曰:变风俗,立法度,方今所急也。欲美风俗,在长君子,消小人。以礼义廉耻由君子出故也。《易》以泰者通而治也,否者闭而乱也。闭而乱者以小人道长,通而治者以小人道消。小人道消,则礼义廉耻之俗成,而中人以下变为君子者多矣。礼义廉耻之俗坏,则中人以下变为小人者亦多矣。[1]

从当年的"制俗以俭""其弊在奢",到"安利之要不在于它,在乎正风俗而已""风俗之变,迁染民志,关之盛衰,不可不慎也",再到此时的"变风俗,立法度,方今之所急也"与"欲美风俗,在长君子,消小人",将"礼义廉耻之俗"的成坏作为辨正标准,再回溯至其指斥"风俗日以衰坏",这一漫长的过程中,王安石的风俗思想也在从感受到更深入的理解日渐深入,其论述亦日渐深刻。当他投身到变法的政治建设实践时,他便"变风俗"与"立法度"并列于"方今所急"的重要举措。而且,他不再像往日愤恨于"流俗""时弊",而是非常明确、具体地提出"美风俗"的社会标准,即"长君子",使"小人道消",以"礼义廉耻之俗"的"成",影响、促进"中人以下变为君子者多

---

[1] 杨仲良:《王安石事迹》,《续通鉴长编纪事本末》卷五九,广雅书局光绪刻本。

矣"。他把所谓风俗秩序设立的"君子""小人"和他们中间的"中人",或称"中间人",或称"众人",以"礼义廉耻"作"美风俗"的重要尺度衡量、划分"君子"之"长""消"。这里的"道",有"小人道",其"通""治""闭""乱"的主动权皆在于人。王安石以此论述,表明了其"改易更革天下"并不是其人生的终极目的,如其早年"欲与稷契遐相希"所言之志,是要做一个"美风俗""天下治"的君子,做一个合乎"先王之政""愿见井地平"(《发廪》诗)的有为之人。

"更革天下"的事业不是空谈,而是充满悲壮的拼搏、厮杀。因为王安石他们所提出的"摧制豪强兼并""欲富天下则资之天地"等主张与政策,首先遭遇的就是社会主流强势力量的豪强、权贵们。不用说,"便农""趣农"之"农",从来都是社会的弱者;王安石的富民、强国理想尽管曾经得到宋神宗的大力支持,但他与"农"人一样,仍然在政治斗争中更多的是处于劣势。"变风俗"与"立法度"是相伴的,其"急",应该是重要、迫切,是严峻,是艰巨。"变风俗"与"立法度"的基本目标是"为天下理财,不为征利"(《答司马谏议书》),是"因天下之力以生天下之财,取天下之财以供天下之费"(《上皇帝万言书》),是"均天下之财,使百姓无贫"[1]!其风俗思想之所以能够融入其变法事业、变法思想之中,其尤为重要的就是"使百姓无贫"的崇高境界。相比此之无私,更多的人是在以国家社稷为名的维护某种集团、阶层的利益,这更显示出王安石非凡的胸襟,其风俗思想亦更显示出品格的卓越。

"改易更革"如前所述,既有"立法度",更有"变风俗",既是政治改革、经济改革,也是文化改革。"变风俗"就是文化改革,同样也是文化建设,是思想建设;王安石的风俗思想由此而得到一次又一次锤炼和发展提高,即首先是在同"流俗"的斗争中得到发展。

如《答司马谏议书》,王安石对司马光所列举的种种"罪过"给予解释

---

[1] 王安石语,自李焘《续资治通鉴长编》卷二二三,"熙宁四年五月丙午记事"载。

与回答。

司马光在《与王介甫书》中为王安石罗列的罪名主要是"别出新意以自为功名""尽变更祖宗旧法"。其"别出新意"在于"更立制置三司条例司,聚文章之士及晓财利之人,使之讲利","又于其中不次用人,往往暴得美官"使之"炫鬻争进,各斗智巧,以变更祖宗旧法",包括"使行新法于四方","其中亦有轻佻狂躁之人";其"为政,尽变更祖宗旧法","先者后之,上者下之,右者左之,成者毁之,弃者取之,矻矻焉穷日力,继之以夜而不得息","使上自朝廷,下及田野,内起京师,外周四海,士、吏、兵、农、工、商、僧、道,无一人得袭故而守常者,纷纷扰扰,莫安其居"。[1] 说到底,归结为一句话就是"变更祖宗旧法",用了新人,乱了天下。其中不乏过于夸大之辞。如"无一人得袭故而守常者",那可能太高估王安石"变风俗,立法度"的效果了。

王安石称,自己"怨诽之多"都是"俗"所引起的。这种"俗"就是"盖儒者所重,尤在于名实","名实已明,而天下侵官、生事、征利、拒谏以致天下怨谤,皆不足问也"。他说,自己"受命于人主,议法度而修之于朝廷,以授之于有司,不为侵官","举先王之政,以兴利除弊,不为生事","为天下理财,不为征利","辟邪说,难任人,不为拒谏"。[2] 而"怨诽"之"流俗",事实上就是"习"与"俗"。他以《盘庚》为例,说:

> 人习于苟且非一日,士大夫多以不恤国事,同俗自媚于众为善。上乃欲变此,而某不量敌之众寡,欲出力助上以抗之,则众何为而不汹汹然?盘庚之迁,胥怨者民也,非特朝廷士大夫而已。盘庚不罪怨者,故改其度。度义而后动,是以不见可悔故也。如君实责我以在位久,未能助上大有为,以膏泽斯民,则某知罪矣。曰今有当一切不事,守前所为而已,则非某之所敢知。[3]

---

[1] 司马光:《与王介甫书》,《司马温公集编年笺注》卷六〇,巴蜀书社2009年版,第550—556页。
[2] 王安石:《答司马谏议书》,《王文公文集》卷八,上海人民出版社1974年版,第96—97页。
[3] 王安石:《答司马谏议书》,《王文公文集》卷八,上海人民出版社1974年版,第97页。

其中"人习于苟且非一日,士大夫多以不恤国事,同俗自媚于众为善",就是被士大夫们所称道的"俗",即"不恤国事"的"流俗"。王安石愿意接受司马光指责批评的是"在位久,未能助上大有为,以膏泽斯民",表现出自己对其应有的尊重。亦如书前所称,"与君实(司马光字)游处相好日久,而议事每不合,所操之术多异故也"。[1] 此亦可见其谦逊、平和、忠厚、诚恳。

风俗自然属于传统,在传统的体系内,风俗不惟下层百姓所使用,亦常常在士大夫阶层表现出某种理念或信仰的普遍性与稳定性。换言之,传统也是在长期的历史发展中逐渐形成的,而且,也未必是所有的传统或风俗的内容都合乎时宜、益于社会健康发展。所以王安石在改革之始就强调"变风俗"与"立法度"相结合,所谓"变",如荀子在《荀子·乐论》中所称"移风易俗,天下皆宁,美善相乐";那么,在"变风俗"的标准上就有了适宜于其变法理念的内容,诸如"礼义廉耻""均天下之财,使百姓无贫"。所谓传统,包括风俗的"新美"与"丑陋",其判断标准同样是"法先王之政",绝不是仅仅固守"祖宗旧法",何况"夫以今之世,去先王之世远,所遭之变,所遇之势不一","当法其意而已"。[2] 所以,"法其意"才能避免"官乱于上,民贫于下,风俗日以薄,才力日以困穷"[3],才能避免"风俗日以衰坏"。而传统的标准,包括风俗文化与风俗生活,同样只有纳于"先王之政",纳于"尧、舜、三代"所秉承的"道",才能够名正言顺,为时代所接受。事实上,所谓"尧、舜、三代"以来的"先王之政""道",在更多的时候,也是有识之士、有为之士不无虚拟色彩的文化理想。也正如此,它成为鼓舞、激励人们前行的希望。王安石也是一个理想主义者,其"法先王",强调"法其意","变风俗"就是他为变法造就必要的思想环境,使"为天下理财""使百姓无贫"的事业得到必到必要的思想支持与理论保障。所以,王安石如此回答司马光,也以此不断

---

[1] 王安石:《答司马谏议书》,《王文公文集》卷八,上海人民出版社1974年版,第96页。
[2] 王安石:《上皇帝万言书》,《王文公文集》卷一,上海人民出版社1974年版,第2页。
[3] 王安石:《上时政书》,《王文公文集》卷一,上海人民出版社1974年版,第17页。

激励血气方刚、胸怀大志的宋神宗。他曾对宋神宗说,"陛下方以道胜流俗,与战无异。今稍自却,即坐为流俗所胜矣"[1]。他在《上五事书》[2]中表达了同样的道理。他所说的"五事",也是如其所说"其效最晚、其议论最多"的"和戎""青苗""免役""保甲""市易"这五项关系到国计民生命运的"新法"。他实事求是地说,"今青唐、洮、河,幅员三千余里,举戎羌之众二十万献其地,因为熟户,则和戎之策已效矣","昔之贫者,举息之于豪民;今之贫者,举息之于官,官薄其息,而民救其乏,则青苗之令已行矣","惟免役也、保甲也、市易也,此三者有大利害焉"。他借用"事不师古,以克永世,匪说攸闻"的道理引题,逐一述说"知古之道,然后能行古之说",即这三项法的源头。他说,免役之法出于《周官》,即《王制》中的"庶人在官","然而九州之民,贫富不均,风俗不齐,版籍之高下不足据,今一旦变之,则使之家至户到,均平如一,举天下之役,人人用募,释天下之农,归于畎亩,苟不得其人而行,则五等必不平,而募役必不均矣";保甲之法、市易之法也是一样,如果不坚持,就会出现"民心摇"、"吾法堕"。所以,"三法者,得其人缓而谋之,则为大利;非其人急而成之,则为大害";他强调"农时不夺,而民力均""寇乱息""货赂通流,而国用饶"为"大利"[3]。其中,他注意到"九州之民,贫富不均,风俗不齐",注意到"民心",应该说这是他在《风俗》中所详细论述的"风俗之变,迁染民志,关之盛衰,不可不慎也"[4]在社会实践中的具体体现,也是他"变风俗,立法度"的重要依据,是他风俗思想中重视"民心"、为民谋利的表现内容。

变法的事业充满艰辛和曲折。如其曾所言,"以方今之势揆之,陛下虽欲改易更革天下之事,合于先王之意,其势必不能也","以方今天下之才不

---

[1] 杨仲良:《青苗法》(上),《续资治通鉴长编纪事本末》卷六八,广雅书局光绪本。
[2] 王安石:《王文公文集》卷一,上海人民出版社1974年版,第18—19页。
[3] 王安石:《上五事书》,《王文公文集》卷一,上海人民出版社1974年版,第18—19页。
[4] 王安石:《风俗》,《王文公文集》卷三十二,上海人民出版社1974年版,第380页。

足故也"。[1] "天下之才"其实就是改革的基本力量,就是变法的思想主体;而经过多年的准备,并且改革、变法的实践取得巨大成就时,其触动豪强、权贵们利益的程度也就越来越深,所以,变法的阻力也就越来越大。此时,一个最显著的事例就是"天人感应"等传统思想影响下的"灾异说"。

"灾异天人感应说"其实也是我国古代风俗思想的重要内容,其倡导者董仲舒他们的原意并不是仅仅以此蒙蔽世人相信灾异与人事相关,而是包含着一定的政治思想,劝谕统治者注意尊重自然,不要恣意妄为。而其到宋代社会,这种思想却成为那些具有保守思想的士大夫借以攻讦变法事业的武器,而且其影响还相当强大。其中一个非常重要的原因是"灾异说"与风俗生活、风俗文化中的许多内容相吻合,在全社会范围内常常具有不可小视的影响力。

宋神宗生活的时代,确实发生不少的自然灾害与异常的自然现象,检索《宋史》"神宗本纪",即可发现许多类似的"天变"。诸如:

> 庆历八年四月戊寅,生于濮王宫,祥光照室,群鼠吐五色气成云。(尽管是传说,姑且相列;其下"祷雨"、"祈雪"不再列)
> (治平四年二月)辛卯,白虹贯日。
> (治平四年九月)壬寅,潮州地震。
> (治平四年三月)闰月癸未,太白昼见。
> (治平四年冬)十月丙午,漳、泉诸州地震。
> (治平四年十二月)辛酉,以来岁日食正旦,自乙丑避殿减膳,罢朝贺。
> 熙宁元年春正月甲戌朔,日有食之。
> (熙宁元年)三月丁酉,潭州雨毛。
> (熙宁元年)秋七月辛卯,以河朔地大震……京师地再地震。

---

[1] 王安石:《上皇帝万言书》,《王文公文集》卷一,上海人民出版社1974年版,第2页。

（熙宁元年）八月壬寅,京师地震。甲辰,又震。

（熙宁元年）九月戊子,莫州地震,有声如雷。

（熙宁元年）十一月癸酉,太白昼见。乙未,京师及莫州地震。

（熙宁元年）十二月癸卯,瀛州地大震。[1]

仅治平四年（1067）至熙宁元年（1068）两年之间,地震、日食、星现、雨毛等自然现象竟发生十七次之多,几乎每两个月就要发生一次不平常的自然变化现象。而此时,王安石还没有大显身手,改革的事业没有开始,所谓的灾变又如何解释呢?

借"天变"即"灾变"攻击王安石"改易更革天下"的是吕诲。他在《论王安石疏》中提到"方今天灾屡见","如安石久居庙堂,必无安静之理"。[2] 其时在熙宁二年（1069）的六月,检索史籍,可见此时灾异现象远少于之前。紧接着,御史程颢他们也喋喋不休地危言耸听,以此"拿'天变'来向宋神宗进行恐吓,妄图以此来阻挠变法工作的进行"[3]。他们的理由几乎无一例外地都是苍天在惩罚王安石"变更祖宗旧法",以至于连宋神宗也产生了怀疑和动摇,"欲尽罢保甲、方田等事"。王安石曾在此前将《〈洪范〉传》献给宋神宗,为自己的行为进行必要的理论阐述;而当改革进入更关键的历史时刻时,宋神宗面临的压力更大,难免出现"恐惧"。因为宋神宗长期生活在深宫,对积贫积弱的国家只是感受,他不可能像王安石那样有社会基层工作的经验,包括其知识经验的缺失,所以产生严重的不自信。王安石对此进行解释、说明道:"水旱常数,尧、汤所不免。陛下即位以来,累年丰稔,今旱暵虽逢,但当益修人事以应天灾,不足贻圣虑耳。"[4]《宋史·神宗本纪》载,熙宁八年

---

[1] 脱脱等:《神宗一》,《宋史》卷一四,本纪一四,中华书局1985年版,第263—269页。
[2] 吕诲:《论王安石疏》,见吕祖谦《宋文鉴》卷六〇。
[3] 邓广铭:《北宋政治改革家王安石》,河北教育出版社2009年版,第99页。
[4] 李焘:《续资治通鉴长编》卷二五二,"熙宁七年四月已巳"载。

(1075)乙未"彗出轸","己亥,诏以灾异数见,不御前殿,减常膳,求直言","丁未,彗不见"。[1]彗星出现数日,宋神宗对此疑窦丛生,在手诏中表示希望"在廷之臣"直言其执政过失,"改修政事之未协于民者",他称"比年以来,灾异数见,山崩地震,旱暵相仍,今彗出东方变尤大者","敢不惧焉"[2];王安石继续耐心解释,虽然有一定的效果,却因为当年的知心朋友韩维为宋神宗起草的诏书,使他极其伤心,终于在熙宁七年(1074)罢相。可见,"流俗"并不仅仅是在一般士大夫中存在,即使是"聪明睿智"的英明帝王也难免"流俗"。以此也更见王安石"流俗之言不足恤"的勇敢、坚毅。

如人云,众口可以铄金。流俗既包括鄙下之俗,诸如一些时弊与相应的风俗生活、风俗文化,更包括那些低俗的谬语,即"流俗之言"。王安石"变风俗,立法度",欲"新美风俗",对"流俗"表现出强烈的愤慨,甚至对于宋神宗在"流俗之言"面前的动摇、妥协,及其从俗、入俗,表现出不满。他曾经直言"今欲制天下之事,运流俗之人,当自拔于流俗之外乃能运之;今陛下尚未免坐于流俗之中,何能运流俗,使人顺听陛下所为也"?[3]他对"流俗之人"给予鄙视,称"流俗之人,罕能学问,故多不识利害之情,而于君子立法之意有所不思,而好为异论"。[4]他强调的"变风俗",一直是"新美",是"厚",是"使百姓无贫",如荀子所讲"美善相乐"。而且,王安石坚决反对"流俗",却从无嫌贫爱富,从无拟守上智下愚的等级观念。如其曾对富弼、冯京、司马光的"流俗"之行表示轻蔑,称"今风俗未定,异论尚纷纷",如果使"流俗"有此"宗主","即事无可为者"。[5]对于下层百姓,他打破上尊下卑的界限,将"市井屠贩之人"亦"皆召至政事堂",重视草泽人的意见,诚如其所称,此

---

[1] 脱脱等:《神宗二》,《宋史》卷一五,本纪一五,中华书局1985版,第289页。
[2] 李焘:《续资治通鉴长编》卷二百六十九,"熙宁七年三月"载。
[3] 陈瓘:《四明尊尧集》卷三《论道门》引《熙宁奏对目录》存,转引自邓广铭《北宋政治改革家王安石》,河北教育出版社2009年版,第107页。
[4] 李焘:《续资治通鉴长编》卷二二三,"熙宁四年五月癸巳"载。
[5] 李焘:《续资治通鉴长编》卷二一三,"熙宁三年七月壬辰"载。

"兴利除弊,非合众智则不能尽天下之理",所以听"诸色人"的"陈述"[1];他多次主张对于新法的施兴不能莽撞,须"体问百姓,然后立法","法成,又当晓谕百姓,无一人有异论,然后著为令"[2]。尊重民间,问政于民,实际上是使民问政、参政,这与乐府制度的察天下俗以知政体得失有巨大不同,具有鲜明的亲民意识。这与其"使百姓无贫"的理想是一致的,是我国风俗思想史上极少见的内容。

事实证明,新法在整体上是益于国家和民众的。虽然王安石两次罢相,离开了政坛,但新法仍然不同程度上施行着。当年,皇室极言"祖宗法度,不宜轻改。民间甚苦青苗、助役,宜悉罢之",称"王安石变乱天下,怨之者甚众"。[3]神宗去世,王安石他们的新法被全盘否定,司马光意气用事,完全不顾新法在民间益民、宽民、助民、利民的实际;即使是苏轼、范百禄、范纯仁等曾经激烈反对王安石的人,也看到了新法的有益之处,称"君实为人忠信有余而才智不足,知免役之害而不知其利"。[4]所谓"民间甚苦青苗、助役",此"民间"绝非彼"民间",不是民间风俗、民间百姓之民间,而是他们假托的豪强、权贵!这是两种政治思想的冲突,也是两种风俗思想的尖锐冲突。在此冲突中,我们可以更清楚地看到王安石的国家富强愿望与"使百姓无贫"的民本意识二者的统一。

王安石的风俗思想具有鲜明的时代性,这是他将风俗思想融入改革事业,成为其新法的一部分这一实践"欲与稷契遐相希"理想所决定的。我们也可以看到,王安石不唯如此特别关注社会现实,他还常常保持理性的思索,对于传统文化特别是风俗文化给予关注。这些研究,是其风俗思想的又

---

[1] 李焘:《续资治通鉴长编》卷六六,《三同条例司》载。
[2] 李焘:《续资治通鉴长编》卷二二四,"熙宁四年六月戊午"载。
[3] 李焘:《续资治通鉴长编》卷二五二,"熙宁七年四月丙戌"载。
[4] 苏辙:《亡兄子瞻端明墓志铭》,另见苏轼《辩试馆职策问札子》称司马光"专欲变熙宁之法,不复校量利害,参见所长",《苏轼文集》卷二七,中华书局1986年版,第792页。

一组成部分。

诸如其"三经新义"等,于"先儒传注一切废不用",蔡卞给予很高评价,称其"奋乎百世之下,追尧舜三代,通乎昼夜阴阳所不能测而入于神","初著《杂说》数万言,世谓其与孟轲相上下。于是天下之士始原道德之意,窥性命之端云"[1]。"与孟子相上下",称其"为去圣继绝学"之意,起自韩愈曾论"道",称"非向所谓老与佛之道也",其"尧以是传之禹,禹以是传之汤,汤以是传之文武周公,文武周公传之孔子,孔子传之孟轲"。蔡卞又称,其"晚以所学,考字画奇耦横直,深造天地阴阳造化之理,著《字说》,包括万象,与《易》相表里"(《王安石传》)。不论这里是否有溢美之辞,但王安石"自百家诸子之书,至于难经、素问、本草诸小说,无所不读;农夫女工,无所不问"[2]则无疑也。他说,"方今乱俗不在于佛,乃在于学士大夫沉没利欲"[3]。王安石晚年居于金陵,受到佛学的影响,曾作《乞以所居园屋为僧寺乞赐额劄子》。如邓广铭先生所说,"作为一个政治家来说,王安石是一个援法入儒的人;作为一个学问家来说,王安石却又是一个把儒释道三家融和为一的人"[4]。那么,作为其风俗思想,应该说也是如此。其"无所不读"、"无所不问",便有"融合","无所不包"。

观其《杂著》,便可见其研究风俗文化之博大精深处。

王安石《杂著》的内容十分丰富,所谈论关于风俗文化的话题主要集中在传统范围内。如其《夔》,对于神话传说中的舜与夔之间的联系做出合理解释。他开篇设言"舜命其臣而敕戒之,未有不让者焉,至于夔,则独无所

---

[1] 晁公武:《郡斋读书志》引《王氏杂说》,《郡斋读书志校证》卷十二,第525—526页。
[2] 王安石:《答曾子固书》,转引自蔡上翔《王荆公年谱专略》,卷二二,"自元丰四年至元丰五年元丰六年",第306—307页。
[3] 王安石:《答曾子固书》,转引自蔡上翔《王荆公年谱专略》,卷二二,"自元丰四年至元丰五年元丰六年",第306—307页。
[4] 邓广铭:《略谈宋学》,《宋史研究论文集》,浙江人民出版社1987年版。又见于《北宋政治改革家王安石》,河北教育出版社2009年版,第400页。

让,而又称其乐之和美者",这是什么原因呢？他解释道,"夫禹、垂、益、伯夷、龙,皆新命者也,故畴于众臣而后命之,而皆有让矣","弃、契、皋陶、夔当是时,盖已为是官,因命是五人者而敕戒之焉耳,故独无所让也"。他以此证所谓"禹、垂、益、伯夷、夔龙皆新命者,盖失之矣"。他说,"夫击石拊石,而百兽率舞,非夔之所能为也;为之者,众臣也。非众臣之所能为也,为之者,舜也","将有治于天下,则可以无相乎？故命禹以宅百揆也","民窭于衣食,而欲其化而入于善,岂可得哉？故命弃以为稷也","民既富而可以教矣,则岂可以无教哉,故次命契以为司徒也","既教之,则民不能无不帅教者,民有不帅教,则岂可以无刑乎？故次命皋陶以为士也"。他将这些内容概括为"治人之所先急者",其"备",便可以"治末",于是便有"垂以为共工也",便有"益以为虞也"、"伯夷以为典礼也"、"夔以为典乐也",否则,"天下乱矣"。那么,如果"天下乱",就不会有"击石拊石,百兽率舞",所以"为之者众臣也",而能够使众臣"成其功"的最后归结为"舜","夫夔之所以称其乐之和美者","盖以美舜也",这就是孔子所说的"将顺其美"。[1] 这里所述"乐之和美",其实是"立法度"对"变风俗"的推动意义,是对"尧、舜、三代"所谓"先王之政"如何被当世皇帝所"法"的称颂。此谓风俗文化或传统文化之"新义"。在《鲧说》中,王安石从"尧咨孰能治水,四岳皆对曰'鲧'"述及"在廷之臣可治水者,惟鲧耳",他所看到的却是"水之患不可留而俟人,鲧虽方命圮族,而其才则群臣皆莫及","当此之时,禹盖尚少,而舜犹伏于下而未见乎上","夫舜,禹之圣也,而尧之圣也,群臣之仁贤也,其求治水之急也,而相遇之难如此","后之不遇者,亦可以无憾矣"。[2] 夔也好,舜也好,鲧也好,都是所谓上古圣贤,即神话传说中的文化英雄,王安石在他们身上发现的是治世的道理,他所借以表达的对舜的敬爱,其实应该是对"变风俗,立法度"的

---

[1] 王安石:《夔》,《王文公文集》卷二六,上海人民出版社1974年版,第297—298页。
[2] 王安石:《鲧说》,《王文公文集》卷二六,上海人民出版社1974年版,第298—299页。

向往与回味，是借古述今、思今。

《夔》《鲧说》是对风俗文化中神话传说人物的论述，体现了王安石以古述今的风俗思想；他还尤为注重对风俗文化内在属性的思索与探讨，如其《性说》《命解》《非礼之礼》《太古》《礼乐论》《礼论》《原教》等著述，都涉及了风俗与教化之间的联系。此皆为"新解"即"新义"。

在《性说》中，王安石详细论述了"性"与"习"的关系，阐释孔子"性相近也，习相远也"及其"中人以上可以语上，中人以下不可以语上，惟上智与下愚不移"的意义。他解释为"习于善而已矣，所谓上智者"，"习于恶而已矣，所谓下愚者"，而所谓"中人"，即"一习于善，一习于恶"。[1] "习"即"俗"，所谓"变风俗，立法度"其实即改变习俗、风俗，而"变"的对象"中人"尤为重要，如其《上皇帝万言书》所言"中人为制"[2]。"中人为制"对于"变风俗，立法度"而言，即"美风俗"，"长君子，消小人"，"礼义廉耻之俗成，而中人以下变为君子者多矣"，"礼义廉耻之俗坏，则中人以下变为小人者亦多矣"。[3] "中人"不仅仅是哪一个群体，而是许多个群体所显示的转变态势，如其《上皇帝万言书》中所述，"养生、丧死、婚姻、葬送之事"成为"中人"所必须面对的现实，也是必须遵从的风俗生活，而其"君子""小人"的"穷""泰"之分别正在于对此"习"遵从与使用的差别，即"计天下之士，出中人之上下者，千百而无十一，穷而为小人，泰而为君子者，则天下皆是也"。[4] 王安石特别强调"毁廉耻"的危害，但他却把"偷堕取容之意起，而矜奋自强之心息"，其"委法受赂，侵牟百姓"的原因归于"不能饶之以财"，则解释不无偏颇；其原因应该是此"习"所生成的"性"可能更合理些。如其在《命解》中所说，"先王之俗坏，天下相率而为利，则强者得行无道，弱者不得行道，贵者得行无

---

[1] 王安石：《性说》，《王文公文集》卷二七，上海人民出版社1974年版，第317页。
[2] 王安石：《上皇帝万言书》，《王文公文集》卷一，上海人民出版社1974年版，第8页。
[3] 杨仲良：《王安石事迹》（上），《续资治通鉴长编纪事本末》卷五九，广雅书局光绪刻本。
[4] 王安石：《上皇帝万言书》，《王文公文集》卷一，上海人民出版社1974年版，第8页。

礼,贱者不得行礼";他又以孔子"修身絜行"、孟子"不以弱而失礼"为例,归此于"以其有命也",称"夫柔而不以礼节之,刚而不以道御之,其难免一也","离道以合世,去礼以从俗,苟命之穷矣,孰能恃此以免者乎"！[1]此命亦即"性",即"先王之俗坏"的影响结果,所以,只有"变风俗,立法度"才能改变这种"偷堕取容之意"。通过"变风俗"来变换人心,更正人心,应该说,这是王安石风俗思想的又一重要内容。在这里,他的许多论点颇似于我们今天的风俗心理学的研究。

"礼"是风俗文化与风俗生活良性循环与发展的重要标志,是"正人心"的必要方式。王安石的《非礼之礼》《礼乐论》《礼论》等著述,即研究礼俗、研究"礼"与"俗",从心理研究与制度研究相结合探讨风俗与社会的密切关系。当然,这种心理研究与现代意义上的心理学研究不完全相同,而是心性的研究。如其《非礼之礼》中所述,"古之人以是为礼,而吾今必由之,是未必合于古之礼也","古之人以是为义,而吾今必由之,是未必合于古之义也",所以,"天下之事"之"为变"未必为"一",即"有迹同而实异"。王安石称"事同于古人之迹而异于其实,则其为天下之害莫大矣,此圣人所以贵乎权时之变者也"。[2]重要的也正是"贵乎权时之变",应该说,"变风俗"亦属此之"变","立法度"亦属此"权时之变"之"权";所以"圣人之制礼也,非不欲俭,以为俭者非天下之欲也,故制于奢俭之中焉",才是"制俗以俭"的理由。其中的"欲",又如何不是世俗心理诉求的体现？又如其《礼乐论》所称,"气之所禀命者,心也","不听而聪,不视而明,不思而得,不行而至,是性之所固有,而神之所自生也,尽心尽诚者之所至也","故诚之所以能不测者,性也",而所谓圣贤,即"尽诚以立性""尽性以至诚";对于影响天下"美风俗"的"礼乐"而言,即"养生",即"生与性之相因循,志之与气相为表里",所以

---

[1] 王安石:《命解》,《王文公文集》卷二七,上海人民出版社1974年版,第318—319页。
[2] 王安石:《非礼之礼》,《王文公文集》卷二八,上海人民出版社1974年版,第323页。

"先王"以此"体天下之性而为之礼,和天下之性而为之乐","礼者,天下之中经","乐者,天下之中和","礼乐者,先王所以养人之神,正人气而归正性也"。他详细阐述了"世之所重,圣人之所轻;世人所乐,圣人之所悲"、"养生以为仁,保气以为义,去情却欲以尽天下之性,修神致明以趋圣人之域"以及"君子之所贵乎道"、"君子之所不至者"等道理,感叹世俗生活中"礼乐之意不传久矣"。他说,"天下之言养生修性者,归于浮屠、老子而已","浮屠、老子之说行,而天下为礼乐者独以顺流俗而已","夫使天下之人驱礼乐之文以顺流俗为事,欲成治其国家者,此梁、晋之君所以取败之祸也"。[1] 包括其《礼论》中所述"圣人恶其野而疾其伪"[2],都在强调"正人气而归正性"与"变风俗"之间的联系。亦如其《原教》中所说,立风俗的基本目的在于教化,"善教者浃于民心,而耳目无闻焉,以道扰民者也。不善教者施于民之耳目,而求浃于心,以道强民者也"。[3] "浃"即"透""遍及",即"善教者"更注重在风俗生活中设置"美风俗"的内容,使"天下之父子孝且慈""天下之兄弟相为恩""天下之夫妇相为礼"终于"正人气而归正性"。[4] 这与"使百姓无贫"的政治思想在实质上是一致的。即王安石的风俗思想首在富民,"使民无贫",通过"变风俗,立法度",使"正道"畅通,然后化俗,使中以下之人得"狃习"于"新美"而使"先王之政"的理想"浃于民心",使风俗文化、风俗生活充满生机。这是他风俗思想的一个重要特点。

王安石的风俗思想表现在其大量著述中,也融入其诗篇,如其《除日》所唱"爆竹声中一岁除",唱"总把新桃换旧符",脍炙人口。其"换旧符"又如何不是"变风俗"?其"新桃"又如何不是"新美风俗"、"立法度"?风俗文化、风俗生活的实质都离不开对信仰的表现,至今仍然如此。这是我们回

---

[1] 王安石:《礼乐论》,《王文公文集》卷二九,上海人民出版社1974年版,第333—336页。
[2] 王安石:《王文公文集》卷二九,上海人民出版社1974年版,第337页。
[3] 王安石:《原教》,《王文公文集》卷三二,上海人民出版社1974年版,第370页。
[4] 王安石:《原教》,《王文公文集》卷三二,上海人民出版社1974年版,第369—370页。

避不了的一个问题,我们无法要求古人对于天地鬼神信仰彻底摒弃。在王安石同时代的人群中,许多雅士甚至受朝廷之命祈雨祷雪,这是宋代风俗思想的一个亮点。王安石也一样,如其《英德殿上梁文》即属此作,他高唱"天都左界,帝室中经,诞惟仙圣之祠,夙有神灵之宅",讴歌朝廷"孝奉神明,恩涵动植",作"善颂","以相欢谣",一唱再唱"儿郎伴",唱"抛梁"于"东西南北山下",唱"家传庆誉,代袭龙光"。[1] 王安石的心充满圣洁,其所唱爱憎分明。又如《相鹤经》所唱"鹤者,阳鸟也,而游于阴,因金气、依火精以自养","生三年顶赤,七年飞薄云汉,又七年夜十二时鸣,六十年大毛落,茸毛生,乃洁白如雪,泥水不能污,百六年雌雄相视而孕,一千六百年饮而不食,胎化产,为仙人之骐骥也","修颈以纳新故天寿不可量",一派"清崇"。[2] 这里有着他自己的身影,"洁白如雪,泥水不能污"当是其自身写照与追求。这同样是其风俗思想的一部分。王安石终究是一位杰出的诗人,所以他的风俗思想也常常有浑沌意象,充满诗情;我们研究宋代风俗思想应当注意到这样一种颇有普遍性的现象。

---

[1] 王安石:《英德殿上梁文》,《王文公文集》卷三三,上海人民出版社 1974 年版,第 388—389 页。
[2] 王安石:《相鹤经》,《王文公文集》卷三三,上海人民出版社 1974 年版,第 398—399 页。

第五章
司马光的风俗思想

司马光（1019—1086），字君实，陕州夏县人；宋代杰出的史学家、思想家。历史学家与政治家的身份形成他风俗思想的重要特征；从历史到现实，他更多的是重视传统。往日，我们总是总论其作为某个阶层的思想文化代表，这是先入为主的概括，并不符合历史事实。司马光的风俗思想极其复杂，并不是三言两语就能够简单概括得了的。

《宋史·司马光传》称，其"生七岁，凛然如成人。闻讲《左氏春秋》，爱之，退为家人讲，即了其大指。自是手不释书，至不知饥渴寒暑"[1]；宋神宗时"擢为翰林学士"，"安石得政，行新法，光逆疏其利害"，其言"使三代之君常守禹、汤、文、武之法，虽至今存可也"，"祖宗之法不可变也"[2]。其又称，"治天下譬如居室，敝则修之，非大坏不更造也"[3]。此后，以端明殿学士知永兴军，又请判西京御史台归洛阳居十五年，修《资治通鉴》；至宋哲宗时，其尽废新法。其被称为"孝友忠信，恭俭正直，居处有法，动作有礼"，"于物澹然无所好，于学无所不通，惟不喜释、老"[4]；苏轼在《司马文正公神

---

[1] 脱脱等：《司马光传》，《宋史》卷三三六，列传九五，中华书局1985年版，第10757页。
[2] 脱脱等：《司马光传》，《宋史》卷三三六，列传九五，中华书局1985年版，第10764页。
[3] 脱脱等：《司马光传》，《宋史》卷三三六，列传九五，中华书局1985年版，第10764页。
[4] 脱脱等：《司马光传》，《宋史》卷三三六，列传九五，中华书局1985年版，第10769页。

道碑》中称其"以文学名于世,而以忠义自结人主","名震天下如雷霆"[1]云云。

其风俗思想自成体系,体现出其社会观、历史观、人生观;尤其是其对风俗概念的具体阐释,以嘉祐时所著《谨习疏》中述"上行下效谓之风,薰蒸渐渍谓之化,伦胥委靡谓之流,众心安定谓之俗"[2]为典型,成为后世学者对于"风俗"这一概念理解的重要依据。

司马光风俗思想与其政治思想具有极其密切的联系,其理论根据具有非常鲜明的历史情结和浓郁的道德理想主义色彩。

如其嘉祐六年(1061)所作《陈三德上殿劄子》中称,其"自幼学先王之道,意欲有益于当时",他把"兴教化,修政治,养百姓,利万物"视作"人君之仁",与所谓"明""武"一起作为"人君之大德有三",以为此"三者兼备",则"国治强","缺一焉则衰,缺二则危,三者无一焉则亡","自生民以来,未之或改也"。[3]他在《言御臣上殿劄子》中说,"致治之道无它",在于"任官""信赏""必罚",所述"使有德行者掌教化,有文学者待顾问,有政术者为守长,有勇略者为将帅"[4]等主张,在道理上是贯通的,是相一致的。其中的"兴教化""掌教化",都与风俗密切相关,反映出他早期风俗思想的端倪。

嘉祐六年(1061),司马光著《进五规状》,自述《保业》《惜时》《远谋》《重微》和《务实》之"五规",称之"皆守邦之要道,当世之切务"[5]。其论述"承祖宗光美之业,奄有四海,传祚万世,可不重哉!可不慎哉!"他更看重的是"国家自平河东以来,八十余年内外无事,然则三代以来,治平之世,未有若今之盛者也",所以"援古以鉴今"[6];其论述"夏至,阳之极也,而一

---

[1] 苏轼:《司马文正公神道碑》,《司马光年谱》"附录",中华书局1990年版,第477—478页。
[2] 司马光:《谨习疏》,《全宋文》卷一一八一,巴蜀书社1992年版,第612页。
[3] 司马光:《言御臣上殿劄子》,《全宋文》卷一一七八,巴蜀书社1992年版,第552—553页。
[4] 司马光:《言御臣上殿劄子》,《全宋文》卷一一七八,巴蜀书社1992年版,第554—555页。
[5] 司马光:《进五规状》,《全宋文》卷一一七八,巴蜀书社1992年版,第560页。
[6] 司马光:《保业》,《全宋文》卷一一七八,巴蜀书社1992年版,第562页。

阴生；冬至，阴之极也，而一阳生。故盛衰之相承，治乱之相生，天地之常经，自然之至数也"中"泰极则否，否极则泰"的道理，述"民者，国之堂基也；礼法者，柱石也；公卿者，栋梁也；百吏者，茨盖也；将帅者，垣墉也；甲兵者，关键也"，他一再强调"谨守祖宗之成法"[1]；其论述"昔圣人之教民也，使之方暑则备寒，方寒则备暑"之"制治于未乱，保邦于未危"，强调"察其病之缓急，择其药之良苦，随而攻之"与"勿责目前之近功，期与万世治安"[2]，即讲究从长远考虑，反对急功近利。其论述"日滋月益，遂至深固"，"比知而革之，则用力百倍"，强调"使扁鹊得早从事，毋使徐福有'曲突'之叹"，"修之于庙堂而德冒四海，治之于今日而福流万世"[3]；其尤其重视"务实"，强调"实之不存，虽文之盛美，无益也"，以此对"方今"种种远离"仁""孝""礼""乐""政""刑""求贤""审官""纳谏""治兵"等"文具而实亡，本失而末在"提出警示，明确提出"张布纲纪，使下无觎心，和厚风俗，使人无离怨"[4]。一言以蔽之，所谓"五规"，即稳定社会，"和厚风俗"。与其同一时期所作《论选举状》述"取士之道，当以德行为先"[5]等主张相联系，便可以看到这些主张之间的相互关联。同时，我们也从这些地方看到其日后如何与王安石新法的隔阂所生之思想基础。

司马光强调"和厚风俗"，强调"谨守祖宗之成法"，意在维护社会稳定，维护王权利益，尤其推崇道德的教化。这种思想还体现在《劝农》《论环州事宜状》等著述中；在这里，他与王安石他们并没有什么尖锐冲突。应该说，嘉祐年间他们曾经是群牧司同事，在许多问题上有相近或相同的认识。对于时世，他们都提出批评意见。如其《论上元游幸劄子》：

---

[1] 司马光：《惜时》，《全宋文》卷一一七八，巴蜀书社1992年版，第563页。
[2] 司马光：《远谋》，《全宋文》卷一一七八，巴蜀书社1992年版，第564—565页。
[3] 司马光：《重微》，《全宋文》卷一一七八，巴蜀书社1992年版，第567页。
[4] 司马光：《务实》，《全宋文》卷一一七八，巴蜀书社1992年版，第568页。
[5] 司马光：《论选举状》，《全宋文》卷一一七九，巴蜀书社1992年版，第570页。

臣旼等伏见今岁以祈谷改日之故,车驾并以十三、十四日幸诸寺观。臣等窃惟上元观灯,本非典礼。正以时和年丰,欲与百姓同乐,为太平之荣观而已。去岁四方诸州多罹水旱,鳏寡孤独,流离道路。伏计陛下念此,未尝去心。窃恐有司不明大体,务循故事,无所减损,不称陛下子爱元元之意。又连日游幸,在于圣体,亦为烦劳。伏望陛下比之每岁,特减游观之处,以闵恤下民,安养圣神。天下幸甚。取进止。[1]

又如其《论上元令妇人相扑状》:

臣窃闻今月十八日圣驾御宣德门,召诸色艺人,令各进技艺,赐与银绢。内有妇人相扑,亦被赏赉。臣愚窃以宣德门者,国家之象魏,所以垂宪度、布号令也。今上有天子之尊,下有万民之众,后妃侍旁,命妇纵观,而使妇人裸戏于前,殆非所以隆礼法、示四方也。陛下圣德温恭,动遵仪典,而所司巧佞妄献奇技,以污渎聪明,窃恐取讥四远。愚臣区区,实所重惜。若旧例所有,伏望陛下因此斥去,仍诏有司严加禁约,今后妇人不得于街市以此聚众为戏。若今次上元始预百戏之列,即乞取勘管句臣僚,因何置在籍中。或有臣僚援引奏闻,因此宣诏者,并重行遣责。庶使巧佞之臣有所诫惧,不敢导上为非礼也。[2]

上元游幸、观灯等习俗具有君民同乐的狂欢意味。司马光所循的是典章,而不是自由自在的风俗生活的传统;从"教化"出发,他一再上奏朝廷,希望以"和厚"影响天下风俗。

---

[1] 司马光:《论上元游幸劄子》,《全宋文》卷一一八〇,巴蜀书社 1992 年版,第 592 页。
[2] 司马光:《论上元令妇人相扑状》,《全宋文》卷一一八〇,巴蜀书社 1992 年版,第 595 页。

第五章 司马光的风俗思想

司马光把"和厚风俗"与"张布纲纪"并列为"务实"的基本措施;在其《辞知制诰》诸状中又一再如此表示。

嘉祐七年(1062)的三月,司马光"蒙中书召试制诰","兼侍讲"。他说,对于"二职","文士之高远,儒林之极致",自己"一身二任,力所不堪",所以提出"自当退黜","臣虽无知,若使廉让有耻者弃置不收,贪冒苟得者进受华显,不惟亏圣朝风化,亦使微臣受四海之责,将不得单毙其死"[1]。他又说,自己一再辞让,"岂此职非臣不可为邪"或"隳紊纲纪,败坏风俗邪"?"若以为隳紊纲纪,败坏风俗,则臣之微志,正欲朝廷无旷官,群下无窃位而已,于纲纪风俗亦无所亏损"[2]云云。

此时所著《谨习疏》,是司马光嘉祐时期风俗思想的集大成文献之一。

他说,"国家之治乱本于礼,而风俗之善恶系于习"[3]。这是他风俗思想的基本观点。

他以为,"习"是风俗变化的表现,也是风俗变化的动力。如"赤子之啼,无有五方,其声一也","及其长,则言语不通,饮食不同,有至死莫能相为者",其"是无他焉,所习异也",此"至于古今亦然",即"习与不习而已"[4]。他举例论述道:

> 昔秦废井田而民愁怨,王莽复井田而民亦愁怨。赵武灵王变华俗,效胡服,而群下不悦;后魏孝文帝变胡服,效华俗,而群下亦不悦。由此观之,世俗之情,安于所习,骇所未见,固其常也。是故上行下效谓之风,薰蒸渐渍谓之化,伦胥委靡谓之流,众心安定谓之俗。及其风化已失,流俗

---

[1] 司马光:《辞知制诰第一状》,《全宋文》卷一一八〇,巴蜀书社1992年版,第601—602页。
[2] 司马光:《辞知制诰第九状》,《全宋文》卷一一八一,巴蜀书社1992年版,第610页。
[3] 司马光:《谨习疏》,《全宋文》卷一一八一,巴蜀书社1992年版,第612页。
[4] 司马光:《谨习疏》,《全宋文》卷一一八一,巴蜀书社1992年版,第612页。

已成,则虽有辩智,弗能谕也。[1]

他引《诗经》中"勉勉我王,纲纪四方"与《周易》中的"君子以辨上下,定民志",称"此礼之本也"。同时,他用历史事实对此进行论证、述说"习"与"礼"对风俗变化的重要影响作用。他说:

> 昔三代之王皆习民以礼,故子孙数百年享天之禄。及其衰也,虽以晋楚齐秦之强,不敢暴蔑王室。岂其力不足哉?知天下之不己与也。于是乎翼戴王命,以威怀诸侯,而诸侯莫敢不从。所以然者,犹有先王之遗风余俗,未绝于民故也。[2]

他举"赵魏韩氏分晋国,习于君臣之分不明故也""汉氏虽不能若三代之盛王,然犹尊君卑臣,敦尚名节,以行义取士,以儒术化民。是以王莽之乱,民思刘氏,而卒复之""曹操挟献帝以令诸侯,而天下莫能与之敌"等例,说,"自魏晋以降,人主始贵通才而贱守节,人臣始尚浮华而薄儒术。以先王之礼为糟粕而不行,以纯固之士为鄙朴而不用。于是风俗日坏,入于偷薄","叛君不以为耻,犯上不以为非,惟利是从,不顾名节",之后更是愈演愈烈,"及其久也,则众庶席于闻见,以为事理当然,不为非礼,不为无义","陵夷至于五代,天下荡然,莫知礼义为何物矣"而"世祚不永","败亡相属,生民涂炭"。直到宋朝建立,"天子诸侯之分明,而悖乱之原塞矣","上下之叙正,而纪纲立矣",包括真宗皇帝"宣布善化,销铄恶俗",乃"治平百年,顽民殄绝,众心咸安"。[3]

他总结历史的经验与教训,称"纪纲不立,则奸雄生心矣","夫祖宗苦

---

[1] 司马光:《谨习疏》,《全宋文》卷一一八一,巴蜀书社1992年版,第612页。
[2] 司马光:《谨习疏》,《全宋文》卷一一八一,巴蜀书社1992年版,第612—613页。
[3] 司马光:《谨习疏》,《全宋文》卷一一八一,巴蜀书社1992年版,第613—614页。

身焦思,以变衰唐之俗;而陛下高拱熟视,以成后魏之风"即"此臣之所为陛下痛惜也"。所以,他劝朝廷"奋刚健之志,宣神明之德","上下已明,纲纪已定,然后修儒术,隆教化,进敦笃,退浮华,使礼义兴行,风俗纯美,则国家保万世无疆之休,犹倚南山而坐平原也"[1]。此"风俗纯美"即教化目的,亦即其安定国家社会的文化理想,是其风俗思想的核心。

司马光的风俗思想充注着历史情结,同样充注着忧患意识,包括对时俗的批评。

如其嘉祐七年(1062)所著《论财利疏》,以"昔楚庄王以无灾为惧"为题,称"岁小不登,边鄙有警,未必非国家之福也"。他说,"盖天降灾诊,蛮夷猾夏,寇贼奸宄,此尧舜所不能免也"。他以《周易》中的"君子以思患而豫防之"为据,称"上下偷安,不为远谋,此最国家之大患也"。他批评"今朝廷不循其本而救其末"而"变更旧制",批评"今朝廷用人"之"顾其出身、资叙何如耳,不复问其材之所堪也",即"不择专晓钱谷之人",直斥"近岁三司使、副使、判官,大率多用文辞之士为之,以为进用之资途,不复问其习与不习于钱谷也"。在这里,他提出了"衙前当募人为之,以优重相补,不足则以坊郭上户为之",提出"谷重而农勤"。他说"彼百工者,以时俗为心者也","时俗贵用物而贱浮伪,则百工变而从之矣","时俗者,以在上之人为心者也,在上好朴素而恶淫侈,则时俗变而从之矣"。他以此提出"善治财者"应"将取之,必予之;将敛之,必散之","日计之不足,而岁计之有余",喻之以"伐薪者,刘其条枚,养其本根,则薪不绝矣"。他批评"左右侍御之人,宗戚贵臣之家"之"往往穷天下之珍怪,极一时之鲜明,惟意所欲,无复分限",其"以豪华相尚,以俭陋相訾,愈厌而好新,月异而岁殊"而"是以费用不足"。他说,"今陛下所以有唐虞之德,而无唐虞之治者,其失在于不忍而好予",即"不忍,则不诛有罪;好予,则不待有功",而更重要的是"宫掖者,风俗之

---

[1] 司马光:《谨习疏》,《全宋文》卷一一八一,巴蜀书社1992年版,第615—616页。

原也;贵近者,众庶之法也","宫掖之所尚,则外必为之;贵近之所好,则下必效之"以形成"自然之势"。他指出世风"比于数十年之前,皆华靡而不实",称"天地之产有常,而人类日繁,耕者寖寡,而游手日众。嗜欲无极,而风俗日奢"。所以,他力劝朝廷"观今日之弊,思将来之患,深自抑损,先由近始",提出"专用朴素,以率先天下,矫正风俗"[1]。

这是司马光风俗思想在理财这一问题论述中的表达,既是他的风俗思想,也是他的财富思想。无论他关于"天地之产有常"的论述是否得当,但他把"宫掖"作为"风俗之原"的表述确实把握住社会风俗问题的要害,尤其是他关于"矫正风俗"的论述,至今仍值得我们深思。对此,我们不能武断地蔽之以保守。

司马光对于财富的理解,强调节俭,反对奢侈,还体现在他对待"擅造寺观"等社会现象的论述中。如其《论寺额劄子》中所论述"释老之教,无益治世,而聚匿游惰,耗蠹良民",他对"应天下系帐存留寺观院舍,自来未有名额者,特赐名"及"在四京管内者,虽不系帐,今日已盖到舍屋及百间以上者,亦赐名额"之"赐"提出反对。他以"国家明著法令"为据,称"以流俗戆愚,崇尚释老,积弊已深,不可猝除,故为之禁限不使繁滋而已",那么"擅造寺观"即违背国家法令"其罪已大",而"赐名额"却"劝之",是失信于民。他说,此"国家之号令,将使民何信而从",其因此担心"自今以往,奸猾之人将不顾法令,依凭释老之教,以欺诱愚民,聚敛其财"。而形成日后"不可复禁";他说,"方今元元贫困,衣食不赡,仁君在上,岂可复唱释老之教,以害其财用"[2]。其言外之意,即如此失信于民,便"隳紊纲纪,败坏风俗"[3]。

司马光是一个正直的人,在其风俗思想中表现出他对邪恶的憎恨,和他对贤良的崇敬。

---

[1] 司马光:《论财利疏》,《全宋文》卷一一八二,巴蜀书社 1992 年版,第 618—625 页。
[2] 司马光:《论寺额劄子》,《全宋文》卷一一八三,巴蜀书社 1992 年版,第 635 页。
[3] 司马光:《辞知制诰第九状》,《全宋文》卷一一八一,巴蜀书社 1992 年版,第 610 页。

如其《再论王逵劄子》,述其"先曾上言,新差知莱州王逵,暴戾凶狡,残害民物,乞检会逵年纪及平生事迹,勒令致,仕,或只与监当差遣",而"至今未闻朝廷追改前命";他说,"善为政者,视民如子,见不仁者诛之",坚持要朝廷"早赐施行"[1]。

又如其《陈烈劄子》,称"福州处士陈烈好学笃行,动遵礼法,乐道养志,名闻京师",所以"举之闾阎之中,以为学官",而又得到他人所奏"烈为妻林氏疾病瘦丑,遗妇其家,十年不视",陈烈被指为"贪污险诈";他对此表白道,其"素不识烈,不知其人果为如何","惟见国家常患士人不修名检,故举烈等以奖励风俗"。他说,应该调查清楚,根据情况做具体处理,"若实有丑恶之迹,败乱名教,则当严赐刑诛,并治举者之罪,以明至公"[2]。

应该说,王逵也好,陈烈也好,弹劾和举荐的结果并不重要,重要的是态度、立场,即"奖励风俗",可窥见司马光风俗思想的品质。同时,我怀疑陈烈故事即后来豫剧故事陈世美的原型,此当为第一墩箭垛[3]。

司马光忠于国家社稷,心系朝廷,始终以国家利益为标准。对于国家典章与民间风俗之间的理解与把握,他从未犹豫于对典章的遵守与坚持。嘉祐八年(1063),宋仁宗去世,于同年十月大葬,"朝廷遣使按行山陵"却迟迟没有"定处",原因在于"或云欲于永安县界之外,广求吉地"[4]。司马光在《山陵择地劄子》中十分明白地表明自己的立场,称此"过矣"。他说:

> 夫阴阳之书,使人拘而多畏,至于丧葬,为害尤甚。是以士庶之家,或求葬地,择岁月,至有累世不葬者。臣常深疾此风,欲乞国家禁绝其书,而未暇也。今山陵大事,当守先王之典礼,至于葬书,出于世俗委巷之言,司

---

[1] 司马光:《再论王逵劄子》,《全宋文》卷一一八三,巴蜀书社1992年版,第639页。
[2] 司马光:《陈烈劄子》,《全宋文》卷一一八三,巴蜀书社1992年版,第641页。
[3] 参见拙作《中国民间文艺史》,河南大学出版社2001年版。
[4] 司马光:《山陵择地劄子》,《全宋文》卷一一八四,巴蜀书社1992年版,第652页。

天阴阳官皆市井愚夫,何足问也？[1]

他以《春秋》《周礼》等典籍为据,称"王者受命于天,期运有常,国之兴衰,在德之美恶,固不系葬地时日之吉凶也";他说,"葬者,藏也,本以安祖考之形体。得土厚水深,高敞坚实之地则可矣,子孙岂可因以求福哉"[2]。其不信"阴阳之书",拒绝"世俗委巷之言",在我国古代风俗思想中尤为可贵;这在宋代社会相当难得。葬礼、葬俗对于社会发展的反映与表现及其传承,在风俗文化与风俗生活中具有十分独特的意义。《仪礼》《礼记》《汉书》和《后汉书》等史籍的"五行志"中都有详细记述[3];宋代巫风盛行,风水观念流行于世,葬礼浩繁,国家屡禁而不止,特别是佛事日重,如王栐《燕翼诒谋录》对葬俗中佛事成灾"今犯此禁者,所在皆是也"所记,感慨"祖宗于移风易俗留意如此,惜乎州县间不能举行之也"[4]。佛事在风俗生活中的影响愈演愈炽,司马光提出强烈的不满。他在《福宁殿前尼女劄子》中,对"大行皇帝梓宫在福宁殿,自启菆以来,每日装饰尼女,置于殿前,傅以粉黛,衣之绮绣,状如俳优,又类戏剧",表示"不知其说果何谓也",称其"黩嫚威神,莫甚于此"。他引孔子"葬之以礼,此孝之大也"为据,向朝廷提出"应将来灵驾进发以至襄事,凡仪仗送终之物,有鄙俚无稽不合典礼如此类者,悉宜删去","无使四方之人有所观笑"[5]。

由此可见,葬书也好,佛俗也好,司马光所在地坚持的一直是"当守先王之礼",摒弃"阴阳之书""世俗委巷之言""市井愚夫"与"状如俳优,又类戏剧"等"鄙俚无稽"者,这是其风俗思想的基本观点与基本立场。

---

[1] 司马光:《山陵择地劄子》,《全宋文》卷一一八四,巴蜀书社1992年版,第652页。

[2] 司马光:《山陵择地劄子》,《全宋文》卷一一八四,巴蜀书社1992年版,第652页。

[3] 参见杨树达:《汉代婚丧礼俗考》,商务印书馆1933年版;丁凌华:《中国丧服制度史》,上海人民出版社2000年版,等。

[4] 王栐:《燕翼诒谋录》卷三,中华书局1985年版,第21页。

[5] 司马光:《福宁殿前尼女劄子》,《全宋文》卷一一八四,巴蜀书社1992年版,第664页。

第五章 司马光的风俗思想

治平元年（1064），宋代历史开启了英宗时代。宋英宗体弱，于治平四年（1067）初去世，遂有宋代历史的神宗时代。这期间的司马光在风俗思想上针对一些社会发展中的实际问题提出自己的意见，而在总体上并没有什么显著变化。

如其《民有犯恶逆乞不令长官自劾状》，在事实上提出了俗与法的问题。他向朝廷提出"国家承百王之弊，俗化陵夷，不肖愚民犯谊侵礼，无所不至"，所以"不可忽也"；继而，他引贾谊"叹秦俗之薄恶"，称"以今闾巷之民旦夕所为，如彼数者，皆何足言"，述"近闻于开封府屡有子杀父母者，相继事发"。他感叹道："以京邑之中，犹有如此悖逆之民，况于远方教化之所不及哉！"他引《刑统》等关于此"附表自劾，以敦风教"为据，指出"朝廷近年务行宽政，吏有故出人罪者，率皆不问"、"以此民有谋杀及殴詈尊长者"等现象，"州县之吏专务掩蔽纵释，惟恐上闻"，"少肯处以正法"，"盖避自劾之耻，务为身谋。遂使顽民益无顾惮，名敦风教，其实坏之"。他说，"王者之政，当善善恶恶，若宽此悖逆之民，以为仁政，臣实愚浅，未之前闻"，"教化之失，风俗之弊，任其责者，岂特州县长吏而已"，所以建言朝廷"今后除去上件贬降长官及附表自劾二条，更不施行"，同时"常切觉察"，"随其轻重"[1]处罚不法者。显然，他所强调的仍然是"王者之政"，意在维护国家法律的完整与威严，反对弊政，加强教化对风俗的影响、作用。

在"延访群臣"问题上，司马光强调对群臣才能、性情等个人素质进行认真观察，涉及"民之忧乐""民间情伪"等内容。如其《延访群臣第三劄子》中提到"为国之要，在于审察人材，周知下情"[2]，而"下情"即应该包括风俗生活等内容。他特别举例"太祖、太宗起于侧微，天下艰难，民间情伪，无不备知"，"下至役夫田妇，无不询察，以尽其情"，激励皇帝"下察为国之要，观

---

[1] 司马光：《民有犯恶逆乞不令长官自劾状》，《全宋文》卷一一八六，巴蜀书社1992年版，第688—689页。

[2] 司马光：《延访群臣第三劄子》，《全宋文》卷一一八七，巴蜀书社1992年版，第702页。

唐虞之所以兴,秦汉齐隋之所以亡,继祖宗之志,以守太平之业"[1]。

治平年间,司马光与此前一样,他对于风俗的理解,更多注目于"为政"。如其《皮公弼劄子》中所述,"用人之要术,为政之首务","当兹选擢之初,天下士大夫莫不延颈而望,拭目而视","若得清修孤直之人,则皆劝慕为善,砥节砺行,不肖者亦化而为贤矣","若得贪污谄伪之人,则皆倾巧干进,饰貌盗名,安恬者亦变而为躁矣"。对此,他总结道,"此乃风俗之本原,政治之枢机,不可以不慎"[2]。其一再强调"人操心不正者,虽有材能,无所用也",以所弹劾的皮公弼为例,称其"求于朝士之间,不为难得。若其贪污谄伪,则罕有其比";他就此说,"陛下方欲简拔英贤,待之不次,以切厉群臣,新美大化",如果"得公弼之徒",则"四方闻之,无不解体,使廉正之士沉抑而不显,贪邪之人辐凑而竞进","其于专损圣政,败坏风俗,不为细事"[3]。

在这一时期,司马光弹劾陈述古、皮公弼、王广渊等非正途进取者,以风俗为题,所述之意皆在于追求"纯美""新美""和厚",反对"贪污谄伪"而"败坏风俗"。这是其人材思想在风俗思想中的重要体现。

这一时期司马光的风俗思想还表现在对于灾异的理解。

灾异与人事相应,是天人合一、天人感应思想的重要内容,是我国古代风俗思想中具有较长的历史影响的风俗文化理论。如《汉书·五行志》就曾记"民愁怨所致",《淮南子·天文训》亦记"君失其行,日薄食无光"等相关内容;不用说,董仲舒在《春秋繁露》中就灾异而提出朝廷检讨自身这一理论影响更广。司马光在至和元年(1054)曾作《祭黄石公文》,称"郓士居神宇下,旷冬无雪,宿麦将枯,唯神救民之死,赦吏之罪,敢不祗率所部,以承事神"[4];其嘉祐年间曾作《晋祠祈雨文》《谢晴文》《祭晋祠文》等,以其《日

---

[1] 司马光:《延访群臣第三劄子》,《全宋文》卷一一八七,巴蜀书社1992年版,第703页。

[2] 司马光:《皮公弼劄子》,《全宋文》卷一一九〇,巴蜀书社1992年版,第36页。

[3] 司马光:《皮公弼第二劄子》,《全宋文》卷一一九〇,巴蜀书社1992年版,第39页。

[4] 司马光:《祭黄石公文》,见马峦《司马光年谱》卷一,中华书局1990年版,第45页。

食遇阴云不雨乞不称贺状》为例,其称"日之所照,周遍华夷,云之所蔽,至为近狭;今若太阳实亏,而有浮云翳塞,虽京师不见,四方必有见者,天意若曰人君为阴邪所蔽,灾匿著明,天下皆知其忧危而朝廷独不知也"[1]。可知司马光与董仲舒天人感应的理论是相一致的。

其《请不受尊号劄子》称,"王者,父天母地,子育黎元,严恭鬼神,畏惧灾异。故能安靖国家,飨有多福",此为"自生民以来,不易之道也"。他说:

> 陛下践阼以来,太阳侵色,中有黑子,大风昼晦,冬温无冰,连年大水,漂没庐田。以至今岁,灾异尤甚,彗星彰见,光炎隆炽,朝东暮西,连月乃灭。飞皇害稼,日有食之。加之陕西、河东夏秋乏雨,禾既不收,麦仍未种。妇子栖惶,流离满路。西戎内侮,边鄙未安。当此之际,群臣宜劝导陛下以祗畏天命,勤恤民隐,克己谦约,博求至言,以消复变咎,延致善祥。而朝廷晏然,曾不为意。或以为自有常数,非关人事;或以为景星嘉瑞,更当有福。今者又有佞臣建议,请上尊号。其为欺蔽上天,诬罔海内,孰甚于此![2]

其意在于"伏望陛下自以圣意止群臣所上章表,却尊号而勿受","更下诏书,深自咎责,咨谋四方,广开言路,求所以事天养民转灾为福之道"[3]。应该说,这是司马光对天人相应风俗思想的继承与运用。"延致善祥"与所谓"畏天命"的联系,"深自咎责"与所谓"事天养民""转灾为福"的联系,在风俗文化中具有普遍性意义,即人们将自然灾异视作上天对世人的惩罚,或者赋予其具有原罪性意义的内容,这在事实上构成我国风俗思想的特色。与后来熙宁时期的新法中王安石"三不足",尤其是其"天变不足畏"相比,

---

[1] 司马光:《日食遇阴云不雨乞不称贺状》,见马峦《司马光年谱》卷二,中华书局1990年版,第54页。
[2] 司马光:《请不受尊号劄子》,《全宋文》卷一一九二,巴蜀书社1992年版,第75页。
[3] 司马光:《请不受尊号劄子》,《全宋文》卷一一九二,巴蜀书社1992年版,第75页。

可见司马光与王安石风俗思想的极大不同。

自治平四年(1067)正月,赵顼(宋神宗)即位,王安石"变风俗,立法度"等改革思想受到皇帝的重视与支持。而此时的司马光,仍在屡屡阐述自己关于"人君修心治国之要"及"仁""明""武",关于"治国之要亦有三,一曰官人,二曰信赏,三曰必罚"[1]等主张与道理,其论述"圣王之政,使民安其土,乐其业,自生至死,莫有离散之心"与"王者以天下为家,不可使恻隐之心止于目前"[2]等济世良言。尤其是他的《议学校贡举状》,论述"取士之弊,自古始以来,未有若近世之甚者也",指斥时俗,独有慧识。其称,"自三代以前,其取士无不以德为本,而未尝专贵文辞也",至"汉氏"令"举有经术德行者,策试以治道,然后官之","故其风俗,敦尚名节",而"降及末世,虽政衰于上,而俗清于下,由取士之术素加奖励故也","魏晋以降,贵通才而贱守节,习尚浮华,旧俗益败"云云,然后至唐,"儒雅之风日益颓坏","狂躁险薄"。他力劝皇帝"更立新规",校正"风化清浊之原"[3]。

他再强调"上之所为,下之所归也",批评"国家从来以诗、赋、论、策取人,不问德行,故士之求仕进者,日夜孜孜,专以习诗、赋、论、策为事,惟恐不能胜人"[4]。他提出要加强对"求仕进者"的更全面的考察,"不以所部非所部、乡里非乡里,除自己亲戚及曾犯真刑或私罪情理重、曾经罚赎,及不孝不友、盗窃淫乱、明有迹状者不得举外,其余皆得举之"[5];在考试方法上亦实行相应的变更,"更不试赋、诗及论","其帖经、墨义一切皆不试","但取义理优长,不取文辞华巧"[6],等等,实行"保举"。"如此则群臣不敢挟私妄举,

---

[1] 司马光:《作中丞初上殿劄子》,《全宋文》卷一一九三,巴蜀书社1992年版,第82—83页。
[2] 司马光:《赈赡流民劄子》,《全宋文》卷一一九四,巴蜀书社1992年版,第95页。
[3] 司马光:《议学校贡举状》,《全宋文》卷一一九六,巴蜀书社1992年版,第129—130页。
[4] 司马光:《议学校贡举状》,《全宋文》卷一一九六,巴蜀书社1992年版,第130页。
[5] 司马光:《议学校贡举状》,《全宋文》卷一一九六,巴蜀书社1992年版,第131页。
[6] 司马光:《议学校贡举状》,《全宋文》卷一一九六,巴蜀书社1992年版,第131页。

士人皆崇尚经术,重惜操履,风俗丕变矣"。[1]

《体要疏》奏于熙宁二年(1069)的八月,论述"体要"。其称"为政有体,治事有要",即"自古圣明帝王,垂拱无为而天下大治者,凡用此道也",即"君为元首,臣为股肱,上下相维,内外相制,若网之有纲,丝之有纪",即"人智有分而力有涯","尊者治众,卑者治寡","君明则能择臣,臣良则能治事";然而,皇帝即位以来,虽然"孜孜求治,于今三年,而功未著者,殆未得其体要故也"。[2]

其题引发自"四月二十日诏敕"。宋神宗在"诏敕"中说,"'近臣尽规'。以其荣耻休戚与上同也","今在此位者,视朕过失与朝廷政事之阙,默而不言,乃或私议窃叹,若以为其责不在己";他喝问道:"夫岂皆习见成俗以为当然,其亦有含章怀宝待唱而发者也?"其承认"今百度隳弛,风俗偷惰薄恶,灾异谴告不一",希望"忠贤"们助其"忧惕","以创制改法,救弊除患","极言无隐"。[3]

值此之时,王安石已于此年二月由翰林学士为参知政事。他在此前《本朝百年无事札子》中也提到"本朝累世因循末俗之弊""上下偷惰取容",与宋神宗"诏敕"大意相同。而司马光所强调的更多的是历史,是义理,即此"为政有体,治事有要",直接讲,就是否定现实。如其所称,"恐所改更者未必胜于其旧,而徒纷乱祖宗成法,考古则不合,适今则非宜,吏缘为奸,农商失业","数年之后,府库耗竭于上,百姓愁困于下,众心离骇,将不复振矣"[4]。他判断事物的标准,如其所言,"夫天下之事有难决者,以先王之道揆之,若权衡之于轻重,规矩之于方圆,锱铢毫忽,不可欺矣"[5]。

---

[1] 司马光:《议学校贡举状》,《全宋文》卷一一九六,巴蜀书社1992年版,第132页。
[2] 司马光:《体要疏》,《全宋文》卷一一九六,巴蜀书社1992年版,第136—137页。
[3] 司马光:《体要疏》,《全宋文》卷一一九六,巴蜀书社1992年版,第136页。
[4] 司马光:《体要疏》,《全宋文》卷一一九六,巴蜀书社1992年版,第138页。
[5] 司马光:《体要疏》,《全宋文》卷一一九六,巴蜀书社1992年版,第142页。

"以先王之道揆之",便是其极为重要的理论依据。其风俗思想所表现的基本立场也正在于此,所以恪守"祖宗成法",所以攻讦"变风俗,立法度"的主张。

此时期,即熙宁二年(1069)前后,最能直接体现司马光风俗思想,包括他与王安石风俗思想冲突的代表,是其《论风俗劄子》。司马光所论"风俗"是社会风尚,其直指王安石所谓"僻经妄说""言涉老庄",称其"疑误后学,败乱风俗"[1]。其实为先入为主,甚至不乏意气用事。如马峦所说:"所谓'好为高奇,喜诵老庄'者,则荆公其人也。一出而已败坏风俗若此,所谓'生于其心,害于其政'者欤!"若以爱屋及乌态度,如此评判他人,那么许多事情就难免变了味道。

他在开题如其他文章一样进行演绎道理:

> 臣闻国之致治,在于审官;官之得人,在于选士;士之向道,在于立教;教之归正,在于择术。是知选士者,治乱之枢机,风俗之根原也。
>
> 窃见近岁公卿大夫好为高奇之论,喜诵老庄之言,流及科场,亦相习尚。新进后生,未知臧否,口传耳剽,翕然成风。至有读《易》未识卦爻,已谓《十翼》非孔子之言;读《礼》未知篇数,已谓《周官》为战国之书。读《诗》未尽《周南》《召南》,已谓毛郑为章句之学。读《春秋》未知十二公,已谓《三传》可束之高阁。循守注疏者,谓之腐儒;穿凿臆说者,谓之精义。
>
> ……
>
> 今之举人,发言秉笔,先论性命,乃至流荡忘返,遂入老庄。纵虚无之谈,骋荒唐之辞,以此欺惑考官,猎取名第。禄利所在,众心所趋,如水赴壑,不可禁遏。彼老庄弃仁义而绝礼学,非尧舜而薄周孔,死生不以为忧,

---

[1] 司马光:《论风俗劄子》,《全宋文》卷一二〇〇,巴蜀书社1992年版,第190页。

存亡不以为患,乃匹夫独行之私言,非国家教人之正术也。[1]

这里,他举"魏之何晏、晋之王衍"例,称其"使纪纲大坏,胡夷并兴,生民涂炭,神州陆沉",将之与王安石他们相提并论,"今若选士之际用此为术",则"政事安得不隳?风俗安得不坏?正始、永嘉之弊,将复见于今矣"。所以,他力劝朝廷"以此戒厉"相关部门,"将来程试若有僻经妄说,其言涉老庄者,虽复文辞高妙,亦行黜落","庶几不至疑误后学,败乱风俗"[2]。

如果我们将更多的材料与司马光所述种种"非国家教人之正术"进行对比,便可见其有许多夸大之辞。王安石在《本朝百年无事札子》中曾批评"以诗赋记诵求天下之士",而且他研究老庄也并非尽信,如其《老子》中所述之"道有本有末",其言"圣人唯物修其成万物者,不言其生万物者,盖生者尸之于自然,非人力之所得与矣",及其言"如其废毂辐于车,废礼乐刑政于天下,不坐求其无之为用也,则亦近于愚矣"[3]等。司马光所要抵制的和他所极力抨击的是王安石的"选士"改革,即罢诗赋而试经义。司马光所指"读《春秋》未知十二公,已谓《三传》可束之高阁",其实就是王安石未把《春秋》这部"断天下之事,决天下之疑"的神圣经典和《诗经》《尚书》《周易》等典籍并列于选士考试用书;王安石强调的是济世,选拔和培养那些富民强国的有用人才。其实,司马光也曾经在《议学校贡举状》中批评"取士之弊"之"专贵文辞""不问德行",提出"但取义理优长""崇尚经术"[4],他如此全面、彻底地否定王安石新法事业,应该是其道德理想主义对经世致用这种实中意义选士方式的态度吧。在这里,司马光把"风俗"这一概念等同于"治乱",亦可见其风俗思想的泛政治化倾向。

---

[1] 司马光:《论风俗札子》,《全宋文》卷一二〇〇,巴蜀书社1992年版,第189—190页。
[2] 司马光:《论风俗札子》,《全宋文》卷一二〇〇,巴蜀书社1992年版,第190页。
[3] 王安石:《老子》,《王文公文集》卷二七,上海人民出版社1974年版,第310—311页。
[4] 司马光:《议学校贡举状》,《全宋文》卷一一九六,巴蜀书社1992年版,第131—132页。

司马光的忧患意识溢于言表,应该说这是很可贵的,其强调对历史传统的重视也是有道理的,但他把评论事物的标准有些简单地归于"以先王之道揆之"[1]则未免偏颇。表现在其风俗思想中,可以看到他在许多地方出现自相矛盾的内容。

如其熙宁三年(1070)二月作《辞枢密副使第三劄子》中所述。一方面,他讲"人之材性,各有能有不能,人主量材然后授官"与"人臣审能然后授事"的道理,自述"幸生承平之时,家世为儒臣,自髫龀至于弱冠,杜门读书,不交人事。仕宦以来,多在京师,少历外任,故于钱谷刑狱繁剧之务,皆不能为,况于军旅,固所不习",而"独于解经述史,及以愚直补过拾遗,不避怨怒,则庶几万一或有可取"[2]。结合其经历来看,这种概括总结是准确的,属有自知之明。那么,既然不懂"钱谷",又如何屡屡言"天下"之财富等实实在在的事务呢?其"以先王之道揆之",衡量一切的坐而论道,又如何不带有想象的色彩呢?

又如其熙宁三年二月所作《乞罢条例司常平使疏》,其述"伏见陛下天纵英明,励精求治,思得嘉谋,以新美天下",自己对于"建画之臣"不能尽职而表现出忧患云云,也承认自己"智识浅短,不足以知天下变通之务",又如何言"四海危骇,百姓骚然"及其新法为害"在十年之后"呢?尤其是其侃侃而谈所谓"民之所以有贫富者,由其材性愚智不同",完全抛开社会生活的具体内容,只把"取债于人"作为贫富的原因,其主观臆想成分可知。而且,他为自己设计出一个逻辑上的必然律,如其所说"恐十年之外,富者无几何矣",而"富者既尽",便国家危在旦夕。其论点由此而形成"朝廷自祖宗以来仁政养民"[3],岂可坐视新法如此为害天下呢?其论据材料的真实性、准确性、全面性受到怀疑时,那么结论还有什么现实性的意义呢?以此

---

[1] 王安石:《体要疏》,《全宋文》卷一一九六,巴蜀书社1992年版,第142页。

[2] 王安石:《辞枢密副使第三劄子》,《全宋文》卷一一九七,巴蜀书社1992年版,第151页。

[3] 王安石:《乞罢条例司常平使疏》,《全宋文》卷一一九七,巴蜀书社1992年版,第152—154页。

理念谈论风俗,可知其在与王安石争论中所处位置及其风俗思想所具有之价值意义。

在历史研究中,我们常常与司马光一样更多地是从某种道理出发。对于司马光风俗思想研究,也存在着这样一个问题,长期表现出二元对立的思维方式,要么把司马光作为只知道恪守祖宗法度的顽固派、保守派,完全摒弃他在风俗研究中所表现的思想价值,要么不顾历史事实,把司马光的贡献无限扩大。应该说,就风俗思想而言,司马光在梳理历史、阐释义理等方面是有贡献的;我们也不得不指出,由于其经历所形成的对社会,尤其是对底层社会缺乏像王安石那样有实际工作经验即直接的观察与感受,便不可避免地形成具有强烈主观色彩的意见。而其历史责任感、为国家社稷所表现的使命感,以"和厚风俗"为主要内容的风俗思想,应该受到我们的珍重。

从《与王介甫书》《应诏言朝政阙失事状》到元丰八年(1085)三月所上《乞开言路劄子》,可见司马光从熙宁到元丰年间从未停止过对于新法的否定、攻击。

宋神宗的逝去,相伴的是司马光的复出。同时,朝廷的结构力量也发生了变化,司马光在高太后的支持下尽废新法,其风俗思想与其复出之前便有了许多不同。其中,在他的"劄子"等文章中出现尤其频繁的一个字眼,就是"民间疾苦"。而"民间疾苦"在他此前的文章中几乎没有,他所提更多的是"国家大政"和"自古始以来"等内容。其出知永兴军、居洛阳十余年修撰《资治通鉴》,耳畔未必皆是社会现实最真实的声音,但他离开京师这一政治中心后,必需发生一系列变化,应该有益于他对历史、社会、人生等问题的深入思索。

其《乞开言路劄子》引《周易》中的"天地交则为泰,不交则为否"为理论依据,说,"居父,天也;臣民,地也","是故君降心以访问,臣竭诚以献替,则庶政修治,邦家乂安";他以此强调"君恶逆耳之言,臣营便身之计,则下情壅蔽,众心离叛",从而提出关于广开言路的主张。同时,他告诫"新临大宝,德性高明"的皇帝,"初发号令,不可不慎",在如此"治乱之歧途,安危之所分"的关键时刻,要"当以要切为先,以琐细为后"[1]。"治乱"便成为其对时势的把握,也包括其对自己身份的定位。

"治乱","乱"之何在?

司马光直指"风俗",说:

> 近年以来,风俗颓弊,士大夫以偷合苟容为智,以危言正论为狂。是致下情蔽而不上通,上恩壅而不下达。闾阎愁苦,痛心疾首,而上不得知。明主忧勤,宵衣旰食,而下无所诉。公私两困,盗贼已繁。[2]

其意非常明确,所谓"风俗颓弊"即"公私两困,盗贼已繁",原因在于"不上通"与"不下达"。所以,要除去此"蔽"与"壅",要"治乱",就要"明下诏书,广开言路,不以有官无官之人,应有知朝政阙失及民间疾苦者,并许进实封状,尽情极言";"如此则嘉言日进,群情无隐,陛下虽深居九重,四海之事如指诸掌,举措施为,惟陛下所欲",而此即"治安之源,太平之基"[3]。

广开言路,并不是司马光首创,而对于匡正时弊,"和厚风俗",此何时都不为过。但在事实上,他倡言广开言路,却并没有广纳群言,也没有真正改变所谓"下情蔽而不上通,上恩壅而不下达"的"风俗颓弊"。但他能将所谓"民间疾苦"明确提出,与所谓"朝政阙失"并称,这已经显示出其风俗思想可贵的内容。

其于元丰八年四月所作《乞去新法之病民伤国者疏》,便更具体更直接地提到"新法"的不合时宜。其首先指责主持新法的大臣"于人情物理多不通晓,不足以仰副圣志",而且"又足己自是,谓古今之人莫己如,不知择

---

[1] 司马光:《乞开言路劄子》,《全宋文》卷一二〇一,巴蜀书社1992年版,第195页。

[2] 司马光:《乞开言路劄子》,《全宋文》卷一二〇一,巴蜀书社1992年版,第195页。

[3] 司马光:《乞开言路劄子》,《全宋文》卷一二〇一,巴蜀书社1992年版,第195页—196页。

祖宗之令典","多以己意轻改旧章,谓之新法","专欲遂其很心,不顾国家大体",所以出现"缙绅大夫,望风承流"等"舍是取非,兴害除利"的一系列"风俗颓弊"现象。他指出,新法"名为爱民,其实病民;名为益国,其实伤国",其"作青苗、免役、市易、赊贷等法,以聚敛相尚,以苛刻相驱"等,"遂使九土之民,失业困穷,如在汤火"[1]云云。于是,他再次提出要"广开言路",并论述"夫为政在顺民心,苟民之所欲者与之,所恶者去之,如决水于高原之上以注川谷,无不行者"[2]的道理。同时,他所强调的仍是"但乞下诏使吏民皆得实封上言,庶几民间疾苦,无不闻达"[3]。

此后,司马光在《乞罢保甲状》《乞罢免役状》《请更张新法劄子》等文章中,屡以"民间疾苦"等同"新法",等同"风俗颓弊",其"治乱"便等同于"更张新法",成"解生民之急,救国家之危,收万国之欢心,复祖宗之令典"[4]。

其他如《乞降封事签帖劄子》所提"陛下近诏天下臣民皆得上封事,言朝政阙失、民间疾苦"[5]、《乞省览农民封事劄子》所引"太宗皇帝尝游金明池,召田妇数十人于殿上,赐席使坐,问以民间疾苦"[6]等;其名为遍问"民间疾苦",实为以此成名言顺而尽废新法,如其《革弊劄子》所称,"伏愿陛下断自圣志,凡王安石等所立新法,果能胜于旧者则存之,其余臣民以为不如旧法之便者,痛加釐革","但使政事悉如熙宁之初,则民物熙熙,海内太平,更无余事矣"[7]。然而,他不得不承认,尽管有所谓"陛下幸诏臣民各言疾苦",

---

[1] 司马光:《乞去新法之病民伤国者疏》,《全宋文》卷一二〇一,巴蜀书社1992年版,第199—200页。
[2] 司马光:《乞去新法之病民伤国者疏》,《全宋文》卷一二〇一,巴蜀书社1992年版,第201页。
[3] 司马光:《乞去新法之病民伤国者疏》,《全宋文》卷一二〇一,巴蜀书社1992年版,第200页。
[4] 司马光:《请更张新法劄子》,《全宋文》卷一二〇二,巴蜀书社1992年版,第215页。
[5] 司马光:《乞降封事签帖劄子》,《全宋文》卷一二〇二,巴蜀书社1992年版,第225页。
[6] 司马光:《乞省览农民封事劄子》,《全宋文》卷一二〇三,巴蜀书社1992年版,第231页。
[7] 司马光:《革弊劄子》,《全宋文》卷一二〇三,巴蜀书社1992年版,第239页。

"而群臣犹习常安故"[1],其无视新法便民,无端诋毁王安石"因天下之力以生天下之财""民不加赋而国用足""取天下之财以供天下之费"等深有成效的变法卓识,其违背社会发展的事实。此如一位学者所讲,"绝对不应把司马光的推翻新法,认为是新法的失败","当司马光不顾一切地要把新法全部推翻之际,在保守派的人物当中,有许多人都提出反对意见"[2],这绝不是偶然的。如苏轼曾与其共同反对过王安石,此时已指出司马光"专欲变熙宁之法,不复较量利害,参用所长",他以自己"知密州"时"推行其法""民甚便之"[3]等为据,是其在实践中理解了新法"便民"处。这也从另一方面告诉我们,未必提出"民间疾苦"就一定是完全正确的理论。名正固然言顺,而事未必如其标榜者所言之成!

司马光在社会政治建设上没有太多成功建树,其坚持"以先王之道揆之",而恪守所谓的祖宗之法、旧章典礼,而其在个人道路品格、精神情操所表现出的不俗追求,在今天仍然值得我们尊敬。

历史上的司马光以正直、勤奋好学、朴素节俭而闻名。其《训俭示康》,强调社会风尚中的节俭,成为我国古代风俗思想史上的珍贵文献。

《宋史·司马光传》称其"于物澹然无所好,于学无所不通,惟不喜释、老,曰:'其微言不能出吾书,其诞吾不信也'。洛中有田三顷,丧妻,卖田以葬,恶衣菲食以终其身"[4]。其子司马康,"为人廉洁,口不言财"[5],可谓有良好家风。

《训俭示康》标榜"清白",既是训示后人,也是勉励自我。其言:

---

[1] 司马光:《革弊劄子》,《全宋文》卷一二〇三,巴蜀书社1992年版,第238页。
[2] 邓广铭:《北宋政治改革家王安石》,河北教育出版社2000年版,第326页。
[3] 苏轼:《辩试馆职策问札子》,《苏轼文集》卷二七,中华书局1986年版,第791页。
[4] 脱脱等:《司马光传》,《宋史》卷三三六,列传九五,中华书局1985年版,第10769页。
[5] 脱脱等:《司马光传》,《宋史》卷三三六,列传九五,中华书局1985年版,第10771页。

吾本寒家，世以清白相承。吾性不喜华靡，自为乳儿，长者加以金银华美之服，辄羞赧弃去之。二十忝科名，闻喜宴独不戴花，同年曰："君赐不可违也"。乃簪一花。平生衣取蔽寒，食取充腹，亦不敢服垢弊以矫俗干名，但顺吾性而已。众人皆以奢靡为荣，吾心独以素俭为美。人皆嗤吾固陋，吾不以为病，应之曰："孔子称与其不逊也，宁固。"又曰："以约失之者鲜矣。"又曰："士志于道而耻恶衣恶食者，未足与议也。"古人以俭为美德，今人乃以俭相诟病。嘻，异哉！近岁风俗尤为侈靡，走卒类士服，农夫蹑丝履。[1]

司马光把"走卒"、"农夫"的日常生活列为"侈靡"，此未必正确，其批评"今人乃以俭相诟病"则无疑为"风俗"之"颓弊"。他在这里进行对比，以"天圣中先公为群牧判官"时生活与"近日士大夫家"相比较，称，"不随俗靡者，盖氏鲜矣"，因而感叹道："嗟乎！风俗颓弊如是，居位者虽不能禁，忍助之乎？"[2]

同时，他举数"昔李文靖公为相，治居第于封丘门内，听事前仅容旋马"等历史为例，引人"俭，德之共也。侈，恶之大也"语，详述"俭则寡欲，君子寡欲则不役于物，可以直道而行。小人寡欲，则能谨身节用，远罪丰家"，"侈则多欲，君子多欲则贪慕富贵，枉道速祸；小人多欲则多求妄用，败家丧身。是以居官必贿，居乡必盗"，所以"侈恶之大"的道理。他再引历史上"正考父饘粥以糊口"等事为例，尤其详细列举"近世寇莱公豪侈冠一时，然以功业大，人莫之非。子孙习其家风，今多穷困"，说，"其余以俭立名，以侈自败者多矣，不可遍数，聊举数人以训汝。汝非徒身当服行，当以训汝子孙，使知前辈之风俗云"。[3]

"家风"是风俗思想研究中一个非常重要的内容，即风俗传承的基本对

---

[1] 司马光：《训俭示康》，《全宋文》卷一二二三，巴蜀书社1992年版，第563页。

[2] 司马光：《训俭示康》，《全宋文》卷一二二三，巴蜀书社1992年版，第563—564页。

[3] 司马光：《训俭示康》，《全宋文》卷一二二三，巴蜀书社1992年版，第364—365页。

象,及其在传承中对家族成员道德风尚、精神风貌等具体构成"家道"诸多内容的影响与作用。司马光标明"世以清白相承",以节俭训示司马康,并希望"当以训汝子孙,使知前辈之风俗",其用意即在此。这是中国社会历史发展的规律性内容。也就是说,司马光把家道、家学、家风纳入风俗的范围,以"清白"作为传承"前辈之风俗",构成其风俗思想的又一特色。

司马光终究是一位杰出的历史学家,他对于包括风俗文化、风俗生活在内的中国历史的研究,形成个性鲜明的风俗思想。应该说,其以历史研究为背景的风俗思想,成就远大于其社会政治思想的建树。或可以称之为学者本色,其道德思想主义造成其坚韧不拔的追求,也造成其狭隘与固执。

如其《史剟》,序中称,"愚观前世之史,有存之不如其亡者,故作《史剟》"[1]。其中有许多内容涉及风俗文化,以此可见其对神话传说等内容的评说,这是其风俗思想的一个组成部分。

虞舜与夏禹是神话传说中的上古时代英明帝王,司马光不可能像我们今天这样通过民俗学等人文学科的义理去辨其真实存在的可能性或其未确定性,但他并未一切信其为真,而是从义理上辨析,表现出求真态度。他在《虞舜》(一)中,论述传说中的"尧以二女妻舜,百官牛羊事舜于畎亩之中。瞽瞍与象犹欲杀之,使舜塗廪而纵火。舜以两笠自扞而下。又使舜穿井,而实以土,舜为匿空,出它人井",其称:

> 顽嚚之人不入德义则有矣,其好利而畏害,则与众不殊也。或者舜未为尧知,而瞽瞍欲杀之,则可矣。尧已知之,四岳举之,妻以二女,养以百官,方且试以百揆,而禅天下焉,则瞽瞍岂得不利其子之为天子,而尚欲杀之乎?虽欲杀之,亦不可得已。藉使得而杀之,瞽瞍与象将随踵而诛,虽甚愚,人必不为也。此特闾父里妪之言,而孟子信之,过矣。后世又承以

---

[1] 司马光:《史剟序》,《全宋文》卷一二二二,巴蜀书社1992年版,第541页。

为实,岂不过甚矣哉![1]

对于"舜南巡守,崩于苍梧之野,葬于江南九疑,是为零陵",司马光说:

> 昔舜命禹曰:"朕耄期,倦于勤,汝惟不怠,总朕师。"是以天子为勤,故老而使禹摄也。夫天子之职莫勤于巡守,而舜犹亲之,卒死于外而葬焉,恶用使禹摄哉?是必不然。或曰:"《虞书》称舜陟方乃死,孔安国以为升道南方,巡守而死,《礼记》亦称舜葬于苍梧之野,皆如太史公之言。予独以为不然,何如?"曰:传记之言,固不可据以为实。藉使有之,又安知无中国之苍梧,而必在江南邪?《虞书》陟方云者,言舜在帝位,治天下五十载,升于至道然后死耳,非谓巡守为陟方也。呜呼!遂使后世愚悖之人,或疑舜、禹而非圣人,岂非孔安国与太史公之过也哉?[2]

对于"禹以天下授益,益避启于箕山之阳。禹子启贤,天下皆去益而归启,启遂即天子位",司马光则论为:

> 父之位传归于子,自生民以来如是矣。尧以(丹)朱不肖,故授舜。舜以均不肖,故授禹。禹子启果贤,足以任天下。而禹授益,使天下自择启而归焉,是饰伪也。益知启之贤,得天下心,己不足以间,而受天下于禹,是窃位也。禹以天下授益,启以违父之命而为天子,是不孝也。恶有饰伪、窃位、不孝而谓之圣贤哉!此为传者之过明矣。[3]

在神话传说中,虞舜与瞽瞍、象的故事,虞舜南巡崩于苍梧的故事,和

---

[1] 司马光:《虞舜》(一),《全宋文》卷一二二二,巴蜀书社1992年版,第542页。
[2] 司马光:《虞舜》(二),《全宋文》卷一二二二,巴蜀书社1992年版,第542页。
[3] 司马光:《夏禹》,《全宋文》卷一二二二,巴蜀书社1992年版,第543页。

禹结束禅让制而传位于子夏启的故事,可能有历史的踪影,但其作为口耳相传的文学作品,更多的是我国古代人民对于社会历史和自然世界所做的具有浓郁的情感与想象的艺术表现。因而,从孔子的"不语怪力乱神说",到汉代王充的"唯理论",形成了用现实理性解释怪异、辨析神话传说中的所谓的荒诞性的内容的"疑古"传统。[1] 司马光在这里所做的解释与辨析,继承并光大了这一传统,并赋予其批判性,形成其独具特色的述说方式。他所揭示的"此特闾父里妪之言"与所谓"后世又承以为实",正是神话传说流传及其历史化的表现规律;其所论"遂使后世愚悖之人,或疑舜、禹而非圣人"联系到"孔安国与太史公之过",也正揭示出风俗文化发展中文人著述与民间文艺口耳相传之间的复杂关系。此论述,包括其《迂书》中《凿龙门辨》对于"禹凿龙门,辟伊阙,有诸?"所做的回答,其称"龙门、伊阙,天所为也,禹治之耳。非山横其前,水壅不流,禹始凿而辟之,然后通也",其释孟子"禹之行水,行其所无事"为"若凿山以通水,不可谓之无事矣",[2] 等。这些论述都是司马光历史文化研究的重要成果,是其神话传说研究的学理表现,更是其风俗思想中值得我们思索和借鉴的重要内容。

历史文化是一个相对宽泛的概念,除此对历史上神话传说所做辨析,司马光所写关于神灵及其信仰的论述文章,在某种意义上与《史剡》中对风俗文化的论述有相媲美的理论价值。如其《豢龙庙祈雨文》所论"民寔神主,神寔民休。百姓不粒,谁供神役?邑长有罪,神当罚之;百姓无辜,神当爱之",[3] 其《诸庙祈雪文》所述"雪霜不时,神寔职之"[4],其《为始平公祭晋祠文》《又祭晋祠文》《雨止谢晋祠文》等,其论"惟神宅晋之原,食晋之土。

---

[1] 参见拙作《中国民间文艺史》第一章《中国神话时代》,河南大学出版社 2001 年版。
[2] 司马光:《凿龙门辨》,《全宋文》卷一二二二,巴蜀书社 1992 年版,第 559 页。
[3] 司马光:《豢龙庙祈雨文》,《全宋文》卷一二三〇,巴蜀书社 1992 年版,第 686 页。
[4] 司马光:《诸庙祈雪文》,《全宋文》卷一二三〇,巴蜀书社 1992 年版,第 686 页。

"凡在晋境,皆为神宇"、"神心无私,民靡不抚",[1]都显示出其具体的风俗思想。

当然,最能体现司马光历史研究中风俗思想的还是其《资治通鉴》对于风俗的论述。

如司马光在"序"中所称,此"起周威烈王,讫于五代","论次历代君臣事迹",其意在于"断之以邪正,要之于治忽","列于户牖之间而尽古今之统,博而得其要,简而周于事"[2]。同时,其《稽古录》等著述,涉及伏羲氏等神话,以前述《史剡》中风俗思想内容相近,在总体上显示出司马光在"论次历代君臣事迹"中关于风俗的理解认识。

《资治通鉴》洋洋洒洒二百九十余卷,直接论述历史上风俗问题者有多处,其更多的是涉及相关内容。从"周纪"到"后周纪",几乎每一个时期都有涉及。

如《周纪》(二)"(显王)四十八年"涉及"孟尝君之名重天下"所论:"臣光曰:君子之养士,以为民也。《易》曰:圣人养贤,以及万民。夫贤者,其德足以敦化正俗,其才足以顿纲振纪,其明足以烛微虑远,其强足以结仁固义。大则利天下,小则利一国。是以君子丰禄以富之,隆爵以尊之。养一人而及万人者,养贤之道也。今孟尝君之养士也,不恤智愚,不择臧否,盗其君之禄,以立私党,张虚誉,上以侮其君,下以蠹其民,是奸人之雄也,乌足尚哉!《书》曰受为天下逋逃主、萃渊薮。此之谓也。"[3]其中,"其德足以敦化正俗",即为涉及时所论。

又如《汉纪》(三)"(太祖高皇帝)七年冬十月,长乐宫成,诸侯群臣皆朝贺"所论述"礼之为物大矣",其称"用之于身,则动静有法而百行备焉","用之于家,则内外有别而九族睦焉","用之于乡,则长幼有伦而俗化美焉",

---

[1] 司马光:《又祭晋祠文》,《全宋文》卷一二三〇,巴蜀书社1992年版,第688页。

[2] 司马光:《资治通鉴序·御制》,中州古籍出版社2003年版,第1页。

[3] 司马光:《周纪》(二),《资治通鉴》卷一,中州古籍出版社2003年版,第16页。

"用之于国,则君臣有叙而政治成焉","用之于天下,则诸侯顺服而纪纲正焉",以及其所论"惜夫,叔孙生之器小也!徒窃礼之糠粃,以依世、谐俗、取宠而已"[1]等,当为直接论述。因为其所论述之"礼",是风俗文化的重要内容,直接影响到风俗生活的各个方面,其提到"礼用之于某处"所形成"九族睦焉""俗化美焉"和"纪纲正焉"等,都可以看作教化风俗的结果显现,其比之此前更具体,所论内容更丰富、系统。而且对于"礼"等风俗文化在汉代社会所表现的意义更突出,司马光在《资治通鉴》中对汉代风俗的论述也更频繁。如《汉纪》(八)所载:

班固赞曰:孔子称斯民也三代之所以直道而行也。信哉!周秦之弊,罔密文峻,而奸宄不胜。汉兴,扫除烦苛,与民休息。至于孝文,加之以恭俭。孝景遵业。五六十载之间,至于移风易俗,黎民醇厚。周云成康,汉言文景,美矣![2]

又如《汉纪》(十)载:

上不明,下不正,制度不立,纲纪弛废。以毁誉为荣辱,不核其真;以爱憎为利害,不论其实;以喜怒为赏罚,不察其理。上下相冒,万事乖错,是以言论者计薄厚而吐辞,选举者度亲疏而举笔,善恶谬于众声,功罪乱于王法……于是流俗成而正道坏矣。

是以圣王在上,经国序民,正其制度;善恶要于功罪而不淫于毁誉,听其言而责其事,举其名而指其实。故实不应其声者谓之虚,情不覆其貌者谓之伪,毁誉失其真者谓之诬,言事失其类者谓之罔。虚伪之行不得设,

---

[1] 司马光:《汉纪》(三),《资治通鉴》卷一一,中州古籍出版社2003年版,第96页。
[2] 司马光:《汉纪》(八),《资治通鉴》卷一六,中州古籍出版社2003年版,第144页。

诬罔之辞不得行,有罪恶者无侥幸,无罪恶者不忧惧,请谒无所行,货赂无所用,息华文,去浮辞,禁伪辩,绝淫智,放百家之纷乱,壹圣人之至道,养之以仁惠,文之以礼乐,则风俗定而大化成矣。[1]

再如《汉纪》(一三)载:

  昔箕子居朝鲜,教其民以礼义,田蚕织作,为民设禁八条。相杀,以当时偿杀;相伤,以谷偿;相盗者,男没入为其家奴,女为婢;欲自赎者人五十万,虽免为民,俗犹羞之,嫁娶无所雠。是以其民终不相盗,无门户之闭,妇人贞信不淫辟。其田野饮食以笾豆,都邑颇放效吏,往往以杯器食。郡初取吏于辽东,吏见民无闭臧,及贾人往者,夜则为盗,俗稍益薄,今于犯禁浸多,至六十余条。可贵哉,仁贤之化也![2]

再如《汉纪》(六〇)载:

  教化,国家之急务也,而俗吏慢之;风俗,天下之大事也,而庸君忽之。夫惟明智君子,深识长虑,然后知其为益之大而收功之远也。

  光武遭汉中衰,群雄麋沸,奋起布衣,绍恢前绪,征伐四方,日不暇给,乃能敦尚经术,宾延儒雅,开广学校,修明礼乐,武功既成,文德亦洽。继以孝明、孝章,遹追先志,临雍拜老,横经问道。自公卿、大夫至于郡县之吏,咸选用经明行修之人,虎贲卫士皆习《孝经》,匈奴子弟亦游太学,是以教立于上,俗成于下。其忠厚清修之士,岂唯取重于搢绅,亦见慕于众庶;愚鄙污秽之人,岂唯不容于朝廷,亦见弃于乡里。自三代既亡,风化之美,

---

[1] 司马光:《汉纪》(十),《资治通鉴》卷一八,中州古籍出版社2003年版,第163页。
[2] 司马光:《汉纪》(一三),《资治通鉴》卷二一,中州古籍出版社2003年版,第186页。

未有若东汉之盛者也。及孝和以降,贵戚擅权,嬖幸用事,赏罚无章,贿赂公行,贤愚浑殽,是非颠倒,可谓乱矣。然犹绵绵不至于亡者,上则有公卿、大夫袁安、杨震、李固、杜乔、陈蕃、李膺之徒面引廷争,用公义以扶其危,下则有布衣之士符融、郭泰、范滂、许邵之流,立私论以救其败。是以政治虽浊而风俗不衰,至有触冒斧钺,僵仆于前,而忠义奋发,继起于后,随踵就戮,视死如归。夫岂特数子之贤哉,亦光武、明、章之遗化也。当是之时,苟有明君作而振之,则汉氏之祚犹未可量也。不幸承陵夷颓弊之余,重以桓、灵之昏虐……由是观之,教化安可慢,风俗安可忽哉![1]

司马光所论汉代风俗,述"上不明,下不正"之"流俗成而正道坏",述"昔箕子居朝鲜,教其民以礼义",述"教化,国家之急务也"与"风俗,天下之大事也",归之于"教化安可慢,风俗安可忽",是对历史经验与教训的总结。其所言"自三代既亡,风化之美,未有若东汉之盛者",及其述说"政治虽浊而风俗不衰",其实所强调的都是文化以教化形式对社会风俗的支持与维护。这与他一向强调社会道德,重视个人责任、使命与修养的追求,是一致的。所以其批"俗吏"、庸君,既是对历史所生发的感慨,也应该包含着其对于现实社会"风俗颓弊"的不满。正如克罗齐的那句名言,一切历史都属于当代。

或曰,司马光是一个历史理想主义者。他对于东汉时期的风俗"风化之美"表现出赞扬的同时,而对于所谓的乱世则常常表现出惋惜或悲切、愤懑。如其《晋纪》(一)中对"晋武独以天性矫而行之,可谓不世之贤君"赞叹的同时,对"裴、傅之徒,固陋庸臣,习常玩故,不能将顺其美"所发出的"惜哉"[2]感叹。其以此谴责"变古坏礼,绝父子之恩,亏君臣之义"、"群臣

---

[1] 司马光:《汉纪》(六〇),《资治通鉴》卷六八,中州古籍出版社2003年版,第637—638页。
[2] 司马光:《晋纪》(一),《资治通鉴》卷七九,中州古籍出版社2003年版,第739页。

诌谀,莫肯厘正"与"三年之丧,自天子达于庶人,此先王礼经,百世不易"[1]之间的相悖。同时,我们也可看到,诸如《晋纪》列有"四十"之多,其议论都较少,可管窥其心绪。至其对于唐代,其议论则相对增多。如《唐纪》(八)所论"礼者,圣人之所履也。乐者,圣人之所乐也。圣人履中正而乐和平,又思与四海共之,百世传之,于是乎作礼乐焉",[2]论述"苟无其本而徒有其末,一日行之而百日舍之,求以移风易俗,诚亦难矣"[3]等;及其《唐纪》(一三)所感慨"唐太宗不以天下大器私其所爱,以杜祸乱之源,可谓能远谋矣",[4]其《唐纪》(二七)载"上以风俗奢靡"与"罢两京织锦坊",其论"明皇之始欲为治,能自刻厉节俭如此,晚节犹以奢败",感慨"甚哉,奢靡之易以溺人也"[5]云云。这些论述可见其性情,亦可见其睿思。

《资治通鉴》中有许多地方详细记述历史上某一时期某一地域的风俗状况,具有民俗志的意义,也应视作司马光风俗思想的内容。如《唐纪》(四二)所载,"初,回纥风俗朴厚,君臣之等不甚异,故众志专一,劲健无敌。及有功于唐,唐赐遗甚厚,登里可汗始自尊大,筑宫殿以居,妇人有粉黛文绣之饰。中国为之虚耗,而虏俗亦坏"[6]。这是研究我国少数民族风俗史的重要史料,但是,"风俗朴厚"与"虏俗亦坏"具体表现出司马光的文化立场与个人情感,尤其是鄙夷少数民族,显示出其狭隘的民族主义局限。司马光以一句句"臣光曰",点评历史,论述历史上的风俗,尽情述说自己的感受与理解,如其在"表"中所称,"监前世之兴衰,考当今之得失"[7],在展示其史学思想包括风俗思想的同时,显示出其性情与品德。《资治通鉴》影响了后世的历史

---

[1] 司马光:《晋纪》(一),《资治通鉴》卷七九,中州古籍出版社2003年版,第739页。

[2] 司马光:《唐纪》(八),《资治通鉴》卷一九二,中州古籍出版社2003年版,第1911页。

[3] 司马光:《唐纪》(八),《资治通鉴》卷一九二,中州古籍出版社2003年版,第1912页。

[4] 司马光:《唐纪》(一三),《资治通鉴》卷一九七,中州古籍出版社2003年版,第1960页。

[5] 司马光:《唐纪》(二七),《资治通鉴》卷二一一,中州古籍出版社2003年版,第2121页。

[6] 司马光:《唐纪》(四二),《资治通鉴》卷二二六,中州古籍出版社2003年版,第2291页。

[7] 司马光:《进〈资治通鉴〉表》,《资治通鉴》卷二九四,中州古籍出版社2003年版,第3002页。

研究，更影响了后世的文化研究，自然包括风俗研究。司马光在这里所显示的风俗思想，给我们许多借鉴启发。

有学者考据，《涑水记闻》是司马光在完成《资治通鉴》的同时，"平时把他所见所闻所传闻的一些与国家的军政大事、或历代皇帝、或文武大臣、或朝章政典、或契丹、西夏等有关事项，随手记录下来，以备将来撰写《通鉴后纪》之用的"[1]。如果确实是司马光的著作，则我们可以从其中看到他民间文艺思想的又一种表现方式。这部著作虽然没有像其他文献那样比较系统地体现出司马光的风俗思想，但它首先可以看作较为难得的一部关于宋代前朝历史传说的集成，这对于民间文艺研究（风俗文化研究）具有更直接更重要的意义。民间文艺不断美化司马光，如前面曾经提及司马光在社会生活中受到世人的尊重，甚至市民阶层把司马光的肖像刻印在木板年画上，在瓦子中歌唱他砸缸救儿的传说故事，都体现了对他的爱戴。这是民间文艺主体形成与发展变化的规律体现。在熙宁变法的政治热潮中，司马光未必代表时代发展的方向，但是他对于民众的态度，使其成为民间文艺歌颂的重要内容。

---

[1] 邓广铭：《略论有关〈涑水记闻〉的几个问题》，《涑水记闻》，中华书局1989年版，第1页。

第六章
苏轼的风俗思想

苏轼在民间文艺史上是一个非常特殊的人物,一方面他常常作为民间文艺代言人,一方面他常常被民间文艺所述说,后世留下许许多多关于"苏东坡"的生动传说。

苏轼代表了时代和历史的良心。如浙江杭州留下的苏堤,使他为民众歌颂,他独具特色的民本思想被历史所认同;他长期生活在被边缘化的政治环境中,与许多下层民众成为好朋友,为他的文学创作提供了十分难得的题材。那些曾经迫害他的人,如章惇之流,无一例外成为历史辱骂的对象。这也表明,无论权势如何炙热,做了坏良心的事情,都终究逃脱不了受到时代与历史的辱骂、鞭挞!这正是中国民间文艺从来善待正直、善良者,从不宽恕任何多行不义者的传统与规律!

苏轼(1036—1101),字子瞻,号东坡居士(俗称东坡),四川眉山人。他是一位卓尔不群的诗人,也是一位特立独行的思想家。其少年得志,二十二岁中进士,与欧阳修、王安石、司马光等人有着密切交往,却从不附会他人;一生在政治风浪中起伏,屡遭打击,而不改其志。《宋史·苏轼传》称其"器识之宏(闳)伟,议论之卓荦,文章之雄隽,政事之精明,四者皆能以特立之志为之主,而以迈往之气辅之。故意之所向,言足以达其有猷,行足以遂其有为。至于祸患之来,节义足以固其有守,皆志与气所为也"[1];又称其"作文如行云流水,初无定质,但常行于所当行,止于所不可不止。虽嬉笑怒骂之辞,皆可书而诵之。其体浑涵光芒,雄视百代,有文章以来,盖亦鲜矣","自为举子至出入侍从,必以爱君为本,忠规谠论,挺挺大节,群臣无出其右。但为小人忌恶挤排,不使安于朝廷之上"[2]。他勤奋苦学,长期任地方官,饱受迫害,从神宗时代王安石变法,到哲宗时代司马光尽废新法,再到徽宗时代遇赦内徙身老常州,一生可谓坎坷。亦如《宋史》"本传"所说,"(仁宗、神宗)二君皆有以知轼,而轼卒不得大用","假令轼以是而易其所为,尚得为轼哉"[3]。其风俗思想亦因此而形成自己的风格与特色,成为我国风俗思想史上的一道风景。悯民、爱民、以民为本,追求道德的完美,成为其风俗思想的核心。

苏轼的风俗思想离不开他对生活的感受与理解。

尤其是家乡的风俗,成为游子最为牵挂的内容,常常出现在他们的诗文中,是其人生最为深刻的记忆。苏轼亦如此。嘉祐六年(1061)他离开京师赴凤翔任地方官始,未忘怀家乡,如其《岁晚相与馈问,为"馈岁";酒食相邀,呼为"别岁";至除夜,达旦不眠,为"守岁"。蜀之风俗如是。余官岐下,岁暮思归而不可得,故为此三诗寄子由》《和子由踏青》《和子由蚕市》等,其高唱"歌鼓惊山草木动,箪瓢散野乌鸢驯"、"道人得钱径沽酒,醉倒自谓吾符神"(《和子由踏青》),高唱"闲时尚以蚕为市,共忘辛苦逐欣欢"、"市人争夸斗巧智,野人喑哑遭欺谩"(《和子由蚕市》)[4],长叹"不悲去国悲流年"[5]。他一直牵挂着自己的家乡和自己家乡的风俗。又如《眉州远景楼记》

---

[1] 脱脱等:《苏轼传》,《宋史》卷三三八,列传九七,中华书局1977年版,第10818—10819页。
[2] 脱脱等:《苏轼传》,《宋史》卷三三八,列传九七,中华书局1977年版,第10817页。
[3] 脱脱等:《苏轼传》,《宋史》卷三三八,列传九七,中华书局1977年版,第10819页。
[4] 参见曾枣庄《苏诗汇评》(下),四川文艺出版社1998年版;《苏轼诗集》卷四,中华书局1982年版。
[5] 参见曾枣庄《苏诗汇评》(下),四川文艺出版社1998年版;《苏轼诗集》卷四,中华书局1982年版。

中所记,开题便称"吾州之俗,有近古者三",即"其士大夫贵经术而重氏族,其民尊吏而畏法,其农夫合耦以相助","盖有三代、汉、唐之遗风,而他郡之所莫及也"。他不无自豪地说,"始朝廷以声律取士,而天圣以前,学者犹袭五代之弊,独吾州之士,通经学古,以西汉文词为宗师",而被"四方指以为迂阔"。他详细记述道:

> 至于郡县胥吏,皆挟经载笔,应对进退,有足观者。而大家显人,以门族相上,推次甲乙,皆有定品,谓之江乡。非此族也,虽贵且富,不通婚姻。其民事太守县令,如古君臣,既去,辄画像事之,而其贤者,则记录其行事以为口实,至四五十年不忘。商贾小民,常储善物而别异之,以待官吏之求。家藏律令,往往通念而不以为非,虽薄刑小罪,终身有不敢犯者。岁二月,农事始作。四月初吉,谷稚而草壮,耘者毕出。数十百人为曹,立表下漏,鸣鼓以致众。择其徒为众所畏信者二人,一人掌鼓,一人掌漏,进退作止,惟二人之听。鼓之而不至,至而不力,皆有罚。量田记功,终事而会之,田多而丁少,则出钱以偿众。七月既望,谷艾而草衰,则仆鼓决漏,取罚金与偿众之钱,买羊豕酒醴,以祀田祖,作乐饮食,醉饱而去,岁以为常。其风俗盖如此。[1]

此时,苏轼"方为叙州"为熙宁十年(1077)至元丰二年(1079),是元丰元年(1078)的"七月",如其言"去乡久矣",故乡人增筑远景楼请其"记事",他又思念起家乡的风俗。他一方面感叹"故其民皆聪明才智,务本而力作,易治而难服。守令始至,视其言语动作,辄了其为人。其明且能者,不复以事试,终日寂然。苟不以其道,则陈义秉法以讥切之,故不知者以为难治",一方面感叹"岂非上有易事之长,而下有易治之俗也哉","今吾州近古之俗,

---

[1] 苏轼:《眉州远景楼记》,《苏轼文集》卷一一,中华书局1986年版,第352—353页。

独能累世而不迁,盖耆老昔人岂弟之泽,而贤守令抚循教诲不倦之力也,可不录乎"[1]。他在政治斗争的风浪中已经感觉到疲惫,故乡的风俗生活成为慰藉他心灵的灵丹,所以他发出愿"将归老于故丘,布衣幅巾,从邦君于其上,酒酣乐作"[2]的感慨。

不唯如此,苏轼还非常注意入境问俗。如其在《密州谢上表》中所称"入境问俗,又复过于所期"以"推广中和之政,抚绥疲瘵之民"。[3]他在凤翔时,曾经至郿县太白山祈雨,并写出《喜雨亭记》记述这一风俗生活。他将自己官舍"凿池其南,引流种树"的"休息之所"命名为"喜雨亭",称"志喜",述"是岁之春,雨麦于岐山之夜,其占为有年"事;其"弥月不雨,民方以为忧。越三月乙卯,乃雨,甲子又雨,民以为未足,丁卯,大雨,三日乃止。官吏相与庆于庭,商贾相与歌于市,农夫相与抃于野,忧者以乐,病者以愈"[4],因其亭"适成",故有"喜雨亭"。如其《南行前集叙》言,"山川之秀美,风俗之朴陋,贤人君子之遗迹,与凡耳目之所接者,杂然有触于中,而发于咏叹"[5]。而这些记述,既是其诗文之特色,也是其风俗思想之特色。

苏轼早期的风俗思想典型地体现在"熙宁四年二月某日"的《上神宗皇帝书》。如其在奏书中所述,"臣之所欲言者三,愿陛下结人心,厚风俗,存纪纲而已"[6]。

所谓"厚风俗",就是通过"结人心",实行"存纪纲"的社会调适手段;"厚"的实质意义即"淳","淳厚",与杜甫所唱"致君尧舜上,再使风俗淳"的"淳"是一致的。其出发点与目的同王安石《上皇帝万言书》中针对"风俗日以衰坏"的现实情况也是一致的;只是"立风俗,变法度"的方式、方法

---

[1] 苏轼:《眉州远景楼记》,《苏轼文集》卷一一,中华书局1986年版,第353—354页。
[2] 苏轼:《眉州远景楼记》,《苏轼文集》卷一一,中华书局1986年版,第353—354页。
[3] 苏轼:《密州谢上表》,《苏轼文集》卷二三,中华书局1986年版,第651页。
[4] 苏轼:《喜雨亭记》,《苏轼文集》卷一一,中华书局1986年版,第349页。
[5] 苏轼:《南行前集叙》,《苏轼文集》卷一〇,中华书局1986年版,第323页。
[6] 苏轼:《上神宗皇帝书》,《苏轼文集》卷二五,中华书局1986年版,第729页。

不同,而他们的风俗思想的差异,也正在这里。当然,其不同之处还在于时代背景之不同,王安石是对宋仁宗时代积弊甚重而发,苏轼则是针对宋神宗时代政治改革如火如荼的新法气象而发。熙宁四年(1071),在神宗支持下的王安石变法已进入深入阶段。如《宋史》所载,此前的"(熙宁三年)三月丙申,孙觉、吕公著、张戬、程颢、李常上疏极言新法,不听"[1],这些反对新法的人纷纷遭贬;"(熙宁四年)二月丁巳朔,罢诗赋及明经诸科,以经义、论、策试进士。置京东西、陕西、河东、河北路学官,使之教导"[2]。应该说,苏轼所述"厚风俗"即指此社会现实。这一时期的苏轼是反对新法的。此"所欲言者三"之"结人心,厚风俗,存纪纲",正在于人心未结、风俗不厚、纪纲乏存,或称"礼崩乐坏",一片混乱。诚然,到底是如此还是欣欣向荣,都与论者的价值立场密切相关。他看到的更多的是新法弊端,对于豪强兼并等社会现实未必有清醒的认识。

苏轼时任"殿中丞直史馆判官告院权开封府推官",其"再拜",是因为之前"熙宁四年正月"他曾经有《谏买浙灯状》的奏议。他在此奏议中提出"卖灯之民,例非豪户,举债出息,畜之弥年。衣食之计,望此旬日。陛下为民父母,唯可添价贵买,岂可减价贱酬",而其所指还有"近日小人妄造非语,士人有展年科场之说,商贾有京城榷酒之议,吏忧减俸,兵忧减廪",他所要维护的还是"圣明",称此扰民"亏损圣德,莫大于此"[3]。其言辞颇激,但"买灯之事,寻以停罢",所以,在《上神宗皇帝书》中,苏轼对神宗皇帝"改过不吝,从善如流"非常钦佩,感动之至,称"此尧舜禹汤之所勉强而力行,秦汉以来之所绝无而仅有"[4]。信任而生更高的崇敬,所以有此"厚风俗"之"欲言"。

"厚风俗"与"结人心""存纪纲"是相互关联的整体。苏轼逐层叙说,

---

[1] 脱脱等:《神宗二》,《宋史》卷一五,本纪一五,中华书局1977年版,第275页。
[2] 脱脱等:《神宗二》,《宋史》卷一五,本纪一五,中华书局1977年版,第278—279页。
[3] 苏轼:《谏买浙灯状》,《苏轼文集》卷二五,中华书局1986年版,第727页。
[4] 苏轼:《上神宗皇帝书》,《苏轼文集》卷二五,中华书局1986年版,第729页。

首先论述的是"人心",称"人莫不有所恃";"胜服强暴"的原因是"恃陛下之法",而"陛下"即"人主"所"恃"的是什么呢?他引《尚书》中所述"予临兆民,凛乎若朽索之驭六马",称"聚则为君民,散则为仇雠,聚散之间,不容毫厘","天下归往谓之王,人各有心谓之独夫",即"人主之所恃者,人心而已",进而论说"人主失人心则亡"[1]。但他所论述的并不是这样一个简单的道理,而是"今陛下亦知人心之不悦矣",他要抨击的是"中外之人,无贤不肖,皆言祖宗以来,治财用者不过三司使副判官"所添"制置三司条例","使六七少年日夜讲求于内,使者四十余辈,分行营干于外,造端宏大,民实惊疑,创法新奇,吏皆惶惑","近自淮甸,远及川蜀,喧传万口,论说百端"[2];他所希望的则是"消谗慝以召和气,复人心而安国本",即"罢制置三司条例司"[3]。接着,他用大量"今闻"和历史来进一步阐述自己的论点,即"结人心"。

他用同样的方式论述"厚风俗"。他说:

> 士之进言者,为不少矣,亦尝有以国家之所以存亡、历数之所以长短告陛下者乎?夫国家之所以存亡者,在道德之浅深,不在乎强与弱;历数之所以长短者,在风俗之厚薄,不在乎富与贪。道德诚深,风俗诚厚,虽贫且弱,不害于长而存。道德诚浅,风俗诚薄,虽强且富,不救于短而亡。人主知此,则知所轻重矣。是以古之贤君,不以弱而忘道德,不以贫而伤风俗,而智者观人之国,亦以此而察之。齐至强也,周公知其后必有篡弑之臣。卫至弱也,季子知其后亡。吴破楚入郢,而陈大夫逢滑知楚之必复。晋武既平吴,何曾知其将乱。隋文既平臣,房乔知其不久。元帝斩郅支,朝呼韩,功多于武、宣矣,偷安而王氏之衅生。宣宗收燕赵,复河湟,力强于宪、武矣,消兵而庞勋之乱起。故臣愿陛下务崇道德而厚风俗,不愿陛

---

[1] 苏轼:《上神宗皇帝书》,《苏轼文集》卷二五,中华书局1986年版,第730页。
[2] 苏轼:《上神宗皇帝书》,《苏轼文集》卷二五,中华书局1986年版,第730页。
[3] 苏轼:《上神宗皇帝书》,《苏轼文集》卷二五,中华书局1986年版,第731页。

下急于有功而贪富强。使陛下富如隋,强如秦,西取灵武,北取燕蓟,谓之有功可也,而国之长短,则不在此。夫国之长短,如人之寿夭,人之寿夭在元气,国之长短在风俗。世有尪羸而寿考,亦有盛壮而暴亡。若元气犹存,则尪羸而无害。及其已耗,则盛壮而愈危。是以善养生者,慎起居,节饮食,导引关节,吐故纳新。不得已而用药,则择其品之上、性之良,可以久服而无害者,则五脏和平而寿命长。不善养生者,薄节慎之功,迟吐纳之效,厌上药而用下品,伐真气而助强阳,根本已空,僵仆无日。天下之势,与此无殊。故臣愿陛下爱惜风俗,如护元气。[1]

显然,这是道德至上的风俗观、社会观、文化观。崇尚道德,本无可厚非,如《周易》中所言"天行健,君子以自强不息;地势坤,君子以厚德载物",成为我们民族的法宝。道德,一般被人解释为共同生活及其行为的准则和规范,在不同的历史时期有不同的解释方式与具体内容。苏轼所言国家存亡"在道德之浅深",其实是理想主义的思维方式,过分强调了社会道德对于社会发展的作用;在哲学意义上讲,他更多地在推崇形而上的社会精神的作用。应该说,社会精神、民族精神的建设是一个民族文明程度的标志,必须给予高度重视,作为社会意识形态这一上层建筑的重要主体的"陛下",必须认识到其稳定社会、凝聚人心的"轻重";但是,对于国家积贫积弱,整个社会为弊政所苦,变法初步展开而且已经显示出旺盛生机与远大前途的特殊时期,如此片面强调道德的稳定社会功效,并以此对抗变法、改革,确实具有明显的盲目性和极端性。苏轼也懂得庆历新政以来整个社会对改革事业的向往,其父亲苏洵《上欧阳内翰第一书》和《第二书》《上富丞相书》《上田枢密书》《上余青州书》《上张侍郎第一书》和《第二书》等文章的思想也应该会影响他;但是,当年庆历新政中的富弼、欧阳修、余靖、尹洙他们在此

---

[1] 苏轼:《上神宗皇帝书》,《苏轼文集》卷二五,中华书局1986年版,第737页。

时已锐意全消,如富弼"守典故,行故事,而傅以公议,无容心于其间"[1],甚至走向改革事业的对立面——他们与苏洵、苏轼、苏辙的交往,自然形成这种影响。尽管他也曾赴凤翔签判任,做过三年的地方官,但凤翔属秦凤路,地处边陲,而且他又很快回到京师,并没有王安石那样更深切地感受底层社会或地方社会的更全面的世情,所以更多地具有理想主义的思维方式。他极言"历数之所以长短者,在风俗之厚薄,不在富与贫",称"国之长短,如人之寿夭,人之寿夭在元气,国之长短在风俗",希望皇帝"爱惜风俗,如护元气",正由此出发。

同时,苏轼以"古之圣人,非不知深刻之法可以齐众,勇悍之夫可以集事"为题,继续述说"在风俗之厚薄"。他举例历史上的"好利之党,相师成风"、"徒以德泽在人,风俗知义",批评"今议者不察,徒见其末年吏多因循,事不振举,乃欲矫之以苛察,齐之以智能,招来新进勇锐之人,以图一切速成之效,未享其利,浇风已成"[2]。他又以"自古用人,必须历试"为题,述说"大抵名器爵禄,人所奔趋,必使积劳而后迁,以明持久而难得。则人各安其分,不敢躁求。今若多开骤进之门,使有意外之得,公卿侍从,跬步可图,其得者既不肯以侥倖自名,则其不得者必皆以沉沦为恨。使天下常调,举生妄心,耻不若人,何所不至,欲望风俗之厚,岂可得哉"[3]。他对此总结道:"惟陛下以简易为法,以清净为心,使奸无所缘,而民德归厚。臣之所愿厚风俗者,此之谓也。"[4]他说,自己"非敢历诋新政",其"所献三言",并非"私见","中外所病,其谁不知","朝廷未尝有此,则天下之幸","若有万一似之,则陛下安可不察"[5]。

---

[1] 脱脱等:《富弼传》,《宋史》卷三一三,列传七二,中华书局 1985 年版,第 10254 页。
[2] 苏轼:《上神宗皇帝书》,《苏轼文集》卷二五,中华书局 1986 年版,第 738 页。
[3] 苏轼:《上神宗皇帝书》,《苏轼文集》卷二五,中华书局 1986 年版,第 738—739 页。
[4] 苏轼:《上神宗皇帝书》,《苏轼文集》卷二五,中华书局 1986 年版,第 739 页。
[5] 苏轼:《上神宗皇帝书》,《苏轼文集》卷二五,中华书局 1986 年版,第 741 页。

比照其同一时期的《议学校贡举状》[1]，可以看到苏轼风俗思想的形成与反对新法的偏执。他也反对盲目复古，称"得人之道，在于知人，知人之法，在于责实"，"使君相无知人之才，朝廷无责实之政，则公卿侍从，常患无人，况学校贡举乎？虽复古之制，臣以为不足矣"。他说，"时有可否，物有废兴。方其所安，虽暴君不能废；及其既厌，虽圣人不能复。故风俗之变，法制随之"，此如"江河之徙移"。他说，"欲兴德行，在于君仁者修身以格物，审好恶以表俗。孟子所谓'君仁莫不仁，君义莫不义'。君之所向，天下趋焉"，而其话题还是反对"改易更革"，即"若欲设科立名以取之，则是教天下相率而为伪也"。其理由是"自祖宗以来莫之废者，以为设法取士，不过如此"，"自古尧舜亦然"。他举例说，"昔王衍好老庄，天下皆师之，风俗凌夷，以至南渡。王缙好佛，舍人事而修异教，大历之政，至今为笑"；他力劝"陛下明敕有司，试之以法言，取之以实学"，称"博通经术者，虽朴不废，稍涉浮诞者，虽工必黜。则风俗稍厚，学术近正，庶几得忠实之士，不至蹈衰季之风，则天下幸甚"[2]。显然，他把风俗与世情、与传统、与国家命运联系在一起，更多的是在运用历史审视现实。

其《再上皇帝书》，称"陛下自去岁以来，所行新政，皆不与治同道"，"立条例司，遣青苗使，敛助役钱，行均输法，四海骚动，行路怨咨"；他说，"今日之政，小用则小败，大用则大败，若力行而不已，则乱亡随之"。以此，他把"民""军""吏""士"称为"自古存亡之所寄者"，说，"此四人者一失其心，则足以生变"，即"农不安"，"商贾不行"，"民始忧矣"，"军始怨矣"，"吏始解体矣"，成"风俗日以薄恶"的"祸乱之源"。他一再向皇帝表白希望"以致太平"的愿望，提醒"近日之事，乃有文过遂非之风"，其所以"愤懑太息而不能已也"[3]，还是请皇帝尽快废除新法。他如此将"存亡"与"新政"相联系，

---

[1] 苏轼：《苏轼文集》卷二五，中华书局1986年版，第723—725页。
[2] 苏轼：《议学校贡举状》，《苏轼文集》卷二五，中华书局1986年版，第725页。
[3] 苏轼：《再上皇帝书》，《苏轼文集》卷二五，中华书局1986年版，第749—750页。

未免危言耸听。

苏轼建言皇帝"简易为法","清净为心",以"厚风俗",与其《策》中所表现的风俗思想在实质上是一致的。

如其在《策总叙》中所言,"有意而言,意尽而言止者,天下之至言也",他所要表达的就是此"一言而兴邦"。他称,"三代之衰,学校废缺,圣人之道不明,而其所以犹贤于后世者,士未知有科举之利。故战国之际,其言语文章,虽不能尽通于圣人,而皆卓然近于可用,出于其意之所谓诚然者","自汉以来,世之儒者,忘己以徇人,务射策决科之学,其言虽不叛于圣人,而皆泛滥于辞章,不适于用",所以其"尝深思极虑,率其意之所欲言者",做此"策略""策别""策断"二十五篇,"明其略而治其别",或"庶几有益于当世"。[1]

《策略》五篇,分述"天下治乱,皆有常势""天下无事久矣,以天子之仁圣,其欲有所立以为子孙万世之计至切也""圣王之治天下,使天下之事,各当其处而不相乱,天下之人,各安其分而不相躏,然后天子得优游无为而制其上""破庸人之论,以开功名之门,而后天下可为也""深结天下之心"。他批评"天下有治平之名,而无治平之实",称"方今天下,非有水旱盗贼人民流离之祸,而咨嗟怨愤,常若不安其生"云云,"此臣所以大惑也"[2];他认为,"当今之患,虽法令有所未安,而天下之所以不大治者,失在于任人,而非法制之罪也","居今之势,而欲纳天下于至治,非大有所矫拂于世俗,不可以有成也"[3]。"世俗"之"大有所矫拂"即包含"变风俗",此与王安石"变风俗,立法度"大意相近,而苏轼更看重的是"周知天下之风俗","抚摩其人民",以预防"古之失天下"的教训:

---

[1] 苏轼:《策总叙》,《苏轼文集》卷八,中华书局1986年版,第225页。

[2] 苏轼:《策略一》,《苏轼文集》卷八,中华书局1986年版,第226页。

[3] 苏轼:《策略三》,《苏轼文集》卷八,中华书局1986年版,第232—233页。

> 天下者,器也。天子者,有此器者也。器久不用,而置诸箧笥,则器与人不相习,是以扞格而难操。良工者,使手习知其器,而器亦习知其手,手与器相信而不相疑,夫是故所为而成也。天下之患,非经营祸乱之足忧,而养安无事之可畏。何者?惧其一旦至于扞格而难操也。昔之有天下者,日夜淬励其百官,抚摩其人民,为之朝聘会同燕享,以交诸侯之欢。岁时月朔,致民读法,饮酒蜡腊,以遂万民之情。有大事,自庶人以上,皆得至于外朝以尽其词。犹以为未也,而五载一巡狩,朝诸侯于方岳之下,亲见其耆老贤士大夫,以周知天下之风俗。凡此者,非以为苟劳而已,将以驯致服习天下之心,使不至于扞格而难操也。[1]

显然,他把风俗考察时政即"周知天下之风俗"与"驯致服习天下之心,使不至于扞格而难操"这一国家安危的重要性紧紧联系在了一起。

同时,他也强调"日新盛德,以鼓动天下久安怠惰之气","陈其五事以备采择",其中就有"太守刺史,天子所寄以远方之民者,其罢归,皆当问其所以为政,民情风俗之所安,亦以揣知其才之所堪""吏民上书,苟小有可观者,宜皆召问优慰,以养其敢言之气"。其结果便是"使天下习知天子乐善亲贤恤民之心孜孜不倦如此","贤人众多"[2],自然,其"深结天下之心"。

《策别》中,苏轼仍然强调"以服小民之心"与"风俗"的联系。他特别重视"风俗日以薄恶"与社会引导的密切关系。他说,要重视"专任使"作为"课百官"的重要内容。而"专任使"的关键,在于"吏之与民","任人不可以仓卒而责其成效",尤其是"京兆"这一特殊地域的"吏""民"关系将对全社会产生更广泛的影响,更要注意。他说:

---

[1] 苏轼:《策略五》,《苏轼文集》卷八,中华书局1986年版,第238页。
[2] 苏轼:《策略五》,《苏轼文集》卷八,中华书局1986年版,第239—240页。

夫京兆府,天下之所观望而化,王政之所由始也。四方之冲,两河之交,舟车商贾之所聚,金玉锦绣之所积,故其民不知有耕稼织纴之劳。富贵之所遗,货利之所眩,故其民不知有恭俭廉退之风。以书数为终身之能,以府史贱吏为乡党之荣,故其民不知有儒学讲习之贤。夫是以狱讼繁滋而奸不可止,为治者益以苟且,而不暇及于教化,四方观之,使风俗日以薄恶,未始不由此也[1]。

那么,教化民众,作为"厚风俗"的基本方式,就显得日益重要了。苏轼非常清醒地看到"厚风俗"的主体在于以"百官"为主导,以"万民"为基础,二者循环往复于风俗生活与风俗文化之中相辅相承。

《策别》如其所言,"为治有先后,有本末","事之利害,计之得失",苏轼概括为四个方面,"一曰课百官,二曰安万民,三曰厚货财,四曰训兵旅"[2]。其中"安万民",即"厚风俗"。他分别论述了"敦教化""劝亲睦""均户口""较赋役""教战守"和"去奸民"六个问题,都与风俗政策相关。

"教化"从来都是统治者用自己的文化思想影响风俗的重要手段。苏轼所提"敦教化",称"圣人之于天下,所恃以为牢固不拔者,在乎天下之民可与为善,而不可与为恶也",即此意。使民"为善",其实就是"美风俗"。在这里,苏轼把"三代"作为"厚风俗"的理想标准;他称赞"昔者三代之民,见危而授命,见利而不忘义",所以,"三代之所以享国长久而不拔",在于"民知有所不为","心安于为善",乃"天下不可以敌,甲兵不可以威,利禄不可以诱,可杀可辱、可饥可寒而不可与叛"。但是,"秦汉之世","及至后世","教化之道衰",风俗就大不相同了。而这些都与儒者"好古而无术,知有教化而不知名实之所存"有联系,"专用法吏以督责其民,至于今千有余年,而民

---

[1] 苏轼:《策别·课百官四》,《苏轼文集》卷八,中华书局1986年版,第248页。
[2] 苏轼:《策别·课百官一》,《苏轼文集》卷八,中华书局1986年版,第240页。

日以贪冒嗜利而无耻";在看来,问题在于"古之设官者,求以裕民,今之设官者,求以胜民","求利太广,而用法太密,故民日趋于贪",那么,解决问题,就需要"以教民信,而示之义"[1]。说到底,还是责难新法使"风俗日以薄恶"。

其"安万民"的第二项内容在于"劝亲睦"。苏轼说,"民相与亲睦者,王道之始也",他仍然把"三代"作为此理想标准,称"昔三代之制,画为井田,使其比闾族党,各相亲爱,有急相赒,有喜相庆,死丧相恤,疾病相养",所以"安居无事""往来欢欣"。这便是所谓风俗之"厚"的具体表现。而问题仍然是在于"自秦汉以来",因为"法令峻急,使民乖其亲爱欢欣之心,而为邻里告讦之俗。他称之为"一国之俗,而家各有法。一家之法,而人各有心",其"纷纷乎散乱而不相属,是以礼让之风息,而争斗之狱繁"。为何"秦汉以下","天下"之如此"多故而难治"?他说,"此无他,民不爱其身,则轻犯法。轻犯法,则王政不行",而"欲民之爱其身,则莫若使其父子亲、兄弟和、妻子相好。夫民仰以事父母,旁以睦兄弟,而俯以恤妻子。则其所赖于生者重,而不忍以其身轻犯法","三代之政,莫尚于此矣"。同时,他论述"今欲教民和亲,则其道必始于宗族"的道理,以图"天下之民"之"忠厚和柔"[2]。

苏轼在"均户口""较赋役""教战守"中继续论述"安万民"的道理与方法,在"去奸民"中,将"三代"之风俗概括为"拥护良民而使安其居"[3],确实是一语中的。风俗生活与风俗文化的主体,在总体上讲,都是天下之民,即千百万民众。苏轼所述的道理概括起来讲,也就是"法"对于风俗变化即"厚"与"薄"的重要影响。他的政治理想即"厚风俗"、"结民心"以"安万民",使"治平"之号名有所实,恢复"三代之制"。当然,他所讲"安万民"之"敦教化""劝亲睦"等种种方法,用"三代"作对比,都是为了抨击新法。其风俗思想在理论上是没有什么过错的,而在实践中也就显得"迂阔"甚至脱离

---

[1] 苏轼:《策别·安万民(一)》,《苏轼文集》卷八,中华书局1986年版,第254—255页。
[2] 苏轼:《策别·安万民(二)》,《苏轼文集》卷八,中华书局1986年版,第256—257页。
[3] 苏轼:《策别·安万民(六)》,《苏轼文集》卷八,中华书局1986年版,第266页。

或违背实际了。换句话讲,就是他简单地把"风俗日以薄恶"完全归咎于新法、新人之"新",违背了"三代""先王"之"制"。这就难免有偏颇了。似乎他过分强调了复古即尊先王之制的意义。对此,我们也应该全面理解其意图。他强调"三代之政",与欧阳修他们追怀尧舜是相近的,其理论根据在于"《春秋》之法,变古则讥之,复古则大之。明乎古之不可易,易则乱矣","观秦汉之治,率然以其制易古之制,故卒以是至于败乱者,有由然矣"[1]。其实,他的意思并不是绝对的回到传统,而是借古讽今。亦如其《农政》所批评"今民去南亩而游市井者"以借"古者有劝农之官,力田之科,与孝弟同"[2],其《礼刑》所批评"追世俗而忘返,则教化日微"以借"古者礼刑相为表里"[3],其《古乐制度》所引"圣人之治天下,使风淳俗美者,莫善于乐也"[4]等,都是在批评新法的激切、猛烈。透过字里行间,我们应该看到其善意,而不应该一味摒弃否定之。

无论如何,苏轼在《策》诸篇中屡提及"民"的重要性,如其《策断》(一)中所讲"当今之患,外之可畏者,西戎、北狄,而内之可畏者,天子之民也","内之民实执其存亡之权"[5],其极言"结人心""厚风俗""存纪纲""爱惜风俗,如护元气""国之长短在风俗""周知天下之风俗""安万民"等,既是治国之策,也是安民之策。治国离不开安民,安民便当从安民心始"结人心",而安民心"结民心"则需"敦教化""劝亲睦",以"厚风俗",避免"风俗日以薄恶",这就是苏轼的逻辑,也是他熙宁四年(1071)离开京师之前所表现出的"因循旧制","使先王之旧物不废于吾世"[6]这一风俗思想。其实,苏轼在这时所表现的风俗思想,更多的是坐而论道。

---

[1] 苏轼:《策问·复古》,《苏轼文集》卷七,中华书局1986年版,第218页。
[2] 苏轼:《策问六首》,《苏轼文集》卷七,中华书局1986年版,第216页。
[3] 苏轼:《策问六首》,《苏轼文集》卷七,中华书局1986年版,第216页。
[4] 苏轼:《策问六首》,《苏轼文集》卷七,中华书局1986年版,第217页。
[5] 苏轼:《策断》(一),《苏轼文集》卷九,中华书局1986年版,第281页。
[6] 苏轼:《议学校贡举状》,《苏轼文集》卷二五,中华书局1986年版,第724页。

环境是一个人风俗思想变化的基本条件。养尊处优者,历经坎坷者,生态改变心态,心态反映生态,自然体现具体生态中的风俗思想。当然,有许多时候,并不是一经改变生态就立即转变心态。风俗思想是社会思想,亦即文化思想;苏轼在政治上受到的挫折,促使着他不断深思社会、历史、人生,包括风俗,形成其不同阶段的风俗思想特色。

如其所言,"远不忘君"[1],其一切都从朝廷、国家的立场出发。其所到之处,首问"风俗",即通过"入境问俗"以"周知天下之风俗",乃"抚摩其人民",致"风淳俗美"[2]。其《湖州谢上表》言"风俗阜安,在东南号为无事,山水清远。本朝廷所以优贤"、"顷在钱塘,乐其风土"[3];其《登州谢上表》(二)言"人淳事简,地瘠民贫,入境问农,首见父老"[4];其《颍州谢到任表》(二)言"土风备于南北,人物推于古今。宾主俱贤,盖宗资、范孟博之旧治;文献相续,有晏殊、欧阳修之遗风"[5];其《扬州谢到任表二首》言"乃眷江淮之间,久罹水旱之苦;邻封二浙,饥疫相薰,积欠十年,丰凶皆病""以鱼鸟之质,老于江湖之间。习与性成,乐居其旧"[6];其《英州谢上表》言"瘴海炎陬,去若清凉之地"、"杀身莫喻,敢怀穷困之忧;守土非轻,尚牧遐荒之俗"[7];其《移廉州谢上表》言"风波万里,顾衰病以何堪;烟瘴五年,赖喘息之犹在""考图经止曰海隅,其风土疑非人士"[8];其念念不忘的是"禹汤罪己,尧舜性仁",是"敢不推广上恩,厚风俗于无犯"[9]。他对于"但以瘴疠之地,魑魅为邻,衰

---

[1] 苏轼:《徐州谢上表》,《苏轼文集》卷二三,中华书局1986年版,第652页。
[2] 苏轼:《策问六首》,《苏轼文集》卷七,中华书局1986年版,第217页。
[3] 苏轼:《湖州谢上表》,《苏轼文集》卷二三,中华书局1986年版,第654页。
[4] 苏轼:《登州谢上表》(二),《苏轼文集》卷二三,中华书局1986年版,第660页。
[5] 苏轼:《颍州谢到任表》(二),《苏轼文集》卷二四,中华书局1986年版,第691页。
[6] 苏轼:《扬州谢到任表二首》,《苏轼文集》卷二四,中华书局1986年版,第695页。
[7] 苏轼:《英州谢上表》,《苏轼文集》卷二四,中华书局1986年版,第715页。
[8] 苏轼:《移廉州谢上表》,《苏轼文集》卷二四,中华书局1986年版,第716页。
[9] 苏轼:《谢赐衅刑诏书表》,《苏轼文集》卷二四,中华书局1986年版,第696页。

疾交攻"[1]"并鬼门而东骛,浮瘴海以南迁;生无还期,死有余责"及"子孙恸哭于江边""魑魅逢迎于海外"[2]的遭遇必愤懑不已,所以感慨"挈是破家,航以一苇。蛟鳄潜底,风涛不惊。遂齐编户之民,不为异域之鬼","乡关入望,尚期归骨于眉山","残生无与于杀身,余识终同于结草"[3]。"归骨于眉山"的心情是无比复杂的,与其当年的"不悲去国悲流年"相呼应,是其风俗思想的又一种表现。"有三代汉唐之遗风"的家乡,"吾州之俗",构成其内心深处的思念。这是中国文化史上相当普遍的现象,也是中国风俗思想史上的情感表现规律。人生大不如意时,自然生发对家乡的思念,这是爱国主义精神产生的基础,也是一个人真实的情感。

特别值得提到的是"乌台诗案"后苏轼贬居黄州的一段日子,这是他风俗思想发生重要变化的一个重要转折点。

如其《到黄州谢表》所述,其"用意过当,日趋于迷。赋命衰穷,天夺其魄;叛违义理,辜负恩私。茫如醉梦之中,不知言语之出。虽至仁屡赦,而众议不容。案罪责情,固宜伏斧锧于两观;推恩屈法,犹当御魑魅于三危","投畀磨蝎之野,保全樗栎之生","惟当蔬食没齿,杜门思愆。深悟积年之非,永为多士之戒"[4]云云。

又如其《与章子厚参政书二首》所记,其"自得罪以来,不敢复与人事,虽骨肉至亲,未肯有一字往来","及在囹圄中,追悔无路,谓必死矣","深自感悔,一日百省"[5]。在这里,他记述"黄州僻陋多雨,气象昏昏也。鱼稻薪炭颇贱,甚与穷者相宜",称"俗所谓水到渠成,至时亦必自有处置,安能预为之愁煎乎","初到,一见太守,自余杜门不出,闲居未免看书,惟佛经以遣日,

---

[1] 苏轼:《到惠州谢表》,《苏轼文集》卷二四,中华书局1986年版,第707页。
[2] 苏轼:《到昌化军谢表》,《苏轼文集》卷二四,中华书局1986年版,第707页。
[3] 苏轼:《谢量移永州表》,《苏轼文集》卷二四,中华书局1986年版,第719页。
[4] 苏轼:《到黄州谢表》,《苏轼文集》卷二三,中华书局1986年版,第654—655页。
[5] 苏轼:《与章子厚参政书二首》,《苏轼文集》卷四九,中华书局1986年版,第1411页。

不复近笔砚矣。会见无期,临纸惘然"[1]。可见其心中困苦绵绵。而他并未就此完全与世隔绝,虽有灰心,仍不忘劝人"为国自重"。如其所记自己"在徐州日",关于"沂州葛墟村有程棐者,家富,有心胆",及"其弟岳",可用为缉捕"谋欲劫利国监"者;他说,"徐、沂间人,骜勇如棐、岳,类甚重。若不收拾驱使令捕贼,即作贼耳。谓宜因事劝奖,使皆歆艳捕告之利,惩创为盗之祸,庶几少变其俗"[2]。

此时,其风俗思想尤为难得的一篇文献是《与朱鄂州书》。

朱鄂州即鄂州知州朱寿昌(字康叔),是苏轼的好友,在苏轼谪居黄州时,常送衣食与苏轼,并常与其酬唱相和。苏轼也将其视作知己。他听人讲起当地的溺婴风俗,"闻之酸辛,为食不下",称"俗人区区,了眼前事,救过不暇,岂有余力及此度外事乎"。

他在《与朱鄂州书》中写道:

> 岳鄂间田野小人,例只养二男一女,过此辄杀之,尤讳养女,以故民间少女,多鳏夫。初生,辄以冷水浸杀,其父母亦不忍,率常闭目背面,以手按之水盆中,咿嘤良久乃死。有神山乡百姓石揆者,连杀两子,去岁夏中,其妻一产四子,楚毒不可堪忍,母子皆毙。报应如此,而愚人不知创艾。天麟(武昌寄居殿直王天麟,亦苏轼好友)每闻其侧近有此,辄驰救之,量与衣服饮食。全活者非一。既旬日,有无子息人欲乞其子者,辄亦不肯。以此知其父子之爱,天性故在,特牵于习俗耳。闻鄂人有秦光亨者,今已及第,为安州司法。方其在母也,其舅陈遵,梦一小儿挽其衣,若有所诉。比两夕,辄见之,其状甚急。遵独念其姊有娠将产,而意不乐多子,岂其应是乎?驰往省之,则儿已在水盆中矣,救之得免。鄂人户知之。

---

[1] 苏轼:《与章子厚参政书二首》,《苏轼文集》卷四九,中华书局1986年版,第1412页。
[2] 苏轼:《与章子厚参政书二首》,《苏轼文集》卷四九,中华书局1986年版,第1413页。

……佛言杀生之罪，以杀胎卵为最重。六畜犹尔，而况于人。俗谓小儿病为无辜，此真可谓无辜矣。[1]

苏轼以此劝说朱寿昌制止这种风俗，举例"昔王濬为巴郡太守，巴人生子皆不举。濬严其科条，宽其徭役，所活数千人。及后伐吴，所活者皆堪为兵"，称"居今之世，而有古循吏之风者，非公而谁"。同时，他又举例自己当年在密州时"遇饥年，民多弃子，因盘量劝诱米，得出剩数百石别储之，专以收养弃儿，月给六斗。比菶年，养者与儿，皆有父母之爱，遂不失所，所活亦数千人"，说，"此等事，在公如反手耳"，再言"为民自重"。[2] 他将此事视作积德的大事业，对朱寿昌劝说、晓之以"公能生之于万死中，其阴德十倍于雪活壮夫也"[3] 的大道理；应该说，这也是他的生命观、道德观，是其风俗思想尤为独特的一页。在这里，"为国自重"亦即"为民自重"，既是对他人所言，也是对自己的激励。

从当年踌躇满志步入京师，到颇有沮丧离开京师，苏轼的风俗思想不再有浓郁的坐而论道，而是更多的切近现实，"哀民生之多艰"。如其熙宁七年（1074）以"太常博士直史馆权知密州军州事"的身份，奏《论河北京东盗贼状》，开题即称"河北、京东比年以来，蝗旱相仍，盗贼渐炽，今又不雨，自秋至冬，方数千里，麦不入土，窃料明年春夏之际，寇攘为患，甚于今日"[4]，应该说，这是现实，也是风俗。既是风俗，就有传承；苏轼常常"入境问农"，以"周知天下之风俗"，所以非常重视一地区的风俗发生背景，他借以述说历史地位与现实状况，强调自己奏状的必然性与重要性。在一定意义上也可以说，一地区的历史可以看作一地区风俗文化、风俗生活的一部分。

---

[1] 苏轼：《与朱鄂州书》，《苏轼文集》卷四九，中华书局1986年版，第1416—1417页。
[2] 苏轼：《与朱鄂州书》，《苏轼文集》卷四九，中华书局1986年版，第1417—1418页。
[3] 苏轼：《与朱鄂州书》，《苏轼文集》卷四九，中华书局1986年版，第1417页。
[4] 苏轼：《论河北京东盗贼状》，《苏轼文集》卷二六，中华书局1986年版，第753页。

第六章 苏轼的风俗思想

苏轼强调河北、京东地区的战略地位与风俗淳美的重要联系,称"山东自上世以来,为腹心根本之地,其与中原离合,常系社稷安危",他用历史事件进一步论述道,"昔秦并天下,首取三晋,则其余强敌,相继灭亡。汉高祖杀陈余,走田横,则项氏不支。光武亦自渔阳、上谷发突骑,席卷以并天下。魏武帝破杀袁氏父子,收冀州,然后四方莫敢敌。宋武帝以英伟绝人之资,用武历年,而不能并中原者,以不得河北也。隋文帝以庸夫穿窬之智,窃位数年而一海内者,以得河北也",然后引杜牧言论证"山东之地,王者得之以为王,霸者得之以为霸,猾贼得之以乱天下","由此观之,天下存亡之权,在河北无疑也",然而,"近年以来,公私匮乏,民不堪命"。其原因何在?他仍然归之于新法,称"饥寒之民,所在皆是","贪者未蒙其利,富者先被其灾","今中民以下,举皆阙食,冒法而为盗则死,畏法而不盗则饥,饥寒之与弃市,均是死亡,而赊死之与忍饥,祸有迟速,相率为盗,正理之常",种种"人心不革,盗贼不衰",皆为新法之罪过所致,即"新法乱俗",如此"风俗日以薄恶"。那么,"厚风俗"的措施,在这里便只有"欲乞河北、京东逐路选差臣僚一员,体量放税,更不检视",或"乞将夏税斛斗,取今日以前五年酌中一年实直,令三等以上人户,取便纳见钱或正色,其四等以下,且行倚阁",以及"河北、京东,自来官不榷盐","欲乞特敕两路,应贩盐小客,截自三百斤以下,并与权免收税","若特放三百斤以下盐税半年,则两路之民,人人受赐,贫民有衣食之路,富民无盗贼之忧"[1]云云。应该说,这是苏轼走近生活实际所发出的真知灼见。新法是"更革天下"的探索,出现扰民的现象不可避免,苏轼指出其造成"风俗日以薄恶"的一片面,更完整而清晰地体现出其以民为本、"远不忘君"的风俗思想。

其《徐州上皇帝书》[2] 所表达的与之相同。如所言,自述"前任密州,建

---

[1] 苏轼:《论河北京东盗贼状》,《苏轼文集》卷二六,中华书局1986年版,第753—756页。
[2] 苏轼:《徐州上皇帝书》,《苏轼文集》卷二六,中华书局1986年版,第758页。

言自古河北与中原离合,常系社稷存亡,而京东之地,所以灌输河北,瓶竭而罍耻,唇亡则齿寒,而其民喜为盗贼,为患最甚,因为陛下画所以待盗贼之策",称"及移守徐州,览观山川之形势,察其风俗之所上,而考之于载籍,然后又知徐州为南北之襟要,而京东诸郡安危所寄也"。除了山川地理自然条件,苏轼看到的是"其民皆长大,胆力绝人,喜为剽掠,小不适意,则有飞扬跋扈之心,非止为盗而已";他举刘邦、项羽、刘裕、朱全忠等历史人物,称"皆在今徐州数百里间耳",以此观地方风俗,总结为"其人以此自负,凶桀之气,积以成俗"。他又举"魏太武以三十万人攻彭城,不能下"等历史事例,说,"岂非以其地形便利,人卒勇悍故耶"[1]。一句话,徐州地势险要,民风勇悍。

而苏轼所论的是"勇悍"民风背后的一系列问题。

一是"铁不北行"。苏轼称,"州之东北七十余里,即利国监,自古为铁官,商贾所聚,其民富乐","凡三十六冶,冶户皆大家,藏镪巨万,常为盗贼所窥,而兵卫寡弱,有同儿戏",所以其"中夜以思,即为寒心"。他所担心的是,"地既产精铁,而民皆善锻,散冶户之财,以啸召无赖,则乌合之众,数千人之仗,可以一夕具也"。因此他对"近者河北转运司奏乞禁止利国监铁不许入河北,朝廷从之"提出异议,说,"自铁不北行,冶户皆有失业之忧","今三十六冶,冶各百余人,采矿伐炭,多饥寒亡命强力鸷忍之民也",如果使用得当,"数年之后,举为金汤之固","要使利国监不可窥,则徐无事,徐无事,则京东无虞矣"[2]。如果使用不当,即"饥寒亡命强力鸷忍之民"为患社会,使"风俗日以薄恶",造成"军政不修""穷苦无聊"[3]等种种为患社会的现象。

二是"以文词进","考其所得,多吴、楚、闽、蜀之人",即"特为五路之士别开仕进之门"[4]。

---

[1] 苏轼:《徐州上皇帝书》,《苏轼文集》卷二六,中华书局 1986 年版,第 758—759 页。
[2] 苏轼:《徐州上皇帝书》,《苏轼文集》卷二六,中华书局 1986 年版,第 759—760 页。
[3] 苏轼:《徐州上皇帝书》,《苏轼文集》卷二六,中华书局 1986 年版,第 760 页。
[4] 苏轼:《徐州上皇帝书》,《苏轼文集》卷二六,中华书局 1986 年版,第 761 页。

苏轼说,"昔者以诗赋取士,今陛下以经术用人,名虽不同,然皆以文词进耳","考其所得,多吴、楚、闽、蜀之人","至于京东、西,河北,河东,陕西五路,盖自古豪杰之场,其人沈鸷勇悍,可任以事,然欲使治声律,读经义,以与吴、楚、闽、蜀之士争得失于毫厘之间,则彼有不仕而已,故其得人常少"[1]。所以,他建议"特为五路之士别开仕进之门",以避免历史上"四方豪杰,不能以科举自达者,皆争为之,往往积功以取旌钺。虽老奸巨盗,或出其中"[2]的祸乱天下现象。同时,他以"王者之用人如江河,江河所趋,百川赴焉,蛟龙生之"[3]的道理,劝朝廷如此"厚风俗"。

在他看来,这两个问题解决好,便是顺乎世情与民意,避免"四方豪杰"之"为盗",使此"南北之襟要"、"京东安危所寄"之地,"豪杰英伟之士,渐出于此途,而奸猾之党,可得而笼取也"。亦如其所称,"于无事之时,屡以盗贼为言",乃"使天下无事",若"事至而图之,则已晚矣"[4]。也就是说,风俗能否避免"薄恶"的关键在于扼制"盗贼",使天下"沈鸷勇悍"者成为"厚风俗"的中坚力量。此可见苏轼风俗思想中以民为本的远见。

与此前未出京师之时相比,苏轼亲眼所见各地风俗更真切,更具体。他不再简单地论说"结人心,厚风俗,存纪纲"[5],也不再简单地谈"国家之所以存亡"与"风俗之厚薄"、"国之长短在风俗"[6]等道理。他更为理性地把握现实,包括其"入境问俗",审时度势。如其《乞医疗病囚状》所提"重惜人命,哀矜庶狱"[7],"宽剩役钱与坊场钱","可以全活无辜之人,至不可胜数,感人

---

[1] 苏轼:《徐州上皇帝书》,《苏轼文集》卷二六,中华书局 1986 年版,第 761 页。
[2] 苏轼:《徐州上皇帝书》,《苏轼文集》卷二六,中华书局 1986 年版,第 761—762 页。
[3] 苏轼:《徐州上皇帝书》,《苏轼文集》卷二六,中华书局 1986 年版,第 762 页。
[4] 苏轼:《徐州上皇帝书》,《苏轼文集》卷二六,中华书局 1986 年版,第 762 页。
[5] 苏轼:《上神宗皇帝书》,《苏轼文集》卷二五,中华书局 1986 年版,第 729 页。
[6] 苏轼:《上神宗皇帝书》,《苏轼文集》卷二五,中华书局 1986 年版,第 737 页。
[7] 苏轼:《乞医疗病囚状》,《苏轼文集》卷二六,中华书局 1986 年版,第 764 页。

心,合天意"[1];其《乞罢登莱榷盐状》所言其"所领登州","斗入海中三百里,地瘠民贫,商贾不至,所在盐货,只是居民吃用"[2];其《论给田募役状》论及"先帝初行役法,取宽剩钱不得过二分,以备灾伤,而有司奉行过当,通计天下乃及十四五","先帝圣意固自有在,而愚民无知,因谓朝廷以免役为名,实欲重敛,斯言流闻,不可以示天下后世","此钱本出民力,理当还为民用"[3]等。他提出了许多切实解决问题的意见与方法,赋予其风俗思想以实践的品格。然而,他并没有完全改变当初的政治主张,如其《乞不给散青苗钱斛状》所举"有无赖子弟,谩昧尊长,钱不入家""亦有他人冒名诈请,莫知为谁","熙宁以来,行青苗、免役二法,至今二十余年,法日益弊,民日益贫,刑日益烦,盗日益炽,田日益贱,谷帛日益轻,细数其害,有不可胜言者"[4],皆属"风俗日以薄恶"之表现。惟其不变者,即民本立场。如其《辩试馆职策问劄子》(二)中所记,此时苏轼的身份是"翰林学士朝奉郎知制诰",神宗皇帝已去世两年,司马光尽废新法;苏轼看到新法扰民的一面,但他也没有一味附从司马光,而是提出"法相因则事易成,事有渐则民不惊",他从历史上的"兵"与"农"相合相分为据,劝司马光"尽去二弊,而不变其法,则民悦而事易成","使民得从其便","天下便之"[5]。他同时结合自己在密州时"民甚便之"的实际工作经验,提出"优裕民力,以待边鄙缓急之用,此万世之利,社稷之福也",而司马光"大以为不然","尤以为不可"[6]。苏轼力主"不可尽改","以奉守先帝约束";他批评"士大夫好同恶异,泯然成俗",并"深恐陛下深居法宫之中,不得尽闻天下利害之实"[7]。他一直坚持着自己的道德

---

[1] 苏轼:《乞医疗病囚状》,《苏轼文集》卷二六,中华书局1986年版,第765页。

[2] 苏轼:《乞罢登莱榷盐状》,《苏轼文集》卷二六,中华书局1986年版,第767页。

[3] 苏轼:《论给田募役状》,《苏轼文集》卷二六,中华书局1986年版,第768页。

[4] 苏轼:《乞不给散青苗钱斛状》,《苏轼文集》卷二七,中华书局1986年版,第783—784页。

[5] 苏轼:《辩试馆职策问劄子(二)》,《苏轼文集》卷二七,中华书局1986年版,第791页。

[6] 苏轼:《辩试馆职策问劄子(二)》,《苏轼文集》卷二七,中华书局1986年版,第791—792页。

[7] 苏轼:《辩试馆职策问劄子(二)》,《苏轼文集》卷二七,中华书局1986年版,第792页。

至上立场。如其《乞录用郑侠王玨状》中所论,"国之兴衰,系于习俗,若风节不竞,则朝廷自卑,故古之贤君,必厉士气,当务求难合自重之士,以养成礼义廉耻之风"[1]。时过境迁,惟"礼义廉耻"作为风尚存之于世,故如管仲云,"礼义廉耻,国之四维,四维不张,国将不国(国乃灭亡)"。苏轼如是说,是对历史的尊重,是对传统的尊重。

元祐元年(1086)九月,司马光去世,成为宋代历史上的一件大事。大不在司马光如何尽废新法,而在于所谓的"蜀党""洛党"之争,使许多人陷于无休止的争论。对于苏轼而言,元祐四年(1089)其以龙图阁学士除知杭州,再一次离开京师。其风俗思想亦随之发生变化。而事实上,苏轼与程颐所争,亦可看作风俗生活、风俗文化的观念差异,即他们风俗思想表现的差异(《伊川先生年谱》存"请放还田里,以示典型"[2]可见)。

苏轼在杭州的作为,受到了地方百姓的赞扬和崇敬。其中有两件事,成为历史的美谈,而且都与风俗生活相关,一是"度牒",一是"浚湖"。前者如《乞赐度牒修廨宇状》《乞降度牒召人入中斛斗出糶济饥等状》《论叶温叟分擘度牒不公状》《杭州乞度牒开西湖状》《奏户部拘收度牒状》等。值得注意的是《杭州乞度牒开西湖状》中,苏轼通过对西湖历史与现实的分析,称"杭州之有西湖如人之有眉目",列举五条"不可废"的理由,他引述"昔西汉之末,翟方进为丞相,始决坏汝南鸿隙陂,父老怨之"传说故事与所存歌谣:"坏陂谁?翟子威。饭我豆食羹芋魁。反乎覆,陂当复。谁言者?两黄鹄。"他说:"(此)盖民心之所欲,而讬之天,以为有神下告我也。"接着,他又引历史传说,称"孙皓时,吴郡上言,临平湖自汉末草秽壅塞,今忽开通,长老相传,此湖开,天下平,皓以为己瑞,已而晋武帝平吴",说,"由此观之,陂湖河渠之类,久废复开,事关兴运。虽天道难知,而民心所欲,天必从

---

[1] 苏轼:《乞录用郑侠王玨状》,《苏轼文集》卷二七,中华书局1986年版,第794页。

[2] 程颢、程颐:《伊川先生年谱》,《二程集》,中华书局1981年版,第343页。

之"[1]。这是民间文艺史的重要文献,更是苏轼对风俗文化的独特理解,是其风俗思想的重要表现。

"度牒"是为"浚湖","浚湖"是为便民。苏轼信奉"民心所欲,天必从之",声言"天下陂湖河渠之利,废兴成毁,皆若有数"[2],与天人相应思想是一致的,问题在于他并不仅仅谈"皆若有数",而是尽职尽责,强调责任与使命。如其《申三省起请开湖六条状》言,"轼于熙宁中通判杭州,访问民间疾苦",得"父老皆云""父老皆言"[3],至此时"龙图阁学士左朝奉郎知杭州",同样如此"躬亲验视","以敦仁之策,参考众议"[4]。其《奏浙西灾伤第一状》、《奏浙西灾伤第二状》《相度准备赈济第一状》《相度准备赈济第二状》《相度准备赈济第三状》《相度准备赈济第四状》等奏议,可见其拳拳之心。至读其《杭州召还乞郡状》,更令人扼腕;而从中亦可见从来不改之民本立场及其风俗思想。

此后,苏轼转至扬州、颍州等地,他总是把周济天下灾伤作为头等大事,留意民风,关注风俗,把风俗看作国家兴旺与否的标志。如其《乞将上供封桩斛斗应副浙西诸郡接续粜米劄子》,言"吴人虽号柔弱,不为大盗,而宣、歙之民,勇悍者多,以贩盐为业,百十为群,往来浙中,以兵仗护送私盐"[5],其为国担忧,即"今人既无食,不暇贩盐,则此等失业,聚而为寇,或得豪猾,为之首帅,则非复巡检县尉所能办也"[6]。其《乞罢税务岁终赏格状》引管仲"礼义廉耻,国之四维"语,称"今盐酒税务监官,虽为卑贱,然晋绅士人公

---

[1] 苏轼:《杭州乞度牒开西湖状》,《苏轼文集》卷三〇,中华书局1986年版,第863页。
[2] 苏轼:《杭州乞度牒开西湖状》,《苏轼文集》卷三〇,中华书局1986年版,第863页。
[3] 苏轼:《申三省起请开湖六条状》,《苏轼文集》卷三〇,中华书局1986年版,第866—868页。
[4] 苏轼:《申三省起请开湖六条状》,《苏轼文集》卷三〇,中华书局1986年版,第869—870页。
[5] 苏轼:《乞将上供封桩斛斗应副浙西诸郡接续粜米劄子》,《苏轼文集》卷三三,中华书局1986年版,第931页。
[6] 苏轼:《乞将上供封桩斛斗应副浙西诸郡接续粜米劄子》,《苏轼文集》卷三三,中华书局1986年版,第931—932页。

卿胄子,未尝不由此进。若使此等不顾廉耻,决坏四维,掊敛刻剥,与专栏秤匠一处分钱,民何观焉",其特别强调"所得毫末之利,而所败者天下风俗、朝廷纲维,此有识之所共惜"[1]。他说,"若朝廷悯救风俗,全养士节,即乞尽罢上件岁终支赏条贯","命下之日,天下歌舞,以致深山穷谷之民,皆免虐害"[2]。

苏轼的晚年更充满凄凉与悲哀。其奔波、跋涉于穷山恶水间,身心都受到极大的摧残。他心系中原,常常期盼着北归。同时,他坚持"入境问俗",留心于不同地区的风俗,或作记述,或作议论,成为其风俗思想的一部分。

他在与人的书信中,就常常表现出这些内容,包括他对医药、养生等风俗生活的记录,成为我们研究宋代风俗的重要资料。

如其《与吴秀才》中所记"子野一见仆,便谕出世间法,以长生不死为余事,而以练气服药为土苴也","夫南方虽号为瘴疠地,然死生有命,初不由南北也,且许过我而归。自到此,日夜望之","过广州,买得檀香数斤,定居之后,杜门烧香,闭目清坐,深念五十九年之非耳"[3];其《与姜唐佐秀才》中所记"今日雨霁,尤可喜。食已,当取天庆观乳泉泼建茶之精者,念非君莫与共之。然早来市中无肉,当共啖菜饭耳"[4];其《与翟东玉》中所记"马,火也。故将火而梦马。火就燥,燥而不已则穷,故膏油所以为无穷也。药之膏油者,莫如地黄,以啖老马,皆复为驹","吾晚觉血气衰耗如老马矣,欲多食生地黄而不可常致","此药以二八月采者良"[5];其《与孙运勾》中所记"脾能母养余藏,故养生家谓之黄婆。司马子微著《天隐子》,独教人存黄气入泥丸,能致长生。太仓公言安谷过期,不安谷不及期。以此知脾胃宁固,百疾不生",

---

[1] 苏轼:《乞罢税务岁终赏格状》,《苏轼文集》卷三四,中华书局1986年版,第981页。
[2] 苏轼:《乞罢税务岁终赏格状》,《苏轼文集》卷三四,中华书局1986年版,第981页。
[3] 苏轼:《与吴秀才》,《苏轼文集》卷五七,中华书局1986年版,第1737—1738页。
[4] 苏轼:《与姜唐佐秀才》,《苏轼文集》卷五七,中华书局1986年版,第1739页。
[5] 苏轼:《与翟东玉》,《苏轼文集》卷五八,中华书局1986年版,第1746页。

"近见江南老人,年七十二,状貌气力如四五十人。问其所得,初无异术,但云平生习不饮汤水尔。常人日饮数升,吾日减一合,今但需唇而已。脾胃恶湿,饮少,胃强气盛,液行自然,不湿。虽冒暑远行,亦不念水,此可谓至言不繁","姜桂辣药,例能胀肺,多为肿媒,不可服"[1];其《与欧阳知晦》"今岁荔子不熟,土产早者,既酸且少,而增城晚者绝不至,方有空寓岭海之叹","合药须鹅梨,岭外固无有,但得凡梨稍佳者,亦可用,此亦绝无","闻公服何首乌,是否?此药温厚无毒,李习之《传》正尔,唊之。无炮制,今人用枣或黑豆之类蒸熟,皆损其力。仆亦服此,但采得阴干,便杵罗为末,枣肉或炼蜜和入木臼中,万杵乃丸,服,极有力,无毒"[2];其《与周文之》言"岭南无大寒甚暑,秋冬之交,勾萌盗发,春夏之际,柯叶潜改,四时之运默化,而人不知。民居其间,衣食之奉,终岁一律,寡求而易安,有足乐者"[3];其《与张逢》言"海南风气,与治下略相似。至于食物人烟,萧条之甚,去海康远矣"[4];其《与曹子方》言"惠州风土差善,山水秀邃,食物粗有,但少药尔"[5];其声称"某谪海南,狼狈广州",目中惟"市井寥落",屡与兄弟苏辙言"吾与兄弟俱老矣,当以时自娱,此外万端皆不足介怀",他说,"所谓自娱者,亦非世俗之乐,但胸中廓然无一物,即天壤之内,山川草木虫鱼之类,皆吾作乐事也"[6]。此"世俗"未必即风俗,而应为人之常情。其"自娱"之"山川草木虫鱼之类"则应属风俗重要内容。"入境问俗",是"自娱",亦是"周知天下之风俗","乐其风土"[7],更见心迹。

其他如《杂记》中"修炼"所记《记道人养生语》,述"欲延年,清小便;

---

[1] 苏轼:《与孙运勾》,《苏轼文集》卷五八,中华书局1986年版,第1747页。
[2] 苏轼:《与欧阳知晦》,《苏轼文集》卷五八,中华书局1986年版,1754—1755页。
[3] 苏轼:《与周文之》,《苏轼文集》卷五八,中华书局1986年版,第1760页。
[4] 苏轼:《与张逢》,《苏轼文集》卷五八,中华书局1986年版,第1765页。
[5] 苏轼:《与曹子方》,《苏轼文集》卷五八,中华书局1986年版,第1775页。
[6] 苏轼:《与子由弟》,《苏轼文集》卷六〇,中华书局1986年版,第1839页。
[7] 苏轼:《湖州谢上表》,《苏轼文集》卷二三,中华书局1986年版,第六54页。

欲轻举,止小腹。心如婴,小便清;心如水,小便止。小便一清,万法自成,未免溲膏,一生徒劳",称"此言虽鄙浅,然近于实,若'如婴''如水'之言,亦自不鄙浅"[1];及其《杂记》中"医药"所记《张文潜言治眼齿》,述"眼恶点濯,齿便漱啄。治眼当如治民,治齿当如治军。治民当如曹参之治齐,治军如商鞅之治秦"[2],其《治齿痛方》述"齿痛,风热在骨耳","服地黄丸,似有效"、"啮定在痛齿上,亦颇能已甚痛"[3]云云,都可看作医药、医疗在风俗生活中的表现。而透过其字里,似乎又可以看到苏轼对此风俗生活的态度与论点,可见其风俗思想的又一端倪。

宗教与风俗的联系十分密切。宋代历史上宗教活动作为文化生活的重要内容,受到统治者的重视;佛寺、宫观等宗教建设遍布京师,如大相国寺等寺院,成为京师重要活动场所。《东京梦华录》"相国寺内万姓交易"载,其"每月五次开放,万姓交易","大三门上皆是飞禽猫犬之类,珍禽奇兽,无所不有","寺三门阁上并资圣门,各有金铜铸罗汉五百尊、佛牙等","凡有斋供,皆取旨方开","三门左右有两瓶琉璃塔,寺内有智海、惠林、宝梵、河沙、东西塔院,乃出角院舍,各有住持僧官,每遇斋会,凡饮食茶果、动使器皿,虽三五百分,莫不咄嗟而辨"[4]。以此之一斑可窥宋代宗教活动之繁盛。有人统计,宋真宗时代,"天下二万五千寺",僧尼四十万,道士、女冠亦有数万;[5]朱熹称,"今佛老之宫遍满天下,大郡至逾千计,小邑亦或不下数十"[6]。读《宋史》"志"所列"社稷""岳渎""先蚕""祈禜""高禖""寿星灵星""风伯雨师""蜡""封禅""汾阴后土""诸神祠""圣节""诸庆节"等,神仙世界琳琅满目,此引导世风,可知风俗生活、风俗文化中各种信仰之复杂、繁密。

---

[1] 苏轼:《记道人养生语》,《苏轼佚文汇编拾遗》卷下,《苏轼文集》,中华书局1986年版,第2679页。
[2] 苏轼:《张文潜言治眼齿》,《苏轼佚文汇编拾遗》卷下,《苏轼文集》,中华书局1986年版,第2680页。
[3] 苏轼:《治齿痛方》,《苏轼佚文汇编拾遗》卷下,《苏轼文集》,中华书局1986年版,第2680页。
[4] 孟元老:《东京梦华录》上,中华书局,2006年版,第288—289页。
[5] 江休复:《杂志》,《说郛》卷二。
[6] 朱熹:《辛丑延和奏札(七)》,《朱文公文集》卷一三。

尤其是一些权贵,如晁迥"善吐纳养生之术,通释老书,以经传傅致,为一家之说。性乐易宽简,服道履正"[1];又如丁谓,"女道士刘德妙者,尝以巫师出入(丁)谓家","家设神像,夜醮于园中","穿地得龟蛇,令德妙持入内,绐言出其家山洞中""语涉妖诞"[2]。苏轼受世风影响,其风俗思想因此表现出复杂性。

在苏轼的风俗思想中,佛教文化、道教文化的表现显得尤其突出。

与欧阳修视佛教为异端的风俗思想不同,苏轼亲近佛教,与许多僧人结交为朋友,参加世俗佛教的种种活动,其最突出者即其所作多篇"颂""赞""偈"等宗教生活文章。每一篇,又都意味着一项宗教仪式,是一种风俗生活,同样是一篇风俗思想的著述。

如其《阿弥陁佛颂并叙》:

> 钱塘圆照律师,普劝道俗归命西方极乐世界阿弥陁佛。眉山苏轼敬舍亡母蜀郡太君程氏遗留簪珥,命工胡锡采画佛像,以荐父母冥福。谨再拜稽首而献颂曰:
>
> 佛以大圆觉,充满河沙界。我以颠倒想,出没生死中。云何以一念,得往生净土,我造无始业,本从一念生。既从一念生,还从一念灭。生灭灭尽处,则我与佛同。如投水海中,如风中鼓橐。虽有大圣智,亦不能分别。愿我先父母,与一切众生。在处为西方,所遇皆极乐。人人无量寿,无往亦无来。[3]

如其《释迦文佛颂并引》:

---

[1] 脱脱等:《晁迥传》,《宋史》卷三〇五,列传六四,中华书局1985年版,第10086页。

[2] 脱脱等:《丁谓传》,《宋史》卷二八三,列传四二,中华书局1985年版,第9569—9570页。

[3] 苏轼:《阿弥陁佛颂并叙》,《苏轼文集》卷二〇,中华书局1986年版,第585页。

第六章 苏轼的风俗思想

端明殿学士兼翰林侍读学士苏轼,为亡妻同安郡王氏闻之,请奉议郎李公麟敬画释迦文佛及十大弟子。元祐八年十一月十一日,设水陆道场供养。轼拜手稽首而作颂曰:

我愿世尊,足指按地。三千大千,净琉璃色。其中众生,靡不解脱。如日出时,眠者皆作。如雷震时,蛰者皆动。同证无上,永不退转。[1]

其《观世音菩萨颂并引》:

金陵崇因禅院长老宗袭,自以衣钵造观世音像,极相好之妙,余南迁过而祷焉。曰:吾北归当复过此,而为之颂。建中靖国元年五月日,自海南归至金陵。乃作颂曰:

慈近乎仁,悲近乎义。忍近乎勇,忧近乎智。四者似之,而卒非是。有大圆觉,平等无二。无冤故仁,无亲故义。无人故勇,无我故智。彼四虽近,有作有止。止四本无,有取无匮。有二长者,皆乐檀施。其一大富,千金日费。其一甚贫,百钱而已。我说二人,等无有异。吁观世音,净圣大士。遍满空界,挈携天地。大解脱力,非我敢议。若其四无,我亦如此。[2]

由此,我们可以注意到,第一篇颂文是为其"父母冥福"而作,第二篇颂文为其"亡妻同安郡王氏"而作,第三篇则是为自己当年的祷告而作。第三篇颂文都是颂扬佛,以造像为名,述说自己的处境与抒发胸臆。尤其是后两篇,在时间上,一篇在"元祐八年",一篇在"建中靖国元年",都是其政治上极大不得意时,可见其痛苦。"北归"的愿望寄托于佛,虽然其曾声称不愿从于"世俗之乐",此显示出其许多无奈。

---

[1] 苏轼:《释迦文佛颂并引》,《苏轼文集》卷二〇,中华书局1986年版,第586页。
[2] 苏轼:《观世音菩萨颂并引》,《苏轼文集》卷二〇,中华书局1986年版,第586页。

又如其《十八大阿罗汉颂有跋》，他在"跋"中记述道：

> 蜀金水张氏，画十八大阿罗汉。轼谪居儋耳。得之民间。海南荒陋，不类人世，此画何自至哉！久逃空谷，如见师友，乃命过躬易其装标，设灯涂香果以礼之。张氏以画罗汉有名，唐末盖世擅其艺，今成都僧敏行，其玄孙也。梵相奇古，学术渊博，蜀人皆曰："此罗汉化生其家也。"轼外祖父程公，少时游京师，还，遇蜀乱，绝粮不能归，困卧旅舍。有僧十六人住见之，曰："我，公之邑人也。"各以钱二百贷之，公以是得归，竟不知僧所在。公曰："此阿罗汉也。"岁设大供四。公年九十，凡设二百余供。今轼虽不亲睹至人，而困厄九死之余，鸟言卉服之间，获此奇胜，岂非希阔之遇也哉？乃各即其体像，而穷其思致，以为之颂。[1]

在苏轼的笔下，罗汉们或"结跏正坐，蛮奴侧立""合掌趺坐，蛮奴捧牍于前""正坐入定枯木中"，或"持铃杵，正坐诵呪""植拂支颐，瞪目而坐"，神态各异，伴之以"白沐猴献果""童子戏捕龟者""有龙出焉。吐珠其手中""胡人持短锡杖，蛮奴捧钵而立""仙人侍女焚香于前""有虎过前""童子提竹篮，取果实投入中"等等，各显其态。苏轼对每尊罗汉都进行传神的描述，为之作"颂"，文末记述道，"佛灭度后，阎浮提众生刚狠自用，莫肯信入。故诸贤圣皆隐不现，独以像设遗言，提引未悟，而峨眉、五台、庐山、天台犹出光景变异，使人了然见之。轼家藏十六罗汉像，每设茶供，则化为白乳，或凝为雪花桃李芍药，仅可指名"云云，其称："今于海南得此十八罗汉像，以授子由弟，使以时修敬，遇夫妇生日，辄设供以祈年集福。"[2] 归心于佛，并不是完全躲避现实，而是现实生活中太多的丑恶令这样一位具有理想主义色彩的诗人

---

[1] 苏轼：《十八大阿罗汉颂有跋》，《苏轼文集》卷二〇，中华书局 1986 年版，第 587 页。

[2] 苏轼：《十八大阿罗汉颂有跋》，《苏轼文集》卷二〇，中华书局 1986 年版，第 591 页。

每每失望,心中充满鄙夷与愤懑,这只是一种表达、宣泄的方式。

佛教文化融合世俗,形成佛教风俗;对苏轼而言,这种信奉来自于情感的寄托。当年的白居易是这样,同时代的王安石也是这样;苏轼尊佛、信佛,时刻不忘"北归",在"有"与"无"中述说人生哲学。如其《僧伽赞》云:

> 盲人有眼不自知,忽然见日喜而舞。非谓日月有在亡,实自庆我眼根在。泗滨大士谁不见,而有熟视不见者。彼岂无眼业障故,以知见者皆希有。若能便作希有见,从此成佛如反掌。传摹世间千万亿,皆自大士法身出。麻田供养东坡赞,见者无数悉成佛。[1]

又如其《阿弥陀佛赞》:

> 苏轼之妻王氏,名闰之,字季章,年四十六。元祐八年八月一日,卒于京师。临终之夕,遗言舍所受用,使其子迈、迨、过为画阿弥陀像。绍圣元年六月九日,像成,奉安于金陵清凉寺。赞曰:
>
> 佛子在时百忧绕,临行一念何由了。口诵南无阿弥陀,如日出地万国晓。何况自舍所受用,画此圆满天日表。见闻随喜悉成佛,不择人天与虫鸟。但当常作平等观,本无忧乐与寿夭。丈六金身不为大,方寸千佛夫岂小?此心平处是西方,闭眼便到无魔娆。[2]

同类"赞"又如《药师琉璃光佛赞并引》:

> 佛弟子苏簞,与其妹德孙,病久不愈。其父过,母范氏,供养祈祷药师

---

[1] 苏轼:《僧伽赞》,《苏轼文集》卷二一,中华书局1986年版,第619页。
[2] 苏轼:《阿弥陀佛赞》,《苏轼文集》卷二一,中华书局1986年版,第619页。

琉璃光佛,遂获痊损。其大父轼,特为造画尊像,敬拜稽首,为之赞曰:

我佛出现时,众生无病恼。世界悉琉璃,大地皆药草。我今众稚孺,仰佛如翁媪。面颐既圆平,风末亦除扫。弟子箫与德,前世衲衣老。敬造世尊像,寿命仗佛保。[1]

佛教与风俗的融合,在宋代形成佛教中国化,首先要融入中国民众生活,而民众生活即风俗,最重要者即生老病死。苏轼为其父母荐"冥福"也好,为妻子画阿弥陀像超度也好,都是在就俗,使自己成为风俗生活的享用者。正如此,其不断排除心中的苦闷、委屈、悲愤、凄凉、痛楚。如其《水陆法像赞并引》,言"盖闻净铭之钵,属餍万口。宝积之盖,遍覆十方。若知法界,本造于心。则虽凡夫,皆具此理","在昔梁武皇帝,始作水陆道场,以十六名,尽三千界",又称"惟我蜀人,颇存古法",其"敬发愿心","请法云寺法涌禅师善本,差择其徒,修营此会,永为无碍之施,同守不刊之仪"。[2]览其"各为之赞",分"上八位""下八位",其中"一切五通神仙众""一切护法龙神众""一切官僚吏从众""一切人众""一切地狱众""一切饿鬼众""一切畜生众"等,如为"一切饿鬼众"赞中述"说食无味,涎流妄咽。真食无火,中虚妄见。美从妄生,恶亦幻成。如幻即离,既饱且宁";为"一切畜生众"赞中述"欲人不知,心则有负。此念未成,角尾已具。集我道场,一洗濯之。尽未来劫,愧者勿为"[3]。表面是在述"饿鬼""畜生",其实又如何不是在骂世!

其赞有真赞,亦有真骂,此与民间歌师即兴演唱颇为相似,即此"赞"只是一道具。如其《海月辩公真赞并引》,开首即称"钱塘佛者之盛,盖甲天下","道德才智之士,与夫妄庸巧伪之人,杂处其间",其记海月大师之"神宇澄

---

[1] 苏轼:《药师琉璃光佛赞并引》,《苏轼文集》卷二一,中华书局 1986 年版,第 621 页。
[2] 苏轼:《水陆法像赞并引》,《苏轼文集》卷二二,中华书局 1986 年版,第 631—632 页。
[3] 苏轼:《水陆法像赞并引》,《苏轼文集》卷二二,中华书局 1986 年版,第 632—634 页。

第六章 苏轼的风俗思想

穆",言其"在黄州,梦至西湖上,有大殿榜曰弥勒下生,而故人辩才、海月之流,皆行道其间",其赞语中有"非浊非清,非律非禅",此"禅"即佛教文化在中国文化的衍生物。其背后的意义更复杂。

偈,是佛经中的唱词。苏轼作《送僧应纯偈》《灵感观音偈》《无名和尚颂观音偈》《送寿圣聪长老偈》《朱寿昌梁武忏赞偈》《玉石偈》《地狱变相偈》《无相庵偈》《送海印禅师偈》《观藏真画布袋和尚像偈》《木峰偈》《佛心鉴偈》《南华长老宠示四颂事忙只还一偈》《养生偈》《戏答佛印偈》等。其中,朱寿昌、海印、南华长老等人都是其好友,这些偈所唱,皆与佛事相关,都是佛教风俗中的佳句,体现出苏轼与佛教文化具有密切联系的风俗思想。

佛教文化是中国风俗史上的重要一页,其地方化、世俗化,在苏轼的笔下得到自然显现。如其所言,"众生无病恼""大地皆药草"才是佛融入风俗生活,为世人普遍认同的重要因素;所谓"寿命仗佛保",与世俗生活即风俗中的福、禄、寿信仰意义相同。在更广大的背景上讲,之所以出现这种现象,是与宋代社会提倡文治,而佛教文化在许多方面表现出与中国传统文化心理的相耦合,更易为社会大众所接受、所吸收、所运用,从而成为宋代风俗生活、风俗文化的一部分相关。同时,这也与契嵩他们所倡导"儒释一贯""孝为戒先",运用佛法阐释中庸,包括其"西天二十八祖说"相关[1]。禅宗盛行,当年"五家七宗"走向"评唱公案",其义理化颇适合于崇文时尚,甚至化解了与理学的矛盾,更适宜于雅俗共赏。换句话说,佛已成俗,成为人之情理,便出现佛教风俗。如苏轼《荐鸡疏》中所述"罪莫大于杀命,福无过于诵经",其自念"以业缘,未忘肉味,加之老病,困此蒿藜","每剪血毛,以资口腹",便成为自责。他说,"惧罪修善,施财解冤",而"爱念世无不杀之鸡,均为一死","法有往生之路,可济三塗","是用每月之中,斋五戒道者庄悟空,两日转经若干卷,救援当月所杀鸡若干只",称"伏望佛慈,下悯微命。

---

[1] 契嵩(1007—1072),字仲灵,俗姓李,藤州镡津(广西藤县)人,文存《镡津文集》。

令所杀鸡,永离汤火,得生人天"[1]。其《虔州法幢下水陆道场荐孤魂滞魄疏》言"苦海弥天,佛为彼岸;业风鼓浪,法是慈航",愿"清净善心""行行坐坐皈依佛、皈依法、皈依僧","世世生生远离财、远离色、远离酒"[2]。由此亦可见儒佛相融于"善"所体现佛教儒学化或许可称为一种强大的文化思潮,尤其是佛教倡导因果报应说,意近于儒家文化的"积善余庆"向善说;遏恶也好,扬善也好,都丰富了宋代社会的文化生活,对苏轼等人落魄心理是最好的安慰。那么,在苏轼的风俗思想中,报应、来世、善果等概念的表现,也就不难为人理解了。

道教是中国土生土长的宗教。

道教文化的盛行,在宋代,特别是北宋时期有两个亮点,一是宋真宗造天书,一是宋徽宗自称道君皇帝,自然都是闹剧。上行下效,京师兴起"罗斋"[3],各地巫风盛行,遍地乌烟瘴气。宋代官方设定的一些节日,诸如元旦、上元节、中元节、天贶节、天应节、天庆节等,都与道教文化具有密切联系。苏轼对于道教文化同样具有浓郁的热情。

道教文化在发展中与社会大众的风俗生活联系十分密切,其注重巫术,讲究谶纬,尊崇天地间的"神灵",以及重视养生、炼丹、修仙等,深刻影响着世人的情感与思维方式。苏轼的风俗思想中,对于道教文化有许多具体的论述,或详细描述,或涉及片言。

如其《药诵》,述"孙真人著《大风恶疾论》曰:《神仙传》有数十人,皆因恶疾而得仙道。何者?割弃尘累,怀颍阳之风,所以因祸而取福也",其称"始得罪迁岭表","苦痔","地无医药,有亦不效","道士教吾去滋味,绝薰血,以清净胜之"云云,"痔有虫馆于吾后,滋味薰血,既以自养,亦以养

---

[1] 苏轼:《荐鸡疏》,《苏轼文集》卷六二,中华书局1986年版,第1910页。
[2] 苏轼:《虔州法幢下水陆道场荐孤魂滞魄疏》,《苏轼文集》卷六二,中华书局1986年版,第1910页。
[3] 孟元老:《东京梦华录》卷四,"修整杂货及斋僧请道"载,中华书局2006年版,第414页。

第六章 苏轼的风俗思想

虫"[1]。神仙故事成为其述说的特殊对象。

道教神的传说在宋代有许多,苏轼对其记述,对相关风俗的论说,是我们研究宋代风俗思想与民间文艺历史的重要文献材料。

如其所作《子姑神记》与《天篆记》。

《子姑神记》述其"元丰三年正月朔日"之"始去京师来黄州"所遇"降神"故事。其有人称"有神降于州之侨人郭氏之第,与人言如响,且善赋诗,曰,苏公将至,而吾不及见也。已而,公以是日至,而神以是日去"。[2]其详细记述目睹紫姑神即此"子姑神"扶乩:

> 其明年正月,丙又曰:神复降于郭氏。予往观之,则衣草木为妇人,而置箸手中,二小童子扶焉。以箸画字曰:妾,寿阳人也,姓何氏,名媚,字丽卿。自幼知读书属文,为伶人妇。唐垂拱中,寿阳刺史害妾夫,纳妾为侍书,而其妻妒悍甚,见杀于厕。妾虽死不敢诉也,而天使见之,为直其冤,且使有所职于人间。盖世所谓子姑神者,其类甚众,然未有如妾之卓然者也。公少留而为赋诗,且舞以娱公。诗数十篇,敏捷立成,皆有妙思,杂以嘲笑。问神仙鬼佛变化之理,其答皆出于人意外。坐客抚掌,作《道调梁州》,神起舞中节,曲终再拜以请曰:公文名于天下,何惜方寸之纸,不使世人知有妾乎?余观何氏之生,见掠于酷吏,而遇害于悍妻,其怨深矣。而终不指言刺史之姓名,似有礼者。客至逆知其平生,而终不言人之阴私与休咎,可谓智矣。又知好文字而耻无闻于世,皆可贤者。粗为录之,答其意焉。[3]

《天篆记》言:

---

[1] 苏轼:《药诵》,《苏轼文集》卷六四,中华书局1986年版,第1985页。
[2] 苏轼:《子姑神记》,《苏轼文集》卷一二,中华书局1986年版,第406—407页。
[3] 苏轼:《子姑神记》,《苏轼文集》卷一二,中华书局1986年版,第407页。

江淮间俗尚鬼。岁正月,必衣服箕帚为子姑神,或能数数画字。惟黄州郭氏神最异。予去岁作《何氏录》以记之。今年黄人汪若谷家,神尤奇。以箸为口,置笔口中,与人问答如响。曰:"吾天人也。名全,字德通,姓李氏。以若谷再世为人,吾是以降焉。"箸篆字,笔势奇妙,而字不可识。曰:"此天篆也。"与予篆三十字,云是天逢咒,使以隶字释之,不可。见黄之进士张炳,曰:"久阔无恙。"炳问安所识。答曰:"子独不记刘苞乎?吾即苞也。"因道炳昔与苞起居语言状甚详。炳大惊,告予曰:"昔尝识苞京师,青巾布裘,文身而嗜酒,自言齐州人。今不知其所在。岂真天人乎?或曰:'天人岂肯附箕帚为子姑神从汪若谷游哉!'"予亦以为不然。全为鬼为仙,固不可知,然未可以其所托之陋疑之也。彼诚有道,视王宫豕牢一也。其字虽不可识,而意趣简古,非墟落间窃食愚鬼所能为者。昔长陵女子以乳死,见神于先后宛若,民多往祠。其后汉武帝亦祠之,谓之神君,震动天下。若疑其所托,又陋于全矣。世人所见常少,所不见常多。奚必于区区耳目之所及,度量世外事乎?姑藏其书,以待知者。[1]

两篇子姑神的记述,令人看到民间扶乩的场景,又体现出苏轼对"江淮间俗尚鬼"、"世人所见常少,所不见常多"的理解。关于子姑神的记述还有《广州女仙》,其叹"神仙之有无,真不可以意度也"[2]。

又如其《问养生》,称"余问养生于吴子,得二言焉。曰和。曰安","吾非有异术也,惟莫与之争,而听其所为","故凡病我者,举非物也","安则物之感我者轻,和则我之应物者顺","外轻内顺,而生理备矣"[3]。其《续养生论》,论"火烈而水弱,烈生正,弱生邪,火为心,水为肾。故五藏之性,心正

---

[1] 苏轼:《天篆记》,《苏轼文集》卷一二,中华书局1986年版,第407—408页。
[2] 苏轼:《广州女仙》,《苏轼文集》卷七二,中华书局1986年版,第2321页。
[3] 苏轼:《问养生》,《苏轼文集》卷六四,中华书局1986年版,第1982—1983页。

而肾邪",以此说"铅汞龙虎之说",说"长生之药,内丹之萌,无过此者矣","顺行则为人,逆行则为道,道则未也,亦可谓长生不死之术矣"。[1]

其《大还丹诀》《阴丹阳炼》《阳丹阴炼》《符陵丹砂》《松气炼砂》《龙虎铅汞说》《侍其公气术》《养生诀》《寄子由三法》《学龟息法》等,皆属此类。如其《养生诀》所述,其"近年颇留意养生","读书,延问方士多矣,其法百数,择其简易可行者,间或为之,辄有奇验","今此闲放益究其妙,乃知神仙长生非虚语耳","其效初不甚觉,但积累百余日,功用不可量。比之服药,其力百倍",其称"神仙至术,有不可学者",即"忿躁""阴险""贪欲","无此三疾,切谓可学"[2]。名为谈道教风俗,实借以抨击丑恶。又如其《思无邪丹赞》唱"饮食之精,草木之华。集我丹田,我丹所家。我丹伊何?铅汞丹砂",唱"金丹自成,曰思无邪"。[3] 由此可见其对"丹田"、"丹砂"的理解,即对道教文化的领悟。所谓"思无邪",与所谓"三疾",与真正的道教风俗并无什么直接联系,称"思无邪",此二者都是借道教文化之名,就此风俗以述胸中之志。借道教文化之名,还有《李伯时作老子新沐图遗道士骞拱辰赵郡苏某见而赞之》《清都谢道士真赞》《醴泉观真靖崇教大师真赞》《光道人真赞》《玉岩隐居阳行先真赞》等,以及其《十二琴铭》所咏《古娲黄》,唱"炼石补天之年,截鲍比竹之音。虽不可得见,吾知古之犹今。木声犁然,当于人心。非参寥者,孰钩其深"。[4] 与此类似者还有其诸多青词。

青词,即道教用来上奏天庭诸神或征召神将的符箓,因为用青藤纸与朱笔书写,故人称为青词。李肇在《翰林志》中就曾提及此"荐告词文用青藤纸";人以为其"不过谢罪,禳灾,保佑平安而已"[5]。

---

[1] 苏轼:《续养生论》,《苏轼文集》卷六四,中华书局1986年版,第1983—1985页。
[2] 苏轼:《养生诀》,《苏轼文集》卷七三,中华书局1986年版,第2335—2336页。
[3] 苏轼:《思无邪丹赞》,《苏轼文集》卷二一,中华书局1986年版,第606—607页。
[4] 苏轼:《古娲黄》,《苏轼文集》卷一九,中华书局1986年版,第559页。
[5] 参见王恽:《玉堂嘉话》卷四,中华书局2006年版。

苏轼所撰青词,如《醮上帝青词三首》《醮北岳青词》《凤翔醮土火星青词》《徐州祈雨青词》《诸宫观等处祈雨青词》等。其称"报应如响,天无妄降之灾"、"恐惧自修,人有可延之寿",自述"两遇祸灾,皆由满溢",在于"少年多欲,沉湎以自残,褊性不容,刚愎而好胜","积为咎厉,遭此艰屯",所以"今稽首投诚,洗心归命。誓除骄慢,永断贪嗔"以"幸不死于岭南,得退归于林下",叹"少驻桑榆之暮景,庶几松柏之后凋"[1]。其自称"少年出仕,本有志于救人,晚节倦游,了无心于交物。惷冥多罪,忧患再罹。飘然流行,靡所归宿",一再表示"稽首投诚,斋心悔过","庶一念之清净,洗千劫之尘劳",言归于"誓此余生,永依至道"[2]。其青词似乎是一篇篇忏悔录,借以倾吐胸中忧积。

又如其《徐州祈雨青词》,述"河失故道,遗患及于东方;徐居下流,受害甲于他郡","田庐漂荡,父子流离","饥寒顿仆于沟坑,盗贼充盈于犴狱",再述"水未落而旱已成,冬无雪而春不雨","烟尘蓬勃,草木焦枯","今者麦已过期,获不偿重。禾未入土,忧及明年",其"恭循旧章,并走群望","稽首告哀,吁天请命",称"若其赋政多辟,以谪见于阴阳;事神不恭,以获戾于上下",再称"臣实有罪,罚其敢辞",希望念"小民无知,大命近止","愿下雷霆之诏,分敕山川之神,朝隮寸云,暮洽千里,使岁得中熟,则民犹小康",[3]完全是为民请命,替民受过,显示出无怨无悔、坦坦荡荡的无私情怀。

与青词类似的是祝文,其中有许多涉及道教风俗、道教文化的内容。

在其祝文中,祭祀神灵,祈福禳灾,祷雨祷晴,具有强烈的巫术意义,即通过语言上的表白、陈述,向神灵展示自己的虔诚,以为如此即可以获得神助,能得庇佑而获得平安、丰收。其所祈对象,以名目上便可列出一个庞大的道教神谱,亦可窥其风俗思想之一部分。

---

[1] 苏轼:《醮上帝青词三首》,《苏轼文集》卷六二,中华书局1986年版,第1901页。

[2] 苏轼:《醮北岳青词》,《苏轼文集》卷六二,中华书局1986年版,第1902页。

[3] 苏轼:《徐州祈雨青词》,《苏轼文集》卷六二,中华书局1986年版,第1903页。

如《祭勾芒种祝文》中的"勾芒（句芒）"，《祷龙水祝文》中的"龙神"，《祷雨蟠溪祝文》中的"山川鬼神"，《凤翔太白山祈雨祝文》中的"太白山神"，《告封太白山明应公祝文》中的"明应公"，《祈雨龙祠祝文》中的"后稷"等，以及各山山神、"风伯""雨师""社神""后土""蝗神""文宣王""水仙""五龙""龙公""土牛""北岳""五岳""猪泉神"等。每一个神灵，都包含着相关的神话故事，当然，每一次祭祀又都伴随着相应的礼仪与各种仪式。如其《立春祭土牛祝文》所言"敢昭告于勾芒之神。木铎传音，官师相儆，土牛示候，稼穑将兴。敢徼福于有神，庶保民于卒岁。无作水旱，以登麦禾"，尾以"尚飨"[1]；其《祭风伯雨师祝文》言"自秋不雨，以至于今。夏田将空，秋种不入。天子命我，祷于群望"，"吏民皇皇，不知所获罪"，"敢以薄奠，诉于有神"，"当以牲币，报神之赐"，"若格绝天泽，弃民乏嗣。上帝临视，神其不然"[2]云云。既有虔诚相求，又有道理的坦诚诉说，不卑不亢。尤为典型者如《祷雨后土祝文》：

> 神食于社，盖数千年。更历圣王，讫莫能迁。源深流远，爱民宜厚。雨不时应，亦神之疚。社稷惟神，我神惟人。去我不远，宜轸我民。尚飨。[3]

其义正辞严，声明"雨不时应，亦神之疚"，在于"宜轸我民"，即通过表白让后土神能够感到内疚的道理，让其"轸"于百姓，轸爱世间，作应时之"雨"。

可以想见，其祝文相伴的祈祷仪式及其场面。而此祝文之情与意，又如何不是其风俗思想之特色？

再如其《祭常山祝文五首》之第五首：

---

[1] 苏轼：《立春祭土牛祝文》，《苏轼文集》卷六二，中华书局1986年版，第1927页。
[2] 苏轼：《祭风伯雨师祝文》，《苏轼文集》卷六二，中华书局1986年版，第1919页。
[3] 苏轼：《祷雨后土祝文》，《苏轼文集》卷六二，中华书局1986年版，第1916页。

维熙宁九年,岁次丙辰,七月某日,诏封常山神为润民侯。十月某日,具位苏轼,谨以清酌少牢之奠,昭告于侯之庙曰:

呜呼,旱蝗之为虐也,三年于兹矣。东南至于江海,西北被于河汉,饥馑疾疫,靡有遗矣。我瞻四方,大川乔岳,食于斯民者甚众,而受宠于吾君者,可谓巍巍矣。诉之而必闻,求之而必获,惠我农夫,而救其灾沴。不为倏云骤雨,苟以应祷之虚名,而有膏泽积润,可以及民之实效,卓然如侯者几希矣。凡天子之爵命,有德而致之则为荣,无功而享之则为辱。今侯泽此一郡,而施及于四邻,其受五等之爵,而被七命之服也,可谓无愧而有光辉矣。愿侯益修其实,以充其名。上以副天子之意,而下以塞吏民之望。民其奉事,有进而无衰矣。尚飨。[1]

由祝文中可知,此祭礼为"少牢"之礼,所祭为常山山神,其愿"旱蝗之为虐也,三年于兹矣";祝文晓之以理,动之以情。与前第一首所言相对照,"哀我邦人,遭此凶旱。流殍之余,其命如发,而飞蝗流毒,遗种布野,使其变跃飞腾",则桑柘麦禾,举罹其灾,民其罔有孑遗",其"吏将获罪,神且乏祀",并许之以"若时雨沾洽,蝗不能生,当与吏民,躬执牲币,以答神休"[2]。此祝文五首,先后呼应,其意旨在于祈祷常山山神帮助解除"蝗"与"旱"两大灾难。其文字间所显示神人之关系,亦是人间之关系,属风俗生活中民间信仰意义的普遍性表现。

与青词、祝文意义相近者是碑文。碑文的形式多种多样,或表示对故人的哀悼,或表现对神灵的信仰。在苏轼所作的碑文中,亦可以看到其风俗思想的表现。

---

[1] 苏轼:《祭常山祝文五首》之"五",《苏轼文集》卷六二,中华书局1986年版,第1918—1919页。
[2] 苏轼:《祭常山祝文五首》之"一",《苏轼文集》卷六二,中华书局1986年版,第1917页。

其中,《上清储祥宫碑》集中体现出苏轼对于道教与道教文化,包括道教风俗的理解:

> 道家者流,本出于黄帝、老子。其道以清净无为为宗,以虚明应物为用,以慈俭不争为行,合于《周易》"何思何虑"、《论语》"仁者静寿"之说,如是而已。自秦汉以来,始用方士言,乃有飞仙变化之术,《黄庭》《大洞》之法,太上、天真、木公、金母之号,延康、赤明、龙汉、开皇之纪,天皇、太一、紫微、北极之祀,下至于丹药奇技,符箓小数,皆归于道家,学者不能必其有无。然臣尝窃论之,黄帝、老子之道,本也。方士之言,末也。修其本而末自应。故仁义不施,则韶濩之乐,不能以降天神。忠信不立,则射乡之礼,不能以致刑措。汉兴、盖公治黄、老,而曹参师其言,以谓治道贵清净,而民自定。以此为政,天下歌之曰:萧何为法,顜若画一。曹参代之,守而勿失。载其清静,民以宁壹。其后文景之治,大率依本黄、老,清心省事,薄敛缓狱,不言兵而天下富。[1]

这是对道家与道教所做的甄别与梳理,可谓正本清源。所谓"方士"与"飞仙变化",以及诸法、诸号、诸纪、诸祀等,是道教文化包括道教风俗的重要内容,是"末";而真正的"清净无为""虚明应物""慈俭不争"才是其本源。苏轼如此论述,表现出他对道家与道教的态度,包括对道教文化与风俗文化、风俗生活的态度,其他处如此类问题的认识,在这里都可以找到踪影。

苏轼所写的碑文并不是很多,如其所写《淮阴侯庙碑》记"应龙之所以为神者,以其善变化而能屈伸也"以述韩信"抱王霸之略,蓄英雄之壮图,志轻六合,气盖万夫,故忍耻胯下";[2]其写《伏波将军庙碑》《潮州韩文公庙碑》

---

[1] 苏轼:《上清储祥宫碑》,《苏轼文集》卷一七,中华书局1986年版,第503页。
[2] 苏轼:《淮阴侯庙碑》,《苏轼文集》卷一七,中华书局1986年版,第505页。

《赵清献公神道碑》《富郑公神道碑》《赵康靖公神道碑》等古今人物,记许多历史传说故事,唯写《司马温公神道碑》,述"朝廷清明,百揆时叙,民安其生,风俗一变",记司马光"感人心,动天地,巍巍如此,而蔽之以二言曰诚,曰一",[1] 尤感动人。比较苏轼与司马光、王安石之恩怨,而身后作如此之评价,可见其胸襟。至于风俗思想之价值,唯《峻灵王庙碑》最突出。

《峻灵王庙碑》先论"古者王室及大诸侯国皆有宝",以"周有琬琰大玉,鲁有夏后氏之璜,皆所以守其社稷,镇抚其人民"为例,并以唐代"改元宝应"事,证"天亦分宝以镇世"[2] 的道理。其所记"自念谪居海南三岁,饮咸食腥,陵暴飓雾而得还者,山川之神宝相之"之"再拜稽首"[3] 事,当为风物传说与盗宝故事融合,对于风俗思想史、民间文艺史都具有特殊意义。如其所记:

> 自徐闻渡海,历琼至儋,又西至昌化县西北二十里,有山秀峙,海上石峰,巉然若巨人冠帽,西南向而坐者,俚人谓之山胳膊。而伪汉之世,封其山神为镇海广德王。五代之末,南夷有知望气者,曰:是山有宝气,上达于天。舣舟其下,斫山发石以求之。夜半,大风,浪驾其舟空中,碎之石峰下,夷皆溺死。儋之父老,犹有及见败舟山上者,今独有碇石存焉耳。天地之宝,非人所得睥睨者,晋张华使其客雷焕发酆城狱,取宝剑佩之,华终以忠遇祸,坐此也夫。今此山之上,上帝赐宝以奠南极,而贪冒无知之夷,欲以力取而已有之,其诛死宜哉![4]

其又记"山有石池,产紫鳞鱼,民莫敢犯;石峰之侧多荔支、黄柑,得就

---

[1] 苏轼:《司马温公神道碑》,《苏轼文集》卷一七,中华书局1986年版,第513页。
[2] 苏轼:《峻灵王庙碑》,《苏轼文集》卷一七,中华书局1986年版,第510页。
[3] 苏轼:《峻灵王庙碑》,《苏轼文集》卷一七,中华书局1986年版,第511页。
[4] 苏轼:《峻灵王庙碑》,《苏轼文集》卷一七,中华书局1986年版,第510—511页。

食,持去,则有风雹之变",故作"铭"文,称"琼崖千里块海中,民夷错居古相蒙。方壶蓬莱此别宫,峻灵独立秀且雄。为帝守宝甚严恭,庇阴嘉谷岁屡丰。小大逍遥远虾龙,鶏鸥安栖不避风。我浮而西今复东,铭碑晔然照无穷"。[1]

这篇碑文所记述故事,其核心在于"天地之宝,非人所得睥睨者",以传说证民间信仰,以民间信仰印证"风雹之变",围绕盗宝展开论述。此以"镇海"比"镇世",在本文背后应该有更丰富的内容,如其"铭"所言"铭碑晔然照无穷"。其风俗思想正体现于字里行间,绝不仅仅在于斥责"贪冒无知之夷"。

应该看到,佛教也好,道教也好,相关之风俗文化、风俗生活在苏轼的胸臆中都是支持其与邪恶势力搏杀的利器。在艰难困苦中,苏轼从不低头,其风俗思想所表现的不仅仅是对于具体风俗事项的述说、论断,而是彰显出其不息的斗志。此亦应人所云,"礼失求诸野",正是苏轼屡遭困厄,其身心受到摧残,同时也受到磨炼,其贴近风俗,关注风俗,便从风俗之中得到教益、慰藉与支持。

苏轼的风俗思想还常常与其对于历史文化的理解密切联系在一起。他有着浓郁的历史情结,对于现实社会中的各种现象,总是将其置放在社会历史发展的大背景下进行宏观思索,或将其与历史上的类似现象进行联系、比较。尤其是对于风俗文化与风俗生活,他的正本清源意识相当强,通常对历史的演变作出梳理、甄别,以此论述某种风俗的价值与意义。用今天的话说,即具有历史民俗学的色彩。

其风俗思想中的历史情结,首先表现在诸多"论"中。

如《书论》,其言"读《史记·商君列传》,观其改法易令,变更秦国之风俗,诛秦民之议令者以数千人,黥太子之师,杀太子之傅,而后法令大行,盖未尝不壮其勇而有决也",感叹道,"世俗之人,不可以虑始而可乐成也。使

---

[1] 苏轼:《峻灵王庙碑》,《苏轼文集》卷一七,中华书局1986年版,第511页。

天下之人,各陈其所知而守其所学,以议天子之事,则事将有格而不得成者"。其又称,"及观三代之书,至其将有以矫拂世俗之际,则其所以告谕天下者常丁宁激切,亹亹而不倦,务使天下尽知其君之心,而又从而折其不服之意,使天下皆信以为如此而后从事",其归之为"夫三代之君,惟不忍鄙其民而欺之,故天下有故,而其议及于百姓,以观其意之所向,及其不可听也,则又反覆而谕之,以穷极其说,而服其不然之心,是以其民亲而爱之"。[1]

其《礼论》言"昔者商、周之际,何其为礼之易也",称"当此之时,天下之人,惟其习惯而无疑,衣服、器皿、冠冕、佩玉,皆其所常用也,是以其人入于其间,耳目聪明,而手足无所忤,其身安于礼之曲折,而其心不乱,以能深思礼乐之意,故其廉耻退让之节,睟然见于面而盎然发于其躬",所以能"忘其暴戾鄙野之气"云云。他感慨至深的是"至于后世风俗变易,更数千年以至于今,天下之事已大异矣"。他说,"昔者上古之世,盖尝有巢居穴处,污樽抔饮,燔黍捭豚,蒉桴土鼓而以为是,足以养生送死而无以加之者矣",后世"尽去太古之法","惟其祭祀以交于鬼神,乃始荐其血毛,豚解而腥之,体解而焰之,以为是不忘本,而非以为后世之礼不足用也";他说,此"三代之视上古,犹今之视三代也",所以,"三代之器,不可复用矣,而其制礼之意,尚可依仿以为法也","用今世之所便,以从鬼神之所安"[2]。

"三代"是他心目中的理想时代,在这一点上,他与欧阳修他们相同。在他看来,"三代"的风俗之淳厚在于君亲民爱,"天下之人"皆"惟其习惯而无疑",而"后世风俗变异",则当"用今世之所便,以从鬼神之所安"。其中,"变更秦国之风俗"对于"法令大行","依仿以为法"于"其制礼之意"的实质,与其当年所倡"爱惜风俗,如护元气"[3]相应,其"元气"即在于此"三代"。

---

[1] 苏轼:《书论》,《苏轼文集》卷二,中华书局1986年版,第54—55页。
[2] 苏轼:《礼论》,《苏轼文集》卷二,中华书局1986年版,第57—58页。
[3] 苏轼:《上神宗皇帝书》,《苏轼文集》卷二五,中华书局1986年版,第737页。

第六章 苏轼的风俗思想

苏轼有自己的历史进化观,他承认"后世风俗变异"的必然性。

如其《秦始皇论》,称"昔者生民之初,不知所以养生之具,击搏挽裂与禽兽争一旦之命,惴惴焉朝不谋夕,忧死之不给,是故巧诈不生,而民无知",看"作为器用、耒耜、弓矢、舟车、网罟之类",与"制礼以反其初"、"使之习为迂阔难行之节"、"嫁娶死丧莫不有法,严之以鬼神"、"重之以四时",都是"使民自尊而不轻为奸"。他批评秦始皇"以诈力而并诸侯"、"自以为智术之有余",其"废诸侯、破井田,凡所以治天下者,一切出于便利,而不耻于无礼,决坏圣人之藩墙,而以利器明示天下",所以"自秦以来",风俗的破坏最明显表现在"以礼者为无用赘疣之物",即"生之无事乎礼",其"祸"在于"天下惟知所以求生避死之具",此"惟便利之求,则是引民而日趋于诈",故叹"悲夫"[1]。以此比较其所述"国家之所以存亡者,在道德之浅深,不在乎强与弱;历数之所以长短者,在风俗之厚薄,不在乎富与贫"[2],其实都是在述说所谓"义"与"利"之间的关系。他把"便利之求"与"风俗之厚薄"做了简单的联系,但从另一方面看,他强调"礼"这一风俗生活中重要内容的社会意义,对于"惟便利之求""引民而日趋于诈"的批评,也是有道理的。也正是其对"惟便利之求"的批评,对"三代"的向往,贯穿于其风俗思想,思想表现出"不合时宜"的特点。

苏轼的"不合时宜"在于用历史教训现实,如其对"变"的理解,他更重视"适用"。如其《永兴军秋试举人策问》之《汉唐不变秦隋之法近世乃欲以新易旧》,称"昔汉受天下于秦,因秦之制,而不害为汉","唐受天下于隋,因隋之制,而不害为唐","汉之与秦,唐之与隋,其治乱安危至相远也,然而卒无所改易,又况于积安久治,其道固不事变也","世之君子,以为善人为邦百年,可以胜残去杀。病其说之不效,急于有功,而归咎于法制。是以频年

---

[1] 苏轼:《秦始皇论》,《苏轼文集》卷三,中华书局1986年版,第79—80页。
[2] 苏轼:《上神宗皇帝书》,《苏轼文集》卷二五,中华书局1986年版,第737页。

遣使冠盖相望于道,以求民之所患苦",而"今欲尽易天下之骄卒,以为府兵,尽驱天下之异教,以为齐民,尽核天下之惰吏,以为考课,尽率天下之游手,以为农桑,其为拂世厉俗,非特如今之所行也"[1]。那么,以此相推,所谓"变风俗,立法度"便无必要。此亦可见其过于尊崇理想的局限。

正是其"不合时宜",显示其独立思索。苏轼论风俗,常以历史证明、说明,但他并不仅仅拘泥于历史。其所述历史,皆在今用。

如其《论商鞅》,对于所谓"商鞅用于秦,变法定令,行之十年,秦民大悦,道不拾遗,山无盗贼,家给人足,民勇于公战,怯于私斗,秦人富强,天子致胙于孝公,诸侯毕贺",他说,"此皆战国之游士邪说诡论"都被司马迁"暗于大道,取以为史",所以他称司马迁对此负有历史责任,"有大罪二",即"先黄老后六经,退处士进奸雄"、"论商鞅、桑弘羊之功"。他说,"自汉以来,学者耻言商鞅、桑弘羊,而世主独甘心焉,皆阳讳其名,而阴用其实,甚者则名实皆宗之,庶几其成功,此司马迁之罪也"。他说,秦国的富强并不在商鞅,而是"孝公敦本力穑之效",以此批评其"为商鞅、桑弘羊之术者,必先鄙尧笑舜而陋禹也"。[2]

因此,苏轼反对"惟便利之求",更看重"道德之深浅"与"风俗之厚薄",更推崇司马光所谓"天地所生财货百物,止有此数,不在民则在官。譬如雨泽,夏涝则秋旱。不加赋而上用足,不过设法阴夺民利,其害甚于加赋"[3]的论断。他屡屡以"风俗之厚薄"作为批评王安石"不加赋而上用足",将反对"变更易革民下"的历史根据归于"三代",归于"尧、舜、禹、汤,世主之父师也",力劝朝廷"恭敬慈俭,勤劳忧患"[4],这种历史态度是理想主义、道德至上的表现,固然"不合时宜"。

---

[1] 苏轼:《汉唐不变秦隋之法近世乃欲以新易旧》,《苏轼文集》卷七,中华书局1986年版,第207页。
[2] 苏轼:《论商鞅》,《苏轼文集》卷五,中华书局1986年版,第156页。
[3] 苏轼:《论商鞅》,《苏轼文集》卷五,中华书局1986年版,第156页。
[4] 苏轼:《论商鞅》,《苏轼文集》卷五,中华书局1986年版,第156页。

第六章 苏轼的风俗思想

苏轼评说历史,意在批评现实。其史论如《西汉风俗谄媚》:

> 西汉风俗谄媚,不为流俗所移,惟汲长孺耳。司马迁至伉简。然作《卫青传》,不名青,但谓之大将军;贾谊何等人也,而云爱幸于河南太守吴公。此等语甚可鄙,而迁不知,习俗使然也。本朝太宗时,士大夫亦有此风,至今未衰。[1]

与前述《论商鞅》一样,他对司马迁非常不满意,称其"此等语甚可鄙",指其"不知"在于"习俗使然也"。而他所批评的并不仅仅是"西汉风俗谄媚",还有"本朝"之"士大夫亦有此风"与"至今未衰"。

苏轼述史,自上古时代之尧、舜,如《尧逊位于许由》《巢由不可废》《尧不诛四凶》《尧桀之民》等,其虽言史,然不尽信史。如其《尧逊位于许由》,便称"士有箪食豆羹见于色者,自吾观之,亦不足信也。"[2] 其《尧不诛四凶》,称"若四族者,诚皆小人也,则安能用之以变四夷之俗哉!由此观之,则四族之诛,皆非诛死,亦不废弃,但迁之远方为要荒之君长耳","如《左氏》之所言,皆后世流传之过"。[3] 其"不足信",自有其道理;其指出所谓"四族之诛"为"迁之远方为要荒之君长",指出"后世流传之过",贴近于今日文化人类学理论,对我们的风俗思想研究有着独特的启发意义。

苏轼述春秋战国至秦汉时期历史人物尤多,如其《伊尹论》《周公论》《管仲论》《乐毅论》《荀卿论》《韩非论》《张仪欺楚》《孟尝君宾礼狗盗》《颜蠋巧贫》《田单火牛》《司马穰苴》等,在许多地方涉及历史传说、民间信仰等内容。其论述汉代历史人物,涉及风俗文化、风俗生活较多,也较为详细,如前所述《西汉风俗谄媚》,以及《汉武帝巫蛊事》《曜仙帖》等,

---

[1] 苏轼:《西汉风俗谄媚》,《苏轼文集》卷六五,中华书局1986年版,第2009页。
[2] 苏轼:《尧逊位于许由》,《苏轼文集》卷六五,中华书局1986年版,第1997页。
[3] 苏轼:《尧不诛四凶》,《苏轼文集》卷六五,中华书局1986年版,第1998页。

称"汉武帝讳巫蛊之事,疾如仇雠","己且为巫蛊之魁,何以责其下?此最可笑云"。[1]

其他如《崔浩占星》《陈隋好乐》《褚遂良以飞雉入宫为祥》等,以及《历代世变》论汉代"崇经术之士,故儒者多""东汉之士,多名节",魏晋"旷荡,尚浮虚而亡礼法",唐代"有夷狄之风"[2]等等。其中评、史论之丰富,可编织为唐之前中国通史,其中展现苏轼的风俗思想尤为有价值。

苏轼一生遭遇坎坷,阅历丰富,从巴蜀到京师,然后到西北凤翔,到江南,到定州,到岭南,到海南,遍游神州大地东西南北中。其记述风俗之诗文堪称一部生动感人的风俗志;其风俗思想除其诗赋等文学作品与大量奏议、史论之中表现,还存在在一些游记、笔记之中。如其《东坡志林》《艾子杂说》等著述,以及《杂书琴曲》《续杂纂》《紫宸殿正旦教坊词》等文献,保存了丰富多彩的民间文艺作品与关于风俗文化和风俗生活的记述、论述,具有高度的风俗思想研究价值。特别是其所作《白鹤新居上梁文》《海会殿上梁文》,读其"道俗来观,里间助作。愿同父老,宴乡社之鸡豚"[3],"共凭佛力,仰祝尧年"[4],听其唱着一声声嘹亮的"儿郎伟","抛梁"于东西南北上下,令人感慨万千。

苏轼的思想博大精深,其风俗思想亦同样深刻、丰富。其身世坎坷,但其理想,尤其是与风俗思想伴生的意志、毅力、品格,表现出坚定的民本立场。特别是晚年,以病老之躯跋涉于岭南,其风俗思想仍以"淳美"为追求,视风俗为国家"元气",强调"周知天下之风俗",探索"风俗日以薄恶"的社会原因与历史原因,与"厚风俗"的方法、道路。其风俗思想的价值无庸叙说,其境界、精神,令人景仰。其以民本为风俗思想之追求,迄今仍值

---

[1] 苏轼:《汉武帝巫蛊事》,《苏轼文集》卷六五,中华书局1986年版,第2012页。
[2] 苏轼:《历代世变》,《苏轼文集》卷六五,中华书局1986年版,第2040页。
[3] 苏轼:《百鹤新居上梁文》,《苏轼文集》卷六四,中华书局1986年版,第1989页。
[4] 苏轼:《海会殿上梁文》,《苏轼文集》卷六四,中华书局1986年版,第1990页。

得我们发扬。

　　宋代民间文艺思想以风俗思想的形式述说,这是时代特点的体现。除此之外,还有朱熹他们的民间文艺思想以社会风俗生活思想理论等方式为述说表现,具有南宋社会的重要特色。就总体而言,北宋时期范仲淹、欧阳修、王安石、司马光和苏轼这些思想家,代表了这个时代的民间文艺思想理论水平。

第七章
朱熹的民间文艺观

朱熹,建炎四年(1130)生,庆元六年(1200)卒。祖籍徽州府婺源县,生于南剑州尤溪,字元晦,又字仲晦,号晦庵,晚称晦翁,谥文,世称朱文公。其曾任江西南康、福建漳州知府,浙东巡抚等职。其著述主要有《四书章句集注》《太极图说解》《通书解说》《周易读本》《诗集传》《楚辞集注》等,包括后人辑录的《朱子语类》和《晦庵词》。

南宋一代,社会文化发展进入一个特殊时期,朱熹承担起建设和发扬儒学的重任,建立起理学思想理论体系。其思想理论以程颢、程颐兄弟的理本论为基础,吸取周敦颐太极说、张载气本论,包括佛教、道教等思想文化,主张理依气而生物,一气分做二气,又分做五行,散为万物。其提出格物致知,穷天理,明人伦,讲圣言,通事故,提出知先行后,知为先,行为重。其称:"上而无极、太极,下而至于一草、一木、一昆虫之微,亦各有理。一书不读,则阙了一书道理;一事不穷,则阙了一事道理;一物不格,则阙了一物道理。须著逐一件与他理会过"(《朱子语类卷十五》),"天地中间,上是天,下是地,中间有许多日月星辰,山川草木,人物禽兽,此皆形而下之器也。然这形而下之器之中,便各自有个道理,此便是形而上之道。所谓格物,便是要就这形而下之器,穷得那形而上之道理而已"(《朱子语类卷六十二》)。其博览群书,深入广泛地思考世间的问题,形成完整而富有特色的思想理论,不但深刻影响到当世,而且影响到后世。

第七章 朱熹的民间文艺观

对社会风俗生活与民间文艺的理解,构成朱熹思想文化的重要内容。其主要体现在《诗集传》《楚辞集注》和《朱子语类》等著述。

一、《诗集传》的文化阐释

朱熹以"序"为题,首先提出一个问题,即"或有问于余曰:诗何为而作也",其自问自答道:"诗者,人心之感物,而形于言之余也。心之所感有邪正。故言之所形有是非。惟圣人在上,则其所感者无不正,而其言皆足以为教。其或感之之杂,而所发不能无可择者,则上之人必思所以自反,而因有以劝惩之。是亦所以为教也。昔周盛时,上自郊庙朝廷,而下达于乡党闾巷,其言粹然无不出于正者。圣人固已协之声律,而用之乡人,用之邦国,以化天下。至于列国之诗,则天子巡守,亦必陈而观之,以行黜陟之典。降自昭穆而后,寖以陵夷。至于东迁,而遂废不讲矣。孔子生于其时,既不得位,无以行帝王劝惩黜陟之政。于是特举其籍而讨论之,去其重复,正其纷乱。而其善之不足以为法,恶之不足以为戒者,则亦刊而去之,以从简约,示久远,使夫学者即是而有以考其得失,善者师之,而恶者改焉。是以其政虽不足以行于一时,而其教实被于万世。是则诗之所以为教者然也。"

其对民间歌谣的发生阐述道:

吾闻之。凡《诗》之所谓风者,多出于里巷歌谣之作,所谓男女相与咏歌,各言其情者也。惟周南、召南,亲被文王之化以成德,而人皆有以得其性情之正。故其发于言者,乐而不过于淫,哀而不及于伤。是以二篇独为风诗之正经。自邶而下,则其国之治乱不同,人之贤否亦异,其所感而发者,有邪正是非之不齐。而所谓先王之风者,于此焉变矣。若夫《雅》《颂》之篇,则皆成周之世,朝廷郊庙乐歌之词,其语和而庄,其义宽而密。其作者,往往圣人之徒。固所以为万世法程,而不可易者也。至于雅之变者,亦皆一时贤人君子闵时病俗之所为,而圣人取之。其忠厚恻怛之心,陈善闭邪之意,犹非后世能言之士所能及之。此《诗》之为经,所以人事浃于下,天道备于上,而无一理之不具也。

对于"国风"的概念,朱熹解释道:"国者,诸侯所封之域。而风者,民俗歌谣之诗也。谓之风者,以其被上之化以有言,而其言又足以感人,如物因风之动以有声,而其声又足以动物也。是以诸侯采之,以贡于天子,天子受之,而列于乐官。于以考其俗尚之美恶,而知其政治之得失焉。旧说二南为正风。所以用之闺门、乡党、邦国,而化天下也。十三国为变风。则亦领在乐官。以时存肄,备观省而垂监戒耳。合之凡十五国云。"

其解释方式,总体上讲,还是历史地理的梳理法。他特别强调历史文化传统对现实的影响,如其述说《周南》,曰:

"周,国名。南,南方诸侯之国也。周国本在《禹贡》雍州境内,岐山之阳。后稷十三世孙古公亶甫始居其地,传子王季历,至孙文王昌,辟国寖广。于是徙都于丰,而分岐周故地,以为周公旦、召公奭之采邑。且使周公为政于国中,而召公宣布于诸侯,于是德化大成于内。而南方诸侯之国,江、沱、汝、汉之间,莫不从化。盖三分天下而有其二焉。至子武王发,又迁于镐。遂克商而有天下。武王崩,子成王诵立。周公相之,制作礼乐,乃采文王之世风化所及民俗之诗,被之筦弦,以为房中之乐,而又推之以及于乡党、邦国。所以著明先王风俗之盛,而使天下后世之修身、齐家、治国、平天下者,皆得以取法焉。盖其得之国中者,杂以南国之诗,而谓之《周南》。言自天子之国而被于诸侯,不但国中而已也。其得之南国者,则直谓之《召南》。言自方伯之国被于南方,而不敢以系于天子也。岐周,在今凤翔府岐山县。丰,在今京兆府鄠县终南山北。南方之国,即今兴元府京西、湖北等路诸州。镐,在丰东二十五里。《小序》曰:'《关雎》《麟趾》

之化,王者之风,故系之周公。南,言化自北而南也。《鹊巢》《驺虞》之德,诸侯之风也。先王之所以教。故系之召公。'斯言得之矣。"

朱熹阐释《诗经》,肯定其对民间歌谣的记录,却从自己对王权教化的角度出发,做出另一番解释。如《诗经》的首篇《关雎》,一般学者多以为是民间歌唱,而朱熹解释道:"关关,雌雄相应之和声也。雎鸠,水鸟,一名王雎。状类凫鹥。今江淮间有之。生有定偶而不相乱,偶常并游而不相狎。故《毛传》以为'挚而有别',《列女传》以为人未尝见其乘居而匹处者,盖其性然也。河,北方流水之通名。洲,水中可居之地也。窈窕,幽闲之意。淑,善也。女者,未嫁之称,盖指文王之妃大姒为处子时而言也。君子,则指文王也。好,亦善也。逑,匹也。《毛传》云:"'挚'字与'至'通,言其情意深至也。"兴者,先言他物,以引起所咏之词也。周之文王,生有圣德,又得圣女姒氏以为之配。宫中之人于其始至,见其有幽闲贞静之德。故作是诗。言彼关关然之雎鸠,则相与和鸣于河洲之上矣。此窈窕之淑女,则岂非君子之善匹乎。言其相与和乐而恭敬,亦若雎鸠之情,挚而有别也。后凡言'兴'者,其文意皆放此云。汉匡衡曰:'窈窕淑女,君子好逑',言能致其贞淑,不贰其操。情欲之感,无介乎容仪;宴私之意,不形乎动静。夫然后可以配至尊而为宗庙主。此纲纪之首,王教之端也。可谓善说《诗》矣。"继而,其解释道:"参差,长短不齐之貌。荇,接余也,根生水底,茎如钗股,上青下白。叶紫赤,圆径寸余,浮在水面。或左或右,言无方也。流,顺水之流而取之也。或寤或寐,言无时也。服,犹怀也。悠,长也。辗者,转之半。转者,辗之周。反者,辗之过。侧者,转之留。皆卧不安席之意。此章本其未得而言。彼参差之荇菜,则当左右无方以流之矣。此窈窕之淑女,则当寤寐不忘以求之矣。盖此人此德,世不常有。求之不得,则无以配君子而成其内治之美。故其忧思之深,不能自已,至于如此也。""采,取而择之也。芼,熟而荐之也。琴,五弦或七弦。瑟,二十五弦。皆丝属,乐之小者也。友者,亲爱之意也。钟,金属。鼓,革属。乐之大者也。乐,则和平之极也。此章据今始得而言。彼参差之荇菜,既得之,则当采择而享芼之矣。此窈窕之淑女,既得之,则当亲爱而娱乐之矣。盖此人此德,世不常有。幸而得之,则有以配君子而成内治。故其喜乐尊奉之意不能自已,又如此云"。其总结"《关雎》三章,一章四句,二章八句"道:"孔子曰:《关雎》乐而不淫,哀而不伤。愚谓此言为此诗者,得其性情之正,声气之和也。盖德如雎鸠,挚而有别,则后妃性情之正,固可以见其一端矣。至于寤寐反侧,琴瑟钟鼓,极其哀乐而皆不过其则焉,则诗人性情之正,又可以见其全体也。独其声气之和,有不可得而闻者。虽若可恨,然学者姑即其词,而玩其理,以养心焉,则亦可以得学诗之本矣。匡衡曰:妃匹之际,生民之始,万福之原。婚姻之礼正,然后品物遂而天命全。孔子论诗以《关雎》为始。言太上者,民之父母。后夫人之行不侔乎天地,则无以奉神灵之统而理万物之宜。自上世以来,三代兴废,未有不由此者也。"

朱熹以为,诗歌的基本功能在于教化,其中的赋比兴,都是为了述说某种含义。如《葛覃》三章,其以为"此诗后妃所自作","故无赞美之词。然于此可以见其已贵而能勤,已富而能俭,已长而敬,不弛于师傅,已嫁而孝不衰于父母。是皆德之厚,而人所难也。《小序》以为后妃之本,庶几近之"。《卷耳》四章,其以为"此亦后妃所自作","可以见其贞静专一之至矣。岂当文王朝会征伐之时,羑里拘幽之日而作欤?然不可考矣"。《螽斯》,其解释道:"螽斯,蝗属,长而青,长角长股,能以股相切作声。一生九十九子。诜诜,和集貌。尔,指螽斯也。振振,盛貌。比者,以彼物比此物也。后妃不妒忌而子孙众多,故众妾以螽斯之群处和集而子孙众多比之。言其有是德而宜有是福也。后凡言'比'者,放此。"对《诗经·周南·桃夭》"桃之夭夭,灼灼其华。之子于归。宜其室家"句,其解释道:"兴也。桃,木名。华红,实可食。夭夭,少好之貌。灼灼,华之盛也。木少则华盛。之子,是子也。此指嫁者而言也。妇人谓嫁曰归。《周礼》:'仲春令会男女'。然则桃之有华,正婚姻之时也。宜者,和顺之意。室,谓夫妇所居。家,谓一门之内。文王之化,自家而国,男女以正,婚姻以时。故诗人因所见以起兴,而叹其女子之贤,知其必有以宜其室家也。"对《诗经·周南·兔罝》"肃肃兔罝,椓之丁丁。赳赳武夫,公侯干城"句,其解释道:"兴也。肃肃,整饬貌。罝,罔也。丁丁,椓杙声也。赳赳,武貌。干,盾也。干、城,皆所以扞外而卫内者。化行俗美,贤才众多。虽罝兔之野人,而其才之可用犹如此。故诗人因其所事以起兴而美之。而文王德化之盛,因可见矣。"对《诗经·周南·芣苢》"采采芣苢,薄言采之。采采芣苢,薄言有之"句,其解释道:"赋也。芣苢,车前也。大叶长穗,好生道旁。采,始求之也。有,既得之也。化行俗美,家室和平,妇人无事,相与采此芣苢,而赋其事以相乐也。采之未详何用。或曰:其子治产难。"《诗经·周南·麟之趾》有"麟之趾,振振公子,于嗟麟兮"句,其解释道:"兴也。麟,麕身、牛尾、马蹄,毛虫之长也。趾,足也。麟之足不践生草,不履生虫。振振,仁厚貌。于嗟,叹辞。文王后妃德修于身,而子孙宗族皆化于善。故诗人以麟之趾兴公之子。言麟性仁厚,故其趾亦仁厚;文王后妃仁厚,故其子亦仁厚。然言之不足。故又嗟叹之。言是乃麟也,何必麕身、牛尾而马蹄,然后为王者之瑞哉!"其称"周南之国十一篇,三十四章"曰:"此篇首五诗皆言后妃之德。《关雎》举其全体而言也。《葛覃》《卷耳》,言其志行之在己。《樛木》《螽斯》美其德惠之及人。皆指其一事而言也。其词虽主于后妃,然其实则皆所以著明文王身修家齐之效也。至于《桃夭》《兔罝》《芣苢》,则家齐而国治之效。《汉广》《汝坟》,则以南国之诗附焉。而见天下已有可平之渐矣。若《麟之趾》,则又王者之瑞,有非人力所致而自至者。故复以是终焉。而序者以为'《关雎》之应'也。夫其所以至此。后妃之德固不为无所助矣。然妻道无成,则亦岂得而专之哉?今言《诗》者,或乃专美后妃,而不本于文王。其亦误矣。"《诗经·召南·鹊巢》有"维鹊有巢,维鸠居之。之子于归,百两御之"句,其解释道:"兴也。鹊、鸠,皆鸟名。鹊善为巢,其巢最为完固。鸠性拙,不能为巢,或有居鹊之成巢者。之子,指夫人也。两,一车也。一车两轮,故谓之两。御,迎也。诸侯之子嫁于诸侯,送御皆百两也。南国诸侯被文王之化,能正心修身以齐其家;其女子亦被后妃之化,而有专静纯一之德。故嫁于诸侯,而其家人美之曰:维鹊有巢,则鸠来居之。是以之子于归,而百两迎之也。此诗之意,犹《周南》之有《关雎》也。"《诗经·召南·采蘩》有"于以采蘩,于沼于沚。于以用之,公侯之事"句,其解释道:"赋也。于,于也。蘩,白蒿也。沼,池也。沚,渚也。事,祭事也。南国被文王之化,诸侯夫人能尽诚敬以奉祭祀。而其家人叙其事以美之也。或曰:蘩,所以生蚕。盖古者后夫人有亲蚕之礼。此诗亦犹《周南》之有《葛覃》也。"《诗经·召南·行露》三句"厌浥行露,岂不夙夜,谓行多露",其解释道:"赋也。厌浥,湿意。行,道。夙,早也。南国之人遵召伯之教,服文王之化,有以革其前日淫乱之俗。故女子有能以礼自守,而不为强暴所污者,自述己志,作此诗以绝其人。言道间之露方湿。我岂不欲早夜而行乎?畏多露之沾濡而不敢尔。盖以女子早夜独行,或有强暴侵陵之患。故托以行多露而畏其沾濡也。"其"谁谓雀无角,何以穿我屋。谁谓女无家,何以速我狱。虽速我狱,室家不足"句,解释道:"兴也。家,谓以媒聘求为室家之礼也。速,召致也。贞女之自守如此。然犹或见讼,而召致于狱。因自诉而言,人皆谓雀有角,故能穿我屋。以兴人皆谓汝于我尝有求为室家之礼,故能致我于狱。然不知汝虽能致我于狱,而求为室家之礼初未尝备,如雀虽能穿屋,而实未尝有角也。"《诗经·召南·殷其雷》"殷其雷,在南山之阳。何斯违斯,莫敢或遑。振振君子,归哉归哉",其解释道:"兴也。殷,雷声也。山南曰阳。何斯'斯',此人也。违斯'斯',此所也。遑,暇也。振振,信厚也。南国被文王之化,妇人以其君子从役在外而思念之,故作此诗。言殷殷然雷声,则在南山之阳矣,何此君子独去此,而不敢少暇乎,于是又美其德。且冀其早毕事而还归也。"《诗经·召南·小星》有"嘒彼小星,三五在东,肃肃宵征,夙夜在公。寔命不同"句,其解释道:"兴也。嘒,微貌。三五,言其稀,盖初昏或将旦时也。肃肃,齐遬貌。宵,夜。征,行也。寔,与实同。命,谓天所赋之分也。南国夫人承后妃之化,能不妒忌以惠其下。故其众妾美之如此。盖众妾进御于君,不敢当夕,见星而往,见星而还,故因所见以起兴。其于义无所取,特取'在东''在公'两字之相应耳。遂言其所以如此者,由其所赋之分不同于贵者,是以深以得御于君为夫人之惠,而不敢致怨于来往之勤也。"《诗经·召南·江有汜》有句"江有汜,之子归,不我以。不我以,其后也悔",其解释道:"兴也。水决复入为汜。今江陵、汉阳、安复之间盖多有之。之子,媵妾指嫡妻而言也。妇人谓嫁曰归。我,媵自我也。能左右之曰以,谓挟己而偕行也。是时汜水之旁,媵有待年于国,而嫡不与之偕行者。其后嫡被后妃夫人之化,乃能自悔而迎之。故媵见江水之有汜,而因以起兴。言江犹有汜。而之子之归,乃不我以。虽不我以,然其后也亦悔矣。"《诗经·召南·野有死麕》"野有死麕,白茅包之。有女怀春,吉士诱之"句,其解释道:"兴也。麕,獐也,鹿属,无角。怀春,当春而有怀也。吉士,犹美士也。南国被文王之化,女子有贞洁自守,不为强暴所污者。故诗人因所见以兴其事而美之。或曰:赋也。言美士以白茅包死麕,而诱怀春之女也。"《国风·召南·驺虞》"彼茁者葭。壹发五豝。于嗟乎驺虞"句,被其解释为:"赋也。茁,生出壮盛之貌。葭,芦也,亦名苇。发,发矢。豝,牡豕也。一发五豝,犹言中必迭双也。驺虞,兽名。白虎黑文,不食生物者也。南国诸侯承文王之化,修身齐家以治其国,而其仁民之余恩,又有以及于庶类。故其春田之际,草木之茂、禽兽之多,至于如此。而诗人述其事以美之,且叹之曰:此其仁心自然,不由勉强。是即真所谓驺虞矣。"

至此,其称:"文王之化,始于《关雎》而至于《麟趾》,则其化之入人者深矣。形于《鹊巢》而及于《驺虞》,则其泽之及物者广矣。盖意诚、心正之功,不息而久,则其熏蒸透彻,融液周遍,自有不能已者,非智力之私所能及也。故序以《驺虞》为《鹊巢》之应,而见王道之成,其必有所传矣。"其又称:"《鹊巢》至于《采蘋》,言夫人、大夫妻,以见当时国君、大夫被文王之化,而能修身以正其家也。《甘棠》以下,又见由方伯能布文王之化,而国君能修之家以及其国也。其词虽无及于文王者,然文王明德、新民之功,至是而其所施者溥矣。抑所谓'其民皞皞而不知为之者'与？唯《何彼襛矣》之诗为不可晓。当阙所疑耳。《周南》《召南》二国，凡二十五篇，先儒以为'正风'，今姑从之。孔子谓伯鱼曰：'女为《周南》《召南》矣乎？人而不为《周南》《召南》，其犹正墙面而立也与？'《仪礼》《乡饮酒》《乡射》《燕礼》，皆合乐《周南》《关雎》《葛覃》《卷耳》《召南》《鹊巢》《采蘩》《采蘋》。《燕礼》又有'房中之乐'。郑氏注曰：'弦歌《周南》《召南》之诗，而不用钟磬。云'房中'者，后夫人之所讽诵，以事其君子。程子曰：'天下之治，正家为先。天下之家正，则天下治矣。二南，正家之道也。陈后妃、夫人、大夫妻之德，推之士庶人之家，一也。故使邦国至于乡党皆用之，自朝廷至于委巷，莫不讴吟讽诵。所以风化天下。'"

对于《诗经》之"邶、鄘、卫"，其解释道："邶、鄘、卫，三国名。在《禹贡》冀州，西阻太行，北逾衡漳，东南跨河，以及兖州桑土之野。及商之季，而纣都焉。武王克商，分自纣城朝歌而北谓之邶，南谓之鄘，东谓之卫，以封诸侯。邶、鄘不详其始封。卫则武王弟康叔之国也。卫本都河北，朝歌之东，淇水之北，百泉之南。其后不知何时并得邶、鄘之地。至懿公，为狄所灭，戴公东徙渡河，野处漕邑。文王又徙居于楚丘。朝歌故城，在今卫州卫县西二十二里，所谓殷墟。卫故都即今卫县。漕，楚丘，皆在滑州。大抵今怀、卫、澶、相、滑、濮等州，开封、大名府界，皆卫境也。但邶、鄘地既入卫，其诗皆为卫事，而犹系其故国之名，则不可晓。而旧说以此下十三国皆为'变风'焉。"

显然，这里的解释与上面总是强调"文王之化"有许多不同，表现出另一种意味的文化阐释。其更多的是自然推论，或者以历史传说故事作为解释根据。如庄姜，《左传·隐公三年》记述曰："卫庄公娶于齐东宫得臣之妹，曰庄姜，美而无子，卫人所为赋《硕人》也。又娶于陈，曰厉妫，生孝伯，早死。其娣戴妫，生桓公，庄姜以为己子。公子州吁，嬖人之子也，有宠而好兵，公弗禁。庄姜恶之。石碏谏曰：臣闻爱子，教之以义方，弗纳于邪。骄、奢、淫、泆，所自邪也。四者之来，宠禄过也。将立州吁，乃定之矣，若犹未也，阶之为祸。

夫宠而不骄,骄而能降,降而不憾,憾而能眕者鲜矣。且夫贱妨贵,少陵长,远间亲,新间旧,小加大,淫破义,所谓六逆也;君义,臣行,父慈,子孝,兄爱,弟敬,所谓六顺也。去顺效逆,所以速祸也。君人者,将祸是务去,而速之,无乃不可乎? 弗听。其子厚与州吁游,禁之,不可。桓公立,乃老。"庄姜传说故事成为其反复述说的根据。《诗经·邶风·柏舟》"泛彼柏舟,亦泛其流。耿耿不寐,如有隐忧。微我无酒,以敖以游"句,其解释曰:"比也。泛,流貌。柏,木名。耿耿,小明,忧之貌也。隐,痛也。微,犹非也。妇人不得于其夫,故以柏舟自比,言以柏为舟。坚致牢实,而不以乘载。无所依薄,但泛然于水中而已。故其隐忧之深如此。非为无酒可以敖游而解之也。《列女传》以此为妇人之诗。今考其辞气卑顺柔弱,且居'变风'之首,而与下篇相类,岂亦庄姜之诗也欤。"《诗经·邶风·绿衣》"绿兮衣兮,绿衣黄里。心之忧矣,曷维其已"句,其解释道:"比也。绿,苍胜黄之闲色。黄,中央土之正色。闲色贱而以为衣,正色贵而以为里,言皆失其所也。已,止也。庄公惑于嬖妾,夫人庄姜贤而失位,故作此诗。言绿衣黄里,以比贱妾尊显而正嫡幽微。使我忧之不能自已也。"《诗经·邶风·燕燕》"燕燕于飞,差池其羽。之子于归,远送于野。瞻望弗及,泣涕如雨"句,其解释曰:"兴也。燕,鳦也,谓之'燕燕'者,重言之也。差池,不齐之貌。之子,指戴妫也。归,大归也。庄姜无子,以陈女戴妫之子完为己子。庄公卒,完即位,嬖人之子州吁弑之。故戴妫大归于陈,而庄姜送之,作此诗也。"其"仲氏任只,其心塞渊。终温且惠。淑慎其身。先君之思,以勖寡人"句,解释为:"赋也。仲氏,戴妫字也。以恩相信曰任。只,语辞。塞,实。渊,深。终,竟。温,和。惠,顺。淑,善也。先君,谓庄公也。勖,勉也。寡人,寡德之人,庄姜自称也,言戴妫之贤如此。又以先君之思勉我,使我常念之而不失其守也。杨氏曰:州吁之暴,桓公之死,戴妫之去,皆夫人失位,不见答于先君所致也。而戴妫犹以先君之思勉其夫人。真可谓温且惠矣。"《诗经·邶风·日月》"日居月诸! 照临下土。乃如之人兮,逝不古处。胡能有定? 宁不我顾"句,其解释曰:"赋也。日居月诸,呼而诉之也。之人,指庄公也。逝,发语辞。古处,未详。或云,以古道相处也。胡、宁,皆何也。庄姜不见答于庄公,故呼日月而诉之。言日月之照临下土久矣,今乃有如是之人,而不以古道相处,是其心志回惑,亦何能有定哉?而何为其独不我顾也?见弃如此,而犹有望之之意焉。此诗之所以为厚也。"《诗经·邶风·终风》"终风且暴,顾我则笑。谑浪笑敖,中心是悼"句,其解释曰:"比也。终风,终日风也。暴,疾也。谑,戏言也。浪,放荡也。悼,伤也。庄公之为人,狂荡暴疾。庄姜盖不忍斥言之。故但以'终风且暴'为比。言虽其狂暴如此,然亦有顾我而笑之时。但皆出于戏慢之意,而无爱敬之诚,则又使我不敢言,而心独伤之耳。盖庄公暴慢无常,而庄姜正静自守,所以忤其意而不见答也。"

《诗经·邶风·凯风》是一篇颂扬母亲辛劳的民歌,朱熹的解释便更多以情感逻辑演绎。其中"凯风自南,吹彼棘心。棘心夭夭,母氏劬劳"句,朱熹解释道:"比也。南风,谓之凯风,长养万物者也。棘,小木。丛生,多刺,难长,而心又其稚弱而未成者也。夭夭,少好貌。劬劳,病苦也。卫之淫风流行,虽有七子之母,犹不能安其室。故其子作此诗,以凯风比母,棘心比子之幼时。盖曰:母生众子,幼而育之,其劬劳甚矣。本其始而言,以起自责之端也。"同篇"爰有寒泉,在浚之下。有子七人,母氏劳苦"句,其解释道:"兴也。浚,卫邑。诸子自责,言寒泉在浚之下,犹能有所滋益于浚,而有子七人,反不能事母,而使母至于劳苦乎?于是乃若微指其事,而痛自刻责,以感动其母心也。母以淫风流行,不能自守,而诸子自责,但以不能事母,使母劳苦为词。婉词几谏,不显其亲之恶。可谓孝矣。"

《诗经·邶风·匏有苦叶》是一首充满爱情的民歌,朱熹的解释充满理学的倾向,总是赋予其"无邪"的含义,表现出对情感的抑制和对秩序的守护态度。如其中有"匏有苦叶,济有深涉。深则厉,浅则揭"句,其解释道:"比也。匏,瓠也。匏之苦者不可食,特可佩以渡水而已。然今尚有叶,则亦未可用之时也。济,渡处也。行渡水曰涉。以衣而涉曰厉,褰衣而涉曰揭。

此刺淫乱之诗,言匏未可用而渡处方深。行者当量其浅深,而后可渡。以比男女之际,亦当量度礼义而行也。"其"有弥济盈,有鹭雉鸣。济盈不濡轨、雉鸣求其牡"句,其解释道:"比也。弥,水满貌。鹭,雌雉声。轨,车辙也。飞,曰雌雄。走曰牝牡。夫济盈必濡其辙,雉鸣当求其雄,此常理也。今济盈而曰不濡轨,雉鸣而反求其牡,以比淫乱之人不度礼义,非其配耦,而犯礼以相求也。"其"雍雍鸣雁,旭日始旦。士如归妻,迨冰未泮"句,朱熹解释道:"赋也。雍雍,声之和也。雁,鸟名,似鹅,畏寒,秋南春北。旭,日初出貌。昏礼,纳采用雁。亲迎以昏,而纳采请期以旦。归妻以冰泮,而纳采请期,迨冰未泮之时。言古人之于婚姻,其求之不暴,而节之以礼如此,以深刺淫乱之人也。"其"招招舟子,人涉卬否。人涉卬否,卬须我友"句,朱熹解释为:"比也。招招,号召之貌。舟子,舟人主济渡者。卬,我也。舟人招人以渡,人皆从之。而我独否者,待我友之招,而后从之也。以比男女必待其配耦而相从,而刺此人之不然也。"《诗经·鄘风·桑中》是一首大胆歌唱爱情的民歌,其歌唱道:"爰采唐矣,沫之乡矣。云谁之思,美孟姜矣。期我乎桑中,要我乎上宫,送我乎淇之上矣",朱熹解释道:"赋也。唐,蒙菜也,一名兔丝。沫,卫邑也。书所谓'妹邦'者也。孟,长也。姜,齐女,言贵族也。桑中、上宫、淇上,又妹乡之中小地名也。要,犹迎也。卫俗淫乱,世族在位,相窃妻妾。故此人自言,将采唐于沫,而与其所思之人,相期会迎送如此也。"其引述曰:"《乐记》曰:郑卫之音,乱世之音也。比于慢矣。桑间濮上之音,亡国之音也。其政散,其民流,诬上行私,而不可止也。按'桑间'即此篇。故《小序》亦用《乐记》之语。"其不惟《诗经·鄘风·桑中》,对于《诗经·鄘风·鹑之奔奔》,朱熹同样表现出以礼仪秩序为中心的价值观念,其称:"范氏曰:宣姜之恶,不可胜道也。国人疾而刺之。或远言焉,或切言焉。远言之者,君子偕老是也。切言之者,鹑之奔奔是也。卫诗至此,而人道尽,大理灭矣。中国无以异于夷狄,人类无以异于禽兽,而国随以亡矣。胡氏曰:杨时有言。《诗》载此篇,以见卫为狄所灭之因也,故在《定之方中》之前。因以是说考于历代,凡淫乱者,未有不至于杀身败国而亡其家者。然后知古《诗》垂戒之大。而近世有献议,乞于经筵不以国风进讲者,殊失圣经之旨矣。"

《诗经·卫风·氓》也是一首爱情民歌,被朱熹概括为"淫奔"。其中有"氓之蚩蚩,抱布贸丝。匪来贸丝,来即我谋。送子涉淇,至于顿丘。匪我愆期,子无良媒。将子无怒,秋以为期"句,朱熹解释道:"赋也。氓,民也,盖男子而不知其谁何之称也。蚩蚩,无知之貌,盖怨而鄙之也。布,币。贸,买也。贸丝,盖初夏之时也。顿丘,地名。愆,过也。将,愿也,请也。此淫妇为人所弃,而自叙其事,以道其悔恨之意也。夫既与之谋而不遂往,又责所无以难其事,再为之约以坚其志。此其计亦狡矣,以御蚩蚩之氓。宜其有余,而不免于见弃。盖一失其身,人所贱恶,始虽以欲而迷,后必以时而悟。是以无往而不困耳。士君子立身一败,而万事瓦裂者,何以异此?可不戒哉!"其"乘彼垝垣,以望复关。不见复关,泣涕涟涟。既见复关,载笑载言。尔卜尔筮,体无咎言。以尔车来,以我贿迁"句,解释为:"赋也。垝,毁。垣,墙也。复关,男子之所居也。不敢显言其人,故托言之耳。龟曰卜,蓍曰筮。体,兆卦之体也。贿,财。迁,徙也。与之期矣,故及期而乘垝垣以望之。既见之矣,于是问其卜筮所得卦兆之体,若无凶咎之言,则以尔之车来迎,当以我之贿往迁也。"其"桑之未落,其叶沃若。吁嗟鸠兮,无食桑葚。吁嗟女兮,无与士耽。士之耽兮,犹可说也。女之耽兮,不可说也"句,解释为:"比而兴也。沃若,润泽貌。鸠,鹘鸠也,似山雀而小,短尾,青黑色,多声。葚,桑实也。鸠食葚多,则致醉。耽,相乐也。说,解也。言桑之润泽,以比己之容色光丽。然又念其不可恃此而从欲忘反,故遂戒鸠无食桑葚,以兴下句戒女无与士耽也。士犹可说,而女不可说者,妇人被弃之后深自愧悔之辞。主言妇人无外事,唯以贞信为节,一失其正,则余无足观尔。不可便谓士之耽惑实无所妨也。"其"桑之落矣,其黄而陨。自我徂尔,三岁食贫。淇水汤汤,渐车帷裳。女也不爽,士贰其行。士也罔极,二三其德"句,解释为:"比也。陨,落。徂,往也。汤汤,水盛貌。渐,渍也。帷裳,车饰,亦名童容,妇人之车则有之。爽,差。极,至也。言桑之黄落,以比己之容色凋谢。遂言自我往之尔家,而值尔之贫。于是见弃,复乘车而渡水以归,复自言其过不在此,而在彼也。"其"三岁为妇,靡室劳矣。夙兴夜寐,靡有朝矣。言既遂矣,至于暴矣。兄弟不知,咥其笑矣。静言思之,躬自悼矣"句,解释为:"赋也。靡,不。夙,早。兴,起也。咥,笑貌。言我三岁为妇,尽心竭力,不以室家之务为劳。早起夜卧,无有朝旦之暇。与尔始相谋约之言既遂,而尔遽以暴戾加我。兄弟见我之归,不知其然。但咥然其笑而已。盖淫奔从人,不为兄弟所齿。故其见弃而归,亦不为兄弟所恤,理固有必然者,亦何所归咎哉。但自痛悼而已。"其"及尔偕老,老使我怨。淇则有岸,隰则有泮。总角之宴,言笑晏晏。信誓旦旦,不思其反。反是不思,亦已焉哉"句,解释为:"赋而兴也。及,与也。泮,涯也。高下之判也。总角,女子未许嫁则未笄,但结发为饰也。晏晏,和柔也。旦旦,明也。言我与女本期偕老。不知老而见弃如此,徒使我怨也。淇则有岸矣,隰则有泮矣,而我总角之时,与尔宴乐言笑,成此信誓。曾不思其反复以至于此也。此则兴也。既不思其反复而至此矣,则亦如之何哉?亦已而已矣。《传》曰:'思其终也,思其复也。'思其反之谓也。"

"郑风淫",即"郑风"多为大胆、狂放的爱情歌唱。在朱熹的文化阐释中,他更多的看到"淫"。他努力解构或摒弃爱情民歌中情感的激荡,而有意强调"正风俗"的意义,所以要做出修正,重新建构他自己的话语体系。如《诗经·郑风·将仲子》歌唱爱情,有"将仲子兮,无踰我里,无折我树杞。岂敢爱之,畏我父母。仲可怀也,父母之言,亦可畏也"句,朱熹同样解释为"淫奔者之辞"。《诗经·郑风·女曰鸡鸣》,有"女曰鸡鸣,士曰昧旦。子兴视夜,明星有烂。将翱将翔,弋凫与雁"句,朱熹做解释道:"赋也。昧,晦。旦,明也。昧旦,天欲旦,晦明未辨之际也。明星,启明之星,先日而出者也。弋,缴射,谓以生丝系矢而射也。凫,水鸟,如鸭,青色,背上有文。此诗人述贤夫妇相警戒之词。言女曰鸡鸣,以警其夫。而士曰昧旦,则不止于鸡鸣矣。妇人又语其夫曰:若是,则子可以起而视夜之如何。意者明星已出而烂然,则当翱翔而往,弋取凫雁而归矣。其相与警戒之言如此,则不留于宴昵之私,可知矣。"有"弋言加之,与子宜之。宜言饮酒,与子偕老。琴瑟在御,莫不静好"句,其解释为:"赋也。加,中也。《史记》所谓'以弱弓微缴加诸凫雁之上'是也。宜,和其所宜也。《内则》所谓'雁宜麦'之属是也。射者,男子之事;而中馈,妇人之职。故妇谓其夫:既得凫雁以归,则我当为子和其滋味之所宜,以之饮酒相乐,期于偕老,而琴瑟之在御者,亦莫不安静而和好。其和乐而不淫,可见矣。"有"知子之来之,杂佩以赠之。知子之顺之,杂佩以问之。知子之好之,杂佩以报之"句,其解释为:"赋也。来之,致其来者,如所谓'修文德以来之'。杂佩者,左右佩玉也,上横曰珩,下系三组,贯以玭珠。中组之半,贯一大珠,曰瑀;末悬一玉,两端皆锐,曰冲牙。两旁组半,各悬一玉,长博而方,曰琚;其末各悬一玉,如半璧而内向,曰璜。又以两组贯珠,上系珩两端,下交贯于瑀,而下系于两璜。行则冲牙触璜,而有声也。吕氏曰:'非独玉也。觿燧箴管,凡可佩者皆是也。'赠,送。顺,爱。问,遗也。妇又语其夫曰:我苟知子之所致而来,及所亲爱者,则将解此杂佩,以送遗报答之。盖不惟治其门内之职,又欲其君子亲贤友善,结其欢心,而无所爱于服饰之玩也。"《诗经·郑风·风雨》"风雨凄凄,鸡鸣喈喈。既见君子,云胡不夷"句,其解释为"赋也。凄凄,寒凉之气。喈喈,鸡鸣之声。风雨晦冥,盖淫奔之时。君子,指所期之男子也。夷,平也。淫奔之女言当此之时,见其所期之人,而心悦也"。《诗经·郑风·子衿》"青青子衿,悠悠我心。纵我不往,子宁不嗣音"句,其解释为"赋也。青青,纯缘之色,具父母,衣纯以青。子,男子也。衿,领也。悠悠,思之长也。我,女子自我也。嗣音,继续其声问也。此亦淫奔之诗"。《诗经·郑风·扬之水》"扬之水,不流束楚。终鲜兄弟,维予与女。无信人之言,人实迋女"句,其解释为:"兴也。兄弟,婚姻之称,《礼》所谓'不得嗣为兄弟'是也。予、女,男女自相谓也。人,它人也。迋,与诳同。淫者相谓,言扬之水,则不流束楚矣。终鲜兄弟,则维予与女矣。岂可以他人离间之言而疑之哉?彼人之言,特诳女耳。"《诗经·郑风·出其东门》"出其东门,有女如云。虽则如云,匪我思存。缟衣綦巾,聊乐我员"句,朱熹解释为:"赋也。如云,美且众也。缟,白色。綦,苍艾色。缟衣綦巾,女服之贫陋者,此人自目其室家也。员,与云同,语词也。人见淫奔之女,而作此诗。以为此女虽美且众,而非我思之所存。不如己之室家,虽贫且陋,而聊可自乐也。是时淫风大行,而其间乃有如此之人,亦可谓能自好,而不为习俗所移矣。'羞恶之心,人皆有之',岂不信哉!"《诗经·郑风·野有蔓草》"野有蔓草,零露漙兮。有美一人,清扬婉兮。邂逅相遇,适我愿兮"句,其解释为"赋而兴也。蔓,延也。漙,露多貌。清扬,眉目之间婉然美也。邂逅,不期而会也。男女相遇于野田草露之间,故赋其所在以起兴。言野有蔓草,则零露漙矣。有美一人,则清扬婉矣。邂逅相遇,则得以适我愿矣"。《诗经·郑风·溱洧》是一首火辣辣的歌唱,其"溱与洧,方涣涣兮。士与女,方秉蕑兮。女曰'观乎'?士曰'既且'。且往观乎,洧之外,洵訏且乐。维士与女,伊其相谑,赠之以勺药"句,朱熹解释为"赋而兴也。涣涣,春水盛貌。盖冰解而水散之时也。蕑,兰也,其茎叶似泽兰,广而长节,节中赤,高四五尺。且,语辞。洵,信。訏,大也。勺药,亦香草也,三月开华,芳色可爱。郑国之俗,三月上巳之辰,采兰水上,以祓除不祥。故其女问于士曰:盍往观乎?士曰:吾既往矣。女复要之曰:且往观乎?盖洧水之外,其地信宽大而可乐也。于是士女相与戏谑,且以勺药相赠,而结恩情之厚也。此诗淫奔者自叙之词"。总之,"郑风"即"淫奔"。朱熹由此而感慨道:"郑、卫之乐,皆为淫声。然以《诗》考之,《卫诗》三十有九,而淫奔之诗才四之一。《郑诗》二十有一,而淫奔之诗已不翅七之五。《卫》犹为男悦女之词,而《郑》皆为女惑男之语。卫人犹多刺讥惩创之意,而郑人几于荡然无复羞愧悔悟之萌。是则郑声之淫,有甚于卫矣。故夫子论为邦,独以郑声为戒,而不及卫,盖举重而言,固自有次第也。《诗》可以观,岂不信哉!"

《诗经·邶风·谷风》是一首弃妇歌谣,具有保存社会风俗生活史的价值。其"习习谷风,以阴以雨。黾勉同心,不宜有怒。采葑采菲,无以下体。

德音莫违,及尔同死"句,朱熹解释为:"比也。习习,和舒也。东风谓之谷风。葑,蔓菁也。菲,似葍,茎粗,叶厚而长,有毛。下体,根也。葑、菲,根茎皆可食,而其根则有时而美恶。德音,美誉也。妇人为夫所弃,故作此诗,以叙其悲怨之情。言阴阳和而后雨泽降。如夫妇和而后家道成。故为夫妇者,当黾勉以同心,而不宜至于有怒。又言采葑菲者,不可以其根之恶,而弃其茎之美,如为夫妇者,不可以其颜色之衰,而弃其德音之善。但德音之不违,则可以与尔同死矣。"其"行道迟迟,中心有违。不远伊迩,薄送我畿。谁谓荼苦,其甘如荠。宴尔新昏,如兄如弟"句,朱熹解释为:"赋而比也。迟迟,舒行貌。违,相背也。畿,门内也。荼,苦菜,蓼属也。详见《良耜》。荠,甘菜。宴,乐也。新昏,夫所更娶之妻也。言我之被弃,行于道路,迟迟不进。盖其足欲前,而心有所不忍,如相背然。而故夫之送我,乃不远而甚迩,亦至其门内而止耳。又言荼虽甚苦,反甘如荠。以比己之见弃,其苦有甚于荼,而其夫方且宴乐其新昏,如兄如弟,而不见恤。盖妇人从一而终。今虽见弃,犹有望夫之情,厚之至也。"其"泾以渭浊,湜湜其沚。宴尔新昏,不我屑以。毋逝我梁,毋发我笱。我躬不阅,遑恤我后"句,解释为"比也。泾、渭,二水名。泾水,出今原州百泉县笄头山东南,至永兴军高陵入渭。渭水,出渭州渭源县鸟鼠山,至同州冯翊县入河。湜湜,清貌。沚,水渚也。屑,洁。以,与。逝,之也。梁,堰石障水而空其中,以通鱼之往来者也。笱,以竹为器,而承梁之空,以取鱼者也。阅,容也。泾浊渭清,然泾未属渭之时,虽浊而未甚见。由二水既合,而清浊益分。然其别出之渚,流或稍缓,则犹有清处。妇人以自比其容貌之衰久矣,又以新昏形之,益见憔悴。然其心则固犹有可取者。但以故夫之安于新昏,故不以我为洁而与之耳。又言毋逝我之梁,毋发我之笱,以比欲戒新昏,毋居我之处,毋行我之事。而又自思,我身且不见容,何暇恤我已去之后哉!知不能禁,而绝意之辞也"。其"我有旨蓄,亦以御冬。宴尔新昏,以我御穷。有洸有溃,既诒我肄。不念昔者,伊余来塈"句,解释为:"兴也。旨,美。蓄,聚。御,当也。洸,武貌。溃,怒色也。肄,劳。塈,息也。又言我之所以蓄聚美菜者,盖欲以御冬月乏无之时。至于春夏,则不食之矣。今君子安于新昏而厌弃我。是但使我御其穷苦之时,至于安乐则弃之也。又言于我极其武怒,而尽遗我以勤劳之事,曾不念昔者我之来息时也。追言其始见君子之时接礼之厚。怨之深也。"

其评说"国风",所赞美的是中正。如《诗经·曹风·鸤鸠》有"鸤鸠在桑,其子七兮。淑人君子,其仪一兮。其仪一兮,心如结兮"句,朱熹解释道:"兴也。鸤鸠,秸鞠也,亦名戴胜,今之布谷也。饲子朝从上下,莫从下上,平均如一也。如结,如物之固结而不散也。诗人美君子之用心均平专一。故言鸤鸠在桑,则其子七矣。淑人君子,则其仪一矣。其仪一,则心如结矣。然不知其何所指也。陈氏曰:君子动容貌,斯远暴慢。正颜色,斯近信;出辞气,斯远鄙倍。其见于威仪动作之间者,有常度矣,岂固为是拘拘者哉?盖和顺积中,而英华发外。是以由其威仪一于外,而其心如结于内者,从可知也。"其"鸤鸠在桑,其子在梅。淑人君子,其带伊丝。其带伊丝,其弁伊骐"句,解释为:"兴也。鸤鸠常言在桑,其子每章异木。子自飞去,母常不移也。带,大带也。大带用素丝,有杂色饰焉。弁,皮弁也。骐,马青黑色者。弁之色亦如此也。《书》云:'四人骐弁。'今作'綦',言鸤鸠在桑,则其子在梅矣。淑人君子,则其带伊丝矣。其带伊丝,则其弁伊骐矣。言有常度,不差忒也。"

朱熹的眼中,作为民间歌唱的"国风",不仅是王权的教化,也是社会历史和风俗生活的记录,而且是世道的写照。如《诗经·王风·大车》"大车槛槛,毳衣如菼。岂不尔思,畏子不敢"句,其解释为:"赋也。大车,大夫车。槛槛,车行声也。毳衣,天子大夫之服。菼,芦之始生也。毳衣之属,衣绘而裳绣,五色皆备,其青者如菼。尔,淫奔者相命之辞也。子,大夫也。不敢,不敢奔也。周衰,大夫犹有能以刑政治其私邑者,故淫奔者畏而歌之如此。然其去二南之化则远矣。此可以观世变也。"《诗经·魏风·伐檀》是一首劳动歌唱,朱熹解释为"诗人言有人于此用力伐檀,将以为车而行陆也。今乃寘之河干,则河水清涟,而无所用。虽欲自食其力,而不可得矣。然其志则自以为不耕则不可以得禾,不猎则不可以得兽,是以甘心穷饿而不悔也。诗人述其事而叹之,以为是真能不空食者。后世若徐稺之流,非其力不食,其厉志盖如此。"《诗经·魏风·硕鼠》是一首时政歌谣,控诉剥削者的罪恶行径,朱熹解释为"硕,大也。三岁,言其久也。贯,习。顾,念。逝,往也。乐土,有道之国也。爰,于也。民困于贪残之政,故托言大鼠害己而去之也","劳,勤劳也。谓不以我为勤劳也。永号,长呼也。言既往乐郊,则无复有害己者,当复为谁而永号乎?"。

  朱熹非常看重《诗经》所体现的历史文化内容。如"唐风",其解释道:"唐,国名,本帝尧旧都。在《禹贡》冀州之域,大行、恒山之西,大原、大岳之野,周成王以封弟叔虞为唐侯。南有晋水。至子燮乃改国号曰晋,后徙曲沃,又徙居绛。其地土瘠民贫,勤俭质朴,忧深思远,有尧之遗风焉。其诗不谓之晋而谓之唐,盖仍其始封之旧号耳。唐叔所都在今大原府,曲沃及绛皆在今绛州。"如"秦风",其论述道:"秦,国名。其地在《禹贡》雍州之域,近鸟鼠山。初伯益佐禹治水有功,赐姓嬴氏。其后中潏居西戎,以保西垂。六世孙大骆生成及非子。非子事周孝王,养马于汧、渭之间,马大繁息。孝王封为附庸,而邑之秦。至宣王时,犬戎灭成之族。宣王遂命非子曾孙秦仲为大夫,诛西戎,不克,见杀。及幽王为西戎、犬戎所杀,平王东迁,秦仲孙襄公以兵送之。王封襄公为诸侯,曰:'能逐犬戎,即有岐丰之地。'襄公遂有周西都畿内八百里之地。至玄孙德公,又徙于雍。秦,即今之秦州。雍,今京兆府兴平县是也。"如"陈风",其称:"陈,国名,太皞伏羲氏之墟,在《禹贡》豫州之东。其地广平,无名山大川。西望外方,东不及孟诸。周武王时,帝舜之胄有虞阏父为周陶正。武王赖其利器用,与其神明之后,以元女大姬妻其子满,而封之于陈,都于宛丘之侧。与黄帝、帝尧之后共为'三恪',是为胡公。大姬妇人尊贵,好乐巫觋歌舞之事,其民化之。今之陈州,即其地也。"如"桧风",其论曰:"桧,国名,高辛氏火正祝融之墟。在《禹贡》豫州,外方之北,荥、波之南,居溱、洧之间。其君妘姓,祝融之后。周衰,为郑武公所灭,而迁国焉。今之郑州即其地也。"如"豳风",其曰:"豳,国名。在《禹贡》雍州,岐山之北,原隰之野。虞、夏之际,弃为后稷,而封于邰。及夏之衰,弃稷不务,弃子不窋失其官守,而自窜于戎狄之间。不窋生鞠陶,鞠陶生公刘,能复修后稷之业,民以富实。乃相土地之宜,而立国于豳之谷焉。十世而大王徙居岐山之阳,十二世而文王始受天命,十三世而武王遂为天子。武王崩,成王立,年幼不能涖阼,周公旦以冢宰摄政,乃述后稷、公刘之化,作诗一篇以戒成王,谓之《豳风》。而后人又取周公所作,及凡为周公而作之诗以附焉。豳在今邠州三水县,邰在今京兆府武功县。"

《诗经》中的歌唱是可以看作社会历史发展证据的,而且,其比较于"文王化之",这里的叙说表现出他的赞许,也流露出情感的倾向性。如《诗经·唐风·蟋蟀》"蟋蟀在堂,岁聿其莫。今我不乐,日月其除。无已大康,职思其居。好乐无荒,良士瞿瞿"句,朱熹解释为:"赋也。蟋蟀,虫名,似蝗而小,正黑,有光泽如漆,有角翅。或谓之促织,九月在堂。聿,遂。莫,晚。除,去也。大康,过于乐也。职,主也。瞿瞿,却顾之貌。唐俗勤俭,故其民间终岁劳苦,不敢少休。及其岁晚务闲之时,乃敢相与燕饮为乐。而言今蟋蟀在堂,而岁忽已晚矣。当此之时而不为乐,则日月将舍我而去矣。然其忧深而思远也,故方燕乐而又遽相戒曰:今虽不可以不为乐,然不已过于乐乎?盖亦顾念其职之所居者,使其虽好乐而无荒,若彼良士之长虑而却顾焉,则可以不至于危亡也。盖其民俗之厚,而前圣遗风之远如此。"《诗经·唐风·扬之水》歌唱"扬之水,白石凿凿","扬之水、白石皓皓","扬之水、白石粼粼",朱熹解释为"凿凿,巉岩貌。襮,领也。诸侯之服,绣黼领而丹朱纯也。子,指桓叔也。沃,曲沃也。晋昭侯封其叔父成师于曲沃,是为桓叔。其后沃盛强,而晋微弱,国人将叛而归之,故作此诗。言水缓弱而石巉岩,以比晋衰而沃盛。故欲以诸侯之服,从桓叔于曲沃,且自喜其见君子而无不乐也","粼粼,水清石见之貌。闻其命而不敢以告人者,为之隐也。桓叔将以倾晋,而民为之隐。盖欲其成矣。李氏曰:'古者不轨之臣欲行其志,必先施小惠以收众情,然后民翕然从之。田氏之于齐,亦犹是也。故其召公子阳生于鲁,国人皆知其已至而不言,所谓'我闻有命,不敢以告人'也"。《诗经·唐风·无衣》有"岂曰无衣七兮?不如子之衣,安且吉兮"句,其解释道:"赋也。侯伯七命,其车旗衣服皆以七为节。子,天子也。《史记》,曲沃桓叔之孙武公伐晋灭之,尽以其宝器赂周厘王。王以武公为晋君,列于诸侯。此诗盖述其请命之意。言我非无是七章之衣也,而必请命者,盖以不如天子之命服之为安且吉也。盖当是时,周室虽衰,典刑犹在。武公既负弑君篡国之罪,则人得讨之,而无以自立于天地之间。故赂王请命,而为说如此。然其倨慢无礼,亦已甚矣。厘王贪其宝玩,而不思天理民彝之不可废,是以诛讨不加,而爵命行焉。则王纲于是乎不振,而人纪或几乎绝矣。呜呼,痛哉!"《诗经·秦风·黄鸟》有"交交黄鸟,止于棘。谁从穆公?子车奄息。维此奄息,百夫之特"句,朱熹解释为:"兴也。交交,飞而往来之貌。从穆公,从死也。子车,氏。奄息,名。特,杰出之称。穴,圹也。惴惴,惧貌。栗,惧。歼,尽。良,善。赎,贸也。秦穆公卒,以子车氏之三子为殉,皆秦之良也。国人哀之,为之赋《黄鸟》。事见《春秋传》,即此诗也。言交交黄鸟,则止于棘矣。谁从穆公?则子车奄息也。盖以所见起兴也。临穴而惴慄,盖生纳之圹中也。三子皆国之良,而一旦杀之。若可贸以它人,则人皆愿百其身以易之矣。"与"唐风"相比,"秦风"属于另一种景象,对此,朱熹称:"《春秋传》曰:君子曰:'秦穆公之不为盟主也宜哉!死而弃民。先王违世,犹诒之法,而况夺之善人乎?今纵无法以遗后嗣,而又收其良以死,难以在上矣。'君子是以知秦之不复东征也。愚按:穆公于此,其罪不可逃矣。但或以为穆公遗命如此,而三子自杀以从之,则三子亦不得为无罪。今观临穴惴栗之言,则是康公从父之乱命,迫而纳之于圹,其罪有所归矣。又按《史记》:秦武公卒,初以人从死,死者六十六人。至穆公遂用百七十七人,而三良与焉。盖其初特出于戎翟之俗,而无明王贤伯以讨其罪。于是习以为常,则虽以穆公之贤而不免。论其事者,亦徒闵三良之不幸,而叹秦之衰。至于王政不纲,诸侯擅命,杀人不忌,至于如此，则莫知其为非也。呜呼，俗之弊也久矣！其后始皇之葬，后宫皆令从死，工匠生闭墓中，尚何怪哉！"《诗经·秦风·无衣》有"岂曰无衣，与子同袍。王于兴师，修我戈矛，与子同仇"句，朱熹解释道："赋也。袍，襺也。戈，长六尺六寸。矛，长二丈。王于兴师，以天子之命而兴师也。秦俗强悍，乐于战斗。故其人平居而相谓曰：岂以子之无衣，而与子同袍乎？盖以王于兴师，则将修我戈矛，而与子同仇也。其欢爱之心，足以相死如此。苏氏曰：秦本周地。故其民犹思周之盛时，而称先王焉。或曰：兴也。取'与子同'三字为义。"其称之曰："秦人之俗，大抵尚气概，先勇力，忘生轻死。故其见于《诗》如此。然本其初而论之，岐丰之地，文王用之以兴，二南之化，如彼其忠且厚也。秦人用之未几，而一变其俗至于如此，则已悍然有招八州而朝同列之气矣。何哉？雍州土厚水深，其民厚重质直，无郑、卫骄惰浮靡之习。以善导之，则易以兴起，而笃于仁义；以猛驱之，则其强毅果敢之资，亦足以强兵力农，而成富强之业，非山东诸国所及也。呜呼！后世欲为定都立国之计者，诚不可不监乎此，而凡为国者，其于导民之路，尤不可以不审其所之也。"其在《诗经·秦风·渭阳》解释中称："按《春秋传》：晋献公烝于齐姜，生秦穆夫人、太子申生。娶犬戎胡姬，生重耳。小戎子生夷吾。骊姬生奚齐，其娣生卓子。骊姬谮申生，申生自杀。又谮二公子，二公子皆出奔。献公卒，奚齐、卓子继立，皆为大夫里克所弑。秦穆公纳夷吾，是为惠公。卒，子圉立，是为怀公。立之明年，秦穆公又召重耳而纳之，是为文公。王氏曰：'至渭阳者，送之远也。悠悠我思者，思之长也。路车乘黄、琼瑰玉佩者，赠之厚也。'广汉张氏曰：'康公为太子，送舅氏而念母之不见，是固良心也，而卒不能自克于令孤之役，怨欲害乎良心也。使康公知循是心，养其端而充之，则怨欲可消矣。'"

《诗经》"国风"除了爱情民歌、劳动歌谣、历史传说故事歌谣和时政歌谣等篇章，还有许多农事风俗歌谣。农事，是国家的命脉，在社会发展中具有举足轻重的地位。朱熹对此类民歌的解释体现出其独特的社会观和自然观。如《诗经·豳风·七月》，其分别解释道："七月，斗建申之月，夏之七月也。

后凡言'月'者放此。流,下也。火,大火,心星也。以六月之昏,加于地之南方。至七月之昏,则下而流矣。九月霜降始寒,而蚕绩之功亦成,故授人以衣,使御寒也。一之日,谓斗建子,一阳之月。二之日,谓斗建丑,二阳之月也。变月言日,言是月之日也。后凡言'日'者放此。盖周之先公已用此以纪候。故周有天下,遂以为一代之正朔也。觱发,风寒也。栗烈,气寒也。褐,毛布也。岁,夏正之岁也。于,往也。耜,田器也。于耜,言往修田器也。举趾,举足而耕也。我,家长自我也。馌,饷田也。田畯,田大夫,劝农之官也。周公以成王未知稼穑之艰难,故陈后稷、公刘风化之所由,使瞽蒙朝夕讽诵以教之。此章首言七月暑退将寒,故九月而授衣以御之。盖十一月以后风气日寒,不如是则无以卒岁也。正月则往修田器,二月则举趾而耕。少者既皆出而在田,故老者率妇子而饷之,治田早而用力齐,是以田畯至而喜之也。""载,始也。阳,温和也。仓庚,黄鹂也。懿,深美也。遵,循也。微行,小径也。柔桑,稚桑也。迟迟,日长而暄也。蘩,白蒿也,所以生蚕,今人犹用之。盖蚕生未齐,未可食桑,故以此啖之也。祁祁,众多也,或曰徐也。公子,豳公之子也。再言流火、授衣者,将言女功之始,故又本于此。遂言春日始和,有鸣仓庚之时,而蚕始生,则执深筐以求稚桑。然又有生而未齐者,则采蘩者众。而此治蚕之女,感时而伤悲。盖是时公子犹娶于国中,而贵家大族连姻公室者,亦无不力于蚕桑之务。故其许嫁之女,预以将及公子同归而远其父母为悲也。其风俗之厚,而上下之情,交相忠爱如此","萑苇,即蒹葭也。蚕月,治蚕之月。条桑,枝落之,采其叶也。斧,隋銎。斨,方銎。远扬,远枝扬起者也。取叶存条曰猗。女桑,小桑也。小桑不可条取,故取其叶而存其条,猗猗然耳。鵙,伯劳也。绩,缉也。玄,黑而有赤之色。朱,赤色。阳,明也。言七月暑退将寒。而是岁御冬之备,亦庶几其成矣。又当预拟来岁治蚕之用,故于八月萑苇既成之际而收蓄之,将以为曲薄。至来岁治蚕之月,则采桑以供蚕食,而大小毕取,见蚕盛而人力至也,蚕事既备。又于鸣鵙之后,麻熟而可绩之时,则绩其麻以为布。而凡此蚕绩之所成者,皆染之,或玄或黄,而其朱者尤为鲜明。皆以供上,而为公子之裳,言劳于其事而不自爱,以奉其上。盖至诚恻怛之意,上以是施之,下以是报之也","不荣而实曰秀。葽,草名。蜩,蝉也。获,禾之早者可获也。陨,坠。蘀,落也。谓草木陨落也。貉,狐狸也。于貉,犹言于耜,谓往取狐狸也。同,竭作以狩也。缵,习而继之也。豵,一岁豕。豜,三岁豕也。言自四月纯阳,而历一阴四阴以至纯阴之月,则大寒之候将至。虽蚕桑之功无所不备,犹恐其不足以御寒。故于貉而取狐狸之皮,以为公子之裘也。兽之小者,私之以为己有,而大者则献之于上,亦爱其上之无已也。此章专言狩猎,以终首章前段'无褐'之意","斯螽、莎鸡、蟋蟀,一物,随时变化而异其名。动股,始跃而以股鸣也。振羽,能飞而以翅鸣也。宇,檐下也。暑则在野,寒则依人。穹,空隙也。窒,塞也。向,北出牖也。墐,涂也。庶人筚户,冬则涂之。东莱吕氏曰:'十月而曰改岁,三正之通于民俗尚矣。周特举而迭用之耳。'言睹蟋蟀之依人,则知寒之将至矣。于是室中空隙者塞之,熏鼠使不得穴于其中。塞向以当北风,墐户以御寒气。而语其妇子曰:岁将改矣,天既寒而事亦已,可以入此室处矣。此见老者之爱也","郁,棣属。薁,蘡薁也。葵,菜名。菽,豆也。剥,击也。获稻以酿酒也。介,助也。介眉寿者,颂祷之辞也。壶,瓠也。食瓜断壶,亦去圃为场之渐也。叔,拾也。苴,麻子也。荼,苦菜也。樗,恶木也。自此至卒章,皆言农圃、饮食、祭祀、燕乐,以终首章后段之意。而此章果酒嘉蔬,以供老疾、奉宾祭,瓜瓠苴荼,以为常食。少长之义、丰俭之节然也","场、圃同地。物生之时,则耕治以为圃,而种菜茹;物成之际,则筑坚之以为场,而纳禾稼。盖自田而纳之于场也。禾者,谷连藁秸之总名。禾之秀实而在野曰稼。先种后熟曰重,后种先熟曰穋。再言禾者,稻秫苽粱之属皆禾也。同,聚也。宫,邑居之宅也。古者民受五亩之宅,二亩半为庐在田,春夏居之;二亩半为宅在邑,秋冬居之。功,葺治之事也。或曰:公室官府之役也。古者'用民之力,岁不过三日'是也。索,绞也。绹,索也。乘,升也。言纳于场者无所不备,则我稼同矣,可以入于都邑,而执治宫室之事矣。故昼往取茅,夜而绞索,亟升其屋而治之。盖以来岁将复始播百谷,而不暇于此故也。不待督责而自相警戒,不敢休息如此","凿冰,谓取冰于山也。冲冲,凿冰之意。《周礼》'正岁十二月,令斩冰'是也。纳,藏也。藏冰,所以备暑也。凌阴,冰室也。豳土寒多,正月风未解冻,故冰犹可藏也。蚤,蚤朝也。韭,菜名。献羔祭韭,而后启之。《月令》仲春'献羔开冰,先荐寝庙'是也。苏氏曰:'古者藏冰发冰,以节阳气之盛。夫阳气之在天地,譬犹火之著于物也。故常有以解之。十二月阳气蕴伏,铟而未发,其盛在下,则纳冰于地中。至于二月,四阳作,蛰虫起。阳始用事,则亦始启冰而庙荐之。至于四月,阳气毕达,阴气将绝,则冰于是大发。食肉之禄,老病丧浴,冰无不及,是以冬无愆阳,夏无伏阴,春无凄风,秋无苦雨。雷出不震,无灾霜雹。疠疾不降,民不夭札也。'胡氏曰:'藏冰开冰,亦圣人辅相燮调之一事耳,不专恃此以为治也。'肃霜,气肃而霜降也。涤场者,农事毕而扫场地也。两尊曰朋。乡饮酒之礼,两尊壶于房户间是也。跻,升也。公堂,君之堂也。称,举也。强,竟也。张子曰:此章见民忠爱其君之甚。既劝趋其藏冰之役,又相戒速毕场功,杀羊以献于公,举酒而祝其寿也"。其总结《七月》各章,称:"《周礼·籥章》'中春昼击土鼓,吹《豳诗》以逆暑。中秋夜迎寒,亦如之。'即谓此诗也。王氏曰:仰观星日霜露之变,俯察昆虫草木之化,以知天时,以授民事。女服事乎内,男服事乎外,上以诚爱下,下以忠利上。父父子子,夫夫妇妇。养老而慈幼,食力而助弱。其祭祀也时,其燕飨也节,此《七月》之义也。"

在《诗经》的"小雅"和"大雅",包括"颂"中,保存了许多历史上的传说故事。其中,朱熹做出具体的文化阐释,体现出他的历史文化发展观,尤其是他对历史传说故事中鬼神信仰和祭祀等社会风俗生活的论述,表现出他的民间文艺思想。

《诗经·大雅·生民》有"厥初生民、时维姜嫄"的记述,讲述了《史记·周本纪》所记载的"周后稷,名弃。其母有邰氏女,曰姜原"神话。对此,朱熹做出解释,并论述道:"赋也。民,人也,谓周人也。时,是也。姜嫄,炎帝后。

姜姓,有邰氏女,名嫄,为高辛之世妃。精意以享、谓之禋。祀,祀郊禖矣。弗之言祓也。祓无子,求有子也。古者立郊禖,盖祭天于郊,而以先媒配也。变媒言禖者,神之也。其礼以玄鸟至之日,用太牢祀之。天子亲往,后率九嫔御,乃礼天子所御,带以弓韣,授以弓矢,于郊禖之前也。履,践也。帝,上帝也。武,迹。敏,拇。歆,动也,犹惊异也。介,大也。震,娠也。夙,肃也。生子者,及月辰居侧室也。育,养也。姜嫄出祀郊禖,见大人迹而履其拇,遂歆歆然如有人道之感。于是即其所大所止之处,而震动有娠,乃周人所由以生之始也。周公制礼,尊后稷以配天,故作此诗,以推本其始生之祥,明其受命于天,固有以异于常人也。然巨迹之说,先儒或颇疑之。而张子曰:'天地之始,固未尝先有人也,则人固有化而生者矣,盖天地之气生之也。'苏氏亦曰:'凡物之异于常物者,其取天地之气常多,故其生也或异。麒麟之生,异于犬羊;蛟龙之生,异于鱼鳖,物固有然者矣。神人之生,而有以异于人,何足怪哉!'斯言得之矣。"其称:"凡人之生,必坏副灾害其母、而首生之子尤难。今姜嫄首生后稷,如羊子之易,无坏副灾害之苦,是显其灵异也。上帝岂不宁乎?岂不康我之禋祀乎?而使我无人道而徒然生是子也","邰,后稷之母家也。岂其或灭或迁,而遂以其地封后稷与?言后稷之穑如此,故尧以其有功于民,封于邰,使即其母家而居之,以主姜嫄之祀,故周人亦世祀姜嫄焉"。

《诗经·大雅·公刘》有"笃公刘,匪居匪康","笃公刘,于胥斯原","笃公刘,逝彼百泉"等句,朱熹解释道:"赋也。笃,厚也。公刘,后稷之曾孙也。事见《豳风》。居,安。康,宁也。场、疆,田畔也。积,露积也。餱,食,粮,糗也。无底曰橐,有底曰囊。辑,和。戚,斧。扬,钺。方,始也。旧说,召康公以成王将涖政,当戒以民事。故咏公刘之事,以告之曰:厚哉,公刘之于民也!其在西戎,不敢宁居,治其田畴,实其仓廪。既富且强,于是裹其糇粮,思以辑和其民人,而光显其国家。然后以其弓矢斧钺之备,爰始启行,而迁都豳焉。盖亦不出其封内也","胥,相也。庶、繁,谓来居之者众也。顺,安。宣,遍也,言居之遍也。无永叹,得其所,不思旧也。巘,山顶也。舟,带也。鞞,刀鞘也。琫,刀上饰也。容刀,容饰之刀也。或曰,容刀,如言容臭,谓鞞琫之中容此刀耳。言公刘至豳,欲相土以居,而带此剑佩,以上下于山原也。东莱吕氏曰:'以如是之佩服,而亲如是之劳苦,斯其所以为厚于民也与'","依,安也。跄跄济济,群臣有威仪貌。俾,使也,使人为之设筵几也。登,登筵也。依,依几也。曹,群牧之处也。以豕为殽,用匏为爵,俭以质也。宗,尊也,主也。嫡子孙主祭祀,而族人尊之以为主也。此章言宫室既成而落之,既以饮食劳其群臣,而又为之君,为之宗焉。东莱吕氏曰:'既飨燕而定经制,以整属其民。上则皆统于君,下则各统于宗。盖古者建国立宗,其事相须。楚执戎蛮子,而致邑立宗,以诱其遗民,即其事也'"。

如《诗经·商颂·长发》有"濬哲维商,长发其祥。洪水芒芒,禹敷下土方。外大国是疆,幅陨既长。有娀方将,帝立子生商"句,朱熹解释道:"赋也。濬,深。哲,知。长,久也。方,四方也。外大国,远诸侯也。幅,犹言边幅也。陨,读作员。谓周也,有娀,契之母家也。将,大也。言商世世有濬哲之君,其受命之祥,发见也久矣。方禹治洪水,以外大国为中国之竟,而幅员广大之时,有娀氏始大,故帝立其女之子,而造商室也。盖契于是时始为舜司徒,掌布五教于四方,而商之受命,实基于此。"

这些阐述与论说,从不同方面表现出朱熹对《诗经》的理解,也体现出他的历史文化观与社会风俗生活观。特别是他对民间歌谣的论述,代表着一个时代的思想文化主流,这对于我们理解历史上中国民间文艺思想理论的发展,具有非常重要的意义。

二、《楚辞集注》与朱熹的神话传说理论

《楚辞》与《诗经》都是春秋战国时期的作品,其中保存了远古时代的历史文化,尤其是那些绚丽多彩的神话传说,映现出我国原始先民对天地自然和世俗社会的认识与表达。朱熹崇尚圣贤之道,把那些神话传说故事视作历史的真实,他对于远古文明的理解,体现出了他的民间文艺观,这集中保

存在《楚辞集注》。

《楚辞集注》分列八卷,卷一《离骚》,卷二《九歌》,卷三《天问》,卷四《九章》,卷五《远游》《卜居》《渔父》,卷六《九辩》,卷七《招魂》《大招》,卷八《惜誓》《吊屈原》《服赋》《哀时命》《招隐士》。

朱熹继承了传统文化对于《楚辞》的研究方法,独立思索,努力探究其文化价值,表达了他许多特立独行的见解。诸如,《楚辞》的基本价值何在?朱熹在《楚辞集注》序中认为:"原之为人,其志行虽或过于中庸而不可以为法,然皆出于忠君爱国之诚心。原之为书,其辞旨虽或流于跌宕怪神、怨怼激发而不可以为训,然皆生于缱绻恻怛、不能自已之至意。虽其不知学于北方,以求周公、仲尼之道,而独驰骋于变风、变雅之末流,以故醇儒庄士或羞称之。然使世之放臣、屏子、怨妻、去妇扢泪讴吟于下,而所天者幸而听之,则于彼此之间,天性民彝之善,岂不足以交有所发,而增夫三纲五典之重!",概括起来讲即其可以"增夫三纲五典之重","所以每有味于其言。而不敢直以'词人之赋'视之也"。其中,《楚辞》的时间概念有"终古",如《离骚》"闺中既以邃远兮,哲王又不寤。怀朕情而不发兮,余焉能忍而与此终古",朱熹注云:"终古者,古之所终,谓来日之无穷也。闺中深远,盖言虙妃之属不可求也。哲王不寤,盖言上帝不能察司阍壅蔽之罪也。言此以比上无明王、下无贤伯,使我怀忠信之情不得发用,安能久与此暗乱嫉妒之俗终古而居乎?意欲复去也。"《惜诵》有"竭忠诚而事君兮,反离群而赘肬。忘儇媚以背众兮,待明君其知之"句,朱熹解释说:"赘肬,肉外之余肉,……儇,轻利也。媚,柔佞也。言尽忠以事君,反为不尽忠者所摈弃,视之如肉外之余肉,然吾宁志忘儇媚之态,以与众违,其所恃者,独待明君之知耳"。他的许多见解来自于文献的阅读和思索,也来自于他对社会风俗生活的观察,如《招魂》中的灵魂崇拜,他在《楚辞辩证》中论述道:"后世招魂之礼,有不专为死人者,如杜子美《彭衙行》云:'暖汤濯我足,剪纸招我魂'。盖当时关、陕风俗,道路劳苦之余,则皆为此礼,以袚除而慰安之也。"其《楚辞集注》

称："《招魂》者,宋玉之所作也。古者人死,则使人以其上服升屋,履危北面而号曰:'皋！某复。'遂以其衣三招之,乃下以覆尸。此《礼》所谓复。而说者以为招魂复魄,又以为尽爱之道而有祷祠之心者,盖犹冀其复生也。如是而不生,则不生矣,于是乃行死事。此制礼者之意也。而荆楚之俗,乃或以是施之生人,故宋玉哀闵屈原无罪放逐,恐其魂魄离散而不复还,遂因国俗,托帝命,假巫语以招之。以礼言之,固为鄙野,然其尽爱以致祷,则犹古人之遗意也。是以太史公读之而哀其志焉。若其谲怪之谈,荒淫之志,则昔人盖已误其讥于屈原,今皆不复论也。"

《楚辞集注》表现出朱熹对《楚辞》所保存的历史文化内容的理解方式,也表现出他鲜明的社会风俗生活立场。

诸如《离骚》有"帝高阳之苗裔兮,朕皇考曰伯庸。摄提贞于孟陬兮,惟庚寅吾以降"句,其解释曰:"德合天地称帝。高阳,颛顼有天下之号也。颛顼之后有熊绎者,事周成王,封为楚子,居于丹阳。传国至熊通,始僭称王,徙都于郢,是为武王。生子瑕,受屈为卿,因以为氏。苗裔,远孙也。苗者,草之茎叶,根所生也。裔者,衣裾之末,衣之余也,故以为远末子孙之称也。朕,我也,古者上下通称之。皇,美也。父死称考。伯庸,字也。屈原自道本与君共祖,世有令名,以至于己,是恩深而义厚也。摄提,星名,随斗柄以指十二辰者也。贞,正也。孟,始也。陬,隅也。正月为陬,盖是月孟春昏时,斗柄指寅,在东北隅,故以为名也。降,下也。原又自言此月庚寅之日,己始下母体而生也。"

《离骚》有"女媭之婵媛兮,申申其詈予。曰:'鲧婞直以亡身兮,终然殀乎羽之野'"句,其解释曰:"女媭,屈原姊也。婵媛,眷恋牵持之意。申申,舒缓貌也。曰,记女媭之词也。鲧,尧臣也。《帝系》曰:'颛顼后五世而生鲧'。婞,很也。蚤死曰殀。言尧使鲧治洪水,婞很自用,不顺尧命,乃殛之羽山,死于中野。女媭以屈原刚直太过,恐亦将如鲧之遇祸也。"

《离骚》有"羿淫游以佚畋兮,又好射夫封狐。固乱流其鲜终兮,浞又贪夫厥家"句,其解释曰:"羿,有穷之君,夏时诸侯也。封,大也。浞,寒浞,羿相也。妇谓之家。言羿因夏衰乱,代之为政,娱乐畋猎,不恤民事,信任寒浞,使为国相。羿畋将归,浞使家臣逢蒙射而杀之,贪取其家以为己妻。羿以乱得政,身即灭亡,故曰乱流鲜终也。"其"浇身被服强圉兮,纵欲而不忍。日康娱而自忘兮,厥首用夫颠陨"句,做解释曰:"浇,寒浞子也。强圉,多力也。言浞取羿妻而生浇,强梁多力,纵放其欲,不能自忍也。康,安也。自上而下曰颠。陨,坠也。言浇既灭杀夏后相,安居无忧,日作淫乐,忘其过恶,卒为相子少康所诛。此二章事并见《左传》襄公四年、哀公五年。"

《离骚》有"吾令羲和弭节兮,望崦嵫而勿迫。路曼曼其修远兮,吾将上下而求索"句,其解释曰:"羲和,尧时主四时之官,宾日、饯日者也。弭,按也,止也,按节徐行也。崦嵫,日所入之山也。迫,附近也。曼曼,远貌。修,长也。求索,求贤君也。言欲令羲和按节徐行,望日所入之山,且勿附近,冀及日之未莫而遇贤君也。"

《离骚》有"心犹豫而狐疑兮,欲自适而不可。凤皇既受诒兮,恐高辛之先我"句,其解释曰:"犹,犬子也。人将犬行,犬好豫在人前,待人不得,又来迎候,故谓不决曰犹豫。狐多疑而善听,河冰始合,狐听其下,不闻水声乃敢过。故人过河冰者,要须狐行,然后敢渡,因谓多疑者为狐疑。高辛,帝喾有天下之号也。言以鸩鸠皆不可使,故中心疑惑,意欲自往,而于礼有不可者,凤皇又已受高辛之遣而来求之,故恐简狄先为喾所得也。"

诸如《九歌》的注释中,其称:"九歌者,屈原之所作也。昔楚南郢之邑,沅、湘之间,其俗信鬼而好祀,其祀必使巫觋作乐,歌舞以娱神。蛮荆陋俗,词既鄙俚,而其阴阳人鬼之间,又或不能无亵慢淫荒之杂。原既放逐,见而感之,故颇为更定其词,去其泰甚,而又因彼事神之心,以寄吾忠君爱国眷恋不忘之意。"其解释《九歌》中《东皇太一》,曰:"太一,神名,天之尊神,祠在楚东,以配东帝,故云东皇。《汉书》云:'天神贵者太一,太一佐曰五帝。中宫天极星,其一明者,太一常居也。'《淮南子》曰:'太微者,太一之庭;紫宫者,太一之居.'此篇言其竭诚尽礼以事神,而愿神之欣说安宁,以寄人臣尽忠竭力、爱君无已之意,所谓全篇之比也。"其解释《云中君》,曰:"谓云神也。亦见《汉书·郊祀志》。此篇言神既降而久留,与人亲接,故既去而思之不能忘也,足以见臣子慕君之深意矣。"其解释《湘君》,曰:"此篇盖为男主事阴神之词,故其情意曲折尤多,皆以阴寓忠爱于君之意,而旧说之失为尤甚,今皆正之。"

《九歌》有"扬枹兮拊鼓,疏缓节兮安歌,陈竽瑟兮浩倡。灵偃蹇兮姣服,芳菲菲兮满堂。五音纷兮繁会,君欣欣兮乐康"句,其解释道:"扬,举也。枹,击鼓槌也。拊,击也。疏,希也。举枹击鼓,使至缓节而舞,徐歌相和,以乐神也。陈,列也。浩,大也。竽,笙类,三十六簧。瑟,琴类,二十五弦。灵,谓神降于巫之身者也。偃蹇,美貌。姣,好也。服,饰也。古者巫以降神,神降而托于巫,则见其貌之美而服之好,盖身则巫而心则神也。菲菲,芳貌。五音,谓宫、商、角、徵、羽也。纷,盛貌。繁,众也。君,谓神也。欣欣,喜貌。康,安也。此言备乐以乐神,而愿神之喜乐安宁也。"

《九歌》有"君不行兮夷犹,蹇谁留兮中洲?美要眇兮宜修,沛吾乘兮桂舟。令沅、湘兮无波,使江水兮安流。望夫君兮未来,吹参差兮谁思"句,其解释曰:"君,谓湘君,尧之长女娥皇,为舜正妃者也。舜陟方死于苍梧,二妃死于江、湘之间,俗谓之湘君,湘旁黄陵有庙。夷犹,犹豫也。言既设祭祀,使巫呼请,而未肯来也。中洲,洲中也。水中可居者曰洲。言其不来,不知其为何人而留也。要眇,好貌。修,饰也。沛,行貌。吾,为主祭者之自吾也。欲乘桂舟以迎神,取香洁之意也。又恐行或危殆,故愿湘君令水无波而安流也。参差,洞箫也。《风俗通》云:'舜作箫,其形参差不齐,象凤翼也。'望湘君而未来,故吹箫以思之也。"

《九歌》有"合百草兮实庭,建芳馨兮庑门。九嶷缤兮并迎,灵之来兮如云"句,其解释道:"馨,芳之远闻者。庑,堂下周屋也。言合百草之花以实庭中,积芳馨以庑其门也。九嶷,山名,舜所葬也。言舜使九嶷山神缤然来迎二妃,而众神从之如云也。将筑室依湘夫人以为邻,而舜复迎之以去,则又不得见之。"

《九歌》有"与女游兮九河,冲风起兮横波。乘水车兮荷盖,驾两龙兮骖螭"句,其解释道:"此亦为女巫之词。女,指河伯也。河为四渎长。九河,徒骇、太史、马颊、覆釜、胡苏、简、洁、钩盘、鬲津也。禹治河,至兖州分为九道以杀其溢,其间相去二百余里,徒骇最北,鬲津最南。盖徒骇是河之本道,东出分为八枝也。冲,隧也。螭,如龙而黄,无角。"

《楚辞》中,神话传说的保存以《天问》最为集中,也最为典型。朱熹《楚辞集注》对神话传说与社会风俗生活的文化阐释,主要体现在这里。其论曰:"《天问》者,屈原之所作也。屈原放逐,彷徨山泽,见楚有先王之庙及公卿祠堂,图画天地山川神灵,琦玮谲佹,及古贤圣怪物行事,因书其壁,何而问之,以渫愤懑。"在《天问》的阐释中,其逐字逐句加以详细解释,具体表现出自己对前人注释的理解与认同,也表达出自己的思想。

对于《楚辞》等先秦典籍的注释和解说,汉代学者有许多具体的表达。王逸、王充他们表现出不同的探索方式,朱熹与他们所不同的是,运用文字学和历史文化知识等方式,特别是他注意到当世学者的论述,更详细也更深刻也更有力地做出回答。

如对于天地的起源问题,《天问》"遂古之初,谁传道之?上下未形,何由考之"句,朱熹解释道:"遂,往也。道,犹言也。上下,谓天地也。问往古之初,未有天地,固未有人,谁得见之而传道其事乎?"《天问》"冥昭瞢闇,谁能极之?冯翼惟像,何以识之"句,其记述曰:"瞢,莫邓反。闇,与暗同,又作暗。冯,皮冰反。冥,幽也。昭,明也。谓昼夜也。瞢暗,言昼夜未分也。极,穷也。冯翼,氤氲浮动之貌。《淮南子》云:'天坠未形,冯冯翼翼。'又曰:未有天坠,惟象无形。窈窈冥冥,莫知其门。'此承上问,时未有人,今何以能穷极而知之乎","开辟之初,其事虽不可知,其理则具于吾心,固可反求而默识,非如传记杂书谬妄之说,必诞者而后传,如柳子之所讥也。"《天问》"明明暗暗,惟时何为?阴阳三合,何本何化"句,朱熹解释道:"化,叶虎为反。明暗,即谓昼夜之分也。时,是也。《穀梁子》曰:'独阴不生,独阳不生,独天不生,三合然后生。'此问盖曰:明必有明之者,暗必有暗之者,是何物之所为乎?阴也,阳也,天也,三者之合,何者为本?何者为化乎?今答之曰:天地之化,阴阳而已。一动一静,一晦一明,一往一来,一寒一暑,皆阴阳之所为,而非有为之者也。然《穀梁》言天而不以地对,则所谓天者,理而已矣。成汤所谓'上帝降衷',子思所谓'天命之性'是也。是为阴阳之本,而其两端循环不已者为之化焉。周子曰:无极而太极,太极动而生阳;动极而静,静而生阴。静极复动,一动一静,互为其根。分阴分阳,两仪立焉。正谓此也。然所谓太极,亦曰理而已矣。"《天问》曰:"斡维焉系?天极焉加?八柱何当?东南何亏?"朱熹阐述道:"斡,一作筦,并音管。颜师古云:俗音乌活反,非也。焉,于虔反,篇内并同。加,叶音基,又如字。亏,如字,又叶苦家反。斡,《说文》曰'毂端沓'。则是车毂之内以金为筦而受轴者也。维,系物之縻也。天极,谓南北极,天之枢纽,常不动处,譬则车之轴也。盖凡物之运者,其毂必有所系,然后轴有所加,故问此天之斡维,系于何所,而天极之轴何所加乎?《河图》言:'昆仑者,地之中也。地下有八柱,互相牵制,名山大川,孔穴相通。'《素问》曰:'天不足西北,地不满东南。'注云:'中原地形,西北高,东南下。今百川满凑,东之沧海。'则东西南北,高下可知。故又问八柱何所当值,东南何独亏阙乎?"《天问》"九天之际,安放安属?隅隈多有,谁知其数"句,朱熹解释为:"详味此言,屈子所问,昭然若发蒙矣。但天之形圆如弹丸,朝夜运转,其南北两端后高前下,乃其枢轴不动之处。其运转者亦无形质,但如劲风之旋。当昼则自左旋而向右,向夕则自前降而归后,当夜则自右转而复左,将旦则自后升而趋前,旋转无穷,升降不息,是为天体,而实非有体也。地则气之查滓聚成形质者,但以其束于劲风旋转之中,故得以兀然浮空,甚久而不坠耳。黄帝问于岐伯曰:'地有凭乎?'岐伯曰:'大气举之。'亦谓此也。其曰九重,则自地之外,气之旋转益远益大,益清益刚。究阳之数而至于九,则极清极刚,而无复有涯矣。岂有营度而造作之者,先以斡维系于一处,而后以轴加之,以柱承之,而后天地乃定位哉?且曰其气无涯,则其边际放属,隅限多少,固无得而言者,亦不待辨说而可知其妄矣。东南之亏,乃专以地形言之,初无预乎天也。"

《天问》中的神话传说常常构成一种诗意的文化景观,屈原对这些自然景象的所问,并不是仅仅为了表达自己的疑惑,而更多是借以表达自己的情绪。朱熹用历史文化的知识作以回答,表现出他对屈原身世的理解,和他对文化生活所蕴含道理的理解。

日月神话传说是远古人民的重要知识,表现出他们对天体的张望和理解。《天问》有"出自汤谷,次于蒙汜。自明及晦,所行几里"句,朱熹解释道:"汤,音阳;一作旸。汜,音似,上声。次,舍也。汜,水涯也。《书》云:'宅嵎夷,曰旸谷。'即汤谷也。《尔雅》云'西至日所入,为太蒙',即蒙汜也。此问一日之间,日行几里乎?答之曰:汤谷、蒙汜,固无其所,然日月出水乃升于天,及其西下又入于水,故其出入似有处所,而所行里数,历家以为周天赤道一百七万四千里。日一昼夜而一周,春秋二分,昼夜各行其半,而夏长冬短,一进一退,又各以其什之一焉。"《天问》有"夜光何德,死则又育?厥利维何,而顾菟在腹"句,其解释道:"此问月有何德,乃能死而复生?月有何利,而顾望之菟常居其腹乎?答曰:历家旧说,月朔则去日渐远,故魄死而明生。既望则去日渐近,故魄生而明死。至晦而朔,则又远日而明复生,所谓死而复育也。此说误矣,若果如此,则未望之前,西近东远,而始生之明,当在月东;既望之后,东近西远,而未死之明,却在月西矣。安得未望载魄于西,既望终魄于东,而溯日以为明乎?故唯近世沈括之说乃为得之,盖括之言曰:'月本无光,犹一银丸,日耀之乃光耳。光之初生,日在其傍,故光侧而所见才如钩;日渐远则斜照而光稍满。大抵如一弹丸,以粉涂其半,侧视之则粉处如钩,对视之则正圆也。'近岁王普又申其说曰:'月生明之夕,但见其一钩,至日月相望,而人处其中,方得见其全明。必有神人能凌倒景;旁日月而往参其间,则虽弦晦之时,亦得见其全明,而与望夕无异耳。'以此观之,则知月光常满,但自人所立处视之,有偏有正,故见其光有盈有亏,非既死而复生也。若顾菟在腹之问,则世俗桂树蛙兔之传,其惑久矣。或者以为日月在天,如两镜相照,而地居其中,四旁皆空水也。故月中微黑之处,乃镜中大地之影,略有形似,而非真有是物也。斯言有理,足破千古之疑矣。"《天问》有"何阖而晦?何开而明?角宿未旦,曜灵安藏"句,朱熹作答道:"此问何所开阖而为晦明?且东方未明之时,日安所藏其精光乎?答曰:晦明之问,前娄发之,其实亦阴阳消息之所为耳。阳息而辟,则日出而明;阴消而阖,则日入而暗。又何疑乎?角宿固为东方之宿,然随天运转,不常在东。古经之言,多假借也。日之所出,乃地之东方,未旦则固已行于地中,特未出地面之上耳。"

远古时代,人民生活方式受到大自然的影响,常常表现出对灾难的恐慌与记忆。同时,也表现出远古人民与大自然的斗争。屈原所问,意在借古述今。

中国历史上的神话传说时代,总是伴随着各种灾难的记忆和抗争。诸如鲧和禹的时代与洪水神话,《天问》有"不任汨鸿,师何以尚之?佥曰何忧,何不课而行之?"句,朱熹作答道:"汨,音骨。师,一作鲧,非是。或上句不字上有鲧字。尚,叶音常。曰,一作答。行,叶户郎反。鲧事见《尚书》。汨,治也。鸿,大水也。师,众也。尚,举也。佥,众也。课,试也。问鲧才不任治水,众人何以举之?尧知其不能,而众人以为无忧,尧何不且小试之,而遽行其说也?答曰:鲧之才可任治水,当时无过者,故众举之。尧则固知其方命圮族而不可用矣,四岳又请姑且试之,故尧不得已而用之耳。"《天问》有"鸱龟曳衔,鲧何听焉?顺欲成功,帝何刑焉"句,朱熹作答道:"鸱龟事无所见,旧说谓鲧死为鸱龟所食,鲧何以听而不争乎?特以意言之耳。详其文势,与下文应龙相类,似谓鲧听鸱龟曳衔之计而败其事,然若且顺彼之欲,未必不能成功,舜何以遽刑之乎?然若此类无稽之谈,亦无足答矣。"《天问》问:"永遏在羽山,夫何三年不施?伯禹腹鲧,夫何以变化?"朱熹作答道:"此问鲧功不成,何但囚之羽山,而不施以刑乎?禹,鲧子也。腹,怀抱也。《诗》曰:'出入腹我。'此又问禹自少小习见鲧之所为,何以能变化而有圣德乎?答曰:舜之四罪,皆未尝杀也。程子以为书云殛死,犹言贬死耳。盖圣人用刑之宽例如此,非独于鲧为然也。若禹之圣德,则其所禀于天者,清明而纯粹,岂习于不善所能变乎?"《天问》问:"纂就前绪,遂成考功。何续初继业,而厥谋不同?"朱熹作答道:"此问禹能纂代鲧之遗业而成父功,何继续其业,而谋乃不同如此乎?答曰:鲧、禹治水之不同,事见《洪范》。盖鲧不顺五行之性,筑堤以障润下之水,故无成。禹则顺水之性而导之使下,故有功。《书》所谓'决九川,距四海,濬畎浍距川'。孟子所谓禹之行水,得水之道,而行其所无事是也。程子曰:'今河北有鲧堤而无禹堤,亦一证矣。'"《天问》有"洪泉极深,何以窴之?地方九则,何以坟之"句,朱熹作答道:"此问洪水泛滥,禹何用窴塞而平之?九州之域,何以出其土而高之乎?答曰:禹之治水,行之而已,无事于窴也。水既下流,则平土自高,而可宫可田矣。若曰必窴之而后平,则是使禹复为鲧,而父子为戮矣。柳子对曰:'行鸿下隙,厥丘乃降。乌填绝渊,然后夷于土!'此言是也。"《天问》"应龙何画?河海何历"句,朱熹答曰:"有鳞曰蛟龙,有翼曰应龙。历,过也。《山海经》曰:禹治水有应龙以尾画地,即水泉流通,禹因而治之也。柳子对曰:'胡圣为不足,反谋龙知?畚锸究勤,而欺画厥尾!'此言得之矣。"

大禹治水是神话传说中一件轰轰烈烈的事件,发生了许多动人的传说故事。《天问》以问的形式,保存了这些内容。朱熹从自己的理解中做出了"合情合理"的回答。如《天问》"禹之力献功,降省下土方。焉得彼涂山女,而通之于台桑"句,其作答道:"此问禹以勤力献进其功,尧因使省下土四方。当此之时,焉得彼涂山氏之女,而通夫妇之道于台桑之地乎?《书》曰:'娶于涂山、辛壬癸甲。'涂山在寿春东北濠州也。《吕氏春秋》曰:'禹娶涂山氏女,不以私害公,自辛至甲四日,复往治水。'"《天问》"启代益作后,卒然离蠥。何启惟忧,而能拘是达"句,其作答道:"益,禹贤臣也。

作,为也。后,君也。离,遭也。蠚,忧也。旧说禹以天下禅益,天下皆去益而归启,是代益作后也。于是有扈不服,启遂与之大战于甘,故曰离蠚。问启何以能思惟所忧,而能代益伐扈,以达拘执之嫌乎?旧说如此,未知是否,不敢答也。"《天问》"启棘宾商,《九辩》《九歌》。何勤子屠母,而死分竟地"句,其作答道:"盖其意本谓启梦上宾于天,而得帝乐以归,如《列子》《史记》所言周穆王、秦穆公、赵简子梦之帝所,而闻钧天广乐、九奏万舞之类耳。屠母,疑亦谓《淮南》所说禹治水时,自化为熊以通镮辕之道,涂山氏见之而惭,遂化为石,时方孕启。禹曰:'归我子!'于是石破北方而启生。其石在嵩山,见《汉书》注。竟地,即化石也。此皆怪妄不足论,但恐文义当如此耳。"《天问》"阻穷西征,岩何越焉? 化为黄熊,巫何活焉"句,其做答曰:"此章似又言鲧事。然羽山东裔,而此云西征,已不可晓。或谓越岩堕死,亦无明文。《左传》言鲧化为黄熊,《国语》作黄能。按:熊,兽名;能,三足鳖也。说者曰,兽非入水之物,故是鳖也。《说文》又云:'能,熊属,足似鹿。'盖不可晓。或云:东海人祭禹庙,不用熊白及鳖为膳,岂鲧化为二物乎?"此亦可见其求是态度。

神话传说富有夸张和想象的成分,这在朱熹看来,便属于荒诞无稽。这也体现出他的阐释方式与具体的文化论点。如《天问》"鲧何所营? 禹何所成? 康回凭怒,墜,何故以东南倾"句,朱熹作答道:"凭,皮膺反。墜,一作地。一无以字。鲧、禹事已见上六章,此不复答。旧说康回,共工名也。凭,盛满也。《列子》曰:'共工氏与颛顼争为帝,怒而触不周之山,折天柱,绝地维。故天倾西北,日月星辰就焉;地不满东南,百川水潦归焉。'此亦无稽之言,不答可也。"《天问》有"昆仑县圃,其尻安在? 增城九重,其高几里"句,其作答道:"昆仑、县圃,见《骚经》。昆仑,据《水经》在西域,一名阿耨达山,河水所出,非妄言也。但县圃增城高广之度,诸怪妄说,不可信耳。"《天问》有"四方之门,其谁从焉? 西北辟启,何气通焉"句,其作答道:"补注引《淮南子》说,昆仑虚旁门有数,其西北隅开门以纳不周之风。今不敢信。"《天问》"日安不到？烛龙何照？羲和之未扬,若华何光"句,其作答道:"旧注以为,天之西北,幽冥无日之国,有龙衔烛而照之。其有日处,日未出时,又有若木赤华照地也。夫日光弥天,其行匝地,固无不到之处。此章所问,尤是儿戏之谈,不足答也。"《天问》"何所冬暖？何所夏寒？焉有石林？何兽能言"句,其答曰:"南方日近而阳盛,故多暖。北方日远而阴盛,故多寒。今以越之南、燕之北观之,已自可验,则愈远愈偏,而有冬暖夏寒之所,不足怪矣。"《天问》"雄虺九首,鯈忽焉在？何所不死？长人何守"句,其答曰:"虺,蛇属,《尔雅》云:'博三寸,首大如擘。'鯈忽,急疾貌。《招魂》说'南方之害,雄虺九首,往来倏忽',正谓此也。不死之人,则《山海经》《淮南子》娄言之,固未可信。然俗传山中有人,年老不死,于孙藏之鸡窠之中者,亦或有之,不足怪也。"《天问》"鲮鱼何所？鬿堆焉处？羿焉彃日？乌焉解羽"句,其答曰:"鲮鱼,鲤也。一云陵鲤也,有四足,形似鼍而短小,出南方。《山海经》曰:西海中近列姑射山,有陵鱼,人面、人手、鱼身,见则风涛起。北号山有鸟,状如鸡,而白首鼠足,名曰鬿雀,食人。彃,射也。《淮南》言尧时十日并出,草木焦枯。尧命羿仰射十日,中其九日,日中九乌皆死,堕其羽翼,故留其一日也。《春秋元命苞》:三足乌者,阳精也。柳云,《山海经》曰:'大泽方千里,群乌之所生及所解。'《穆天子传》曰:'北至旷原之野,飞鸟之所解其羽。'旧说非是。按:今唯陵鲤人所共识,其余则有无不可知,而彃日之说尤怪妄不足辨。解羽,如柳说则别是一事,然如旧说为日中之乌,而借'解羽'二字以问,于义亦通,顾亦无足辨耳。"《天问》"帝降夷羿,革孽夏民。胡射夫河伯,而妻彼雒嫔"句,其作答道:"帝,天帝也。夷羿,诸侯,弑夏后相者也。革,更也。孽,忧也。言变更夏道为万民忧患。传曰:河伯化为白龙,游于水旁,羿见射之,眇其左目。羿又梦与雒水神宓妃交。亦妄言也。"《天问》问:"浞娶纯狐,眩妻爰谋。何羿之射革,而交吞揆之？"其答曰:"言何羿之射艺勇力,而其众乃交进而吞谋之乎？此即《骚经》所谓淫游佚畋而乱流鲜终者也。"

《天问》堪称神话传说的王国,是历史的记忆表达,包含着现实的不可想象,也保存着历史文化的合理性,朱熹更多的是从历史文化的合理性回答《天问》,所以他的解释基本上是从义理出发的。如《天问》"舜闵在家,父何以鳏?尧不姚告,二女何亲"句,其答曰:"闵,忧也。无妻曰鳏。姚,舜姓也。问舜孝如此,父何以不为娶乎?尧妻舜而不告其父母,二女何自而与之相亲乎?程子曰:舜不告而娶固不可,尧命瞽使舜娶,舜虽不告,尧固告之矣。尧之告也,以君治之而已。"《天问》"舜服厥弟,终然为害。何肆犬豕,而厥身不危败"句,其解释曰:"言舜弟象施行无道,舜犹服而事之,然象终欲害舜,肆其犬豕之心,烧廪填井。然舜为天子,卒不诛象,何耶?"《天问》有"登立为帝,孰道尚之?女娲有体,孰制匠之"句,其解释曰:"旧说伏羲始画八卦,修行道德,万民登以为帝,谁开导而尊尚之乎?传言女娲人头蛇身,一日七十化。其体如此,谁所制匠而图之乎?上句无伏羲字,不可知,下句则怪甚而不足论矣。"《天问》"简狄在台,喾何宜?玄鸟致贻,女何喜"句,其释曰:"言简狄侍帝喾于台上,有飞燕堕遗其卵,喜而吞之,因生契也。"《天问》问:"该秉季德,厥父是臧。胡终弊于有扈,牧夫牛羊?"其答曰:"此章未详,诸说亦异。《补》曰:言启兼秉禹之末德,而禹善之,授以天下。有扈以尧、舜与贤,禹独与于,故伐启,启伐灭之,有扈遂为牧竖也。详此该字,恐是启字,字形相似也。但牧夫牛羊未有据,而其文势似启反为扈所弊,不可考也。"《天问》"眩弟并淫,危害厥兄。何变化以作诈,而后嗣逢长"句,其释曰:"问何象欲杀舜,变化作诈,而舜为天子,反封象于有庳,使其后嗣子孙长为诸侯乎?孟子云:仁人之于弟,不藏怒,不宿怨,封之有庳,富贵之也。知此,则知其说矣。"《天问》"稷维元子,帝何竺之?投之于冰上,鸟何燠之"句,其作答道:"元,大也。稷,帝喾之子弃也。帝,即喾也。竺,义未详,或曰厚也,或曰笃也,皆未安。稷事见《诗·大雅》及《史记》,曰:后稷,名弃,其母有邰氏女,曰姜嫄,为帝喾元妃。出野,见巨人迹,说而践之,遂身动如孕者。居期而生子,姜嫄以无父而生,弃之于冰上。有鸟以翼覆荐温之。以为神,乃取而养之。《诗》曰'先生如达',是首生之子也,故曰元子。既是元子,则帝当爱之矣,何为而竺之耶?弃之冰上,则人恶之矣,鸟何为而燠之耶?以此言之,则竺字当为'天祝予'之祝,或为'夭夭是椓'之椓,以声近而讹耳。"

在《九章》的解释中,朱熹继续进行历史文化的义理述说。如《九章》"令五帝以折中兮,戒六神与向服。俾山川以备御兮,命咎繇使听直"句,其解释道:"此皆指天自誓之词。欲使上天命此众神,察其是非,若曰司谨司盟、名山大川、群神群祀、先王先公也。五帝,五方之帝,以五色为号者,太一之佐也。折中,谓事理有不同者,执其两端而折其中,若《史记》所谓'六艺折中于夫子'是也。六神,日、月、星、水旱、四时、寒暑也。向,对也。服,服罪之词,《书》所谓'五刑有服'者也。山川,名山大川之神也。御,侍也。咎繇,舜士师,能明五刑者也。听直,听其词之曲直也。"《九章》有"介子忠而立枯兮,文君寤而追求。封介山而为之禁兮,报大德之优游。思久故之亲身兮,因缟素而哭之"句,其解释道:"介子,名推。文君,晋文公也。文公为公子时,遭骊姬之谮而出奔。介子推从行。道乏食,子推割股肉以食文公。文公得国,赏从行者,不及子推。子推入绵上山中。文公寤而求之,子推不出。文公因烧其山,子推抱树自烧而死。文公遂封绵上之山,号曰介山。禁民樵采,使奉子推祭祀,以报其德,又变服而哭之。优游,言其德之大也。亲身,切于己身,谓割股也。缟素,白致缯也。"

朱熹《楚辞辩证》《楚辞后语》等著述体现其神话传说理论之处也有许多。他不但叙说《楚辞》文本,而且评说他人关于《楚辞》中神话传说等内容的理解。如其《楚辞辩证》论称:"《山海经》'鲧窃帝之息壤以堙洪水,帝令祝融殛之羽郊。'详其文意,所谓帝者,似指上帝。盖上帝欲息此壤,不欲使人干之,故鲧窃之而帝怒也。后来柳子厚、苏子瞻皆用此说,其意甚明。又祝融颛帝之后,死而为神。盖言上帝使其神诛鲧也,若尧舜时则无此人久矣,此《山海经》之妄也。后禹事中又引《淮南子》言'禹以息壤填洪水,土不减耗,掘之益多'。其言又与前事自相抵牾,若是壤也果帝所息,则父窃之而殪死,子掘之而成功,何帝之喜怒不常乃如是耶?此又《淮南子》之妄也。大氐古今说《天问》者,皆本此二书。今以文意考之,疑此二书本皆缘解此《问》而作,而此《问》之言,特战国时俚俗相传之语,如今世俗僧伽降无之祈、许逊斩蛟蜃精之类,本无稽据,而好事者遂假托撰造以实之,明理之士,皆可以一笑而挥之,政不必深与辩也。"其论及"王逸以灵琐为楚王省阁,非文义也"注释,又言曰:"《注》以羲和为日御。《补注》又引《山海经》云:'东南海外,有羲和之国,有女子名曰羲和,是生十日,常浴日于甘渊。'《注》云:'羲和,始生日月者也。故尧因立羲和之官,以掌天地四时。'此等虚诞之说,其始止因《尧典》'出日纳日'之文,口耳相传,失其本指,而好怪之人,耻其谬误,遂乃增饰傅会,必欲使之与经为一而后已。其言无理,本不足以欺人,而古今文士相承引用,莫有觉其妄者。为此注者,乃不信经而引以为说,蔽惑至此,甚可叹也!"

三、《朱子语类》的述说

与《诗集传》和《楚辞集注》不同,《朱子语类》是朱熹与其弟子问答的语录汇编。其论及理气、性理、鬼神、心性情意、仁义礼智、知行、力行、读书、为学等问题,也体现出朱熹的文化思想,包括他对于神话传说与社会风俗生活等内容的理解。

其论及"天地"起源问题,朱熹表现出对天地人心的述说。如《朱子语类》卷一载:

> 徐问:"天地未判时,下面许多都已有否?"曰:"只是都有此理,天地生物千万年,古今只不离许多物。"问:"天地之心亦灵否?还只是漠然无为?"曰:"天地之心不可道是不灵,但不如人恁地思虑。"伊川曰:"天地无心而成化,圣人有心而无为。"问:"天地之心,天地之理。理是道理,心是主宰底意否?"曰:"心固是主宰底意,然所谓主宰者,即是理也,不

是心外别有个理,理外别有个心。"又问:"此'心'字与'帝'字相似否?"曰:"'人'字似'天'字,'心'字似'帝'字。"道夫言:"向者先生教思量天地有心无心。近思之,窃谓天地无心,仁便是天地之心。若使其有心,必有思虑,有营为。天地曷尝有思虑来!然其所以'四时行,百物生'者,盖以其合当如此便如此,不待思维,此所以为天地之道。"曰:"如此,则《易》所谓'复其见天地之心,正大而天地之情可见',又如何?如公所说,祇说得他无心处尔。若果无心,则须牛生出马,桃树上发李花,他又却自定。程子曰:'以主宰谓之帝,以性情谓之乾。'他这名义自定,心便是他个主宰处,所以谓天地以生物为心。中间钦夫以为某不合如此说。某谓天地别无勾当,只是以生物为心。一元之气,运转流通,略无停间,只是生出许多万物而已。"问:"程子谓:'天地无心而成化,圣人有心而无为。'"曰:"这是说天地无心处。且如'四时行,百物生',天地何所容心?至于圣人,则顺理而已,复何为哉!所以明道云:'天地之常,以其心普万物而无心;圣人之常,以其情顺万事而无情。'说得最好。"问:"普万物,莫是以心周遍而无私否?"曰:"天地以此心普及万物,人得之遂为人之心,物得之遂为物之心,草木禽兽接着遂为草木禽兽之心,只是一个天地之心尔。今须要知得他有心处,又要见得他无心处,只恁定说不得。"

这是朱熹理解社会和人生的思想基础。

"一元之气,运转流通",气理说是朱熹解释世界的重要理论根据。《朱子语类》卷四载:

> 问:"临漳士友录先生语,论气之清浊处甚详。"曰:"粗说是如此。然天地之气有多少般。"问:"尧舜生丹均,瞽叟生舜事,恐不全在人,亦是天地之气?"曰:"此类不可晓。人气便是天地之气,然就人身上透过,如鱼在水,水入口出腮。但天地公共之气,人不得擅而有之。"

以此，其论"自古圣贤皆以心地为本"，其称"人只是要求放心。何者为心？只是个敬"，《朱子语类》卷十二载：圣人相传，只是一个字。尧曰"钦明"，舜曰"温恭"。"圣敬日跻"。"君子笃恭而天下平"。尧是初头出治第一个圣人。《尚书》《尧典》是第一篇典籍，说尧之德，都未下别字，"钦"是第一个字。如今看圣贤千言万语，大事小事，莫不本于敬。收拾得自家精神在此，方看得道理尽。看道理不尽，只是不曾专一。或云："主一之谓敬。敬莫只是主一？"曰："主一又是'敬'字注解。要之，事无小无大，常令自家精神思虑尽在此。遇事时如此，无事时也如此。"

对于世界的造就，其实就是人与神之间的关系，朱熹继续发挥自己的意见。《朱子语类》卷一载：问："上帝降衷于民。""天将降大任于人。""天佑民，作之君。""天生物，因其才而笃。""作善，降百祥；作不善，降百殃。""天将降非常之祸于此世，必预出非常之人以拟之。"凡此等类，是苍苍在上者真有主宰如是邪？抑天无心，只是推原其理如此？"曰："此三段只一意。这个也只是理如此。气运从来一盛了又一衰，一衰了又一盛，只管恁地循环去，无有衰而不盛者。所以降非常之祸于世，定是生出非常之人。邵尧夫《经世吟》云：羲轩尧舜，汤武桓文，皇王帝霸，父子君臣。四者之道，理限于秦，降及两汉，又历三分。东西俶扰，南北纷纭，五胡、十姓，天纪几棼。非唐不济，非宋不存，千世万世，中原有人！盖一治必又一乱，一乱必又一治。夷狄只是夷狄，须是还他中原。"

对于世界的变迁，其实就是神话传说中人的起源问题，朱熹坚持自己的意见。如《朱子语类》卷一载：问："自开辟以来，至今未万年，不知已前如何？"曰："已前亦须如此一番明白来。"又问："天地会坏否？"曰："不会坏。只是相将人无道极了，便一齐打合，混沌一番，人物都尽，又重新起。"问："生第一个人时如何？"曰："以气化。二五之精合而成形，释家谓之化生。如今物之化生甚多，如虱然。"

在世界的运行中,阴阳五行是一个具有普遍性意义的话题,朱熹表达了自己的理解。如《朱子语类》卷一载其所言:

> 数只是算气之节候。大率只是一个气。阴阳播而为五行,五行中各有阴阳。甲乙木,丙丁火;春属木,夏属火。年月日时无有非五行之气,甲乙丙丁又属阴属阳,只是二五之气。人之生,适遇其气,有得清者,有得浊者,贵贱寿夭皆然,故有参错不齐如此。圣贤在上,则其气中和;不然,则其气偏行。故有得其气清,聪明而无福禄者;亦有得其气浊,有福禄而无知者,皆其气数使然。尧、舜、禹、皋、文、武、周、召得其正,孔、孟、夷、齐、得其偏者也。至如极乱之后,五代之时,又却生许多圣贤,如祖宗诸臣者,是极而复者也。(扬录云:"硕果不食之理。")如大睡一觉,及醒时却有精神。(扬录此下云:"今却诡诈玩弄,未有醒时。非积乱之甚五六十年,即定气息未苏了,是大可忧也!")天地统是一个大阴阳。一年又有一年之阴阳,月又有一月之阴阳,一日一时皆然。端蒙。阴阳五行。阴阳五行之理,须常常看得在目前,则自然牢固矣。阴阳是气,五行是质。有这质,所以做得物事出来。五行虽是质,他又有五行之气做这物事,方得。然却是阴阳二气截做这五个,不是阴阳外别有五行。如十干甲乙,甲便是阳,乙便是阴。问:"前日先生答书云:'阴阳五行之为性,各是一气所禀,而性则一也'。两'性'字同否?"曰:"一般。"又曰:"同者理也,不同这气也。"又曰:"他所以道'五行之生各一其性'。"节复问:"这个莫是木自是木,火自是火,而其理则一?"先生应而曰:"且如这个光,也有在砚盖上底,也有在墨上底,其光则一也。"五行相为阴阳,又各自为阴阳。气之精英者为神。金木水火土非神,所以为金木水火土者是神。在人则为理,所以为仁义礼智信者是也。金木水火土虽曰"五行各一其性",然一物又各具五行之理,不可不知。康节却细推出来。天一自是生水,地二自是生火。生水只是合下便具得湿底意思。木便是生得一个软底,金便是生出

得一个硬底。五行之说,《正蒙》中说得好。又曰:"木者,土之精华也。"又记曰:"水火不出于土,《正蒙》一段说得最好,不胡乱下一字。"……天有春夏秋冬,地有金木水火,人有仁义礼智,皆以四者相为用也。

对天空的张望,是中国神话传说的主要内容,因此形成南斗北斗和各种星系的遐想。朱熹提出"天道说"。如《朱子语类》卷二载:

叔器问:"天有几道?"曰:"据历家说有五道。而今且将黄赤道说,赤道正在天之中,如合子缝模样,黄道是在那赤道之间。"问同度同道。曰:"天有黄道,有赤道。天正如一圆匣相似,赤道是那匣子相合缝处,在天之中。黄道一半在赤道之内,一半在赤道之外,东西两处与赤道相交。度,却是将天横分为许多度数。会时是日月在那黄道赤道十字路头相交处厮撞着。望时是月与日正相向。如一个在子,一个在午,皆同一度。谓如月在毕十一度,日亦在毕十一度。虽同此一度,却南北相向。日所以蚀于朔者,月常在下,日常在上,既是相会,被月在下面遮了日,故日蚀。望时月蚀,固是阴敌与阳敌,然历家又谓之暗虚。盖火日外影,其中实暗,到望时恰当着其中暗处,故月蚀。……天行至健,一日一夜一周,天必差过一度。日一日一夜一周恰好,月却不及十三度有奇。只是天行极速,日稍迟一度,月必迟十三度有奇耳。因举陈元滂云:"只似在圆地上走,一人过急一步,一人差不及一步,又一人甚缓,差数步也。"天行只管差过,故历法亦只管差。尧时昏旦星中于午,《月令》差于未,汉晋以来又差,今比尧时似差及四分之一。古时冬至日在牵牛,今却在斗。

风雨雷电作为一种自然现象,常常在神话传说中被描述为苍天对人间的呈示。朱熹表现出自己的理解。如《朱子语类》卷二载:

第七章 朱熹的民间文艺观

  问龙行雨之说。曰:"龙,水物也。其出而与阳气交蒸,故能成雨。但寻常雨自是阴阳气蒸郁而成,非必龙之为也。"密云不雨,尚往也",盖止是下气上升,所以未能雨。必是上气蔽盖无发泄处,方能有雨。横渠《正蒙》论风雷云雨之说最分晓。"问:"雷电,程子曰:'只是气相摩轧。'是否?"曰:"然。""或以为有神物。"曰:"气聚则须有,然才过便散。如雷斧之类,亦是气聚而成者。但已有渣滓,便散不得,此亦属'成之者性'。张子云:'其来也,几微易简;其究也,广大坚固。'即此理也。"雷如今之爆杖,盖郁积之极而迸散者也。十月雷鸣。曰:"恐发动了阳气。所以大雪为丰年之兆者,雪非丰年,盖为凝结得阳气在地,来年发达生长万物。"

  在谈论气象变化的话题中,朱熹涉及一个古老的传说故事,即"虹"的信仰,表现出他的神话传说观念。如《朱子语类》卷二载:

  十月雷鸣。曰:"恐发动了阳气。所以大雪为丰年之兆者,雪非丰年,盖为凝结得阳气在地,来年发达生长万物。"雷虽只是气,但有气便有形。如螮蝀本只是薄雨为日所照成影,然亦有形,能吸水,吸酒。人家有此,或为妖,或为祥。虹非能止雨也,而雨气之是已薄,亦是日色射散雨气了。伊川说:"世间人说雹是蜥蜴做底,初恐无是理。"看来亦有之。只谓之全是蜥蜴做,则不可耳。自有是上面结作成底,也有是蜥蜴做底,某少见十九伯说亲见如此。(记在别录。)十九伯诚确人,语必不妄。又,此间王三哥之祖参议者云,尝登五台山,山极高寒,盛夏携绵被去。寺僧曰:官人带被来少。王甚怪之。寺僧又为借得三两条与之。中夜之间寒甚,拥数床绵被,犹不暖。盖山顶皆蜥蜴含水,吐之为雹。少间,风雨大作,所吐之雹皆不见。明日下山,则见人言,昨夜雹大作。问,皆如寺中所见者。又,《夷坚志》中载刘法师者,后居隆兴府西山修道。山多蜥蜴,皆如手臂大。与之饼饵,皆食。一日,忽领无限蜥蜴入庵,井中之水皆为饮尽。饮干,即吐为雹。已而风雨大作,所吐之雹皆不见。明日下山,则人言所下之雹皆如蜥蜴所吐者。蜥蜴形状亦如龙,是阴属。是这气相感应,使作得他如此。正是阴阳交争之时,所以下雹时必寒。今雹之两头皆尖,有棱道。疑得初间圆,上面阴阳交争,打得如此碎了。"雹"字从"雨",从"包",是这气包住,所以为雹也。

与天相对的是大地,被称之为四海。四海在神话传说中被赋予种种神奇的内容,朱熹对此仍然从义理出发,表达自己的理解。如《朱子语类》卷二载:

> 问:"周公定豫州为天地之中,东西南北各五千里。今北边无极,而南方交趾便际海,道里长短复殊,何以云各五千里?"曰:"此但以中国地段四方相去言之,未说到极边与际海处。南边虽近海,然地形则未尽。如海外有岛夷诸国,则地犹连属。彼处海犹有底,至海无底处,地形方尽。周公以土圭测天地之中,则豫州为中,而南北东西际天各远许多。至于北远而南近,则地形有偏尔,所谓"地不满东南"也。《禹贡》言东西南北各二千五百里,不知周公何以言五千里。今视中国,四方相去无五千里,想他周公且怎大说教好看。如尧舜所都冀州之地,去北方甚近。是时中国土地甚狭,想只是略相羁縻。至夏商已后,渐渐开辟。如三苗只在今洞庭彭蠡湖湘之间。彼时中国已不能到,三苗所以也负固不服。"(后来又见先生说:"昆仑取中国五万里,此为天地之中。中国在东南,未必有五万里。尝见佛经说昆仑山顶有阿耨大池,水流四面去,其东南入中国者为黄河,其二方流为弱水黑水之类。")又曰:"自古无人穷至北海,想北海只挨着天壳边过。缘北边地长,其势北海不甚阔。地之下与地之四边皆海水周流,地浮水上,与天接,天包水与地。"问:"天有形质否?"曰:"无。只是气旋转得紧,如急风然,至上面极高处转得愈紧。若转才慢,则地便脱

坠矣！"问："星辰有形质否？"曰："无。只是气之精英凝聚者。"或云："如灯花否？"曰："然。"

四海与神话传说的联系，表现出历史文化的源远流长，圣贤辈出，也表现出绮丽的风水。朱熹对此也有议论，如《朱子语类》卷二记：

> 冀都是正天地中间，好个风水。山脉从云中发来，云中正高脊处。自脊以西之水，则西流入于龙门西河；自脊以东之水，则东流入于海。前面一条黄河环绕，右畔是华山耸立，为虎。自华来至中，为嵩山，是为前案。遂过去为泰山，耸于左，是为龙。淮、南诸山是第二重案。江南诸山及五岭，又为第三四重案。尧都中原，风水极佳。左河东，太行诸山相绕，海岛诸山亦皆相向。右河南绕，直至泰山凑海。第二重自蜀中出湖南，出庐山诸山。第三重自五岭至明越。又黑水之类，自北缠绕至南海。泉州常平司有一大图，甚佳。河东地形极好，乃尧、舜、禹故都，今晋州河中府是也。左右多山，黄河绕之，嵩、华列其前。上党即今潞州，春秋赤狄潞氏，即其地也。以其地极高，与天为党，故曰上党。上党，太行山之极高处。平阳晋州蒲阪，山之尽头，尧舜之所都也。河东、河北诸州，如太原晋阳等处，皆在山之两边窾中。山极高阔。（伊川云：太行千里一块石。）山后是忻代诸州。泰山却是太行之虎山。又问："平阳蒲阪，自尧舜后何故无人建都？"曰："其地硗瘠不生物，人民朴陋俭啬，故惟尧舜能都之。后世侈泰，如何都得。"河东河北皆绕太行山。尧舜禹所都，皆在太行下。

鬼神观念与神话传说的联系非常密切，朱熹对鬼神信仰的理解，形成他民间文艺思想理论的重要内容。如《朱子语类》卷三载：

> 因说鬼神，曰："鬼神事自是第二著。那个无形影，是难理会底，未消

去理会,且就日用紧切处做工夫。子曰:'未能事人,焉能事鬼!未知生,焉知死!'此说尽了。此便是合理会底理会得,将间鬼神自有见处。若合理会底不理会,只管去理会没紧要底,将间都没理会了。"

《朱子语类》卷三又载:

义刚将鬼神问目呈毕,先生曰:"此事自是第二著。'未能事人,焉能事鬼!'此说尽了。今且须去理会眼前事,那个鬼神事,无形无影,莫要枉费心力。理会得那个来时,将久我着实处皆不晓得。所谓'《诗》《书》执礼,皆雅言也',这个皆是面前事,做得一件,便是一件。如《易》,便自难理会了。而今只据我恁地推测,不知是与不是,亦须逐一去看。然到极处,不过只是这个。"或问鬼神有无。曰:"此岂卒乍可说!便说,公亦岂能信得及。须于众理看得渐明,则此惑自解。"樊迟问知。子曰:'务民之义,敬鬼神而远之,可谓知矣。'人且理会合当理会底事,其理会未得底,且推向一边。待日用常行处理会得透,则鬼神之理将自见得,乃所以为知也。'未能事人,焉能事鬼!'意亦如此。"

朱熹在关于鬼神信仰的论说中,形成自己的鬼神概念,表现出他独特而系统的鬼神文化理论。《朱子语类》卷三载:

神,伸也;鬼,屈也。如风雨雷电初发时,神也;及至风止雨过,雷住电息,则鬼也。鬼神不过阴阳消长而已。亭毒化育,风雨晦冥,皆是。在人则精是魄,魄者鬼之盛也;气是魂,魂者神之盛也。精气聚而为物,何物而无鬼神!"游魂为变",魂游则魄之降可知。鬼神只是气。屈伸往来者,气也。天地间无非气。人之气与天地之气常相接,无间断,人自不见。人心才动,必达于气,便与这屈伸往来者相感通。如卜筮之类,皆是心自有此物,只说你心上事,才动必应也。

《朱子语类》卷三又载:

雨风露雷,日月昼夜,此鬼神之迹也,此是白日公平正直之鬼神。若所谓"有啸于梁,触于胸",此则所谓不正邪暗,或有或无,或去或来,或聚或散者。又有所谓祷之而应,祈之而获,此亦所谓鬼神,同一理也。世间万事皆此理,但精粗小大之不同尔。又曰:以功用谓之鬼神,即此便见。鬼神死生之理,定不如释家所云,世俗所见。然又有其事昭昭,不可以理推者,此等处且莫要理会。

鬼神传说故事是民间文艺的重要内容,鬼神信仰成为社会风俗生活的思想文化基础。朱熹对此论述,表现出他从义理出发理解社会风俗生活的立场。《朱子语类》卷三载:

"理有明未尽处,如何得意诚?且如鬼神事,今是有是无?"因说张仲隆曾至金沙堤,见巨人迹。"此是如何?"扬谓:"册子说,并人传说,皆不可信,须是亲见。扬平昔见册子上并人说得满头满耳,只是都不曾自见。"先生曰:"只是公不曾见。毕竟其理如何?南轩亦只是硬不信,有时戏说一二。如禹鼎铸魑魅魍魉之属,便是有这物。深山大泽,是彼所居处,人往占之,岂不为祟!邵先生语程先生:'世间有一般不有不无底人马。'程难之,谓:'鞍辔之类何处得?'如邵意,则是亦以为有之。邵又言:'蜥蜴造雹。'程言:'雹有大者,彼岂能为之?'豫章曾有一刘道人,尝居一山顶结庵。一日,众蜥蜴入来,如手臂大,不怕人,人以手抚之。尽吃庵中水,少顷庵外皆堆成雹。明日,山下果有雹。此则是册子上所载。有一妻伯刘丈,致中兄。其人甚朴实,不能妄语,云:'尝过一岭,稍晚了,急行。忽闻溪边林中响甚,往看之,乃无,止蜥蜴在林中,各把一物如水晶。看了,去未数里,下雹。"此理又不知如何。造化若用此物为雹,则造化亦小矣。又南剑邓德喻尝为一人言:"尝至余杭大涤山中,常有龙骨,人往来取之。未入山洞,见一阵青烟出。少顷,一阵火出。少顷,一龙出,一鬼随后。"大段尽人事,见得破,方是。不然,不信。中有一点疑在,终不得。又如前生后生,死复为人之说,亦须要见得破。"又云:"南轩拆庙,次第亦未到此。须是使民知信,末梢无疑,始得。不然,民倚神为主,拆了转使民信向怨望。旧有一邑,泥塑一大佛,一方尊信之。后被一无状宗子断其首,民聚哭之,颈上泥木出舍利。泥木岂有此物!只是人心所致。"先生谓一僧云。问:"龙行雨如何?"曰:"不是龙口中吐出。只是龙行时,便有雨随之。刘禹锡亦尝言,有人在一高山上,见山下雷神龙鬼之类行雨。此等之类无限,实要见得破。"问:"敬鬼神而远之",则亦是言有,但当敬而远之,自尽其道,便不相关。"曰:"圣人便说只是如此。尝以此理问李先生,曰:"此处不须理会。"先生因曰:"蜥蜴为雹,亦有如此者,非是雹必要此物为之也。"

《朱子语类》卷三又载:

因论薛士龙家见鬼,曰:"世之信鬼神者,皆谓实有在天地间;其不信者,断然以为无鬼。然却又有真个见者。郑景望遂以薛氏所见为实理,不知此特虹霓之类耳。"必大因问:"虹霓只是气,还有形质?"曰:"既能啜水,亦必有肠肚。只才散,便无了。如雷部神物,亦此类。"

对于鬼神的信仰,道家和佛教都有论述。朱熹对此进行评说。《朱子语类》卷三载:

第七章 朱熹的民间文艺观

> 问生死鬼神之理。(明作录云:问:"鬼神生死,虽知得是一理,然未见得端的。"曰:"精气为物,游魂为变,便是生死底道理。"未达。曰:"精气凝则为人,散则为鬼。"又问:"精气凝时,此理便附在气上否?")曰:"天道流行,发育万物,有理而后有气。虽是一时都有,毕竟以理为主,人得之以有生。(明作录云:'然气则有清浊。')气之清者为气,浊者为质。(明作录云:'清者属阳,浊者属阴。')知觉运动,阳之为也;形体(明作录作'骨肉皮毛'),阴之为也。气曰魂,体曰魄。高诱《淮南子注》曰:'魂者,阳之神;魄者,阴之神。'所谓神者,以其主乎形气也。人所以生,精气聚也。人只有许多气,须有个尽时。(明作录云:'医家所谓阴阳不升降是也。')尽则魂气归于天,形魄归于地而死矣。人将死时,热气上出,所谓魂升也;下体渐冷,所谓魄降也。此所以有生必有死,有始必有终也。夫聚散者,气也。若理,则只泊在气上,初不是凝结自为一物。但人分上所合当然者便是理,不可以聚散言也。然人死虽终归于散,然亦未便散尽,故祭祀有感格之理。先祖世次远者,气之有无不可知。然奉祭祀者既是他子孙,必竟只是一气,所以有感通之理。然已散者不复聚。释氏却谓人死为鬼,鬼复为人。如此,则天地间常只是许多人来来去去,更不由造化生生,必无是理。至如伯有为厉,伊川谓别是一般道理。盖其人气未当尽而强死,自是能为厉。子产为之立后,使有所归,遂不为厉,亦可谓知鬼神之情状矣。"

鬼神造化是社会风俗生活中普遍流行的观念,朱熹对此表现出系统的理解。《朱子语类》卷三载:

> 问:"伊川言:'鬼神造化之迹。'此岂亦造化之迹乎?"曰:"皆是也。若论正理,则似树上忽生出花叶,此便是造化之迹。又加空中忽然有雷霆风雨,皆是也。但人所常见,故不之怪。忽闻鬼啸、鬼火之属,则便以为怪。不知此亦造化之迹,但不是正理,故为怪异。如《家语》云:'山之怪

曰夔魍魉,水之怪曰龙罔象,土之怪羵羊。'皆是气之杂揉乖戾所生,亦非理之所无也,专以为无则不可。如冬寒夏热,此理之正也。有时忽然夏寒冬热,岂可谓无此理!但既非理之常,便谓之怪。孔子所以不语,学者亦未须理会也。"因举似南轩不信鬼神而言。闳祖。赐录云:"问:'民受天地之中以生,中是气否?'曰:'中是理,理便是仁义礼智,曷尝有形象来!凡无形者谓之理;若气,则谓之生也。清者是气,浊者是形。气是魂,谓之精;血是魄,谓之质。所谓'精气为物',须是此两个相交感,便能成物。'游魂为变',则所谓气至此已尽。魂升于天,魄降于地。阳者气也,归于天;阴者质也,魄也,降于地,谓之死也。知生则便知死,只是此理。夫子告子路,非拒之,是先后节次如此。'因说,鬼神造化之迹,且如起风做雨,震雷花生,始便有终也。又问:'人死则魂魄升降,日渐散而不复聚矣。然人之祀祖先,却有所谓'来假来享',此理如何?'曰:'若是诚心感格,彼之魂气未尽散,岂不来享?'又问:'如周以后稷为始祖,以帝喾为所自出之帝,子孙相去未远,尚可感格。至于成康以后千有余年,岂复有未散者而来享之乎?'曰:'夫聚散者,气也。若理,则只泊在气上,初不是凝结为一物而为性也。但人分上所合当者,便是理。气有聚散,理则不可以聚散言也。人死,气亦未便散得尽,故祭祖先有感格之理。若世次久远,气之有无不可知。然奉祭祀者既是他子孙,必竟只是这一气相传下来,若能极其诚敬,则亦有感通之理。释氏谓人死为鬼,鬼复为人。如此,则天地间只是许多人来来去去,更不由造化,生生都废,却无是理也。'曰:'然则羊叔子识环之事非邪?'曰:'史传此等事极多,要之不足信。便有,也不是正理。'"

《朱子语类》卷三又载:

又问:"世之见鬼神者甚多,不审有无如何?"曰:"世间人见者极多,岂可谓无,但非正理耳。如伯有为厉,伊川谓别是一理。盖其人气未当尽而强死，魂魄无所归，自是如此。昔有人在淮上夜行，见无数形象，似人非人，旁午充斥，出没于两水之间，久之，累累不绝。此人明知其鬼，不得已，跃跳之，冲之而过之下，却无碍。然亦无他。询之，此地乃昔人战场也。彼皆死于非命，衔冤抱恨，固宜未散。"又问："'知鬼神之情状'？何缘知得？"曰："伯有为厉，子产为之立后，使有所归，遂不为厉，可谓'知鬼神之情状矣'。"又问："伊川言：'鬼神者，造化之迹。'此岂为造化之迹乎？"曰："若论正理，则庭前树木，数日春风便开花，此岂非造化之迹！又如雷霆风雨，皆是也。但人常见，故不知怪。忽闻鬼叫，则以为怪。不知此亦是造化之迹，但非理之正耳。"又问："世人多为精怪迷惑，如何？"曰："《家语》曰：'山之怪曰夔魍魉，水之怪曰龙罔象，土之怪羵羊。'皆是气之杂揉乖乱所生，专以为无则不可。如冬寒夏热，春荣秋枯，此理之正也。忽冬月开一朵花，岂可谓无此理，但非正耳，故谓之怪。孔子所以不语，学者未须理会也。"坐间或云："乡间有李三者，死而为厉，乡曲凡有祭祀佛事，必设此人一分。或设黄箓大醮，不曾设他一分，斋食尽为所污。后因为人放爆杖，焚其所依之树，自是遂绝。"曰："是他枉死，气未散，被爆杖惊散了。设醮请天地山川神祇，却被小鬼污却，以此见设醮无此理也。"明作录云："如起风做雨，震雷闪电，花生花结，非有神而何！自不察耳。才见说鬼事，便以为怪。世间自有个道理如此，不可谓无，特非造化之正耳。此为得阴阳不正之气，不须惊惑。所以夫子不语怪，以其明有此事，特不语耳。南轩说无，便不是。"

朱熹坚持"祭祀致得鬼神来格，便是就既屈之气又能伸也"的理论，这也成为他民间文艺思想理论的主体内容。《朱子语类》卷三载：

才卿问："来而伸者为神，往而屈者为鬼。凡阴阳魂魄，人之嘘吸皆然；不独死者为鬼，生者为神。故横渠云：'神祇者归之始，归往者来之终。'"曰:"此二句,正如俗语骂鬼云:'你是已死我,我是未死你。'楚词中说终古,亦是此义。""去终古之所之兮,今逍遥而来东。羌灵魂之欲归兮,何须臾而忘反!"用之云:"既屈之中,恐又自有屈伸。"曰:"祭祀致得鬼神来格,便是就既屈之气又能伸也。"僴问:"魂气则能既屈而伸,若祭祀来格是也。若魄既死,恐不能复伸矣。"曰:"也能伸。盖他来则俱来。如祭祀报魂报魄,求之四方上下,便是皆有感格之理。"用之问:"'游魂为变',圣愚皆一否?"曰:"然。"僴问:"'天神地祇人鬼。'地何以曰'祇'?"曰:"'祇'字只是'示'字。盖天垂三辰以著象,如日月星辰是也。地亦显山川草木以示人,所以曰'地示'。"用之云:"人之祷天地山川,是以我之有感彼之有。子孙之祭先祖,是以我之有感他之无。"曰:"神祇之气常屈伸而不已,人鬼之气则消散而无余矣。其消散亦有久速之异。人有不伏其死者,所以既死而此气不散,为妖为怪。如人之凶死,及僧道既死,多不散。(僧道务养精神,所以凝聚不散。)若圣贤则安于死,岂有不散而为神怪者乎!如黄帝尧舜,不闻其既死而为灵怪也。尝见辅汉卿说:'某人死,其气温温然,熏蒸满室,数日不散。'是他气盛,所以如此。刘元城死时,风雷轰于正寝,云务晦冥,少顷辩色,而公已端坐蘦矣。他是什么样气魄!"用之曰:"莫是元城忠诚,感动天地之气否?"曰:"只是元城之气自散尔。他养得此气刚大,所以散时如此。祭义云:"其气发扬于上,为昭明、焄蒿、凄怆,此百物之精也。"此数句说尽了。人死时,其魂气发扬于上。昭明,是人死时自有一般光景;焄蒿,即前所云"温温之气"也;凄怆,是一般肃然之气,令人凄怆,如汉武帝时"神君来则风肃然"是也。此皆万物之精,既死而散也。(僴。淳录云:"问:'其气发扬于上。'何谓也?"曰:"人气本腾上,这下面尽,则只管腾上去。如火之烟,这下面薪尽,则烟只管腾上去。"淳云:"终久必消了。"曰:"然。"问:"鬼神便是精神魂魄,如何?"曰:"然。)且就这一身看,自会笑语,有许多聪明知识,这是如何得恁地?虚空之中,忽然有风有雨,忽然有雷有电,这是如何得恁地?这都是阴阳相感,都是鬼神。看得到这里,见一身只是个躯壳在这里,内外无非天地阴阳之气。所以夜来说道:'天地之塞,吾其体;天地之帅,吾其性。'思量来只是一个道理。"又云:"如鱼之在水,外面水便是肚里面水。鳜鱼肚里水与鲤鱼肚里水,只一般。"仁父问:"魂魄如何是阴阳?"曰:"魂如火,魄如水。"

《朱子语类》卷三又载:

> 因言魂魄鬼神之说,曰:"只今生人,便自一半是神,一半是鬼了。但未死以前,则神为主;已死之后,则鬼为主。纵横在这里。以屈伸往来之气言之,则来者为神,去者为鬼;以人身言之,则气为神而精为鬼。然其屈伸往来也各以渐。"(僩。饶录云:"若以对待言,一半是气,一半是精。")问魂魄。曰:"气质是实底;魂魄是半虚半实底;鬼神是虚分数多,实分数少底。"问魂魄。曰:"魄是一点精气,气交时便有这神。魂是发扬出来底,如气之出入息。魄是如水,人之视能明,听能聪,心能强记底。有这魄,便有这神,不是外面入来。魄是精,魂是气;魄主静,魂主动。"又曰:"草木之生自有个神,它自不能生。在人则心便是,所谓'形既生矣,神发知矣',是也。"又问生魄死魄。曰:"古人只说'三五而盈,三五而阙'。近时人方推得他所以圆阙,乃是魄受光处,魄未尝无也。人有魄先衰底,有魂先衰底。如某近来觉重听多忘,是魄先衰。"又曰:"一片底便是分做两片底,两片底便是分作五片底。做这万物、四时、五行,只是从那太极中来。太极只是一个气,迤逦分做两个:气里面动底是阳,静底是阴。又分做五气,又散为万物。"

朱熹不仅述说历史上的鬼神故事,而且关注社会现实生活中的相关传说。《朱子语类》卷三载:

光祖问:"先生所答崧卿书云云。如伊川又云:'伯有为厉,别是一理。'又如何?"曰:"亦自有这般底。然亦多是不得其死,故强气未散。要之,久之亦不会不散。如漳州一件公事:妇杀夫,密埋之。后为祟,事才发觉,当时便不为祟。此事恐奏裁免死,遂于申诸司状上特批了。后妇人斩,与妇人通者绞。以是知刑狱里面这般事,若不与决罪偿命,则死者之冤必不解。"又曰:"气久必散。人说神仙,一代说一项。汉世说甚安期生,至唐以来,则不见说了。又说钟离权吕洞宾,而今又不见说了。看得来,他也只是养得分外寿考,然终久亦散了。"

《朱子语类》卷三又载:

问:"伯有之事别是一理,如何?"曰:"是别是一理。人之所以病而终尽,则其气散矣。或遭刑,或忽然而死者,气犹聚而未散,然亦终于一散。释道所以自私其身者,便死时亦只是留其身不得,终是不甘心,死御冤愤者亦然,故其气皆不散。浦城山中有一道人,常在山中烧丹。后因一日出神,乃祝其人云:'七日不返时,可烧我。'未满七日,其人焚之。后其道人归,叫骂取身,亦能于壁间写字,但是墨较淡,不久又无。"扬尝闻张天觉有一事亦然。邓隐峰一事亦然。其人只管讨身,隐峰云:"说底是甚么?"其人悟,谢之而去。

《朱子语类》卷三载:

"鬼神凭依言语,乃是依凭人之精神以发。"问:"伊川记金山事如何?"曰:"乃此婢子想出。"问:"今人家多有怪者。"曰:"此乃魑魅魍魉之为。建州有一士人,行遇一人,只有一脚,问某人家安在。与之同行,见一脚者入某人家。数日,其家果死一子。"郑说:"有人寤寐间见鬼通刺甚验者。"曰:"如此,则是不有不无底纸笔。"论及巫人治鬼,而鬼亦效巫人所为以敌之者,曰:"后世人心奸诈之甚,感得奸诈之气,做得鬼也奸巧。"原之问:"人死为禽兽,恐无此理。然亲见永春人家有子,耳上有猪毛及猪皮,如何?"曰:"此不足怪。向见籍溪供事一兵,胸前有猪毛,睡时作猪鸣。此只是禀得猪气。"或问鬼神。曰:"且类聚前辈说鬼神处看,要须自理会得。且如祭天地祖考,直是求之冥漠。然祖考却去人未久,求之似易。"先生又笑曰:"如此说,又是作怪了也。"

"气聚则为人,散则为鬼"的观念,体现了朱熹鬼神文化的核心内容。《朱子语类》卷三载:

> 问:"性即是理,不可以聚散言。聚而生,散而死者,气而已。所谓精神魂魄,有知有觉者,气也。故聚则有,散则无。若理则亘古今常存,不复有聚散消长也。"曰:"只是这个天地阴阳之气,人与万物皆得之。气聚则为人,散则为鬼。然其气虽已散,这个天地阴阳之理生生而不穷。祖考之精神魂魄虽已散,而子孙之精神魂魄自有些小相属。故祭祀之礼尽其诚敬,便可以致得祖考之魂魄。这个自是难说。看既散后,一似都无了。能尽其诚敬,便有感格,亦缘是理常只在这里也。"

《朱子语类》卷三又载:

> 问:"鬼神以祭祀而言。天地山川之属,分明是一气流通,而兼以理言之。人之先祖,则大概以理为主,而亦兼以气魄言之。若上古圣贤,则只是专以理言之否?"曰:"有是理,必有是气,不可分说。都是理,都是气。那个不是理?那个不是气?"问:"上古圣贤所谓气者,只是天地间公共

之气。若祖考精神,则毕竟是自家精神否?"曰:"祖考亦只是此公共之气。此身在天地间,便是理与气凝聚底。天子统摄天地,负荷天地间事,与天地相关,此心便与天地相通。不可道他是虚气,与我不相干。如诸侯不当祭天地,与天地不相关,便不能相通。圣贤道在万世,功在万世。今行圣贤之道,传圣贤之心,便是负荷这物事,此气便与他相通。如释奠列许多笾豆,设许多礼仪,不成是无此姑谩为之!人家子孙负荷祖宗许多基业,此心便与祖考之心相通。祭义所谓"春禘秋尝"者,亦以春阳来则神亦来,秋阳退则神亦退,故于是时而设祭。初间圣人亦只是略为礼以达吾之诚意,后来遂加详密。"

《朱子语类》卷三载:

周问:"何故天曰神,地曰祇,人曰鬼?"曰:"此又别。气之清明者为神,如日月星辰之类是也,此变化不可测。祇本'示'字,以有迹之可示,山河草木是也,比天象又差著。至人,则死为鬼矣。"又问:"既曰往为鬼,何故谓'祖考来格'?"曰:"此以感而言。所谓来格,亦略有些神底意思。以我之精神感彼之精神,盖谓此也。祭祀之礼全是如此。且"天子祭天地,诸侯祭山川,大夫祭五祀",皆是自家精神抵当得他过,方能感召得他来。如诸侯祭天地,大夫祭山川,便没意思了。"陈后之问:"祖宗是天地间一个统气,因子孙祭享而聚散?"曰:"这便是上蔡所谓'若要有时,便有;若要无时,便无',是皆由乎人矣。鬼神是本有底物事。祖宗亦只是同此一气,但有个总脑处。子孙这身在此,祖宗之气便在此,他是有个血脉贯通。所以'神不歆非类,民不祀非族',只为这气不相关。如'天子祭天地,诸侯祭山川,大夫祭五祀',虽不是我祖宗,然天子者天下之主,诸侯者山川之主,大夫者五祀之主。我主得他,便是他气又总统在我身上,如此便有个相关处。"

第七章 朱熹的民间文艺观

《朱子语类》卷三载：

> 问："根于理而日生者浩然而无穷,此是说天地气化之气否？"曰："此气只一般。《周礼》所谓'天神、地示、人鬼',虽有三样,其实只一般。若说有子孙底引得他气来,则不成无子孙底他气便绝无了！他血气虽不流传,他那个亦自浩然日生无穷。如《礼》书,诸侯因国之祭,祭其国之无主后者,如齐太公封于齐,便用祭甚爽鸠氏、季荝、逢伯陵、蒲姑氏之属。盖他先主此国来,礼合祭他。然圣人制礼,惟继其国者,则合祭之；非在其国者,便不当祭。便是理合如此,道理合如此,便有此气,如晋侯卫成公梦康叔云：'相夺予飨。'盖晋卫后都帝丘,夏后相亦都帝丘,则都其国自合当祭。不祭,宜其如此。又如晋侯梦黄熊入寝门,以为鲧之神,亦是此类。不成说有子孙底方有感格之理！便使其无子孙其气亦未尝亡也。如今祭勾芒,他更是远。然既合当祭他,便有些(池作'此')。气。要之,通天地人只是这一气,所以说：'洋洋然如在其上,如在其左右！'虚空偪塞,无非此理,自要人看得活,难以言晓也。所以明道答人鬼神之问云：'要与贤说无,何故圣人却说有？要与贤说有,贤又来问某讨。'说只说到这里,要人自看得。孔子曰：'未能事人,焉能事鬼！'而今且去理会紧要道理。少间看得道理通时,自然晓得。上蔡所说,已是煞分晓了。"问："鬼神恐有两样：天地之间,二气氤氲,无非鬼神,祭祀交感,是以有感有；人死为鬼,祭祀交感,是以有感无。"曰："是。所以道天神人鬼,神便是气之伸,此是常在底；鬼便是气之屈,便是已散了底。然以精神去合他,又合得在。"问："不交感时常在否？"曰："若不感而常有,则是有馁鬼矣。"又曰："先辈说魂魄多不同。《左传》说魄先魂而有,看来也是。以赋形之初言之,必是先有此体象,方有阳气来附他。"鬼神以主宰言,然以物言不得。又不是如今泥塑底神之类,只是气。且如祭祀,只是你聚精神以感之。祖考是你所承流之气,故可以感。

鬼神祭祀是鬼神信仰的重要表现,也是鬼神传说故事流传的重要文化基础。对此,朱熹给予详细论述。《朱子语类》卷三载:

问:"祭祀之理,还是有其诚则有其神,无其诚则无其神否?"曰:"鬼神之理,即是此心之理。"祭祀之感格,或求之阴,或求之阳,各从其类,来则俱来。然非有一物积于空虚之中,以待子孙之求也。但主祭祀者既是他一气之流传,则尽其诚敬感格之时,此气固寓此也。问:"子孙祭祀,尽其诚意以聚祖考精神,不知是合他魂魄,只是感格其魂气?"曰:"焫萧祭脂,所以报气;灌用郁鬯,所以招魂,便是合他,所谓'合鬼与神,教之至也。'"又问:"不知常常恁地,只是祭祀时恁地?"曰:"但有子孙之气在,则他便在。然不是祭祀时,如何得他聚!"人死,虽是魂魄各自飞散,要之,魄又较定。须是招魂来复这魄,要他相合。复,不独是要他活,是要聚他魂魄,不教便散了。圣人教人子孙常常祭祀,也是要去聚得他。问:"祖考精神既散,必须'三日斋,七日戒','求诸阳,求诸阴',方得他聚。然其聚也,倏然其聚。到得祷祠既毕,诚敬既散,则又忽然而散。"曰:"然。"问:"死者精神既散,必须生人祭祀,尽诚以聚之,方能凝聚。若'相夺予享'事,如伊川所谓'别是一理'否?"曰:"他梦如此,不知是如何。或是他有这念,便有这梦,也不可知。"问:"死者魂气既散,而立主以主之,亦须聚得些子气在这里否?"曰:"古人自始死,吊魂复魄,立重设主,便是常要接续他些子精神在这里。古者衅龟用牲血,便是觉见那龟久后不灵了,又用些子生气去接续他。《史记》上《龟策传》,占春,将鸡子就上面开卦,便也是将生气去接他,便是衅龟之意。"又曰:"古人立尸,也是将生人生气去接他。"问:"祭天地山川,而用牲币酒醴者,只是表吾心之诚耶?抑真有气来格也?"曰:"若道无物来享时,自家祭甚底?肃然在上,令人奉承敬畏,是甚物?若道真有云车拥从而来,又妄诞。"

《朱子语类》卷三又载：

> 说鬼神，举明道有无之说，因断之曰："有。若是无时，古人不如是求。'七日戒，三日斋'，或'求诸阳'，或'求诸阴'，须是见得有。如天子祭天地，定是有个天，有个地；诸侯祭境内名山、大川，定是有个名山、大川；大夫祭五祀，定是有个门、行、户、灶、中溜。今庙宇有灵底，亦是山川之气会聚处。久之，被人掘凿损坏，于是不复有灵，亦是这些气过了。"问："鬼者，阴之灵；神者，阳之灵。司命、中溜、灶与门、行，人之所用者。有动有静，有作有止，故亦有阴阳鬼神之理，古人所以祀之。然否？"曰："有此物便有此鬼神，盖莫非阴阳之所为也。五祀之神，若细分之，则户、灶属阳，门、行属阴，中溜兼统阴阳。就一事之中，又自有阴阳也。"

《朱子语类》卷三载：

> 或言鬼神之异。曰："世间亦有此等事，无足怪。"味道举以前日"魂气归天，体魄降地；人之出入气即魂也，魄即精之鬼，故气曰阳，魄曰阴，人之死则气散于空中"之说，问："人死气散，是无踪影，亦无鬼神。今人祭祀，从何而求之？"曰："如子祭祖先，以气类而求。以我之气感召，便是祖先之气，故想（饶本作'祭'）之如在，此感通之理也。"味道又问："子之于祖先，固是如此。若祭其他鬼神，则如之何？有来享之意否？"曰："子之于祖先，固有显然不易之理。若祭其他，亦祭其所当祭。'祭如在，祭神如神在。'如天子则祭天，是其当祭，亦有气类，乌得而不来歆乎！诸侯祭社稷，故今祭社亦是从气类而祭，乌得而不来歆乎！今祭孔子必于学，其气类亦可想。"长孺因说，祭孔子不当以塑像，只当用木主。曰："向日白鹿洞欲塑孔子像于殿。某谓不必，但置一空殿，临时设席祭之。不然，只

塑孔子坐于地下,则可用笾、豆、簠、簋。今塑像高高在上,而设器皿于地,甚无义理。"

《朱子语类》卷三载:

> 问:"天地山川是有个物事,则祭之其神可致。人死气已散,如何致之?"曰:"只是一气。如子孙有个气在此,毕竟是因何有此?其所自来,盖自厥初生民气化之祖相传到此,只是此气。"问:"祭先贤先圣如何?"曰:"有功德在人,人自当报之。古人祀五帝,只是如此。后世有个新生底神道,缘众人心都向它,它便盛。如狄仁杰只留吴太伯伍子胥庙,坏了许多庙,其鬼亦不能为害,缘是它见得无这物事了。"因举上蔡云:"可者欲人致生之,故其鬼神;不可者欲人致死之,故其鬼不神。"或问:"世有庙食之神,绵历数百年,又何理也?"曰:"浸久亦能散。昔守南康,缘久旱,不免遍祷于神。忽到一庙,但有三间弊屋,狼籍之甚。彼人言,三五十年前,其灵如响,因有人来,而帷中有神与之言者。昔之灵如彼,今之灵如此,亦自可见。"

《朱子语类》卷二十四载:

> 问:"'非其鬼而祭之'。寻常人家所当祭者,只是祖先否?"曰:"然。"又问:"土地山川之神,人家在所不当祭否?"曰:"山川之神,季氏祭之尚以为僭,况士庶乎?如土地之神,人家却可祭之。《礼》云:'庶人立一祀,或立户,或立灶。'户灶亦可祭也。"又问:"中溜之义如何?"曰:"古人穴居,当土室中开一窍取明,故谓之中溜。而今人以中堂名曰中溜者,所以存古之义也。"又云:"中溜亦土地之神之类。五祀皆室神也。"

《朱子语类》卷二十五载：

"祭如在，祭神如神在。"此是弟子平时见孔子祭祖先及祭外神之时，致其孝敬以交鬼神也。孔子当祭祖先之时，孝心纯笃，虽死者已远，因时追思，若声容可接，得以竭尽其孝心以祀之也。祭外神，谓山林溪谷之神能兴云雨者，此孔子在官时也。虽神明若有若亡，圣人但尽其诚敬，俨然如神明之来格，得以与之接也。"吾不与祭，如不祭"，孔子自谓当祭之时，或有故而使人摄之，礼虽不废，然不得自尽其诚敬，终是不满于心也。范氏所谓"有其诚则有其神，无其诚则无其神"。盖神明不可见，惟是此心尽其诚敬，专一在于所祭之神，便见得"洋洋然如在其上，如在其左右"。然则神之有无，皆在于此心之诚与不诚，不必求之恍忽之间也。

《朱子语类》卷二十五又记：

问："'祭神如神在'，何神也？"曰："如天地、山川、社稷、五祀之类。"曰："范氏谓'有其诚则有其神，无其诚则无其神'，只是心诚则能体得鬼神出否？"曰："诚者，实也。有诚则凡事都有，无诚则凡事都无。如祭祀有诚意，则幽明便交；无诚意，便都不相接了。"曰："如非所当祭而祭，则为无是理矣。若有是诚心，还亦有神否？"曰："神之有无也不可必，然此处是以当祭者而言。若非所当祭底，便待有诚意，然这个都已错了。"

《朱子语类》卷三十二载：

问："'敬鬼神而远之'，莫是知有其理，故能敬；不为他所惑，故能远？"曰："人之于鬼神，自当敬而远之。若见得那道理分明，则须著如此。如今人信事浮屠以求福利，便是不能远也。又如卜筮，自伏羲尧舜以来皆用之,是有此理矣。今人若于事有疑,敬以卜筮决之,有何不可? 如义理合当做底事,却又疑惑,只管去问于卜筮,亦不能远也。盖人自有人道所当为之事。今若不肯自尽,只管去谄事鬼神,便是不智。"

《朱子语类》卷三十二又载:

问:"'敬鬼神而远之',如天地山川之神与夫祖先,此固当敬。至如世间一种泛然之鬼神,果当敬否?"曰:"他所谓'敬鬼神',是敬正当底鬼神。'敬而远之',是不可亵渎,不可媚。如卜筮用龟,此亦不免。如臧文仲山节藻棁以藏之,便是媚,便是不知。"

文化体现认同,同样,体现选择。这里,朱熹提到"淫祠"。《朱子语类》卷三载:

风俗尚鬼,如新安等处,朝夕如在鬼窟。某一番归乡里,有所谓五通庙,最灵怪。众人捧拥,谓祸福立见。居民才出门,便带纸片入庙,祈祝而后行。士人之过者,必以名纸称"门生某人谒庙"。某初还,被宗人煎迫令去,不往。是夜会族人,往官司打酒,有灰,乍饮,遂动脏腑终夜。次日,又偶有一蛇在阶旁。众人哄然,以为不谒庙之故。某告以"脏腑是食物不着,关他甚事! 莫枉了五通"。中有某人,是向学之人,亦来劝往,云:"亦是从众。"某告以"从众何为? 不意公亦有此语! 某幸归此,去祖墓甚近。若能为祸福,请即葬某于祖墓之旁,甚便"。又云:"人做州郡,须去淫祠。若系勅额者,则未可轻去。"

《朱子语类》卷三又载：

> 问："道理有正则有邪，有是则有非。鬼神之事亦然。世间有不正之鬼神，谓其无此理则不可。"曰："老子谓'以道莅天下者，其鬼不神'。若是王道修明，则此等不正之气都消铄了。"

由此，朱熹论及"二郎神"神庙与李冰治水等传说，其提出"鬼神用生物祭者，皆是假此生气为灵"。

《朱子语类》卷三载：

> 论鬼神之事，谓："蜀中灌口二郎庙，当初是李冰因开离堆有功，立庙。今来现许多灵怪，乃是他第二儿子出来。初间封为王，后来徽宗好道，谓他是甚么真君，遂改封为真君。向张魏公用兵祷于其庙，夜梦神语云：'我向来封为王，有血食之奉，故威福用得行。今号为"真君"，虽尊，凡祭我以素食，无血食之养，故无威福之灵。今须复我封为王，当有威灵。'魏公遂乞复其封。不知魏公是有此梦，还复一时用兵，托为此说。今逐年人户赛祭，杀数万来头羊，庙前积骨如山，州府亦得此一项税钱。利路又有梓潼神，极灵。今二个神似乎割据了两川。大抵鬼神用生物祭者，皆是假此生气为灵。古人衅钟、衅龟，皆此意。"汉卿云："季通说：'有人射虎，见虎后数人随着。乃是为虎伤死之人，生气未散，故结成此形。'"先生曰："仰山庙极壮大，亦是占得山川之秀。寺在庙后，却幽静。庙基在山边。此山亦小，但是来远。到此溪边上，外面群山皆来朝。寺基亦好。大抵僧家寺基多是好处。往往佛法入中国，他们自会寻讨。今深山穷谷好处，只得做僧寺。若人家居，必不可。"因言"僧家虚诞。向过雪峰，见一僧云：'法堂上一木球，才施主来做功德，便会热。'某向他道："和尚得恁不脱洒！只要恋着这木球要热做甚！"因说"路当可向年十岁，道人授以符印，

父兄知之,取而焚之。后来又自有"。汉卿云:"后来也疏脱。"先生曰:"人只了得每日与鬼做头底,是何如此无心得则鬼神服?若是此心洞然,无些子私累,鬼神如何不服!"

同时,述及民间传说中的"紫姑"神。《朱子语类》卷三载:

> 论及请紫姑神吟诗之事,曰:"亦有请得正身出见,其家小女子见,不知此是何物。且如衢州有一个人事一个神,只录所问事目于纸,而封之祠前。少间开封,而纸中自有答语。这个不知是如何。"问:"尝问紫姑神"云云。曰:"是我心中有,故应得。应不得者,是心中亦不知曲折也。"

在朱熹的思想学说中,"道"是一个非常重要的概念。其论及"道",解释社会发展的动因与规律,其中涉及神话传说。《朱子语类》卷十三载:

> 佛经云:"佛为一大事因缘出现于世。"圣人亦是为这一大事出来。这个道理,虽人所固有,若非圣人,如何得如此光明盛大!你不晓得底,我说在这里,教你晓得;你不会做底,我做下样子在此,与你做。只是要扶持这个道理,教它常立在世间,上挂天,下挂地,常如此端正。才一日无人维持,便倾倒了。少间脚挂天,头挂地,颠倒错乱,便都坏了。所以说:"天佑下民,作之君,作之师,惟其克相上帝,宠绥四方。"天只生得你,付得这道理。你做与不做,却在你。做得好,也由你;做得不好,也由你。所以又为之立君师以作成之,既抚养你,又教导你,使无一夫不遂其性。如尧舜之时,真个是'宠绥四方'。只是世间不好底人,不定叠底事,才遇尧舜,都安帖平定了。所以谓之'克相上帝',盖助上帝之不及也。自秦汉以来,讲学不明。世之人君,固有因其才智做得功业,然无人知明德、新民之事。君道间有得其一二,而师道则绝无矣!

《朱子语类》卷十三又载：

> 道者，古今共由之理，如父之慈，子之孝，君仁，臣忠，是一个公共底道理。德，便是得此道于身，则为君必仁，为臣必忠之类，皆是自有得于己，方解恁地。尧所以修此道而成尧之德，舜所以修此道而成舜之德，自天地以先，羲黄以降，都即是这一个道理，亘古今未常有异，只是代代有一个人出来做主。做主，便即是得此道理于己，不是尧自是一个道理，舜又是一个道理，文王周公孔子又别是一个道理。老子说："失道而后德。"他都不识，分做两个物事，便将道做一个空无底物事看。吾儒说只是一个物事。以其古今公共是这一个，不著人身上说，谓之道。德，即是全得此道于己。他说："失道而后德，失德而后仁，失仁而后义。"若离了仁义，便是无道理了，又更如何是道！

朱熹论述人生，述及"人皆可成尧舜"等话题，从不同方面涉及神话传说。《朱子语类》卷五十五载：

> 刘栋问："人未能便至尧舜，而孟子言必称之，何也？"曰："'道性善'与'称尧舜'，二句正相表里。盖人之所以不至于尧舜者，是他力量不至，固无可奈何。然人须当以尧舜为法，如射者之于的，箭箭皆欲其中。其不中者，其技艺未精也。人到得尧舜地位，方做得一个人，无所欠阙，然也只是本分事，这便是'止于至善'。"

《朱子语类》卷五十五又载：

> 尧晚年方遭水。尧之水最可疑，禹治之，尤不可晓。胡安定说不可信。

掘地注海之事,亦不知如何掘。盖尧甚以为徽,必不是未有江河而然。滔天之水,如何掘以注海? 只是不曾见中原如何,此中江河皆有路通,常疑恐只是治黄河费许多力。黄河今由梁山泊入清河楚州。

《朱子语类》卷五十五载:

李仲实问:"《注》云:'惟尧舜为能无物欲之蔽,而充其性。'人盖有恬于嗜欲而不能充其性者,何故?"曰:"不蔽于彼,则蔽于此;不蔽于此,则蔽于彼,毕竟须有蔽处。物欲亦有多少般。如白日,须是云遮,方不见;若无云,岂应不见耶! 此等处,紧要在'性'字上,今且合思量如何是性? 在我为何物? 反求吾心,有蔽无蔽? 能充不能充? 不必论尧如何,舜又如何,如此方是读书。"

《朱子语类》卷五十六载:

"'责难于君谓之恭',以尧舜责之,而不敢以中才常主望之,非尊之而何。陈善闭邪谓之敬,此是尊君中细密工夫。"问:"人臣固当望君以尧舜。若度其君不足以为善而不之谏,或谓君为中才,可以致小康而不足以致大治,或导之以功利,而不辅之以仁义,此皆是贼其君否?"曰:"然。人臣之道,但当以极等之事望其君。责他十分事,临了只做得二三分;若只责他二三分,少间做不得一分矣。若论才质之优劣,志趣之高下,固有不同。然吾之所以导之者,则不可问其才志之高下优劣,但当以尧舜之道望他。如饭必用吃,衣必用著,脾胃壮者吃得来多,弱者吃得来少,然不可不吃那饭也。人君资质,纵说卑近不足与有为,然不修身得否? 不讲学得否? 不明德得否? 此皆是必用做底。到得随他资质做得出来,自有高下大小,然不可不如此做也。孔子曰:'敬事而信,节用而爱人,使民以时。'

这般言语是铁定底条法,更改易不得。如此做则成,不如此做则败。岂可谓吾君不能,而遂不以此望之也!"

《朱子语类》卷五十六又载:

问:"欲为君至尧舜而已矣。昨因看《近思录》,如看二典,便当求尧所以治民,舜所以事君。某谓尧所以治民,修己而已;舜所以事君,诚身以获乎上而已。"曰:"便是不如此看。此只是大概说读书之法而已,如何恁地硬要椿定一句去包括他得!若论尧所以治民,舜所以事君,是事事做得尽。且如看《尧典》,自'钦明文思安安'以至终篇,都是治民底事。自'钦明文思'至'格于上下'是一段,自'克明俊德'至'于变时雍'又是一段,自'乃命羲、和'至'庶绩咸熙'又是一段,后面又说禅舜事,无非是治民之事。《舜典》自'濬哲文明'以至终篇,无非事君之事,然亦是治民之事,不成说只是事君了便了!只是大概言观书之法如此。"或曰:"若论尧所以治民,舜所以事君,二典亦不足以尽之。"曰:"也大概可见。"

《朱子语类》卷五十八载:

董仁叔问"尧荐舜于天"。曰:"只是要付他事,看天命如何。"又问"百神享之"。曰:"只阴阳和,风雨时,便是'百神享之'。"

在神话传说中,舜是英雄和孝的典型。朱熹对此述说,完全从人伦的角度出发。《朱子语类》卷五十七载:

"舜,人也,我亦人也。舜为法于天下,可传于后世,我犹未免为乡人也,是则可忧也。"此便是知耻。知耻,则进学安得不勇!

《朱子语类》卷五十八载：

　　黄先之说："舜事亲处，见得圣人所以孝其亲者，全然都是天理，略无一毫人欲之私；所以举天下之物，皆不足以解忧，惟顺于父母可以解忧。"曰："圣人一身浑然天理，故极天下之至乐，不足以动其事亲之心；极天下之至苦，不足以害其事亲之心。一心所慕，惟知有亲。看是甚么物事，皆是至轻。施于兄弟亦然。但知我是兄，合当友爱其弟，更不问如何。且如父母使之完廪，待上去，又捐阶焚廪，到得免死下来，当如何？父母教他去浚井，待他入井，又从而揜之，到得免死出来，又当如何？若是以下等人处此，定是吃不过。非独以下人，虽平日极知当孝其亲者，到父母以此施于己，此心亦吃不过，定是动了。象为弟，'日以杀舜为事'。若是别人，如何也须与他理会，也须吃不过。舜只知我是兄，惟知友爱其弟，那许多不好景象都自不见了。这道理，非独舜有之，人皆有之；非独舜能为，人人皆可为。所以大学只要穷理。舜'明于庶物，察于人伦'，唯是于许多道理见得极尽，无有些子未尽。但舜是生知，不待穷索。如今须著穷索教尽。莫说道只消做六七分，那两三分不消做尽，也得。"

《朱子语类》卷五十八又载：

　　叔器问："舜不能掩父母之恶，如何是大孝？"曰："公要如何与他掩？他那个顽嚚，已是天知地闻了，如何地掩？公须与他思量得个道理始得。如此，便可以责舜。"问"象忧亦忧，象喜亦喜"事。曰："象谋害舜者，舜随即化了，更无一毫在心，但有爱象之心。常有今人被弟激恼，便常以为恨，而爱弟之心减少矣。"舜诚信而喜象，周公诚信而任管叔，此天理人伦之至，其用心一也。

第七章 朱熹的民间文艺观

《朱子语类》卷五十七载：

> 问："'禹恶旨酒，好善言；汤执中；文王望道未之见；武王不泄迩，不忘远；周公坐以待旦。'此等气象，在圣人则谓之'兢兢业业，纯亦不已'；在学者则是'任重道远，死而后已'之意否？"曰："他本是说圣人。"又曰："读此一篇，使人心惕然而常存也！"

《朱子语类》卷五十七又载：

> 问："'禹稷当平世，三过其门而不入'，似天下之事重乎私家也。若家有父母，岂可不入？"曰："固是。然事亦须量缓急。"问："何谓缓急？"曰："若洪水之患不甚为害，只是那九年泛泛底水，未便会倾国覆都，过家见父母，亦不妨。若洪水之患，其急有倾国溺都、君父危亡之忧，也只得且奔君父之急。虽不过见父母，亦不妨也。"

《朱子语类》卷五十五载：

> 德修解君民并耕，以为"有体无用"。曰："如何是有体无用？这个连体都不是。"德修曰："食岂可无？但以君民并耕而食，则不可。不成因君民不可并耕却不耕，耕食自不可无，此是体。以君民并耕则无用。"曰："'有大人之事，有小人之事'，若是以君民并耕，毕竟体已不是。"

朱熹还述及"伯夷之清而'不念旧恶'，柳下惠之和而'不以三公易其介'"等神话传说。《朱子语类》卷五十八载：

或问:"如伯夷之清而不念旧恶,柳下惠之和而'不以三公易其介',此其所以为圣之清、圣之和也,但其流弊则有隘与不恭之失。"曰:"这也是诸先生恐伤触二子,所以说流弊。今以圣人观二子,则二子多有欠阙处;才有欠阙处,便有弊。所以孟子直说他'隘与不恭',不曾说其末流如此。如'不念旧恶','不以三公易其介',固是清和处。然十分只救得一分,救不得那九分清和之偏处了;如何避嫌,只要回互不说得?大率前辈之论多是如此。尧舜之禅授,汤武之放伐,分明有优劣不同,却要都回护教一般,少间便说不行。且如孔子谓'韶尽美矣,又尽善也;武尽美矣,未尽善也',分明是武王不及舜。文王'三分天下有其二,以服事殷',武王胜殷杀纣,分明是不及文王。泰伯'三以天下让,其可谓至德也矣'!分明太王有翦商之志,是太王不及泰伯。盖天下有万世不易之常理,又有权一时之变者。如'君君,臣臣,父父,子子',此常理也;有不得已处,即是变也。然毕竟还那常理底是。今却要以变来压著那常底说,少间只见说不行,说不通了。若是以常人去比圣贤,则说是与不是不得;若以圣贤比圣贤,则自有是与不是处,须与他分个优劣。今若隐避回互不说,亦不可。"又云:"如'可与立,可与权',若能'可与立'时,固是好。然有不得已处,只得用权。盖用权是圣人不得已处,那里是圣人要如此!"又问:"尧舜揖逊虽是盛德,亦是不得已否?"曰:"然。"

敬之问伊尹之任。曰:"伊尹之任,是'自任以天下之重',虽云'禄以天下弗顾,系马千驷弗视',然终是任处多。如柳下惠'不以三公易其介',固是介,然终是和处多。"

朱熹的民间文艺思想理论在总体上服务于"天理",标志着南宋社会思想文化的时代特征。

神话传说中的圣贤,成为朱熹述说社会理想的对象和标尺,其总是从人伦秩序的需要出发,做出种种叙说和判断,此可见他在历史文化与社会现实的联系中对义理的寻求。

除了朱熹,南宋还有一批思想家,诸如陈亮、沈焕、叶适、黄震、陆九渊、王应麟等,他们的思想文化不同程度体现出对社会风俗生活和民间文艺等内容的理解。这一时期出现一些农书、地方志和各种笔记,诸如《东京梦华录》对中原王朝社会风俗生活的回味,《武林旧事》等文献记录和保存地方社会的风俗、传说和歌谣,其议论、见解表现出相应的民间文艺思想理论和观念。其他如陆游、辛弃疾等诗人和艺术家,在他们的作品中也有涉及社会风俗生活与民间文艺的内容,表现出他们的人生观、社会观、历史文化观。这也是中国民间文艺发展史的重要组成部分。

总之,南宋一代,中国政治中心南移,朝廷偏安一隅,社会文化发展进入一个特殊阶段。社会风俗生活因此发生重要变化,对中原王朝与华夏古老文明的怀念和追溯,成为这个时代的心结。朱熹为代表的知识分子继承了北宋时期的忧患意识与批判精神,以拯救社会政治为担当,表现出充满矛盾和痛苦的心态。因此,其述说社会历史文化,叙说社会风俗生活,论及民间文艺的内容,有意识地加入"存天理"的思想理论,其论说成为中国民间文艺发展史上特殊的一页。